文脉中国 小说库

wenmaizhongguo xiaoshuoku

丝路碧海情

于 强 著

中国文联出版社

图书在版编目（CIP）数据

丝路碧海情 / 于强著 . -- 北京：中国文联出版社，
2017.7（2023.3 重印）
ISBN 978 - 7 - 5190 - 2943 - 2

Ⅰ.①丝… Ⅱ.①于… Ⅲ.①长篇小说—中国—当代
Ⅳ.①I247.5

中国版本图书馆 CIP 数据核字（2017）第 190585 号

著　者　于　强
责任编辑　刘　旭
责任校对　赵海霞
装帧设计　中联华文

出版发行　中国文联出版社有限公司
地　　址　北京市朝阳区农展馆南里 10 号　　　　邮编　100125
电　　话　010 - 85923025（发行部）　　　　85923091（总编室）
经　　销　全国新华书店等
印　　刷　三河市华东印刷有限公司

开　　本　710 毫米×1000 毫米　　1/16
印　　张　20
字　　数　325 千字
版　　次　2023 年 3 月第 1 版第 2 次印刷
定　　价　85.00 元

序　一

　　于强老师为了撰写反映海上丝绸之路的长篇小说《丝路碧海情》，两次前来九日山采访，我有幸接待，陪同他登山览胜，还考察了山下的丰州古城遗址，赠送了有关南安文史资料。一直期待他的大作早日问世。想不到他经过一年多的艰辛努力，一部三十多万字的大作闪亮出版。可敬、可喜、可贺！在国家"一带一路"提议的号召下，这部作品的问世恰逢其时，紧跟时代的步伐。

　　我在九日山近三十年整理研究九日山文史资料，呵护摩崖石刻，接待八方人士，早就期盼有人能以文艺形式表现九日山为海上丝绸之路发祥地的荣耀，如今《丝路碧海情》的出版，使我如愿以偿，感谢于强老师的辛勤劳作。

　　这部以九日山和丰州古城为故事发生地，与古代苏门答腊旧港（今印尼巨港）、翡翠岛遥相呼应，以明永乐初年郑和下西洋为时代背景，描写了丰州古城商人王茂源及家人为圆海上丝绸之路之梦，不屈不挠、前赴后继的伟大精神，塑造了龙蛟奋勇擒拿海盗头目陈祖义、为郑和下西洋做出贡献的英雄形象，刻画了闽南人在海上丝绸之路生生死死大爱及与番人浪漫的异国情缘，赞扬了海上丝绸之路交流合作共赢取得的成果……跌宕起伏的故事情节，催人泪下的情感纠结，如诗似画的美景佳境，使读者置身揪人心肺的故事情节中，感慨共鸣，不愧为一部具有历史价值、现实意义和艺术品位完美结合的佳作。

　　丰州古城在三国东吴永安三年（260）是东安县的郡县治所所在地，历史悠久，山川毓秀，英才辈出，文风丕盛而令闻广誉，彪炳千秋。当时东安县管辖如今的泉州、莆田、厦门、漳州等地域，因此，丰州可谓整个闽南文化的发祥地。九日山以"山中无石不刻字"著称，摩崖石刻记载着中国海上交通和海上丝绸之路的史迹，是十二三世纪我国与世界各国友好往来的历史见证。早在南北朝期间的公元558年，印度高僧拘那罗陀泛舟从梁安古港（即现丰州金溪古港）登岸挂锡延福寺，翻译世界第一部《大乘金刚经》，自始开启了泉州、南安与世界交流往来的序幕。九日山麓下的延福寺、昭惠庙，从宋代起，便是"遣舶回舶祈风"之处。1991年2月16日，联合国教科文组织的"海上丝绸之路"考察团来九日山考察，在西岩石刻群留下英文石刻，由此泉州被联合国认定为中国"海上丝绸之路"的起点之城、世界多元文化展示中心。九日山现为中国世界文化遗产预备名单，申请世界文化遗产也是指日可待的事。

于强老师的《丝路碧海情》，不仅以生动的文艺形式再现了九日山和丰州古城扬帆海上丝绸之路画卷，还巧妙地将古代安溪的茶叶、德化的瓷器、南安的丝绸等闽南物产的生产销售融于故事之中，将闽南人风波万里与番人交流合作甚至产生异国姻缘反映在作品里，彰显了泉州、南安历史风韵文明，厚重而沉淀。

相信这部著作对宣传泉州、南安是古代丝绸之路的起点，以及对海上丝绸之路极盛最后时期做出的贡献，对促进人类进步文明，能起到一定的影响。对传承和弘扬海上丝路的精神，实现"一带一路"的伟大提议，也有积极的感染力和意义。

目前反映海上丝绸之路的文艺作品似乎很少见，以历史纪实性小说的形式描写古代丝绸之路，于强老师可以说是第一人。愿于强老师的《丝路碧海情》能崭露头角，得到广大读者的青睐。

胡家其
原南安市九日山摩崖石刻文物管理所所长

序 二

文化的传承任重而道远，这是我当时支持创作《丝路碧海情》的初衷，也是作为一名青年企业家，能为文化传承所能出的微薄之力。"驼铃古道追星月"，这或许是大多数人想到古代丝绸之路最初的印象。而海上丝绸之路，就是陆上丝绸之路的延伸，起于秦汉，发展于三国、隋朝，繁荣于唐宋，延续于明清，福建泉州是起点，是最古老的海上航线。中国与世界贸易的往来，在这浩瀚无边的海上形成一双无形的手，拉着我们穿越惊涛骇浪，越过深涡暗礁，只为了连接起更多的民族与文化的交融。

于强老师撰写反映海上丝绸之路的长篇小说《丝路碧海情》，对反映福建闽南人前赴后继扬帆海上，传承和弘扬海上丝路的精神，有着重要的意义。仿佛在时光的隧道里，踏出了一条水的印记，带领着我们重温先人梯山航海的伟大事迹，再次瞻仰这一块伟大的历史丰碑。

近年，习近平总书记提出"一带一路"的伟大提议号召，发扬与传承着具有千年历史的丝路精神。然而我注意到，已问世的反映海上丝绸之路的文学作品似乎很少。为此，当时我就萌生了一个想支持创作一部以海上丝绸之路有关小说的想法。最终，与于强老师达成共识，开始走上了撰写之路。我想，也许就是双方对这个题材的坚持与热情，使我们更加坚定这将是一部伟大文艺创作题材作品，也是一项宏伟的文学大厦工程。

为此，我全力支持于强老师完成这部巨作。在集团副总裁余杰的陪同下，于强老师在福建调访，对泉州九日山、丰州（柳州）古城等海上丝绸之路的遗址进行考察。所到之处，于强老师事必躬亲，独见独知。最后他决定以丰州古城为小说故事的发生地，明永乐初年郑和下西洋为时代背景，现印尼苏门答腊岛的巨港（旧港）以及附近的一个岛屿为故事相应地，使故事自然展开，遥相呼应，恰到好处。

为了准确生动描写南洋的风土人情，体现出小说背景的真实性，我与于强老师的意见一拍即合，决定到印尼进行实地考察，集团副总裁楚君堂陪同前往。果然不负众望，在结束了对穆西河、郑和清真寺等地的考察后，掌握了大量的史实资料，使《丝路碧海情》的海外故事背景有了强有力的历史证明。于强老师经过苦苦构思，辛笔耘，终于完成了一部三十多万字的长篇小说《丝路碧海情》。当他将厚厚一叠手写稿寄给我时，这份沉重我便知道，我们的传承之路，其实才刚刚开始。

万人集团全力支持于强老师撰写出版的《丝路碧海情》，这是一次作家与企业家携手探索创作重大文学作品的一种尝试，是文化大发展中的一种创新，也是对弘扬"一带一路"精神的一种奉献。在集团重点发展文化产业的现阶段，我们也将大力推广合作，把小说推向市场，打造《丝路碧海情》影视、话剧等系列衍生产品，形成一带一路的一个文化亮点。

百炼成钢，终成正果，相信《丝路碧海情》出版后，一定会受到广大读者青睐和喜欢。因为我们要讲述的不仅仅是一个故事，更是一种精神，一段深入骨髓，融于血脉之中的历史文化。

吕俊坤

万人集团总裁

目　录

第一章

九日山坐落在泉州西北七公里处，山峰鼎崎，郁葱毓秀，环山皆树，石刻满岩。"山中无石不刻字"，石刻记载着中国海上交通和海上丝绸之路的史迹。

相传3世纪的晋朝，中原地区来此的移民每年农历九月初九登山望北，寄托思乡之情，故名九日山。

九日山麓下的延福寺，金碧辉煌，始建于西晋太康九年（288），为闽南第一开山古刹。寺侧昭惠庙祀奉着闽南第一代航海保护神通远王李元溥。自南宋起，每年夏四月、五月和冬十月、十一月，南安、泉州郡守地方官员或提举市舶主管都率僚属和客商，在延福寺旁通远王祠举行祈求航海顺风的典礼。"车马之迹盈其庭，水陆之物充其俎"，九日山因"遣舶祈风"圣地著称于世。

站在九日山巅上，江水、古城、大海，尽收眼底。山脚下金溪江江水漂流远去，碧波荡漾，百舸争流。江水漂去十四五里就入大海。"林瑞仿佛见帆影，知有扁舟天际归"，风光秀丽的九日山，又是人们眺望海上船舶归来的好去处。

九日山西峰石佛岩前下方，有一块平坦的巨石，上面刻着斗大的"一眺石"三个字。石面还刻着一副棋盘，千百年日晒雨淋，棋盘的线条清晰可见，棋盘两侧石面洗磨得平整光滑，多少人曾坐在此处，一边对弈消磨时间，一边眺望大海，等待扬帆归来的船舶。这副刻在石板上的棋盘，是古代海上丝绸之路的见证，一眺石，更是古代泉州人情系大海、盼望亲人归来的连心石。

明永乐初年农历四月的一天，九日山上春意盎然，香气习习，树枝披上绿装，鲜花盛开，点缀在绿树丛中。喜鹊树梢嬉闹，叽叽喳喳，似乎在向人们报告春天的喜讯。

一眺石的石刻棋盘前，一对老翁坐在石板地上对弈，不时侧过头去，眺望东面的大海。大海一望无垠，水连着天，天连着水，蓝湛湛，白茫茫，海浪一波波袭去，水鸟空中飞翔，阳光照射海面，波光粼粼。

"刚才喜鹊对着我俩鸣叫，说不定老板的船今天能到港。"一个老翁推了一个棋子说。

"说不准，但愿如此！"另一个老翁说。

"那边出现了一片帆影。"老翁侧了一下头就站立起来，用手挡住阳光，眺望远方说。

"是有一条船驶来！"另一老翁也站立起来眺望，沉吟了一下："是只渔船！"

老翁望了片刻，点点头："对！是只渔船，下我们的棋！"

他俩又坐在石板上对弈，如果发现了他们老板的商船归来，便立即下山向老板汇报，做好接船的准备。

兰香姑娘悄无声息地来到一眺石。她婀娜多姿，明媚动人，一双姣美如月的双眸带着忧伤和期盼眺望着大海，好像也是等待归来的船舶。

"老伯，请问今天会有船舶抵达码头吗？"她细声细语地问。

一老翁抬头看了她一眼，原来是常来这儿盼船归来的兰香姑娘，笑着说："说不准呀，我俩一大早就来到这儿等候，按时间估计，我们老板的商船这几天会返回码头。""好。"

"我知道你是盼望舅舅和哥哥能搭乘别人的船归来，姑娘，你不要抱有多大的希望呀。俗话说，生死在天，富贵在命，人死不能复生，你要想开一些啊！"另一老翁安慰道。

兰香听了，双眸滚落一串晶莹的泪珠，难过地摇了一下头。她万万没有想到，爸爸一番雄心壮志，沿着海上丝绸之路下南洋做贸易，结果人财两空，今后的日子还不知道如何度过？也许还会给她的爱情婚姻带来意想不到的麻烦。

她怀着侥幸，期盼舅舅和哥哥奇迹般地跟随别人家的船舶归来。她痴痴地眺望着茫茫的大海，思绪像大海的浪花一样翻滚、澎湃……

兰香的爷爷在安溪西坪以种茶谋生，爸爸王茂源读了几年私塾后，也跟着爷爷种茶。后来又做茶叶生意，年轻时与南安一姓郑的作坊主的女儿彩霞结婚，生下了儿子云松和女儿兰香。

王茂源脑袋瓜灵活，精明能干，吃苦耐劳，又有雄心壮志，在云松、兰香不到十岁时，就带着妻子儿女来到丰州（柳城）城里做生意。先经营茶叶，后来也经营瓷器、丝绸等，卖给一些出海做贸易的商人。生意由小到大，经营品种由少到多，越做越红火，赚了钱后在丰州城燕山街购置了一套房屋，有门面房，还有院子和宅屋，孩子也在丰州城上私塾。

王茂源在丰州城创业致富，丰州城独特的历史和地理环境，给他的发展创造了良好的条件和机遇。

九日山下的丰州古城，在三国时代就是东安县的郡县治所所在地。当时的东安县管辖如今的莆田、泉州、厦门、漳州等地域，丰州可谓整个闽南地区发祥千古之地。丰州城又称为柳城。宋理学家朱熹对南安情有独钟，曾三来丰州，建议城四周种植柳树为界，因称柳城。九日山下的金溪河上游接母亲河晋江，上游物产丰富，安溪的茶叶，德化的瓷器，永春的香，南安的丝绸等，都由内陆航运到晋江，再运送到金溪古港（古代称为梁安港），或者泉州（刺桐），陆运或者航运散发内陆或海运，海运则扬帆出海到南洋、印度洋等世界各地。丰州为海上丝绸之路，提供了丰富物产和交通便捷，也为丰州地区的商贾提供了良好的商机。

古老的丰州城街道地面铺设着一块连着一块的青石板，大厝的墙面镶着洁白的牡蛎壳和彩色的石子，那是唐宋元时代海上丝绸之路来自东非海岸船舶，用作压舱物，抵达丰州后卸下来的废弃物，被当地人们废物利用作为砌墙。

丰州曾有过风靡一时的繁华和辉煌，深厚的历史沉淀和曾经的风韵。

明太祖朱元璋登基后，实行严厉的"海禁"政策，"寸板不准下海""寸货不许入番""敢于私下诸番互市者必绳之重法"，使明朝与南洋、西洋的海外贸易几乎中断，明朝与海外诸国的友好往来也遭阻碍。

朱元璋的"海禁"，对于沿海地区靠海吃海的商贾和百姓，真是苦不堪言。商人不能远航贸易，渔民不能下海捕鱼，他们敢怒不敢言，但私下出海进行贸易、捕捞从未间断过。要堵也堵不住，要挡也挡不了。"青山遮不住，毕竟东流去。"

1402年明成祖朱棣登基后，就遣使节到海外与诸国通好，开展系列外交活动。沿海一带的商贾看到了希望，有的便重整旗鼓，悄无声息扬帆出海，重蹈海上丝

3

绸之路，与番邦开展贸易。

王茂源也看到了商机，跃跃欲试。他与张姓的掌柜合伙，租了一条船，采购一些丝绸、瓷器、茶叶等番邦喜欢的货物，原打算亲自和张老板一起偷偷下南洋，可妻子郑氏彩霞担心有危险，死活不肯让他去。谁知他二十四五岁的儿子云松自告奋勇要去海外见世面、闯南洋，还说"少来不打拼，老来无名声"。王茂源觉得儿子有出息，让他踏海浪、经风雨是锻炼的好机会，但妻子彩霞仍然不同意。云松天天在妈妈面前磨嘴皮，吵着要下南洋，郑氏被她缠得头昏脑涨，心烦意乱，后来为了商机不错过赚钱的好机会，不如让她的弟弟、云松的舅舅郑万年陪着他一起去，一是万年也可找找商机，二是对云松也有个关照。王茂源认为这个主意不错。他们征求郑万年的意见，他说"我早就想去南洋看看，就是没有机会。你们看，我身强力壮，从小喜欢大海，你们就让我陪着云松去吧"。就这样，王茂源与张掌柜准备扬帆出海。

农历十月的一天，王茂源家院子里的龙眼树绿色枝叶里，挂满了一串串龙眼。堂屋的桌子摆放着丰盛的菜肴，一桌酒席是为万年和云松饯行。餐桌上坐着王茂源夫妇、万年、云松、兰香，他们高兴、激动，也有些忧心忡忡、恋恋不舍。

王茂源呷了一口酒，感慨万千地说："俗话说，靠山吃山，靠水吃水，自从这儿开埠起，我们的老祖宗就与海外番邦通商贸易。宋初，我们刺桐（泉州）'连海外之国三十有六'，有'万骑貌瓣，千艘犀象'，船樯鳞集，外货如山，真是'苍官影里三洲路，涨海声中万国商'，多壮观，多辉煌！商人赚钱呢，心里也乐开花，南宋绍兴八年（1138），泉州纲首朱仿，舟往三佛齐国，往返曾不期年，获利百倍，前后之贾与外番者，未曾有是，嘿！多牛！真是令人眼馋羡慕啊！然而，'海禁'之后，番邦贸易，无影无踪，商贾们唉声叹气，只有偷偷摸摸出海，还提心吊胆，一是担心被官府捉拿，二是害怕海盗陈祖义一伙杀人越货。如今，明成祖朱棣派遣使节到海外与诸国通好，虽然海禁没有解除，但海上番邦贸易迟早要开放或者放松的。现在有的官员对下海做贸易开一只眼，闭一只眼，泉州有的商人闻风而动，悄不言声出海……"

妻子郑氏打断他的话说："我从心里是不赞成万年和云松出海的，担心不安全，但看到别的商家出海，也眼红，我们家也不能错过赚钱的好机会呀！"

"别人家出海都不怕，我们有什么可怕的！"郑万年拍着胸脯说。

王茂源举起酒杯说："万年内弟呀，感谢你了却了我多年的一个心愿啊！扬帆出海下南洋，丝绸、茶叶、瓷器通番邦，是老祖宗给我们开辟的海上丝绸之路，我们要世代走下去呀，传下去呀！"

"感谢你给了我一个下海越洋的机会，到那儿能开眼界呀。我从小就喜欢大海，到大海边嬉水，收集海贝、海螺，还喜欢沐浴海风，观赏大海。这次去南洋成年累月在海上，也算是过把瘾，说不定能找出新的商机。"郑万年端起酒杯喝了一口酒说。

"我这次下南洋一定会学到不少东西，看看番邦人最喜欢福建什么样产物，那儿有什么样好产物能带回卖个好价钱。"云松说。

"看来云松大有长进了，有经营的头脑了！"王茂源夸奖说。

"要是我是个男儿，也要跟着你们去南洋，见见异国风情，增长见识啰。"兰香娇嗔地说。

"那就等到下辈子吧！"云松逗着她说。

"你真坏！去你的！"兰香瞪了他一眼说，"听说南洋一些女子很喜欢中土的男子，你当心被人家看中套牢，当番邦人的女婿！"

"当个番邦女婿，娶个洋媳妇也没有什么不好，可开开洋荤呀！"云松调皮地说。

"妈可不乐意！"郑氏笑了一下，说。

"自古道，婚姻全靠缘分！千里有缘来相会，无缘当面不相识。"王茂源说。

云松端起酒杯对兰香说："哥这次出海，少则一年，多则两年，爸爸妈妈全靠你照顾关心了！我来敬你！"

"请哥放心，照顾关心爸爸妈妈，是我义不容辞的义务，天经地义！"兰香举起酒杯说。

郑氏举起酒杯对郑万年说："万年，此次下南洋，还望你这个舅舅多关照外甥啊！"

"由我陪同，请姐夫姐姐一百个放心，保证他的安全，万一遇到什么不测，我舍命也要保住他。"

"有弟弟这句话，我不会天天提心吊胆了！谢谢你！"郑氏说。

"不过生意上的事情，还要靠云松做主，我只能当当参谋而已。"万年说。

王茂源点点头说："我会与张掌柜打招呼。"

"放心，舅舅会帮助关心照顾我的云松说。

"祝舅舅、哥哥下南洋，一帆风顺！"兰香祝福道。

王茂源举杯说："今天算是为内弟万年和松儿出海饯行，祝一路平安，马到成功！待到明年归来时，我们再举办接风酒。"

众人举杯："南洋之行，海神保佑，往返顺利平安！"

第二天，王茂源先带着几个人将下南洋的货物，悄悄装上了一艘货船，与船主还有同船去的合伙搭档张掌柜进行沟通。一切就绪后，等到夕阳西下时，他又带着全家人还有内弟一起来到九日山，去延福寺进香，到昭惠庙拜谒。

延福寺，西晋太康九年原建造在九日山西二里处，是泉州乃至闽南最早的寺院。唐大历三年（768），移建于九日山南麓。唐武宗会昌五年（845），全国实行灭佛，延福寺被撤除。唐宣宗即位后，恢复佛教，延福寺大殿复建，僧人在乐山求木材时，遇一白须老翁指点，得杞、楠等木，梦许护送，一夕乘潮涨而下。因木材为梦神护送，故将所建殿为神运殿。为答谢乐山老翁助运木材之功，便在寺中建广祠祀，名曰灵乐祠，亦称灵岳祠。宋朝封其神为通远王，赐额昭惠庙。通远王神依九日山延福寺而显圣，九日山延福寺依通远王而扬名，神灵奇怪的传说，使泉州人对延福寺的神灵顶礼膜拜，一年四季香火不绝。

"万国梯航丝瓷治法雨，千秋祭礼香烛饶神明。"延福寺、昭惠庙不只是官方举行"遣舶祈风"的典礼之地，还是一些商贾、渔民下海前来祈祷的必去之处，以求得海神的庇佑。

昭惠庙飞檐重阁，屋脊上有四龙戏珠。大殿屋檐雕梁画栋，古色古香，两侧有"威灵""镇海"字样。殿正中间供奉着第一代海神通远王李元溥塑像，左有海神陈益塑像，右有海神黄志塑像。陈益被敕封为仁远王，黄志被敕封为辅国忠惠王。两侧还供有雨师、风师、雷师、电师神灵塑像，他们互相配合，行使法术各显神通。

众神像栩栩如生，不但庇护着人们扬帆出海风顺、平安，还保佑着百姓风调雨顺，驱邪除恶，吉祥消灾。

王茂源带着家人虔诚地点燃香烛，在众神灵面前跪拜磕头，默默祈求万年和云松出海下南洋一帆风顺，平安吉祥，次年顺利归来……

郑氏的眼皮突然跳动，她似乎感到有种不祥的预兆，又连连磕了三个头，祈求海神庇护弟弟和儿子此行下海平安。

他们进香祈祷后走出昭惠庙，郑氏的脸色阴沉下来，脚步也变得沉重，她用乞求的口气说，"茂源、万年、云松，能不能这次就不下海不去南洋了，货物请张掌柜代售！"

"开什么玩笑，货物都装上了船，叫人家代售，这不等于货物打水漂儿了！"王茂源不快地说。

"那可不行，我们都做好了一切准备，姐，你就别顾忌得太多了！"郑万年说。

"妈！好不容易盼到这一天，你就不要胡思乱想了！刚才我们不是拜了海神吗，海神会保佑我们的。"云松咕哝道。

"妈！你不用担心，这几天金溪港码头几乎天天都有船悄悄下南洋，人家能去，舅舅和哥哥为什么不能去！"兰香也向妈妈劝说道。

"说得倒也是！"郑氏思忖了一下说，"好！你们去吧，途中千万千万要小心啊！"

他们一行边走边聊来到金溪港码头，此时太阳已经落山，另一艘装满货物的帆船扬帆徐徐驶离码头。万年和云松乘坐的船停靠在码头上，张掌柜和船老板等人在船头等待着他们。万年、云松与家人告别后便登上帆船。

王茂源向船上人招招手，说："张老板，请你多关照！万年，途中肯定会遇到狂风巨浪和艰难险阻，挺一挺就过去了！云松，多听舅舅的话！"

"放心！""知道了！""嗯！"

"弟弟，云松，当心身体啊！"郑氏喊着，泪水盈满了眼眶。

"明年春天，我来码头接你们！"兰香大声地喊道。

郑万年："放心！你们也要多保重！"

云松："我不会让你们失望的！"

船帆升起，船上的人向送行者挥手告别，岸上送行的人凝望船上的人离去，依依不舍。晚霞倒映在江水中，红光万道，船渐渐离开码头。水面上霞光晃动，忽然一阵风刮来，郑万年的帽子被刮入江中随水波漂走，郑氏心中不由咯噔一下

7

往下沉，又一个不祥之兆，她湿润的双眼涌出了泪水，嗳嚅起来。兰香连忙搀扶着妈妈，眼泪也禁不住往下洒落。她望着舅舅、哥哥离去的身影和飘去的风帆，也忧心忡忡，担忧舅舅、哥哥这次去南洋会遭遇什么不测！

云松下海去南洋了，王茂源少了一个帮手，生意上事情忙得不可开交，有时也外出。妻子郑氏因料理家务，也插不上手。兰香自告奋勇，常常去店铺帮助打点，可以帮助爸爸，也算是找点乐趣。

王茂源的店铺门面在燕山街，不算很大，在丰州城算中上，经营茶叶、瓷器、丝绸等杂货，也算是与海上丝绸之路有关的商品。这条石板铺设的古街唐朝时就有了，两边的店铺、住宅鳞次栉比，古色古香，白天人流熙来攘去，热热闹闹。

光阴荏苒，第二年的四五月，九日山春花烂漫，正是丰州一带人下南洋乘季风回来的季节。一些人来到九日山的一眺石，眺望从海上归来的船舶，如果看到自己亲人的帆船或者自己老板的帆船驶来，便奔跑下山到金溪港码头去迎接。

一天，风和日丽，兰香也来到一眺石眺望，期盼舅舅和哥哥下南洋的船只归来，她等呀盼呀，终于看到一艘帆船向码头驶来，是否舅舅和哥哥搭乘的船舶她没有把握，管他呢。如果不是舅舅和哥哥归来的船舶也没有关系，也许能向别人打听到舅舅和哥哥的船什么时候能到达金溪港码头。

帆船靠近码头，她发现那条船是与舅舅和哥哥的船同时从金溪港出发下南洋的。船上的金老板是她爸爸的熟人，他一见兰香便知道她是等待舅舅和哥哥的船归来，不由神情凝重，难过而遗憾地摇摇头。

“金伯伯，我舅舅和哥哥那艘船是与你们的船同时出发的，你们可知道他们什么时间能返回？”兰香走上前去问道。

金老板听到兰香的话，顿时脸色阴沉下来，欲言又止，摇了一下头。

“怎么啦？”兰香有种不祥的预感，诧异地问。

“没……有什么！”金老板很不自在地说。

“你是不是有什么事情瞒着我。”

“没……有！”

“你不告诉我，我就不让你走！”兰香说着，就双手张开拦住他。

“还是让我告诉你爸爸吧！”

"不行！你得马上告诉我！"兰香一个温顺的姑娘一下子好像变成了另外一个人，她冲动、鲁莽、任性，仍然不让金老板走。

"好！我告诉你，不过，你得坚强、挺住。"

兰香点点头，可她控制不住，泪水溢了出来。

"兰香，实不相瞒，"金老板的声音有些嘶哑了，难过地说，"那天，从金溪港码头出发，我这艘船与你舅舅和哥哥搭乘的船，在海上行驶几乎是一前一后。有时我们在前，他们在后，有时他们在前，我们在后，一路上可算是顺风顺水。但到了旧港（现印尼巨港）附近的海面，天已经暗下来了，海面上黑乎乎的一片，我忽然听到你舅舅大声而惶恐地呼唤：'金老板，有海盗劫我们的船，你们赶快逃吧！麻烦你告诉我姐姐、姐夫，他们是陈祖义一伙的海盗，要为我们报仇呀……'空旷的海面，风也不大，我听得清清楚楚，我估计你舅舅的话还没有讲完，就遭到他们毒手了。肯定是海盗举着大刀冲上他们的船，乱砍滥杀，一个也不放过。我们听到一声声的惨叫和喊救命，吓得丢魂落魄，幸好我们的船老大沉着机灵，连忙又升起了一个风帆，迅速逃离，海盗船想追也追不上。我们的船行驶了好一阵子，还看见你舅舅和哥哥乘坐的那艘船燃烧着，火光映红了半边天，浓烟滚滚，在海面上就像一条黑龙。后来我们来到旧港码头卸货，当地的商家告诉我们，那些劫船的海盗是陈祖义的一帮人。他们还告诉我们，现在途经南洋的来往商船十有八九会遭到陈祖义的一帮海盗劫船，他们实行三光，即抢光、杀光、烧光，手段十分残忍。我们算命大，逃过一劫，真是海神庇佑呀。"

兰香听后"哇"地放声大哭起来："舅舅没有了，哥哥也没有了！"她的哭声一声比一声高，一声比一声凄惨。

金老板望着兰香可怜伤心的样子，眼眶也湿润了，安慰道："兰香，现在再伤心难过也无济于事，赶快回去告诉你爸爸妈妈吧，到延福寺请道士为你舅舅、哥哥做佛事超度，到城隍庙进香去吧！"

兰香谢了金老板，一边呜咽拭着泪水，一边朝丰州城里奔去，她的双腿像灌了铅一样沉重，心直往下坠……

兰香一路哭泣着跑回了家，将金老板所说的话如实地告诉了爸爸、妈妈。王茂源和妻子郑氏听了顿时如同晴天霹雳，五雷轰顶，觉得天在转，地在摇。王茂源惊愕得老半天说不出话来，脸色苍白，豆大的汗珠从额头、鼻尖涔涔渗出。郑氏"哇"的一声嘶叫哭泣，她边哭边说："那天在昭惠庙进香，我的眼皮不停地跳动，到了码头一开船，万年的帽子就被风吹到江中，我就知道这是不祥之兆。也许是海神暗示要当心，有灾，有难，我就怎么没有阻止他俩出海哩！嗯！"

"唉！我没有听你的话，哪里能想到会出事呢！要怪就怪我吧！他俩栽在海盗陈祖义一伙人的手中，陈祖义，我和你不共戴天！此仇必报！"王茂源哽咽着，后悔而愤慨地说。

"儿子云松没有了，哪有白发人送黑发人，作孽啊！弟弟万年没有了，我怎么对得起娘家的人啊！怎么交代啊！"郑氏悲伤地哭泣说。

她哭得一把鼻涕一把泪，捶胸顿足，伤心极点，忽然，眼皮一翻，下颚的肌肉颤抖了几下就倒下了，幸好兰香眼疾手快将她扶住，轻轻放下。郑氏已经昏迷过去，不省人事，王茂源惊慌得脸色发白，全身发颤，连忙叫店小二赶快去喊医生。

兰香抚摸着妈妈的脸庞和手，哭泣着喊道："妈！妈！你不能再出事呀，你如果再有个三长两短，叫我和爸爸如何活下去啊！"

王茂源也拉着妻子的手，流着泪水抚摸着说："彩霞，你快醒醒！醒醒！"

不一会儿，医生提着药箱走进，把了郑氏的脉搏，又翻了她的眼皮，摇了一下头。

"医生，求求你救救彩霞啊！求求你啊！"王茂源恳求道。

医生取出一颗药丸塞到郑氏口中，过了一会儿，仍无动静，医生再把了一下郑氏的脉搏，摇了一下头，叹气道："嗯！她走了！"

王茂源失声地痛哭说："怎么会这样，我对不起彩霞啊！对不起彩霞啊！"

兰香哭得死去活来，不停地呼喊道："妈！你不能走，不能走啊！"

哭泣声震撼着四邻，悲伤笼罩着他们家……

王茂源在亲友们的帮助下，安葬了妻子彩霞，办完了丧事。

在丰州城外的荒野上，新立了三个新坟，是郑氏彩霞的墓，郑万年和王云松的衣冠墓。

王茂源经历了人生从未有过的痛苦和打击，度过了一般人难以承受的煎熬和打击。

过了几天，一个惊人奇闻在丰州城里传开了，东后街一位姓马的艄公，掌舵的一艘货船行驶到南洋旧港洋面，也遭遇陈祖义一帮海盗的劫船，货物被抢光，船被烧毁，船上的人除了他外都被杀死，他奇迹般地回到了丰州。

兰香知道后不由动了心，天真地想，舅舅和哥哥也会不会像马艄公那样逃过一劫，死里逃生？也许是日有所思，夜有所梦。她夜里做了一个梦，梦见哥哥云松对她说："兰香，我没有死，我还活着，我想念你们啊！叫爸爸妈妈别为我担心！"

兰香认为是哥哥云松托梦给她，她对哥哥活在世上抱有侥幸和希望，她要弄清楚那位马艄公是如何劫后余生的？她瞒着爸爸跑出去，四处打听马艄公的住处，打听了半天，终于知道了他的住处。

一天，她来到东后街马艄公的家中，他正好在家。

"请问这是马师傅的家吗？"

"是！你是谁家的姑娘，找我有什么事情？"

"我是王茂源的女儿兰香，去年九月，我舅舅和哥哥乘坐的一商船到了南洋，遭遇了海盗劫船，货物被劫，船上的人都被杀害，包括我舅舅和哥哥，我妈妈听了噩耗，承受不了，当即猝死身亡……"兰香哭泣着说。

"真作孽啊！陈祖义和他的下属那帮海盗，在南洋见到船就抢光、杀光、烧光！可恶可恨呀！"

"那你是怎么死里逃生的？"

"说来话长，我是不幸中的万幸。我是艄公，会驾驶船，也会修理船。我们也是去年十月下南洋，装着一船货物，船一到南洋，想不到就遇到陈祖义的下属海盗劫船，他们一上船，就先问谁是艄公？我举起手，他们叫我过去，一个匪头说，'你留下，我们需要你'，然后使了一个眼色，海盗们举起大刀便向其余的人砍去，一个个人头落地，鲜血直喷，他们抢完货物，就放火烧船。我被他们带到一个岛上，他们叫我为他们的另外一艘船掌舵，如果拒绝可想而知，好汉不吃眼前亏，我被迫给他们开船掌舵。一天，他们劫船后将船停泊在另外一个岛上过夜，晚上他们都喝得酩酊大醉，我以解手为名，偷偷下到拖在大船后面的一条触板，划着触板就逃跑，划船划了一个通宵，第二天一早来到一个港口，后得到渔民的帮助，到了旧港，好不容易找到搭乘回泉州的船。真是海神庇佑，算我命大。"

"今天我来向你请教，我舅舅和哥哥还有活着回来的希望吗？"

"照理说，陈祖义那一帮海盗杀人如麻，他们不会轻易放过任何一个被劫的船上人。但任何事情没有绝对的，也许你哥哥机灵，在劫船或者放火烧船时跳海，他的水性好，大难不死、劫后余生的可能性还是有的，就看他的命了。"

"他们出发前，我们全家去过延福寺、昭惠庙进香跪拜过呀！"

"但愿海神能庇佑他们！"

"马师傅，谢谢你能接待我！"

"不客气！姑娘，祝你梦想成真！"

兰香告别了马艄公，天真地认为哥哥托梦给她他还活着，期待哥哥和舅舅有可能活着搭乘别人的船归来，于是一次又一次来到九日山上的一眺石眺望期盼。

"一眺石边几度看"，兰香的期盼也许是一个永久无法实现的梦，也许她能梦想成真……

第二章

　　王茂源祸不单行，人财两空，下南洋的货被陈祖义一伙海盗劫走，内弟郑万年、儿子云松被害，妻子受不了打击猝死，想不到倒霉的事接踵而来，真是"屋漏偏逢连夜雨，船迟又遇打头风"。

　　亡妻还未过完五七，县衙里的县吏拿着本子前来调查说："王掌柜，有人举报你私自装运货物下南洋，大明律法规定'敢有私下诸番互市者必绳之以重法'！"

　　"丰州城内城外，有那么多的商贾偷偷摸摸装运货物下南洋，为什么偏偏要查我？"王茂源不服，问道。

　　"自古道，民不告，官不管！因为有人举报你家人私自下洋！"

　　"不错，去年十月，我内弟、儿子装了丝绸、茶叶、瓷器的船下了南洋，这是老祖宗为我们开辟的海上丝路，一直没有间断过。我们靠山吃山，靠海吃海，做番邦贸易，互通有无，大家赚钱，有什么不好！可惜呀，我内弟、儿子的船舶遭到陈祖义一伙海盗的抢劫，弄得我人财两空！"王茂源指着三个牌位说："你看，我的内弟、儿子丧命，我的妻子承受不了打击，她的命也搭上去了，大人呀，难道你还要忍心处罚我吗？"

　　县吏望着三个灵位和凄凉的灵堂，摇摇头，说："我只是奉公查办此事而已，望节哀保重！"

　　"谢谢你开恩关怀！"

　　县吏走了，王茂源百思不解，丰州城里也很少听说商贾下南洋被官府调查查办，因为大明的"海禁"禁而不止，官府也是开只眼闭只眼。我王茂源为人处世很好，也未与他人结怨，是谁举报的呢？

原来，丰州城里有名的泼赖青年江流风和他的狐朋狗友猫头，一日在金溪河畔正好遇到从九日山下山的兰香。他俩调戏兰香，兰香的恋人林龙蛟从老家德化回丰州下船上岸碰上，奔过去将他俩踢翻在地嘴啃泥。他俩怀恨在心，到县衙门告发王茂源家人私自出海下南洋。其实，王茂源下南洋遭不测的事丰州城是无人不晓的，县衙也知道。而兰香没有告诉爸爸自己遭遇江流风调戏，结果被龙蛟解救的事，王茂源当然猜想不到是江流风所为。

也许人们认为王茂源家连连遭灾祸，不吉利、晦气，前来购物、送货的人门可罗雀，他的生意每况愈下。

王茂源与别人合伙装了一船的茶叶、瓷器、丝绸等货物下南洋，有借了人家的钱进了货未还款，也有进了人家的货未给人家钱，现在血本未收，生意清淡赚不了钱，无力偿还人家的债，前来讨债的人络绎不断。有人是板着脸前来讨债，有人是气势汹汹说不还债就以店铺抵押，王茂源只好笑脸相陪，乞求人家宽容，再等些日子。他尴尬、难受、惆怅、无奈，有时为了避债，悄悄到护城河畔遛弯散心。

兰香看到爸爸生意每况愈下，度日如年，不由心痛万分，但她爱莫能助。一天早晨起来，爸爸王茂源避债出去了。她泡了上等茶，倒了三杯，供放在妈妈、舅舅、哥哥的牌位前，又点燃香，默默地吐露着心里话："你们走了，爸爸心力交瘁，他不但痛定思痛，思念你们，而且每天应付前来讨债的人。我看到爸爸忧伤和忧虑，只有偷偷地落泪，我帮不了他的忙，只有安慰上几句，为他做点好吃的！使我感到欣慰的是，我找到了心上人龙蛟，他长得英俊，人品也好，他给我带来不少慰藉，可惜你们没有见到他，如见到他一定会开心、满意。我俩已偷偷约会，可我还瞒着爸爸，还不知爸爸是否同意，你们有灵在天要保佑成全我和龙蛟啊……"

正在这时，店小二前来通报："小姐，龙蛟送货来了，要见你！"

"你马上带他进来！"兰香说。

不一会儿，龙蛟跨进了屋子，看到了三个牌位和袅袅飘着的香烟，神色凝重，兰香不由呜咽起来。龙蛟转过身拍拍她的肩以安慰，兰香一下子扑到他的身上，动情地抽泣着，她似乎感到龙蛟是她的依托、靠山，她似乎有满腹的痛苦要向他倾诉……

"不要难过，有我在，会慢慢好的！"龙蛟安慰道。

"妈妈、舅舅、哥哥有灵在天看到你也会高兴的！"兰香拭去一把泪说。

"让我来向他们磕头！"龙蛟点燃三炷香插进香炉，然后跪拜。

"妈妈、舅舅、哥哥，他就是龙蛟呀！"兰香说。

"如果将来有机会，我一定为你们报仇，捉拿海盗陈祖义，杀死陈祖义！"龙蛟捏紧拳头说。

"如是这样，你不但为妈妈、舅舅、哥哥报了仇，也为许多下南洋的闽南人报了仇，也为国、为民除了害，更为人们打通了去南洋的丝绸之路！"兰香说。

"我期待着有这一天！"龙蛟说。

"想不到你今天能来拜谒妈妈、舅舅、哥哥的灵位！"

"早应该来。昨天爸爸送来一批新瓷品，今天一早我就叫挑夫陪我送来。这些新瓷品还是第一批上市。"

"带我去看看！走！我们到店铺去！"

他俩刚到店铺，王茂源也从外面遛回来了，他一见龙蛟，不由愁容笼罩脸庞，皱起了眉头，以为龙蛟也是来讨债。

龙蛟彬彬有礼道："王掌柜，不，王伯伯，你好！"

"你也来凑热闹向我讨债，我是答应过你，你的几笔欠款以后一起还，可现在……"王茂源唉声叹气说。

"爸！你误会了，人家是来给你送新瓷品的！"兰香打断了王茂源的话。

"送来新瓷货难得呀！好多天人家不给我送货，知道我付不出钱，你送来的货，我也是付不出钱款呀！"

"王伯伯！我知道你现在是最困难的时期，钱款不急，等到你生意有了好转，和以前的货一起结账！"

"真的？太好了！真是老天爷在保佑我！"王茂源眉头展开了，激动地说。

"人家送来的货，是未上市场的新瓷品！"兰香说。

"小二，快打开来看看！"王茂源吩咐道。

店小二解开用稻草捆着的瓷品，都是洁白如玉的瓷器，有观音像、茶壶、茶

15

杯、碗、盘、碟等。

王茂源睁大了眼睛，看呆了，惊叹地说："果然是新品、精品、上等品，如果销到海外，可是抢手货呀！"

兰香也端详着，发出啧啧的赞叹："真是从未见过！"

"这是我爸爸花了近两年的工夫，潜心研究试验制作出的新瓷品！昨天刚运来丰州。"龙蛟说。

"太好了！你开个价吧！"王茂源说。

龙蛟将一张报价单递过去。

王茂源看了一眼，说："我全要了，有多少要多少，不过，待我卖了再给款。"

"王伯伯，卖出的款你先还债吧，待你生意有了好转再给我款！"

"真的？"

龙蛟点点头。

这时，一个商人打扮的人走进店铺，东看西望，一看柜上摆放的几件新款瓷品，眼球被吸引住了。他拿了一尊观音像左看右看，观音像洁白如象牙，造型栩栩如生，服饰也很细腻，他扬起头说："我是来自杭州的商人，这些瓷器是从何处出窑的？"

"德化，是我爸爸制作的新工艺品。"龙蛟说。

"我全要了，可以吧，开个价？"

王茂源在龙蛟的报价上翻个倍，商人点点头，马上掏出银圆，又问："还有货吗？"

"有！明天我送来，你还是这时候来取！"龙蛟说。

商人点点头，说："好！明天我来取！"商人又去街上叫来挑夫，担走了瓷器。

商人走了，王茂源拍拍龙蛟的肩，激动地说："谢谢你的帮助呀！不瞒你说，一个个掌柜向我逼债，其中一个李姓掌柜说，'你还不了债就将门店抵押'，这不是砸我的锅呀，你帮我解围啦！"

"这是应该的！能帮助你，我感到欣慰！"龙蛟说。

兰香深深地看了龙蛟一眼说："爸，你还不快谢人家！"

"谢谢！谢……"

"不必！不必！"龙蛟说。

第二天，龙蛟又带着挑夫送来两筐瓷器新产品，王茂源卖给了杭州那位商人，两笔生意卖下的款还给了李掌柜，他总算解了围……

江流风自从在金溪河畔调戏兰香不成，对兰香的贪念有增无减，甚至茶饭不思。妈妈丰氏看了心疼，问他何故，他说看中了丰州城里燕山街的兰香姑娘，丰氏又告诉了丈夫江成波，江成波摇摇头说："不行，不行！王茂源家连续三人命丧黄泉，人家与他做生意躲还来不及哩，和这样的人家攀亲晦气、不吉利。南安乡下有个财主托人来说媒，他的女儿长得如花似玉，不如将这女子与流风见见面。如果他愿意，这门亲事也不错，那个财主有地近百亩，家财万贯。"

丰氏征求儿子流风的意见，流风摇摇头不干。丰氏无奈，就劝丈夫江成波去找王茂源提亲。

江成波后来想想王茂源这个人在商界久战沙场，人也精干，他倒霉落难，也许是暂时的。他的女儿兰香长得玲珑妖媚，人见人爱，如能娶兰香当儿媳也是件好事。如果在平时，王茂源肯定不干，而现在，在他失势倒霉时，说不定也许能答应。

一天，江成波大腹便便地来到王记店铺，王茂源笑脸相迎，给他沏茶，问道："江掌柜，是什么风把你吹来？"

"哎呀，早应该来看看你呀，你也是算丰州城里的一条汉子，家中连遭不幸，应该慰问关心你才是！"

"谢谢你的关心，在下眼前是困难重重，焦头烂额，但我相信乌云过后总会有艳阳天，飓风过去海面总会风平浪静。"

"凭你的能力、资历，一定会东山再起。"

"谢谢吉言，鼓励！"

"今天来看看你，不知道你是否需要什么帮助？"

王茂源本想向他借款还债渡过难关，但一想，江成波老奸巨猾，他没有这么好的心肠。莫非他有什么别的企图，便说："我现在深陷囹圄，困难重重，有你这句话，我心满意足矣！"

"老兄别见外，别客气呀！"

"江掌柜，你有什么事就直截了当说啰！"

"不瞒你说，我的儿子江流风看中了你的千金兰香！"

"唔！"王茂源一愣，他忽地想起他的儿子江流风一副猪头猪脑的模样，在丰州城里名声口碑也不好！便说，"小女刚丧母，我呢丧妻、丧子、丧内弟，现在谈女儿婚事，不妥不吉呀！"

"我们不计较，你何必想得太多！说实在的，如果谈门当户对，我俩两家还真是对得上呀！"

"哪里！哪里！你是丰州城里的大户人家，我是小户，现在又将穷困潦倒！"

"你过于谦虚了！嘿！我们结成亲家，我也可以帮你一把，渡过难关！我知道你一心想重蹈海上丝绸之路，做番邦贸易，挫折了也不甘心罢休，我们也可合作呀！"

王茂源想想他说的话也对，于是回去征求兰香的意见，结果遭兰香一口回绝。

过了数日，江成波请家仆通知王茂源在酒店饮酒，说要介绍一笔大生意。

王茂源如期赴约，江成波带有一点诡秘的神情说："有一笔海上丝绸之路的生意，不知你是否有兴趣？"

"当然有兴趣，这是老祖宗开辟的路，也是我们数代人延续下来的梦。不能一朝被蛇咬，十年怕井绳！"王茂源双眸一亮，激动地说。

江成波递过一张纸，说："这是一张去南洋的订货单，有丝绸、瓷器、茶叶、果脯、木材等。"

"啊！是个不小的订单啊，可惜我没有本钱做这笔大生意！"王茂源有些遗憾地说。

"不要紧，人家给订金，不瞒你说，这是泉州的一个朋友下南洋，托我帮助采购。我呢，最近和一个朋友忙于开矿，在节骨眼上，无暇做这笔生意，我想起你采购这些货物是熟门轻路，不费气力。"

"是！谢谢你的关照！我愿意！"

"老兄，且慢，还有一件事我想问问，我儿流风想讨兰香当媳妇的事情，不知有何消息？"

"嗯！"王茂源直言不讳地说："我与兰香说过，她不愿意呀！"

"你再回去劝劝她，我家在丰城里算不上巨富，但也算殷实，流风长得不帅，但也不丑，他长得胖点，这是富态福相呀！再说，我们两家成了亲家，肥水不外流，财源滚滚而来！你要下南洋，我配合你，支持你！"

王茂源想想江成波的话也不无道理，如果这笔订单做成，他确实能从困境中走出，重整海上丝绸之路，他连忙举起酒杯敬江成波，说："我回去再做小女兰香的工作！"

"好！祝马到成功！"江成波举起酒杯相碰。

他俩不断地斟酒，不断碰杯……

丰州城里的许多店铺已打烊关门，石板路上行人稀少，王茂源东倒西歪地跨进屋子，兰香在烛光下等他，问："爸，今晚怎么这么晚才回？"

"和江成波多喝了几盏！"

"他把你灌醉，难道有什么阴谋和企图？"

"他给了我一位泉州掌柜下南洋采购的大订单，有订金，此单如做成，我可以翻身走出困境了！"

"是否有诈？是不是有什么附加条件？"

"没有诈。"

"他是否提及江流风要娶我当媳妇的事？"

"提了，江流风想你简直得了相思病！"

"爸！这怕是以做生意为诱饵来引诱你，要挟你，我和你讲过，我看不中江流风！"

"噢！不能这么说！江流风其貌不扬，但也是大户人家的公子，你嫁过去，有享不尽的荣华富贵。再说，他喜欢你，你能管住他！我们两家联姻，生意能做大，我重蹈海上丝绸之路下南洋就指日可待！"

"爸，要我嫁给江流风，就是不可能！"

"莫非你有了意中人？"

"是！"

"是谁？"

"就是常来送瓷货的龙蛟！"

王茂源不由一愣，心想难怪兰香这些日子常常不在家，不知道她到什么地方去干什么，肯定是与龙蛟约会。

他摇了一下头说："你嫁给龙蛟，将来到德化山区那个穷地方能过得好日子吗？龙蛟将来会有大出息吗？"

"我相信他将来会有大出息！他生意做大了，赚了钱为什么不可在丰州城买房定居？"

"这么说，你是不肯嫁给流风？"

"是！"

"你是砸掉爸爸赚大钱的好机会呀，错过一个翻身摆脱困境的机会将会使我遗憾无穷啊！"

"做生意的怎能以儿女婚姻为条件！谈婚嫁又怎能以赚钱为诱饵！当父亲的怎么能以女儿的婚姻当儿戏！"

兰香的话激怒了王茂源，他带着醉意"啪"的一声拍了一下桌子，大怒道："你的舅舅、哥哥被海盗陈祖义杀死，你的妈妈失去了弟弟和儿子而猝死。你要嫁给龙蛟，除非海盗陈祖义被捉拿，或者处死，除非龙蛟给我去报此深仇大恨！"

这也许是王茂源积累了太多的仇和恨的迸发，也许是他巨大痛苦和不幸的发泄，也许是被江成波巨大诱惑他无法实现丝路之梦而惋惜的埋怨。

兰香"哇"的一声哭泣起来，抽泣着说："龙蛟有哪一点不好！别人家上门向你讨债逼债，他不但将以前欠的款暂时不要，还给你送来新瓷品卖了好价钱留下周转还债，困难之中见真情，这样的好人哪里去找……"

她捂着脸奔到自己的闺房，"砰"的一声关上房门，一头倒在床上，蒙着被子啜泣起来。

第二天，兰香怒气未消，套拉着脑袋，也不理睬爸爸。王茂源心中也不快，沉默不语，两人就像哑巴一样，屋子里的空气似乎要凝固。王茂源早餐后出去办事，兰香也一溜烟似的跑出去，去郊外找龙蛟。龙蛟正好进城，两人在路上碰上，走到金溪河畔，在一个亭子的石凳上坐下，兰香将昨晚发生的事对龙蛟讲了一番。

龙蛟倒吸了一口气说："我在你妈、你舅、你哥的灵位前不是表了态吗，将来有机会我一定替你们家报仇！"

"我相信你，可是……"

"报仇要有机会啊！老天爷，求求给我一个机会吧！"

"我非你莫嫁，我这一生只属于你！"

"谢谢你！兰香，我俩要像那些海鸟，不怕狂风暴雨，在逆风中搏击长空；要像河畔的那些棕树，任凭飓风雷电，仍然昂首屹立，巋然不动。"

"我俩的爱要像九日山的磐石一样坚固，海枯石烂永不变！"

"我自信将来一定会大有作为，一定不会让你失望，一定让你过上幸福的好日子！"

"我相信！"

"你爸爸那儿你如何应付？"

"我自有办法，请你放心！"

他俩各自表白爱心，安慰、鼓励，聊了很久很久……

第二天，龙蛟去丰州城东后街一个店铺去收货款，路过南安学堂宫时，只见石栅外的木棉树长得荫翳蔽日，赶集的人们熙熙攘攘，好不热闹。

他走到城墙前，发现许多人围着看一张布告，布告的内容大概是：永乐皇帝派三宝太监郑和作为巡洋正使、船队总兵管率领大明船队下西洋，睦邻四海，怀柔远人，恩泽天下，郑和大人决定在福建沿海招募水兵，补充兵源。

人们看了议论纷纷：

"永乐皇帝是否要开海禁？不开海禁也是要对外开放，不再闭关自守了！"

"郑和下西洋是天大的好事！"

"大海盗头目陈祖义是兔子的尾巴——长（藏）不了！"

"我也要做好去南洋做生意的准备！"

"我回去叫儿子阿牛报名应征去当水兵！"

龙蛟看了布告不由双眸一亮，听到别人的议论一股热流涌上心头。

"啊！天助我也。"龙蛟自言自语地说道。他想这是多么难得的机会啊，我也去报名应征！凭我的身体、水性，我一定能入伍。凭我的能力智商，我一定能在军中出人头地，大有作为……但不知兰香是否同意我应征？爸爸妈妈会不会反对？当兵入伍毕竟有危险，但为了海上丝绸之路出生入死，即使为国捐躯，虽死犹荣。为捉拿海盗陈祖义而死，死而无憾。他的思想激烈地斗争着，沉思了片刻，按捺不住，立即去找兰香商量。

他将去东后街要货款的事也忘了，一口气跑到王记货栈，他问店小二："兰香是否在家中？""她出去了！"店小二说。"去了何处？""不知道！"店小二回答道。

龙蛟急得汗水涔涔，去附近的菜场、商店转了一圈，到处寻找兰香，但不见踪影。他思忖了半天，莫非去九日山眺望大海，思念失去的亲人。

龙蛟串街走巷，登山爬坡，飞奔到九日山，一眼就看到兰香如痴如醉地眺望着大海，神情流露出哀伤，眼角上还挂着泪花。

"兰香，兰香！"龙蛟气喘吁吁地喊叫。

"龙蛟，你怎么也来了！"兰香诧异地看着他说。

"我找你找得好苦呀！听店小二说你不在家，丰州城几乎找遍了！"

"我心中郁闷、不快，就来到这儿看大海，散散心！"

"走！下山去，我有重要的事和你商量！"

"什么事？"兰香边走边问。

龙蛟将城墙上张贴的告示内容复述了一遍说："我想报名应征，跟随郑和大人下西洋，捉拿海盗陈祖义，为你妈妈、舅舅、哥哥报仇，了却你爸爸的心愿！你爸爸总没理由反对我俩的婚事吧！"

"啊！"兰香激动得惊叫一声，深深地吸了一口气，脸上顿时绽放出一丝丝笑容，但很快又被愁容覆盖。她真是又喜又忧，喜忧交加。喜的是，这确实是个难得的机遇，龙蛟应征跟随郑和大人下西洋，为郑和大人捉拿海盗陈祖义效力，说不定还真能立功受奖。既为我们全家报了仇，也会实现我俩结为连理的美好愿望，相信爸爸不会食言。忧的是，他应征参军远涉重洋，会穿越波涛如山的大海，经历千难万险，而且也许会遇到战场的险恶。"古人征战几人回？"她沉思了片刻，又摇摇头说："我……舍不得你去！"

"别忘了你爸爸前天对你说的话，'你要嫁给龙蛟，除非海盗陈祖义被捉拿或者处死……'应征是成全我俩婚姻的最佳途径！"龙蛟又感慨地说，"另外，跟随郑和下西洋可见世面，了解番邦贸易的行情，将来退役后开辟海外贸易市场，传承老祖宗的海上丝绸之路，我就不相信将来成不了出色的商人、掌柜，我就不相信将来不能让你过上好日子……"

兰香听了泪花直滚，似乎动了心，她深深地凝视龙蛟。

"为了你也为了我，也为了我们的将来！还为了大明的国威、安危，我要报名应征！"龙蛟说。

兰香觉得龙蛟有志气，有抱负，有远见，讲得也在理，便说："好！我同意你去！不过你爸妈会同意你去吗？"

"他俩的工作由我来做！"龙蛟说着，沉思一下抬起头又说，"兰香，我如果能跟随郑和大人下西洋，海盗陈祖义被捉拿了，伏法了，你爸会不会变卦，讲话不算数！"

"不会的！请相信我！"

"如果我为大明捉拿了陈祖义，为国捐躯了，葬身大海呢？"

"呸！呸……不许讲不吉利的话！走！我们去延福寺、昭惠庙进香，保佑你顺利应征，保佑你捉拿陈祖义立下战功，凯旋归航，保佑我俩百年好合！"兰香拉着龙蛟往延福寺方向奔去。

他俩在延福寺、昭惠庙向菩萨、海神进香、祈祷，然后一起走出山门，龙蛟说："我明天就去德化，说服我爸爸妈妈。"

"我要不要把这件事和我爸爸讲？"兰香说。

"等我回来再说吧！"

"好！"

九日山山门前，一棵棵三角梅开得红红火火，大红、紫红、淡红，一群群鸟儿从兰香、龙蛟身边掠过，叽叽喳喳欢叫着，似乎在祝愿龙蛟好运，祝福他俩幸福美好！

次日，龙蛟从金溪港码头乘船从晋江溯江而上到永春，下船后又翻过连绵起伏的山坡才到德化老家。妈妈说："你回来正好，有人来说媒，要将马财主的女儿牡丹许配给你。"龙蛟说不行，他已与兰香相爱，为了成全婚事，他要报名应征跟随郑和下西洋征求爸妈意见，结果爸妈说除非他与兰香定了亲才肯他去。

龙蛟回到丰州，又将回德化老家见到爸妈的情况如实地告诉了兰香。

一天晚上，王茂源家的堂屋，烛光火苗跳动着，兰香托着腮沉思着，等待爸爸回来。

不一会儿，喝得有些醉意的王茂源跌跌撞撞走进屋子，兰香上前去将他扶着坐下，又倒来一杯茶，关心地说："爸，你在外面少喝点酒好不好，酒喝多了会伤害身体！"

"喝酒能解闷，消愁呀！"

"俗话说，抽刀断水水更流，借酒消愁愁更愁！"兰香说。

"兰香，这么晚了，你怎么还不睡？"

"我等你，是想与爸商量一件事！"

"什么事？"

"你说过，如果我要嫁龙蛟，除非海盗陈祖义被捉拿处死，龙蛟为我们家报了仇！"

"是呀！我说过，不食言！我也知道郑和大人要下洋，肯定要去缉拿陈祖义伏法。"

"爸！龙蛟和我商量，他要报名应征，跟郑和大人下西洋去捉拿海盗头目陈祖义，为我死去的妈妈、舅舅、哥哥报仇！"

王茂源听了不由双眸一亮，站了起来说："是真的？这小子有志气，有骨气，也有义气！"

"当然是真的，他打算去报名应征！"

"昨天我也看到官府贴在城墙上的告示，郑和大人下西洋要在福建沿海招募水兵，补充兵力。嘀！通往南洋诸国的海上贸易又要红火了，也许会给我们带来海上贸易的春天，我早就盼着这一天啊！"

"龙蛟跟着郑和大人下南洋也能开开眼界，了解番邦贸易的行情，将来也可以做海上番邦贸易呀！"

"好哇！你赞同他去？"

"是！"

"他爸妈同意他去吗？"

"同意！不过……"

"不过什么？"

"他爸妈希望他与我定了亲才肯让他去应征！"

"唔！"王茂源倒吸了一口气，说，"他们是不放心你，不放心我们家，这是一步高棋！

"丫头！你愿意吗？"

兰香点点头："愿意！爸，你呢？"

王茂源摇摇头说："爸不赞成，他是去应征，郑和大人又是第一次率船队下南洋，海盗猖獗，海浪险恶，有的蛮夷凶狠，万一……"

"爸，你是怕万一龙蛟跟郑和下西洋遇到不测……他说过，为国捐躯，虽死犹荣！"

"孩子，如果龙蛟下西洋再遇到什么不测，你再也经不起这样的打击了，我们家也受不了这样的折腾呀！"

"爸，相信他去应征，下西洋归来，会给你带来许多意想不到的佳音！"

"这我相信！他跟随郑和大人下西洋也许能立功受赏，陈祖义一定会被缉拿归案！我同意你和他确定关系，但定亲不是现在，而是在将来，待他胜利归来！"

"爸，这么说，你是不同意在龙蛟应征前与我定亲！"

"是！爸是为你着想！也为我们这个家好！"

兰香气得满脸通红，泪水婆娑，狠狠地瞪了爸爸几眼，气呼呼地走进自己的房间，"嘭"的一声关上房门，倒在床上，捂着被子伤心地啜泣起来……

第二天早晨，王茂源起来想用早餐，发现兰香根本就没有做，心想也许昨夜她气还未消，仍然躺在床上睡懒觉哩。他便悄悄走到兰香的房门口看动静，一看房门半掩半开。他推开门，不见兰香影子。他不知兰香生气离家出走是昨夜还是今晨，他琢磨着，兰香会不会想不开自寻短见？古往今来痴心女子对自己婚事与父母闹僵，自寻短见的多的是，如果兰香发生什么意外，有个三长两短，自己活着还有什么意思！我也对不起她死去的妈妈！他惊怵得头皮发麻，全身出冷汗，顾不上饥肠辘辘，连忙将大门锁上，先沿着护城河东张西望，接着又来到金溪河畔，没有见到兰香的踪影。他又到城里大街小巷走了一圈，还是不见兰香踪影。兰香会到哪里去呢？会不会去找龙蛟？龙蛟和弟弟龙海在城郊租的房屋他没有去过，他连忙回到店铺拉着店小二陪他去找龙蛟……

原来，天一亮，兰香就起床，梳洗打扮了一番，悄悄打开大门离开家，去她常常喜欢去的地方——九日山一眺石。她穿越过丰州城的石板路，越过石拱桥，跨过山门，一口气登上九日山上的一眺石，向东面的大海眺望。大海衬托着满天霞光，海水碧蓝，飘着团团水雾，海浪一浪推着一浪。她不知多少次来到这儿眺望大海，盼望哥哥、舅舅归来，带着期望、伤感，这次还增加悲怆、失望、气愤，她更加思念失去的妈妈、哥哥，如果妈妈还活着的话，一定会理解女儿，疼爱女儿，为女儿讲话。如果哥哥在身边，也一定会站在我这边，帮助我对爸爸据理力争，一定使我遂愿，可怜我力单势薄，爸爸不通人情，不但伤了我的心，而且使我无法兑现对龙蛟的承诺和交代！她难过得泪水滚落，鼻子发酸，无声啜泣起来……

海面上霞光渐渐变得明亮，不一会儿，太阳像一个火球，从海面升起。兰香拭去泪水看着日出，她想，我今天一天就待在这儿看太阳，望大海，沐海风，让爸爸尝尝我出走，找我的滋味，我坚持就是胜利……

太阳从海面升起，缕缕阳光照射着九日山的岩石、树木、寺庙。春风吹拂着她的长发，她站在一眺石上如同一尊虞美人雕塑。

龙蛟领着王茂源拾级而上，一口气登上山，快到一眺石时，龙蛟指着一个头发飘拂的女子说："看！那不是兰香吗！"

王茂源睁大了双眼，气喘吁吁地点点头说："是！是！啊！果然是兰香！龙蛟，谢谢你！"

"王伯伯，不必客气，我陪你找兰香是应该的！"龙蛟擦了一把汗说。

"兰香！兰香！"王茂源大声地喊道，立即奔向一眺石。

兰香没有回头，没有吭声，仍昂着头望着大海。

王茂源走到兰香面前，一下子扑上去抱住兰香，哽咽地说："兰香，我终于找到你了！"

兰香也双手抱着爸爸，泪水像决了堤的江水涌出……

"爸爸失去了你妈，你哥，再也不能失去了你啊！爸昨天也许多喝了几杯酒，讲话伤了你的心，爸给你赔个不是，现在当着龙蛟的面，我对你俩讲，我同意你俩订婚，而且为你们在丰州城里办得风风光光！"王茂源双眸闪着泪花，激动地说。

"爸！"兰香哽咽地喊了一声，双手紧紧地抱着王茂源，脸庞贴在爸爸的脸上，流下激动的泪水。

"谢爸爸！"龙蛟立即改口叫王茂源爸爸，向他鞠了个躬。

兰香松手放开爸爸，和龙蛟双目对视，两人会意地露出笑容。龙蛟的眸子也湿润了。他俩心照不宣，兰香的"出走计"赢得胜利，实现了他俩的心愿！

第三章

　　龙蛟和兰香、王茂源商定好，下山后龙蛟就去丰州衙门报名应征，获准后林家就给王家送聘礼定亲，然后王茂源在丰州城举办订婚酒席庆贺。

　　真是好事多磨。当蛟龙来到衙门要报名应征参军时，经办官吏说："招募的应征人员报名已截止。"龙蛟一听顿时傻眼，后悔为定亲的事折腾了一阵子，耽误了时间，这如何向爸妈还有兰香交代呀！下西洋的心愿和宏图大志也付之东流。订婚宴泡汤，岂不是被左邻右舍笑话。

　　"小伙子，回去吧！明后年也许还会有征兵下西洋的机会！"经办官吏劝说道。

　　"跟随郑和大人下西洋是我的心愿，我的志向，恳求大人和主管官说说情吧！"龙蛟哀求道。

　　"不行！小伙子，我看你身强体壮，人也精干，相信还有机会的，明年一看告示马上就来报名！"

　　"我等不及呀！你有所不知，我的岳父大人叫王茂源，在丰州开店铺，他与人合伙装了一船货物下南洋，叫内弟、儿子前往，结果船遭到陈祖义一伙海盗劫船，人被杀害，货被劫走，船被烧毁。他的妻子也是我的岳母，得知此消息，承受不了，当即猝死身亡，弄得家破人亡。我这次报名应征，就是要跟随郑和大人下西洋为我的岳父大人全家报仇！为民除害！"龙蛟侃侃而谈。

　　"小伙子，你是做什么活的？你爸是从事什么行业的？"

　　"我爸在德化开窑做陶瓷器，我来往德化和丰州之间送货做销售，我要跟随

27

郑和大人下西洋消除海上匪患，活捉海盗头目陈祖义，畅通海上丝路，也为我岳父家，还有许多的曾经遭遇陈祖义打劫的闽南人报仇……"

"好小伙子！"经办官竖起耳朵听着，竖起大拇指，连连称赞。他沉吟一下说："我来帮助你向主管官去反映一下，看看能否对你网开一面，你在这儿稍等片刻。"

"谢谢大人！"龙蛟向他鞠了一个躬，说道。

不一会儿，主管官出来了，打量着龙蛟，又拍拍他的胸脯、肩膀问道："会游泳吗？"

"会！我外婆家在晋江江畔，小时候常去那儿，五岁就学会游泳，现在一口气游上十里八里不在话下！"

"应征报名已经截止，我听到你的情况介绍，又看到你壮实的身体，对你网开一面，填张表吧，算报上名，三天后来听消息！"主管官说。

"谢主管官！"龙蛟行礼谢道。然后填上表格交上，向主管官和官吏鞠躬致谢告别，离开了衙门。

三日后龙蛟去衙门，看见门外贴着布告，榜上有他的名字，他被招募应征当水兵，半个月后到金溪河港码头集合，然后到一个海岛集训。

龙蛟欣喜若狂，连忙奔去告诉兰香。兰香听了激动得双眸闪着泪花，说："真是菩萨保佑！海神保佑！"

龙蛟要回老家德化，告诉爸妈他被应征入伍的消息，另叫爸妈准备聘礼送到兰香家。

第二天，兰香送龙蛟到金溪江畔，他搭乘一艘船溯江而上。

数日后，龙蛟陪着爸爸还有媒婆带着聘礼乘船来到丰州城王茂源家。王茂源设宴招待，还请了几个亲友参加，这样就算完成了定亲。

王茂源认为女儿定亲也是一件大事，喜事，也要冲冲家中不幸的晦气，于是他选了一个吉日，在丰州城里的兴隆饭店办了六桌酒席，请来亲戚和商圈的朋友们。

兴隆饭店烛光高照，王茂源穿着一套崭新的长袍，龙蛟身着戎装，兰香身着淡红色的衣裙，在餐厅门口迎接客人。

王茂源满脸笑容，双手作揖笑迎客人："欢迎大驾光临！"

龙蛟和兰香点头鞠躬不停地喊道："伯父好！""叔叔好！"

大块头黄老板一进门看见龙蛟和兰香便惊讶地说："王掌柜，你养了个好女儿，而且喜得佳婿。"

这个黄老板前些时来向王茂源讨债也很积极卖劲，款虽没要到，他听说王茂源找了一个跟随郑和下西洋的水兵做女婿，想想也许不久他会有翻身之日，说不定还能利用他，于是也来庆贺一下。

"谢谢光临！"王茂源向他行了一个礼，便悄悄对他说，"欠你的债款相信会很快奉还！"

"不急！不急！再等上一段时间也无妨！我又不急用！"黄掌柜笑笑说："看来你的福分不小呀！"

"哪里哪里！谢谢你的宽容关照！"王茂源说。

"我看你生意还会兴隆茂盛，届时可别忘了我呀！"

"不会忘记，请！"

那位瘦高个子李掌柜前些时来讨债最凶，最无情，甚至逼着王茂源变卖家产还债，还限定二十天内，幸好龙蛟送来他爸爸制作的新瓷品卖给一位杭州商人，将卖来的款还给了他。李掌柜也厚着脸皮前来参加，这是王茂源没有料想到的。原来，他是一个见风使舵的人，相信王茂源的女婿龙蛟跟着郑和下西洋，将来商机无限，不能错过，他要搭上关系。

"欢迎光临！"王茂源见到李掌柜，从容大度，作揖说。

李掌柜有些尴尬，皮笑肉不笑地说："你找到乘龙快婿，我总要来道个喜，祝贺一下，前些时恕我无礼，我是不得已而为之，请你海量！"

"哪里！哪里！过去的事不提了！"王茂源说。

李掌柜看龙蛟身着戎装，竖起大拇指夸奖说："啊，小伙子英俊魁梧，气度不凡，将来一定大有作为！"

"你过奖了！"王茂源说。

"将来有好的买卖生意别忘记我呀！"

"当然！"王茂源笑笑说。

"请，请入座！"

李掌柜走过去，兰香在龙蛟耳边轻轻地说："前些时就数他来讨债最凶、最狠！"

龙蛟嗤之以鼻，说："小人，卑鄙！"

个子不高的陈掌柜也接踵而至，他笑眯眯地走进说："王掌柜，恭喜呀！"

王茂源热情地走过去和他握手拥抱，在他最艰难、最难熬的日子里，陈掌柜来了不是来讨债，而是来安慰他、关心他、帮助他。

"你的到来使我特别高兴！疾风知劲草，日久见人心，我忘不了你呀！"王茂源动情地说。

"陈叔好！"兰香、龙蛟一起鞠躬致敬，喊道。

陈掌柜打量着龙蛟，对王茂源说："你找个这么好的女婿是你的福分，好的报应！你马上会时运好转的！"

"谢谢您的夸奖、吉言！"王茂源说。

"你需要我什么帮助，尽管吩咐！"陈掌柜说。

"谢谢老兄，请！"王茂源说。

又有一个留着胡子的胡掌柜走进，看了龙蛟、兰香夸奖说："王掌柜，你的女婿、女儿真是天生的一对，地造的一双呀！祝贺！祝贺！"

"谢谢夸奖！谢谢光临！"王茂源说着，回想前些时的那些讨债的情景，让人感受到世态炎凉。他感谢老天爷赐给他一个女婿，感悟到正如陈掌柜所说，自己会时运好转，做海上丝绸的贸易指日可待。他容光焕发，满面春风，不停地对来者作揖说："谢谢各位祝贺，请！里面请！"

客人们鱼贯而入坐下，服务员端上酒菜，来宾都将目光聚焦龙蛟、兰香，议论纷纷……

王茂源端起酒杯，润了一些喉咙，以激动的语调说："各位亲朋好友，谢谢大家光临，参加小女兰香和女婿龙蛟的定亲宴会。今天不但是小女的定亲宴会，也是为我女婿龙蛟应征的送别宴会，龙蛟已被选上应征随大明正使、船队总兵官郑和大人下西洋。大家明白，此次郑和大人下西洋，不但意味着大家期盼的海禁会松动，意味着海盗头目陈祖义的末日来到，意味着下南洋的海上丝路会通畅，我们的货船扬帆出海的日子不久就会来到。小婿能随郑和大人下西洋我们感到无限荣幸，能扬大明国威，睦谊诸国。他们到达诸番国，不但能增加友谊，而且获得商贸信息。小婿胜利归来之日，定将所获商贸信息与大家共享！祝小女兰香和女婿龙蛟百年好合,花好月圆!祝龙蛟跟随郑和大人下西洋一帆风顺,马到成功!最后祝大家事业兴旺,合家幸福,谢谢大家光临!来!干杯!"

碰完酒杯,客人都坐下来,议论纷纷,他们想不到王茂源的女婿龙蛟应征参军能跟随郑和大人下西洋,大家都知道两年前他的儿子云松和小舅子郑万年装着货物的船舶去南洋,货被劫走,人被害,船被焚,妻子经不起打击撒手而去,可他心不灰、志不移,还准同女婿下西洋,真了不起!

"想不到王掌柜会有此壮举!"

"也许叫女婿去为他们家下南洋报仇!为郑和大人除掉陈祖义效力!"

"好样的,也为民除害,为海上丝绸之路除患!"

"说不定过些时日,他还要出海做贸易,走南洋,去南亚!"

"王掌柜令人佩服啊!"

人们议论着,也有人端起酒杯走到王茂源的面前祝酒。

大块头黄掌柜举着酒杯说:"王掌柜,听了你刚才的话让我很钦佩,你卓识、执着,做海上贸易之心坚定不移,我要向你学习呀!我来敬你!"

"我们住在沿海,俗话说,靠山吃山,靠水吃水,老祖宗好不容易为我们开辟海上丝绸之路,事实证明,我们只有开辟海域贸易才有出头之日!"王茂源举起酒杯回敬说。

矮个子陈掌柜也来敬酒道:"茂源兄,你舍得把女婿放出去跟着郑和大人下西洋,我懂得你的用心良苦,佩服!敬您!"

"女婿龙蛟志在四海,心系天下,当然为了我,为了我们家,更为了大明……"王茂源碰了一下杯,说道。

陈掌柜点点头,然后拍了下龙蛟的肩膀说:"好好干!苍天不负有心人!"

龙蛟和兰香端起酒杯说:"谢谢!谢谢陈叔叔的鼓励!"

高个子李掌柜端来酒杯说:"王掌柜,你女婿龙蛟下西洋回来得到的商贸信息,你要多给我透露喔!以便我也做好下南洋的准备!"

"当然!当然!"王茂源敷衍道。

兰香不屑地看了李掌柜一眼。

留胡子的胡掌柜也过来悄悄地说:"王掌柜,能否给我一个机会,明后天我宴请你和龙蛟女婿吃饭,让我表表心意!"

"谢谢您！龙蛟明天还要回德化老家！你的心意领了！"王茂源说。

"谢谢你！"龙蛟说。

"你下西洋回来后，有什么好事别忘了我呀！"胡掌柜又向龙蛟敬酒道。

"好！好！"龙蛟苦笑了一下说。

一个意想不到的人也来参加了宴会，他就是江成波，套拉着脑袋坐在角落，一双不怀好意的小眼滴溜溜地转着，窥视着宴会大厅，他是厚着脸皮来的。他第二次为他儿子江流风求婚，要兰香嫁给他儿子，并且放出一个大诱饵，要转手一笔下南洋大货单，王茂源曾经怦然心动，可兰香死活也不干，结果王茂源请人带信回绝了。据说，泉州那位商人知道了江成波为人处世的底细，也没有给他做这笔生意，他与人合伙开矿也没有开成。

江成波来参加这个定亲宴会，主要是看看王茂源找的是什么样的女婿，另外探探商界的信息。他一进宴会厅见到王茂源脸就发红，多少有些尴尬，王茂源与他寒暄几句后，叫他入座。当他看到兰香找的夫君英俊魁梧，又听说他被应征马上跟随郑和下西洋，许多人赏识、赞佩他，不由感到意外和吃惊，妒忌心也油然而生，是赌咒也是嫉恨，"你王茂源别高兴得太早，你的乘龙快婿龙蛟跟随郑和下西洋是福还是祸还说不定，下西洋，万里迢迢，海上航行风云莫测，波涛如山涌，翻船覆舟是常有的事。另外听说海盗陈祖义人多势众，阴险狡猾，说不定捉拿不到陈祖义反而栽在他的手中……"

他看着许多商贾去王茂源的酒桌敬酒，想想自己不去也不好，也许龙蛟这小子从西洋回来还真的能带回对自己有用的贸易信息，也许王茂源真的会东山再起，多个朋友多条路，于是，他也振起精神假惺惺强装笑脸，端着酒杯来到王茂源的面前说："王掌柜，今天我参加了这个定亲宴会令我羡慕无比，我也衷心祝贺你，祝福你呀！"

"谢谢！谢谢你的光临！"王茂源说。

江成波又端起酒杯敬龙蛟和兰香："祝你们夫妻恩爱，百年好合！"

"谢谢！"龙蛟和兰香也端起酒杯答谢道。

"对了，我还要再敬王掌柜，将来有什么好的贸易信息别忘了告诉我呀！"江成波说。

"当然！当然！"王茂源冷笑了一下说。

王茂源为女儿兰香和女婿龙蛟办的订婚暨送行宴会办得热热闹闹，风风光光，人们对他刮目相看，既羡慕也有期盼和等待！

过了数日，龙蛟应征送别日子来到了，丰州护城河畔一排排柳树上垂挂的柳枝在风中摇曳摆动，好像挥着双臂为龙蛟送行，路两边盛开的红色三角梅，似乎吐露着微笑为龙蛟祝福。

龙蛟身着戎装，在兰香的陪伴下从城里向金溪港码头走去，龙蛟和应征的人在码头集合，乘船前往附近东海一个叫万人岛的小岛集训，然后编入郑和下西洋的船队扬帆出海。

途中不时看到有父母步行送子应征依依不舍的情景，也有兄长划船送弟到码头，对弟弟嘱咐的镜头，还有妻子送郎出海下西洋泪洒江水难分难舍的感人场面。

码头上聚集了许多应征者和送行人，有嘱咐、有安慰、有欢笑、有泪水、有期盼、有惆怅，人人"心若垂杨千万缕"，"是离愁，别是一般滋味在心头"。

兰香经过一番艰苦努力，终于实现了与龙蛟百年好合的愿望，她心潮激荡澎湃，但龙蛟真的要离开她出海，不知何日再归来，也不知将来是祸是福？心中如同打翻的五味瓶，酸甜苦辣，一起涌上心头，又像十五个吊桶打水，七上八下，泪水禁不住涌出，凝望着龙蛟的面庞，双眼红肿，声音也有些嘶哑。

龙蛟内心也不好受，喉咙里像什么堵塞似的，他强忍着，不时咬紧牙床，使劲捏紧拳头，男儿有泪不轻弹，但心中却流淌着泪水，眸子里有些湿润。他心里明白，当上水兵下海就等于上战场，要跟狂风恶浪搏斗，跟陈祖义一帮海盗厮杀，也许还会与番邦邪恶势力交锋，上战场就会有牺牲，出海就有生命危险，也不知何年何月何时再与兰香相会，他竭力控制着自己。

"不要难过了，下西洋归来我们就可以洞房花烛了！"龙蛟安慰说。

"我盼望着这一天！那是我们最幸福的时刻！"兰香喃喃地说。

"想我，就来到九日山巅看看大海，听听海涛声！南洋的海和这里的海是相通的！海风会吹来我的爱，海浪会涌来我的祝福和思念！"

"好！看到了大海我就像看到了你亲切的面庞，听到了海涛就如同听到你熟悉的声音，感觉到海风的吹拂，就如得到你温馨的抚摸！"

"大海把我俩的心连在一起，把我俩的愿望连在一起，把我俩的美好连在一起！"

"待到将陈祖义一帮海盗消灭，我俩的心一定会像大海一样沸腾！"

"是！"

"待到海上丝绸之路畅通，我们的商船连连下西洋，那时，海阔天空的美景更加绚丽无比！"

"是！是！"

兰香听了龙蛟的一番话，拭去了泪水，眉头展开了，脸庞上露出微笑，她从口袋里取出一串碧玉的手链，套在龙蛟的手腕上，深情地说："这串碧玉手链，我在昭惠庙请住持开过光，戴上它，海神会保佑你的！"

"谢谢！"龙蛟看了一眼，说："碧玉手链像海水一样碧蓝，我知道你的用心良苦，既叫海神庇佑我，又叫我永远将这蓝色的玉珠戴在手腕上，也就是别忘兰香！"

兰香笑着点点头。

"我怎么会忘记你哩！我对你的爱坚如磐石，九日山在头顶会作见证！"龙蛟说。

"我想对你还是那句话，海枯石烂心不变！"

江畔一个浪涛滚来，"哗"的一声，这时，一个军官大声喊道："上船了！"

应征者们纷纷与送别的亲人告别，码头上发出啜泣声，兰香也控制不住自己上前拥抱龙蛟，龙蛟紧紧地拥抱着她，说："再见，多保重！"

"我真的舍不得你离开，不知何时再相见啊！"兰香哽咽地说，泪水从眸子中滚出。

"对了，忘记对你说了，听说我们集训完毕，有可能会来九日山延福寺昭惠庙祈风，然后再去船队集合！"

"这么说，你们下西洋前，我俩还有可能在九日山再见上一次面！"

"是，有可能！"

"那太好了！"兰香拭去一把泪水，高兴得露出了笑容。

龙蛟跨上了帆船，一些应征者也陆续上了船，水手们升起船帆，船渐渐离开了码头，龙蛟站在船头对兰香招手，兰香将目光聚焦龙蛟，她也不停地挥手，龙蛟离开她的视线越来越远，泪水模糊了她的双眼……

帆船走过金溪江向大海方向驶去，兰香连忙奔向九日山上的一眺石，她目不转睛地望着龙蛟所坐的帆船，风帆飘在碧蓝的大海，渐渐越来越远，越来越小，最终消失在茫茫的海平线上。她情不自禁思绪翻滚……

九日山下扬起的风帆，
消逝在碧海无影无踪。
海天茫茫，丝路遥遥，
不知与君何时重逢？
丝绸、茶叶、瓷器远销重洋，
这是祖辈代代传承下来的梦。
纵有千阻万险，困难重重，
也挡不住闯洋下海的闽南英雄。
云彩带去我的祝福，
浪花传去我的思念。
海风吹去我的温馨，
我的挚爱会使海神动容。
妈祖保佑你逢凶化吉，
李元溥庇护你顺风顺水。
待到春花烂漫归来时，
我们共庆海上丝路畅通的兴隆。

王茂源做梦也没想到，乘龙快婿龙蛟应征去了，他的时运好转会来得这么快，这么突然。

郑和下西洋的船队会带上丝绸、茶叶、瓷器等中土物产，赠赐给所经过的各国国王、酋长和番邦首领等，或作为交换礼物。礼品大部分由户部在全国各地征集采购，其中有不足的部分在福建补充采购。下西洋的船只就有不少是在福建沿海建造的，船上的补给品也有不少是福建补给的，连水兵补充也在福建招募，郑和的副使王景弘是福建人，对家乡福建情有独钟。

王景弘派了一个姓周的联络官，来到丰州城，要采购上等茶叶和瓷器、丝绸等下西洋的补充物资。丰州的县衙贴了告示，一些商人闻风而动，八仙过海，各显神通，大家都认为这不只是赚钱的好机会，更是为传承海上丝绸之路做出贡献。

一天下午，县衙的一个官吏在新康茶楼召开了一个小范围的通气会，王茂源、江成波、黄掌柜、陈掌柜、李掌柜、胡掌柜等丰州城里的一些商贾掌柜前来参加。

县吏郑重其事地说："明成祖派三宝太监郑和大人作为大明正使、总兵官率船队下西洋，扬威海上，恩泽天下，副使王景弘将派周联络官来丰城采购下西洋的茶叶、瓷器、丝绸等物品，这是丰城荣耀、良机，不但宣传扬名我们的物产，而且给贾商、茶农、瓷坊、丝坊等带来难得的商机，切不可怠慢，疏忽。当然也可以到外地去采购，我们要拿出最好的物产让郑和大人带给万邦诸国，好让他们开了眼界，知晓中土的文明，扬我国威，开通海上贸易丝路。"

"为了选更好的优品、精品、极品、奇品，让郑和大人下西洋，我在这里宣布，采购茶叶采取斗茶方式，请王景弘大人的周联络官、泉州有名的茶师，还有本人作为评官选定，即日起你们可自找门路，选出最好的茗茶前来参选，日期地点另行通知。至于瓷器，可先送来样品给周联络官过目选定。这样公平、平等、合理，你们切勿有徇私、暗箱操作之幻想。至于被采购物品的款项，一手交货，一手付款，不必担心。"

商贾掌柜们面面相觑，议论纷纷："这个选拔方法好，不会徇私舞弊！"

"公平合理！"

"参评的茶叶要过硬才行！不怕不识货，就怕货比货！"

"以大明皇帝名义赠送外国国王、酋长、番邦主的物品当然要精品、极品、奇品才是！"

"对！这也是为国争光呀！"

"东西好也可扬名海外呀！"

"与官府做贸易，我们放心，爽！"

通气会一散，王茂源认为这是一个难得的好机会呀，琢磨着立即去老家安溪一趟，看看家乡近年有什么新茶品，好与其他商贾争一个高低。如果参选的新品茶叶能夺魁，送卖的数量可观，不但能获得丰厚的收益，而且为家乡的茶叶创了牌子，扬名四海，增加销路，也是为家乡做贡献。

王茂源一回到家中，就把参加通气会的情况告诉了兰香，兰香高兴得合不拢嘴，说："爸！龙蛟一应征就得来好消息，我看好消息会接踵而至，是菩萨、海神的保佑呀！"

"但愿如此！"王茂源说。

"陈叔叔说你将会时运好转，我看好运来也！"

"好运来了也要下大功夫才能成功！兰香，明天我去老家安溪一趟！"

"爸！我跟你一起去！"

"你还是在家照顾一下店铺，我三两日就会回来的！"

"好！希望爸爸去了安溪回来能带来好消息！"

第二天一早，王茂源从丰州城里买了几包点心，从金溪港码头乘船，经金溪江、晋江、南溪江溯江而上。江水清澈，波光粼粼，两岸阡陌纵横，山脉延绵，不时看到树木、房屋、山峰倒映在水中，鸟儿在翱翔、逗嬉。船在水中行，人在画中过。

到了南溪江的一个码头下了船，就是他的家乡安溪，他深深地呼吸着家乡的新鲜空气，似乎闻到茶叶的芳香，不禁心旷神怡。

安溪是茶乡，在唐代就产茶，翰林学士韩偓曾有诗曰："石崖觅芝叟，乡俗采茶歌。"自古名山出名茶，安溪名茶数西坪。王茂源就出生在西坪，祖辈以种茶为生。

西坪位于安溪中南部，山峦重叠，翠岗起伏，山清水秀。山坡上一层层的梯田长着一垄垄的茶树，近看像一条条卧着的青龙，远望如同天幕上绿色波浪。这里的茶树生长在海拔七百米至一千米的山坡和山峰上，长年累月被缥缈的云雾缠绕，此地的气候温暖，雨量充沛，红壤肥沃，川流不息的甘泉滋润，山川正气、岩石矿质的补充，得天独厚的自然环境，使生长出的茶叶与众不同，加之这里人们加工茶叶的工艺精湛独特，所以产出的茶叶闻名遐迩。

这里的人们代代以种茶为生，以茶会友，喝茶养生，敬茶为神，邻里和睦，安居乐业，乡风淳朴，这里也出了一些种茶、制茶、售茶的佼佼者。

王茂源翻过一个山坡，就来到他出生的南岩村，几栋二进的大厝（房）红瓦飞檐、燕尾翘脊、雕梁画栋。这出砖入瓦的建筑是他的祖辈留下来，尽显闽南古建筑的富丽堂皇与恢宏之势，房屋是由他的同族居住或作茶叶加工作坊。他居住过的房屋也转让给一个堂兄，同族人每年给他送茶叶销售，他将货款让别人带回，由于生意忙，已几年没回家乡了。

王茂源直奔一个大厝屋叔叔那儿，屋内为木质结构，古色古香，正堂挂着匾额"福星居"，两侧匾上写着"祖德流芳""光前裕后"，看来祖辈给他们留下了福荫，也期待后人后来居上，荣宗耀祖。

家族里的人知道王茂源回来了，纷纷前来看望，其中有堂哥茂山，堂弟茂林等。

他在老祖宗的牌位前跪拜磕头，敬供带来的点心，还将点心分送给叔叔等亲友。大家围着他，知道他家中连连发生的不幸，有的脸色凝重，露出遗憾的神情，不知如何开口才是，还是叔叔先开口说：

"茂源，听说你家中发生的不幸，我们大家都很难过，天有不测风云，人有旦夕祸福，跨过这个坎就好了！"

"嗯！真没有想到，茂源呀，你要想开点呀！"婶婶说。

"谢谢大家关心，好在最痛苦、最困难的日子已经熬过去了！"王茂源说。

"兰香还好吗？"婶婶问。

"还好！她这次还想跟着我来看大家哩！我叫她照顾一下店铺，就没让她来！"王茂源说。

"有对象了吗？"一个大嫂问。

"我正要告诉你们呢，她和一个叫龙蛟做瓷器生意的小伙子订了婚，订婚后小伙子就被应征跟随郑和大人下西洋，现在在福建万人岛上集训。"

"太好了！将来一定有出息！"茂山说。

"跟随郑和大人下西洋可不是容易的事情，你也荣光呀！"茂林说。

"相信郑和大人这次下西洋，能除掉陈祖义一伙海盗，使海上丝路畅通，还会开辟番邦贸易，我们的茶叶又可销往海外市场了，我早就盼望这一天的到来啊！"叔叔说。

"茶叶卖到海外能卖好价钱！"茂山说。

"这样我们还可扩大茶叶的种植面积，多增加收入！"茂林说。

"我这次就是为了这件事来西坪的，郑和大人的副使王景弘派周联络官来到丰州，要采购上等的极品茶叶和瓷器带往西洋，沿途赠送给国王、酋长、番邦主，或者作为礼物交换。过些时，要在丰州城里举行斗茶选拔，所以我赶紧来到西坪，看看我们能否拿出最好的极品上等茶或者新的精品茶，去参赛斗茶！"王茂源说。

"太好了，太巧了！"叔叔拍了一下大腿说，"我们这儿不久前刚制出了新品茶——乌龙茶，无论从色香和品味都前所未有！茂山，叫人立即去茶场取来泡给茂源品尝鉴赏！"

"好！"茂山出去叫一个小伙子立即去茶场取茶，小伙子飞奔而去。

"茂源，我就给你讲讲这个乌龙茶的发现和研制的经过。"

"好！"

叔叔打开了话匣……

西坪有个人叫乌良，是个退役军人，隐居在深山老林。一天下午，他背着茶篓带着弓箭，到南岩的尧阳山，一边采茶，一边注视着周围的动静，看看有没有猎物，如有猎物，他就见机行事。

当乌良采摘了将近一篓茶叶时，突然有一只山獐从石丛中蹿出，他机警地背着茶篓、握着弓箭穷追山獐，一直追到观音石附近气喘吁吁，山獐停在那东张西望，乌良瞄准拉弓放箭，只听见"嗖"的一声，山獐被射中倒下，淌流着鲜血……

他兴高采烈地走过去，将山獐扛在肩上带回家，回到家中就连忙将山獐剥皮、剖肚、切成块，美餐了一顿。由于他忙着处理猎来的山獐，品尝美味，就将炒制茶叶的事搁置下来。

第二天一早，他提着茶篓打算炒制茶叶时，结果发现受损的茶叶的边缘已经发酵。原来，他背着茶篓追赶山獐时，茶叶在茶篓中经摇晃摩擦叶边已被磨损，摆放一夜自然发酵了。他不管三七二十一，仍照老办法炒制。想不到这样炒制的茶叶泡饮时，不仅所制茶叶苦涩尽除，而且茶味香醇更胜，茶津也好。他没想到这个意外的发现是一种极佳的制茶方法，他又反复试验、研制，肯定了这种半发酵的制茶方法，便传授给当地的茶农，人们喜出望外，连连叫好。人们先称这种制作的茶叶叫"乌良茶"，由于闽南方言"乌良"与"乌龙"相近，后来人们又习惯叫这种茶为"乌龙茶"。

王茂源听了入神，感到惊奇、高兴。

听完介绍，小伙子从茶场取来了"乌龙茶"，王茂山连忙抓了一把给王茂源看了一下，便放入茶壶，用开水冲泡，顿时香气四溢。王茂山又将茶水倒在杯中，递给王茂源品尝，他喝了一口，感到醇厚甜鲜，芳香无比。

"好茶好茶！"他连连叫绝。

叔叔捋了一下胡须说："乌良发现了这种新的制茶法，是老天爷赐给我们西坪人的！感谢老天爷！"

"这种乌龙茶我们试售了一下，很受欢迎！"茂山说。

"茂源哥，你拿乌龙茶去丰州参加斗茶，肯定能夺魁，肯定能选中被郑和大人下西洋带上，得到各国国王、酋长和番邦主的青睐！"茂林说。

"人家会不会仿制冒充这样的乌龙茶？"茂源问。

"即使仿制冒充也仿制不了我们西坪这样的乌龙茶，我们这儿的茶生长的环境、海拔、土壤、气候是许多地方不能比拟的，我们的工艺也会不断改进提高！"叔叔说。

"我心里有底了！好！就拿新品乌龙茶参加丰州斗茶，我相信我们的乌龙茶一定能夺魁，一定能被采购下西洋！"王茂源信心百倍地说道。

"好！茂山、茂林，你们叫西坪各家茶场加班加点生产采制乌龙茶，要精益求精，待到茂源一有好消息，我们就把茶送到丰州去！"叔叔吩咐说。

"说不定郑和大人也能品尝到我们的乌龙茶，他叫好又推荐给永乐皇帝品用！"茂山说。

"那我们的乌龙茶就成了贡茶！"茂林说。

"我相信，我们西坪的茶、安溪的茶，一定能香飘四海，誉满天下！"王茂源说。

"对！一定能！"众人憧憬着、呼喊着……

第四章

王茂源乘船回到丰州，一到家就将回安溪老家西坪的见闻告诉了兰香，兰香听了喜笑颜开，迫不及待地说："爸！快把乌龙茶拿出来瞧瞧！"

王茂源打开了茶叶袋，用木勺挖出一勺茶叶给兰香看。兰香从未见过这样制作的茶叶，一粒粒，一团团，乌亮亮，闻一闻有郁香，她连忙倒进壶里，冲上沸水，过了一会儿，倒了三杯供在妈妈、舅舅、哥哥的灵位前，说："这是爸爸从老家安溪西坪带回的新品茶叶乌龙茶，你们品尝品尝。爸爸要拿乌龙茶去参加斗茶，如果能夺魁，我们老家生产的乌龙茶就能随郑和大人下西洋，当作礼品馈赠给一些国王、酋长和番邦主，名扬四海，为海上丝路争光、添辉，你们要保佑爸爸旗开得胜，一举夺魁呀！"

"这次参加斗茶的茶叶肯定都是名茶，争夺头角一定很激烈，我能夺魁也不骄，不能夺魁也不气馁！"王茂源笑吟吟地说。

兰香倒了一杯刚泡的茶，喝了一口说："哇！这茶的香、津与众不同，别具一格，我相信一定会夺魁！"

"你叔公、堂叔和家族的人都抱有很大希望呢！所以，我这次参加斗茶身负重要使命。"

"那位叫乌良的大伯偶然的机会发现了乌龙茶的制作，这是天赐，爸，你这次能参加斗茶，能拿乌龙茶去参赛也是天赐良机，你会成功的！"

"但愿如此！"

"对了，龙海昨天又送来两筐新品瓷器，店小二已收下。"

"唔！你马上吩咐店小二不要出售，我要拿出样品给县吏和周联络官鉴赏。兰香，如果这种新瓷品被选中下西洋，我还要去德化组织货源。"

"爸，如果龙蛟家生产的新瓷品也被选中下西洋，我们老家乌龙茶又夺魁下西洋，那真是双喜临门！"

"哈哈，届时我们要到延福寺、昭惠庙去进香，感谢菩萨、海神的庇佑啊！我们还要到老家去祭祖！"

"爸！届时你要带我去乡下啊！"

"好！"

斗茶的日子终于来到了。

古代斗茶起源于唐代，斗茶又称茗战，斗试，又叫桌茶，点试，是评比茶叶质量高低富有刺激性而又有雅趣的活动，后来逐渐发展成为各类名茶的茶王赛、夺魁赛。

丰州城商圈的掌柜、老板们自然不会放过这次斗茶的机会，期盼能夺魁为郑和下西洋提供茶叶。郑和下西洋是永乐皇帝钦定，举国上下皆知，所带的茶叶又是代表大明皇帝赐赠给海外国王、酋长和番邦主，或者进行物品交换，如被选中采购，真是名扬四海，香飘万里，也是无形的广告。另外被采购的茶叶价格也高于市场，量又大，又不愁有欠款赊账等方面的麻烦，因此，这是千载难逢的好机会，大家都伸长脖子想夺魁。

王茂源所熟悉的几个掌柜、老板，自上次通气会后，闻风而动，挖空心思，不择手段，八仙过海，各显神通，纷纷去武夷山、黄山、洞庭山等出名茶的地方，采集上等的优茶前来斗茶，企图一举夺魁，名利双收。

这次斗茶的地点在丰州城新建的新康茶楼，燕尾翘脊，雕梁画栋，古色古香。大堂的正厅坐着王景弘副使的周联络官、县吏和一个从泉州请来的有名茶师，他们的面前摆放着茶几、茶具和烧水用的炭炉、水壶。

王茂源和十几个参加斗茶的掌柜、老板坐在前排，他们面面相觑，心照不宣，就是要争一高低，夺魁！江成波掌柜不时耸耸肩，一副胸有成竹的样子，有时还和坐在台上的茶师眉来眼去，他已经通过关系与茶师见过面，给了他好处，相信茶师会给他帮忙，投他一票。评比舞弊自古就有。

王茂源心态平和，沉着、镇定，他认为，茶香不怕巷子深，茶好自然不怕输，但又想，山外有山，楼外有楼，也许人家带来参赛的茶叶比我更好呢？输了不服气也不行！来日方长，以后还会有机会再争取。

参赛者的后面还站立着一些前来观看斗茶的百姓，他们睁大双眼等待开场。

县吏先开口说："今日在此举行一个特殊的斗茶，茗战，是为郑和大人下西洋挑选茗茶。上次通气会已和诸位讲过，可选用本地的茶，也可选用外地茶，参加今天评审的有跟着郑和大人下西洋的周联络官，泉州有名的茶师贾先生和我本人。斗茶的程序是，我喊了参赛者的名字，请到前面来，一边泡茶、送茶给评审官，一边介绍该茶的产地和特色，最后由我们三人评出茶王，夺魁的胜者。众人有无疑问？"

众人："没有！"

县吏看了一下名单，喊："胡掌柜！"

留着胡子的胡掌柜不慌不忙地拿着一包茶叶走到评审官前面，行了一个礼，他将茶叶倒入三个茶杯给三位评官观赏，然后倒入开水冲泡，将三杯茶恭敬地摆放到评官前介绍说："我带来的茶叶叫洞庭碧螺春，产自苏州洞庭山，该茶生长的环境花朵四季不断，花香弥漫，花树与果树之间传播花韵，所以该茶叶有特别的花朵香味，自隋唐时代起，该茶就负有盛名。此茶条索均匀，造型优美，卷曲似螺，茸毛遍体，冲泡后凝脂，味醇馥郁，回味甘洌。"

众评官先闻然后入口，有的沉吟品味，有的闭目享用，有的点头称好。

评官饮完，胡掌柜又将开水倒入杯中，让他们再品尝，反复数次。

评官品尝后没有吭声，从他们的神态看，不会选中，胡掌柜有些失望，沮丧走下去。

"下一个，黄掌柜！"县吏喊道。

"鄙人姓黄，出生于安徽黄山脚下。"他行了一个礼说，"五岳归来不看山，看了黄山不看岳。我今天带来的是黄山毛峰，外形细嫩卷曲，芽肥壮，形态似绿雀舌，色呈杏黄，闻之香气似白兰。"他边说边将茶叶分成三份，倒入三个杯里，让评官过目，然后倒入开水冲泡。

"你们看，这泡出来的茶水明澈清爽，香气清鲜，茶叶色泽嫩绿油润，杏黄明亮，叶底芽叶成朵，厚实鲜艳，可边品茗边观赏，心得怡然。"

评官观赏了茶水、茶叶连连点头说："真香！""也很美！""有特色！""这黄山毛峰生长在黄山的峰峦叠翠、溪涧遍布、森林茂密之处，那儿气候温和，雨量充足，质地良好，是生长该茶叶的佳地，俗话说'好山好水出好茶'！"

评官们端起茶杯品饮后，县吏点点头，周联络官竖起大拇指，茶师沉默没有吭声。

"下一个，江掌柜！"县吏喊道。

江成波走上前去行了一个礼，似乎有些紧张，他介绍说："我今天带来的茶来自福建武夷山，武夷山三十六峰，七十二洞，九十九个岩都产茶，茶的种类也很多，我今天带来的茶采自九龙窠内的一座陡峭岩壁，为极品、珍品，只有此岩处才能采到这等好茶。"他将茶叶倒在三个茶杯里递给评官们观看，说："你们看，此茶色泽乌润，香之浓郁！"

接着，他用开水冲泡，顿时带有桂花的香气四溢弥漫，泡出的茶叶澄黄至金黄，叶底绿叶红镶边呈软亮，美观有韵味。

评官品饮后，县吏说："香馥有品位！"茶师道："此茶是福建有名的茶，不但味美有津韵，而且有观赏价值！"周联络官点点头说："此茶滋味醇厚，不错！"

江成波得意地笑了笑，说："此茶生长在陡壁悬崖，能采摘的量极少极少，俗话说，物以稀为贵吗！"

茶师听了苦笑了一下，遗憾地摇了摇头。

周联络官沉吟了一下说："此茶虽不错，但一处绝壁采摘的茶量少，怎么能供给我们下西洋？"

江成波咂了一下舌，恍然大悟，说，"我可叫他们再到别的悬崖陡壁去采摘！"

"到别处的悬崖陡壁采摘的茶叶就不是这种品位的茶叶了！"周联络官说。

"一样！一样！"江成波说。

"你刚才不是说只有在此岩才能采到这等的好茶？"周联络官说。

江成波的脸刷一下红了，神态有些慌张、后悔，他连忙又给评官的杯子里加开水，说："请继续饮用品尝！"

评论官饮完，他又给大家加水说："这种茶还有个特点，就是经泡，冲泡八九次仍有茶味！"

茶师皱起眉，摇摇头。

周联络官笑笑说："我们采购的茶叶下西洋是郑和大人馈赠给诸国国王、酋长、番邦首领，经泡不是主要标准，估计他们品茶泡上两三次饮用就差不多了！"

江成波又咂了一下舌，脸发涨发红，他扬起头希望县吏和茶师能给他美言几句。茶师欲言又止。县吏说："武夷山产的茶也不错！"江成波听了，脸上露出一丝希望……

"下一个王掌柜！"县吏喊道。

王茂源不慌不忙走上前去，自我介绍说："我叫王茂源，我带来的茶叶来自我的家乡安溪西坪，我的祖辈在那儿都以种茶为生，我年轻时也是跟着爸爸种过茶。宋元时期，安溪无论在寺庙或者农家均已产茶，有文字记载，安溪'清水高峰，出云吐雾，寺僧植茶，饱山冈之气，沐日月之精，得烟霞云霭，食之能治百病'。"

他将茶叶倒入三个杯子，递给评官过目，继续说，"我带来的这种茶名曰乌龙茶，是一种属于半发酵，介于绿茶和红茶之间的新产品茶，既有了红茶的鲜味，又有绿茶的茶香。"

众评官都以惊异的目光细看茶杯里的茶，见茶条卷曲，肥壮圆结，色泽砂绿，他们从未见过这种茶，不由感到好奇。

台下参赛的众掌柜、观众也伸长着脑袋，睁大双眼，目不转睛地望着茶杯和王茂源的脸庞，有的惊呆了，如同在头顶响起一阵春雷，想不到王茂源竟不动声色带来这种新品茶！参赛的掌柜有的以嫉妒的眼神盯着他，也有的以羡慕和钦佩的目光看着他。江成波很不自在，一双小眼睛骨碌碌地转着，心中涌起妒恨："你这小子别得意得太早，别忽悠什么新茶品，茶师肯定为我点赞，联络官、县吏只要有一人为我投票，我就能取胜，这儿就没有你的戏了！"

黄掌柜心中也嘀咕道："自你女婿龙蛟应征跟着郑和下西洋，你小子就时运好转，不知你祖上给你积的什么阴德！"

胡掌柜也暗暗佩服："你小子老家走了一趟就给弄来新茶品，真是神通广大！"

周联络官看了杯子里的茶叶，说："你快给我们泡茶，让我们看你泡的茶是

45

什么样子，喝到嘴里是什么品味？"

王茂源提着水壶，将开水倒进三个茶杯，泡了一会将茶水倒掉，然后又冲泡，将茶盖捂了一会，掀开请他们品鉴，只见茶叶色深绿，叶质柔软肥厚，茶水金黄浓艳似琥珀，色泽亮丽，色度较深，室内飘起了馥郁的兰香。

评官品饮后，议论开来。

茶师："这种茶未见过，未品过。"

县吏："过去从未听过！这是福建的福音！"

周联络官："我开了眼界！"

茶师："津韵味似乎太浓了！"

县吏："这与武夷山的茶能媲美！"

周联络官："汤水入口，顿感清爽甘甜，舌根留香，香回九肠！"

县吏："王掌柜，此茶为谁发明？"

王茂源："我们家乡一位叫乌良的退役军人偶然发现！"

周联络官："你们家乡能拿出一定数量的这种乌龙茶吗？"

王茂源："能！已有一定生产规模，试销后也很受欢迎！"

"下一个……"县吏叫喊着，斗茶品茗继续进行着……

参赛者提供的茶叶评赏完毕，周联络官和县吏、茶师悄悄地说了几句，县吏宣布，休息片刻，说着他们三人来到一间房间评议。

茶师抢先说："王掌柜参赛的乌龙茶是一种新茶，没有见过，不好枉议，我赞成夺魁的是江掌柜的武夷山茶，至于武夷山茶的采集量，我看不用担心。"

周联络官："品了王掌柜的乌龙茶，我认为是极品，我赞成乌龙茶夺魁。"

县吏："我看武夷山的茶很好，安溪新品茶乌龙茶也不错。"

周联络官和茶师都将目光聚向县吏，示意他在王茂源和江成波两者之间只能选一，县吏犹豫了半天，说："我还是赞成乌龙茶夺魁！"

周联络官微笑地点点头，茶师失望地垂下头。

他们三人又回到大厅，县吏招招手叫大家各就各位，然后宣布："今日斗茶，大家带来参赛的茶都是名茶，各有千秋，各有特色，但茶魁只有一个，经过评选，结果是，王茂源掌柜带来的乌龙茶为冠夺魁，江成波掌柜带来的武夷山茶次之。在丰州采购下西洋的茶就以乌龙茶为主！"

王茂源向评官和台下连连鞠躬，台上台下一片欢腾。

周联络官："王掌柜，祝贺你！"

县吏："王掌柜，祝你时来运转

茶师："但愿你的家乡的新品乌龙茶走向五湖四海！"

王茂源："谢谢！谢谢各位提携、鼓励！"

那些参加斗茶未中标的掌柜面面相觑，感到尴尬，别扭，失望，遗憾，但碍于情面，他们也来王茂源面前恭维、寒暄、祝贺。

胡掌柜："王掌柜，你夺魁的乌龙茶产自福建安溪，为我们福建的茶叶争了面子！祝贺你呀！"

王茂源："谢谢！"

黄掌柜："还是你的新品茶有魅力，还是你有本事，我服了，你的生意做大，别忘了小弟，分给我一杯羹！"

王茂源："我几年未回老家安溪，谁知这次回去，正好家乡创出了新品茶——乌龙茶，你说巧不巧！"

黄掌柜："这就是运道，天助你也！"

江成波："想不到你的家乡安溪乌龙茶这次能夺魁，胜过武夷山九龙窠的茶，嗯！这一局棋我输给你了！"

王茂源："江掌柜，生意场上潮涌潮落是常有的事，武夷山上的茶和安溪的茶是一根藤上的两个甜瓜，安溪的乌龙茶今天夺魁，能随郑和大人下西洋，都是福建人的荣光、骄傲！"

江成波："话是这么说，你榜上有名，又能拿到一笔大订单！"他讲话很不自在。

一些看斗茶、看热闹的百姓，也走上前来向王茂源作揖祝贺，他风光无限，欣喜不已。

县吏宣布："斗茶结束！"

人们陆续离去，王茂源来到了周联络官面前说："谢谢周联络官大大的赏光、支持，使我带来的家乡安溪乌龙茶能夺魁，能荣获采购随郑和大人下西洋，本人还有一个小小的要求不知能否相助？"

周联络官："请说！"

王茂源："我将我们家乡精制乌龙茶捎你，不知能否捎给郑和大人品尝；如果郑和大人品尝茶认为可以，不知能否进贡给永乐皇帝品尝！这不仅是我的请求，而且是家乡乡亲们的愿望！"

周联络官："我可以请王景弘大人将乌龙茶送郑和大人品尝，这没有问题，至于郑和大人是否推荐给永乐皇帝品尝，我就不得而知了！"

王茂源："太好了！届时我们也带一份请转给王景弘大人！"

周联络官点点头说："好！"

王茂源又对县吏说："县吏大人，那天通气会上你说，联络官大人还要为下西洋采购瓷器？"

"是！你也有瓷器？"周联络官问。

"有。"

"产自何地？"

"德化！"

周联络官："我们这次下西洋，除了到江西景德镇采购瓷器外，也打算采购德化瓷器，当然是上等的！"

王茂源："我的亲家是开瓷窑的，不过是民窑，他也创制了一些新品种瓷器！"

周联络官："好哇！不管民窑官窑，拿过来瞧瞧，有的民窑的瓷品不见得比官窑差。"

王茂源："好！"

县吏："届时我派人通知你！"

"谢谢二位大人！"王茂源鞠了一个躬，欣然地离开了。

王茂源一出大门，龙海就迎上去祝贺道："王伯伯，恭喜你！"

王茂源一愣，说："龙海，你也来观斗茶？"

"我不但来了，而且还带来了一帮人，你瞧！"龙海指着台阶下的花杆，两个轿夫，还有四个吹奏手，他们手中拿着唢呐等乐器。闽南自古就有斗茶夺魁坐花杆游乡的习俗，吹吹打打庆夺魁。

王茂源脸上掠过一阵惊喜、激动，指着龙海说："你这个机灵鬼，我如果夺不了魁，你请了这些人来岂不难看，给人家笑话！"

"我预料你是百分之百能夺魁，我站在最后一排观斗茶，评官一宣布就出门叫请来的人做好准备。"

"谢谢你，龙海！"

"这是应该的！"龙海说着将一块事先带来的大红布披在王茂源身上，扶着他坐上花杆，几个吹奏手立即吹奏起来……

王茂源坐着花杆，在欢快的吹奏声中沿着古老的石板街缓缓向前。

顷呐等乐器吹奏声吸引了许多人来观看，人们知晓他斗茶夺魁向他鼓掌祝贺……

王茂源也挥手向众人致意，他风光无限，心潮澎湃……

第二天一早，王茂源带着女儿兰香从金溪港码头坐船直奔老家安溪西坪。

王茂源父女带来了乌龙茶在丰州斗茶夺魁，被选为礼品随郑和大人下西洋的消息，西坪村简直沸腾了，男女老少喜笑颜开，拜菩萨祭祖宗，燃放鞭炮，聚餐痛饮庆贺。村头村外议论纷纷：

"乌龙茶夺魁跟随郑和大人下西洋是我们村天下的喜事！"

"可以名扬四海！也可卖好价钱啰！"

"说不定将来会成为贡茶！"

"我们可扩大种植面积，不愁茶叶卖不掉！"

"感谢茂源给我们争来的荣光呀！"

"别忘老祖宗给我们积下的阴德！"

……

王茂源的叔叔和年长者商量，乌龙茶夺魁了，要好好庆祝热闹一番。后来请来了舞龙队，唱戏班，腾飞的舞龙在村子祠堂前的广场翻滚起伏，喧闹的锣鼓声震撼山谷，动听的戏曲唱调在村里回荡，人们的欢声笑语在茶树丛中飘逸……一位老者还欣然挥笔写了一副："欣闻妙品夺魁首，喜听佳茗冠邑乡"的对联挂在祠堂前。西坪从来没有这么热闹、欢腾、风光。

王茂源、兰香在乡亲们的簇拥中，在家族们团聚的宴桌上，在茶场香馥的熏陶中，有欢腾，兴奋，陶醉，也有更多的思考。

王茂源对叔叔和堂兄弟们说道："乌龙茶这次夺魁能随郑和大人下西洋来之不易，这仅仅是上了第一个台阶，应该更上几个台阶，制作精益求精，品种多样，包装要有特色，还要作长久打算，将产品销往海上丝路各国，扬名四海。"

西坪的人们从乌龙茶的发明后，又潜心研究由乌龙茶半发酵技术延伸到后来的铁观音半发酵技术，成了铁观音的发源地，传统制作技艺薪火日盛，制作工艺日臻成熟，由最初的脚揉手捻，发展成后来的采摘、初制、精制三大部分。初制含十道工序，即晒青、凉青、摇青、炒青、揉捻、初烘、包揉、复烘、复包揉、烘干，其中，摇青是其最关键的一道工序，绿茶、红茶都不摇青。摇青的目的是经过4—5次反复的摇动和静摊，完成鲜叶的半发酵。精制含六道工序，即筛分、拣剔、拼堆、复包、揉、烘干。

他们创出的茶叶的品种和商标也层出不穷，名茶商标有梅记、八马、日春、中闽魏氏、魏荫、超凡、众意等，远销印尼、马来西亚、新加坡、越南、泰国等许多国家。有的商标设计很有特色，如梅记茶的商标图形中，带有葫芦与宝剑，其意是愿茶能与葫芦里的仙丹一样解除疾苦，福泰安康，像宝剑一样镇邪除魔，永享太平。

他们创制的乌龙茶为海上丝绸之路输送有特色、有影响的中国珍品，海上丝绸之路又促进了他们的茶品的开发研制和茶叶世代的兴隆和发展。

……

王茂源接到县吏的通知，叫他带瓷器样品到周联络官下榻的客栈见面。

在客栈的茶室里，王茂源和周联络官、县吏寒暄一番，便从竹篓里取出包裹好的碗、盘、碟、壶、杯等日用瓷器和一尊观音像，全是白瓷瓷质，洁白如玉，胎骨细密，釉面晶莹光亮。

周联络官和县吏不约而同"哇"的一声，瞪着双眼看呆了，愣住了，他们从来就没有看见过这么精美细腻的白瓷品。

王茂源介绍说："德化从商周时代就开始建窑烧瓷，唐诗云：'村南村北春雨晴，东家西家地碓声'，反映当时各家各户烧制瓷品，用地碓舂击瓷土的情景，宋元时代的青白瓷远销海外，誉响全球，德化与江西的景德镇，湖南的醴陵并称为中国三大瓷都。"

"对，听说过，我也听说过我们明代是以白瓷为贵，我也见过一些白瓷瓷品，但从未见过如此上等极品的白瓷品，真是大开眼界了。"周联络官说。

"我也是。"县吏附和道。

"德化之所以能产出这等白瓷器，是因为那里的瓷土得天独厚，加之他们兼收了前人的制瓷工艺。"王茂源补充说。

因为那时科学不发达，还不能说出德化瓷土为高岭土，含有氧化硅、氧化钾成分高，含铁、钛等杂质少，所以能制出这等洁白细腻瓷器。

"我更欣赏这尊观音像！"周联络官小心地拿着白瓷观音像左看右看，仔细揣摩。只见这尊观音像面目慈祥、静穆、俊美，体态丰盈，衣纹深秀洗练，线条潇洒流畅，动静相乘，形神兼备，釉质晶莹光亮，色质如玉，白似象牙、奶油，后来外国人称之"中国白"。

王茂源介绍说："现在制作这样的瓷品雕塑，越来越精细，艺术水平也越来越高，你看，这尊观音像釉质纯净温润，釉面晶莹光亮，纹饰细腻清晰，线条流畅飘逸，达到极高的工艺水平。"

"好！好！这种样式的瓷品我都要，你看看能采购多少？"周联络官问。

"我明天去德化看看，我有个亲戚在德化当窑头（作坊主），这些产品就是他制作的。"

"呵，他真了不起，他的产品我全要了！"周联络官打断了他的话说。

"他的瓷品生产量可能不足，我请他看看能否在同行中采购！"王茂源说。

"好！"周联络官说。

"快去快回！"县吏吩咐道。

"是！"

"这样的瓷品带下西洋，郑和大人高兴，赠送给那些国王、酋长、番邦主，会乐开了花。"周联络官说。

"也彰显了我大明的文明！王掌柜，加油，把这件事办好。"县吏说。

"我一定不负重任，尽力办好！谢谢你们的信任、关照！"王茂源向他们行了一个礼。

王茂源回到店铺就叫店小二通知龙蛟的弟弟龙海，叫他第二天一早在金溪港码头会合，陪他去他的老家德化一趟。

第二天一早，他俩乘船溯江而上，来到永春桃溪码头下船，然后翻山越岭，龙海告诉他，到德化还有几十里山路。

永春重峦叠嶂，连绵起伏，崎岖的山路上不时看到挑夫担着装着瓷品的竹筐，从德化方向步履艰难走来，汗流浃背，气喘吁吁。王茂源看了不禁感到有些心酸和感慨，问："从德化到永春桃溪码头送货上船只有这一条山路吗？"

龙海点点头说："只有这条山路，宋元时代德化瓷器运到泉州走海上丝绸之路，也全是走的这条山路。"

王茂源听了不由心潮起伏，感慨万分，这条山路是德化连接海上丝绸之路的纽带，山路见证了通往海上之路的艰辛，也目睹了德化瓷器走上海上丝绸之路曾有过的辉煌。山路也为通往海上丝绸之路建下了功勋，是通过它将德化的瓷器运往海上，将中国文明和友谊传向五洲四海。

这条山路是德化人行走得艰难之路，但也是德化人的幸福之路，曾有诗曰："骈肩集门市，堆积群峰起。一朝海舶来，顺流价倍很。不怕生计穷，但愿通潮水。"海上丝路是人们的期盼，瓷器生产是德化人的生计和产业支柱。德化的先人们摄土为瓷，以瓷为主，生生不息。

走过漫长的山路，来到德化，那儿也是群山环抱，山脚下一个个瓷窑鳞次栉比。龙海指着一片旷野说："据说宋元时代，这儿从田间到地头，到丛山密林，到处是瓷窑。明太祖登基后实施禁海，瓷器不能销往海外，许多瓷窑日渐关闭，有的夷为平地种上庄稼。但德化的瓷器生产从未间断过，而且人们还不断改变工艺创新。"

"德化的白瓷器就是这种创新的产品？"王茂源问。

"是，我爸爸制作出的白瓷器也是其中之一，不光是制作生产传统的生活用品，而且制作高品位艺术品，比如雕塑，你参观了作坊和瓷窑就会知道了！"龙海说。

"好啊，这次来此就当个学生，来看一看，学一学。"

他俩边走边聊来到龙海家中，龙海的爸爸林福山不在家中，在瓷窑忙着，龙海妈连忙叫邻居去喊。

"想不到是亲家光临，恕未能到码头迎接。"林福山一到家就对王茂源招呼寒暄。

"你这么远的路来到寒舍，见到你真高兴啊！"龙海妈说。

"我这次来一来是看看你们，二是有生意上的事沟通一下。"王茂源说。

"爸，有笔下西洋大订单要给你做啊！"龙海说。

"太好了！"林福山的脸上流露出一丝丝喜色。

"是这样，郑和大人的副使王景弘派人来丰州，要采购下西洋的茶叶、瓷器等物品，茶叶是斗茶的方式，我拿出老家的新品——乌龙茶，一举夺魁中标。"

"好哇，真是菩萨保佑！"龙海妈欣喜地说。

"他们还要瓷器，要上等的精品，我将龙海送来的白瓷器选了几件给联络官评鉴。他还是头一回看到这种象牙白的新瓷器，问我能拿出多少，他全要，所以，我来这里看看，与你商量一下。"

林福山皱起眉头，吸了一口气，说："我这生产的这种白瓷产品刚刚研制出窑不久，次品量也比较多，拿不出更多的产品来呀。"

"爸，你新建的窑抓紧开窑还不行？"龙海说。

"即使开了新窑炉，产量也还是有限！"林福山沉吟了一下说："我的师兄、徒弟那儿出的瓷品凑一凑，或许还有一定的数量，能出多少我问问他们。"

"好哇，麻烦你了！"

"什么麻烦，你这是给我大订单，又是给郑和大人带去下西洋的，大家求之不得，感谢你还来不及呢！"

"亲家，你现在能不能带我去作坊和瓷窑看看，好让我开开眼界。"王茂源说。

"好呀！"林福山吩咐妻子："你请邻居张婶来帮忙，杀鸡宰鹅，做一桌子菜，好好招待我们的亲家。"

"好！"

"简单点呀！"王茂源说。

"亲家难得来一次，你就让我们表表心意！"龙海妈笑嘻嘻地出门请张婶去了。

林福山和龙海带着王茂源来到窑坊介绍说，"这制造瓷器的生产说简单也简单，说复杂也复杂，先将采来的石头粉碎，然后用水搅拌沉淀，再用手拉坯、修坯、绘画，然后上釉，上釉后放入窑里烧"。

作坊里，许多工匠在忙碌，有的在拉坯，有的在修坯，有的在上釉，制的坯和雕塑全是胎质细腻，洁白如玉。有碗、盘、碟，还有钵、罐、壶、瓶、盒等瓷品。刻花、画花、印花的线条也精细、流畅、明快，图案严谨，生动美丽。图案有莲花、菊花、葵纹、麦穗、卷草、鱼、鸟等。雕塑有观音像、释迦牟尼像等，栩栩如生。里面还摆放着垫托、托盘、垫柱、匣钵、支圈、垫圈、垫饼、钵模等，这是供瓷品放进窑烘烤托用的。

"真是大开眼界，想不到出品一件瓷器要经过那么多的工序，有那么多的精细活儿，而且一点也马虎不得，真不容易呀！"王茂源感慨地说。

"德化的瓷器业发展辉煌，不外乎老天爷赐给了我们良好的瓷土，老祖宗传下了精湛的工艺，还有宋元海上丝绸之路出口大量的瓷品为我们奠定了良好的基础。"林福山侃侃而谈。

"应该还要加上一条，你们精益求精，敢于创新！"王茂源来到几个观音雕塑面前说，"周联络官看到我给他的样品——观音瓷像发呆了，赞不绝口，你能制作出如此的精品、绝品也令我钦佩！"王茂源赞叹说。

"不瞒你说，我的雕塑手艺是从小跟我父亲学的，父亲是跟爷爷学的，是祖传下来的，哎！现在要传给龙蛟、龙海，看来难矣！"林福山有些遗憾地说。

"不过，他们搞销售也很出色！将来会把贸易做大！"王茂源说。

"这象牙白瓷品也许是我们明代的精华，一代瑰宝，流芳百世的奇品、珍品。有生之年，如果可以的话，我想制作几件雕塑品成为世界独一无二的珍品，天下共宝之的极品。"林福山说。

"凭你精湛的瓷艺功底，凭你的创新精神，我相信一定能做到！你将这些雕塑品加工好，让郑和大人带了下西洋，说不定这些瓷品雕塑几百年后，在国外就成了世界顶级文物，彰显中华文明的灿烂光辉，给海上丝绸之路留下华彩乐章！"王茂源说。

"我一定努力！"林福山说。

他们走出作坊，傍山的瓷窑，有好几个，用石块垒起，拱形，有的里面燃烧着木材，烘烤着瓷品，从观火孔里可看到里面的熊熊火焰。

"瓷坯进炉烘烤要几天才能出窑？"王茂源问。

"七至十五天不等！"林福山介绍说。

再往前走，有的瓷窑正出货，窑工们将一个个烧好的瓷品从托盘、垫托等取出，有的已是晶莹透亮的正瓷品，也有的有瑕疵或有裂纹。龙海介绍说："出窑的瓷品取出来，还要筛选，次品要敲碎。"

林福山指着前方的几个刚建好的瓷窑说："有了订单,这几个瓷窑可开窑烧火了,真是托你的福!"

"哈,我也是托你的福!"

他们参观完已到傍晚时分,林福山说:"回家去,让我尽地主之谊喝上几杯!"

"好!今天真学到不少东西!"王茂源说。

林福山、龙海将王茂源带回家。龙海妈已准备了一席丰盛的菜肴,酒也摆放在宴桌上。

林福山请王茂源坐下,举起酒杯说:"欢迎亲家光临寒舍,准备了一点薄酒,不成敬意!来干杯!"

龙海妈接着举起酒杯说:"亲家,我们两家要越走越近才越亲!"

"是呀!也欢迎你俩常来丰州城做客!"王茂源举杯说。

林福山:"感谢你对龙海、龙蛟的关照呀!"

王茂源:"倒是要感谢你的关照,欠你们的货款,直至前些才还清!"

林福山:"你前些时候困难是暂时的,帮一把也是应该的!何况我们成了亲家!"

王茂源:"俗话说,患难之中见真情!此话一点也不错!"

林福山:"想不到你这次来给我带这么大的一笔订单!"

王茂源:"都是托郑和大人下西洋的福!我看郑和大人这次一下西洋,我们的海上丝路一定会畅通,我们的丝绸、茶叶、瓷器等销往海外的商机又要来到了!"

林福山:"好哇!将来生意做大,赚了钱,我要给龙蛟、龙海在丰州城买两套房子,兰香和龙蛟结婚后不能让兰香待在乡下啊!"

龙海妈:"龙蛟能娶到兰香这么漂亮、贤惠的姑娘真是他的福分,我们家的福分。"

王茂源:"兰香能嫁给龙蛟这样出色能干的小伙子,也是最好的归宿!这就是缘分!"

龙海妈:"不知龙蛟现在在何处?"

王茂源:"在福建万人岛上集训,集训完将前往长乐太平港与郑和的船队汇合，然后下西洋。"

林福山："等到龙蛟下西洋一回来，就把婚事办了，到那时我也有能力在丰州给他购套新房，他们在丰州城有房住我也就不用愁了！"

王茂源："其实，我的几间房子也空着。"

龙海妈："你的儿子不是在丰州吗？"

龙海连忙给妈妈使了一个眼色，意思是叫她别问下去。

王茂源顿时脸色凝重，忧伤从脸上掠过，嘴角有些颤抖，他看了龙海一眼说："你和龙蛟没有将我们家发生的事情告诉你爸妈？"

龙海点点头说："是！怕他们担忧难受！"

"发生了什么事情？"林福山放下筷子，脸色阴沉下来，说，"再大的事你也不要向我们隐瞒，让我们知道也可分担，帮忙呀！"

龙海妈："快说，发生了什么事？"

"你们两个孩子很孝顺，懂事，没有将我们家发生的大事告诉你们，原来这样……"王茂源将一年前内弟和儿子下南洋遭海盗陈祖义一伙劫船，船毁人亡，妻子经受不起打击而猝死的不幸说了一遍。

林福山听了惊呆了半天，难过地说："啊！真不幸啊！"

龙海妈难过地流下了泪："真作孽呀！"

王茂源："龙蛟常来我家送货，已与兰香相爱，兰香一直瞒着我。一天我酒喝多了，兰香提出要与龙蛟结为连理，我随口讲了一句酒话，'除非海盗头目陈祖义被捉拿'！想不到丰州城里贴出告示，要补充招募郑和下西洋的水兵，龙蛟知道了要报名应征，为我们家报仇，跟随郑和大人下西洋，为除掉陈祖义效……"

林福山和妻子面面相觑："原来如此啊！"

王茂源："龙蛟是好样的，有志气，有抱负，也有侠义之气，所以我同意兰香嫁给他，我们两家才定了亲……"

龙海妈："当时龙蛟应征当兵我是不赞成的！"

林福山："龙蛟说跟随郑和下西洋为民除害，另外到外面见见世面，为将来做番邦贸易打下基础，这样我就同意了！"

王茂源："相信他跟随郑和大人下西洋一定能大显身手，大有出息！"

林福山："对！能为我们林家争光，荣宗耀祖！"

王茂源："也能为我争光，争气，报仇！"

龙海妈："嗯！如果兰香将来一出嫁，你一个人真是孤苦伶仃呀！"

林福山沉吟了许久，抬起头说："亲家啊，我有一个想法，还没与龙蛟妈商量，也没征求过龙蛟的意见，你的儿子已不在人世了，我有两个儿子，龙蛟就给你招为过门女婿，好吗？"

王茂源激动得双眸里闪着泪花站立起来，端起酒杯说："此话当真？"

林福山将目光聚焦妻子，妻子眨着双眼，脑海激烈地斗争着，她梳理一下头发，毫不犹豫地说："我同意！"

王茂源双眸滚着泪花，端起酒杯激动地说："谢谢两位亲家！"

林福山："不用谢！这是应该的！"

王茂源："不知道龙蛟是否……"

龙海妈："放心吧！我最知儿子的心思，他高兴还来不及呢！"

王茂源又以疑虑的眼神看了林福山夫妻一眼，林福山心知肚明说："你是不是怕我们反悔，饭后我给你写个字据，立字为证！"

王茂源："我来敬你们，谢谢你们无私的关怀！"

林福山："我再次感谢你们的光临、厚爱，给我送来了大订单！"

饭后，林福山给王茂源写了一张字据，安排了王茂源休息，便带着龙海走了几个师兄和徒弟家，落实了一笔瓷器订单，连他自己可供货量，写在一张纸上，并标明各种瓷器品种、规格、价格、数量，第二天一早交给了王茂源，王茂源看了订单，心里乐开了花，连连说："不虚此行，不虚此行！"

第五章

王茂源收获颇丰，满怀欢喜回到家中，将德化之行告诉了兰香，兰香激动得喜极而泣，她拭着泪水疑惑地问："爸，龙蛟爸提出让龙蛟给你招为过门女婿，是真的？"

"当然是真的！还立了字据！"王茂源从口袋中掏出林福山写的字据递给兰香看。

兰香打开纸看了一遍又一遍，泪水滚落在纸上，地上，她抬起头望着王茂源，哽咽地说："爸！这样我出嫁就不离开家了，天天陪伴着你，你永远不会过孤零零的日子，将来龙蛟也可以照顾你，帮助你！"

王茂源欣然地点点头，泪水在眸子里滚动，以嘶哑的声音说："我又有儿子了，有人传宗接代，对得起老祖宗了！"

兰香连忙泡了三杯茶，点燃了几炷香插在三个灵位前的香炉里，喃喃地说："妈妈、舅舅、哥哥，爸爸从德化回来带来好消息，他落实了一批郑和大人带往西洋的瓷器订单，龙蛟要成为我家的过门女婿了，这是天大的好消息啊！我可以永远在家照顾陪伴爸爸！"

王茂源也上前点燃了香，说："我又有儿子了，这也正是老天赐给我的呀！我圆海上丝路的梦，一定会如愿！感谢苍天，也感谢你们的庇佑！"

进完香父女俩又坐下聊龄。

兰香："这么说，龙海经常往返德化老家和丰州，没有把我们家发生的事情告诉他爸妈。"

王茂源："是呀！也许是哥哥龙蛟吩咐的，他守口如瓶，有情有义！"

兰香："我将铭记于心！"

王茂源："当时我欠了他们的货款，他知道我处于困境，也没催要一声，是个好小伙子！"

兰香："爸！将来生意上的事，你还要多帮助，多关心他们啊。"

王茂源："理所当然，义不容辞！"

兰香："爸，龙蛟回来了，我们办婚事……"

王茂源猜出来女儿的心事，抢先说："届时，婚事，不叫女儿出嫁，而是我招女婿，一定办得更加风光。我还有一个想法，待我将下西洋的货物办完后，叫龙海将他爸妈从德化接到丰州，我要办一席招婿宴会，虽然龙蛟不能出席，但我要宣布，龙蛟是我招的过门女婿，他不姓林而是姓王，他是我儿子、传人，王家香火会得到传承，他将来能帮助我做番邦贸易，我重蹈海上丝路后继有人！"

兰香："爸！人们又要对你刮目相看了！"

王茂源不禁哈哈大笑起来……

当王茂源沉浸在欢喜和陶醉之中，但没有料到一支冷箭正悄悄地、暗暗地向他射来。

江成波那天捎去的武夷山的茶叶参赛斗茶没有夺魁，垂头丧气回到家中，妻子丰氏一眼就猜出，问："是不是斗茶惨败？"

"嗯！茶魁没有夺到。"江成波登拉着脑袋说。

"谁夺了魁？"儿子江流风问。

"王茂源！"

"怎么被他夺去，你捎去的茶叶是摘取的武夷山悬崖峭壁九龙窠的茶叶啊，那儿产的茶叶可是出了名的，多次斗茶获胜被称之茶王呀！"江流风歪着脑袋不服气地说。

"嗯！我自己也不好，一紧张说出了此茶产于悬崖峭壁上，能摘采的量极少，物稀为贵！"

"这话也没错呀！"江流风说。

"可这次郑和下西洋带去的极品上等茶，要的量很多呀，联络官说：'茶量少怎能保证供给我们下西洋'，我马上说再去武夷山别的悬崖去采摘，联络官说

'那也许就不是这种品味的茶了！'"

"嘿！你怎么糊涂了呀！"妻子丰氏责怪说。

"嗯！你不该输给王茂源呀！"江流风也气急败坏地说。

"你还给那个评官茶师塞了好处费，他怎么没有帮你的忙？"丰氏问。

"他帮我讲了好话呀！三个评官，我只有他的一票，自然赢不了！"江成波说。

"你塞给茶师的好处费打水漂了，去武夷山来回的路费还有购茶的钱也是白花了！"丰氏叹息道。

"不过，县吏最后宣布我参赛的武夷山茶是第二名，亚军！"江成波自我安慰说。

"屁用！"丰氏说。

"我真不服气，咽不下这口气，非坏他王茂源的好事不可，他虽夺了一个茶魁，名声好听，我叫他的生意不成！"江流风转动着小眼睛说。

"你说来听听！"江成波说。

"我去丰州客栈找周联络官去，反映王茂源去年叫儿子、内弟下海走私，至今未归，和一些反明之徒勾结，企图反明作乱！联络官听了一定会忌讳，说不定会取消给他的订单，叫他空欢喜一场。"江流风露出一副恶相，说道。

"这倒是一个好计策。"江成波阴沉的脸上现出笑容，说，"把他的订单取消，我是斗茶的亚军，订单自然让给我！"

"这是个好主意，老爷，你和流风一起去找联络官反映！"丰氏说。

江成波连忙摇摇头，说："我不能去。我在斗茶中失利，如果我去了，联络官肯定认为我是企图不良，这将会成事不足，败事有余！"

"我一个人去或者带上猫头去！"江流风拍拍胸脯说。

"你还是带上猫头去吧！"江成波吩咐道。

次日，江流风拉着猫头一起去丰州客栈见周联络官，正好周联络官要出去，他俩拦住他。

"你是周联络官大人吗？"江流风走上前去问。

"本人便是！"

"我俩有重要情况向你反映！"江流风说。

"就在此说吧！"

"可能不便！"猫头环顾了四周，贼头贼脑地说。

"好！跟我来！"周联络官说着，将他俩带到一间客房。

"周联络官大人，前几天丰州城举行了斗茶会，听说你是评官，王茂源夺了魁，你们要订购他的茶叶下西洋！"

"是呀！他带来的乌龙茶是新品茶，很有特色，茶津茶韵非同一般。你们如果是为了要参加斗茶，等待以后的机会！"周联络官说。

"我们不是要参加斗茶，而是反映王茂源这个人的问题，他勾结反明势力……"猫头说。

周联络官听了一愣，说："哦？具体说说！"

"我来说。"江流风做贼心虚，讲话有些结巴，说道，"去年十月，他的内弟、儿子在他的旨意下偷偷装运了一船私货下南洋，至今未回，他们勾结海盗……不！是海外反明的分子，企图作乱反明……你们怎么能让王茂源采购茶叶下西洋？即使他采购的仙茶也不能让下西洋呀！"

"此话当真？"周联络官问。

"你不信，请问他！"江流风指着猫头。

猫头连忙点头说："反映的是事实，我能作证！"

"好！你俩回去吧！"周联络官倒吸了一口气，头皮发麻，愣在那儿思忖，如他俩反映的情况属实，那就非同小可，用了与反明势力有牵连的商家采购物资，这是朝廷大忌呀，如果给王景弘大人知道了，或者有人反映到朝廷，我会革官丢职，幸好现在发现得早，江掌柜采购武夷山的茶也不错，可以替代王茂源，至于他的茶叶量不够，可用其他的名茶补充。王茂源去德化采购瓷器，也可换别人去采购……

周联络官心急火燎地来到县衙里找到县吏说："你快去通知王茂源，叫他采购的乌龙茶订单终止取消。"

"那德化的瓷器呢？"县吏问。

"也终止取消！"

县吏不由一惊，问道："不知为何原因？"

周联络官："请勿多问，照我说的办就是！"

县吏："据我所知，王茂源可是个正派的人呀！"

周联络官沉吟一下说："有人揭发他去年指使内弟、儿子走私一船货物去南洋，他俩至今未归，与反明分子勾结，企图反明犯上作乱。如果采购了反明分子的亲属或有牵连的人的货物，这是朝廷大忌呀，会招来大麻烦甚至大祸呀！"

"王茂源……"县吏本想解释王茂源一家的遭遇和不幸，告诉他这是有人诬告、陷害，然而不料周联络官却挥挥手，叫他离开，说："不用多言，快去通知王茂源！"

县吏摇了一下头，只好遗憾地悻悻地走了。

县吏来到王茂源的货栈，王茂源和兰香、店小二，正在兴高采烈地安排采购安溪乌龙茶、德化瓷器的运输事宜，一见县吏便欣喜地说："县吏大人，我正要告诉你呢！我去了德化一趟，周联络官所需采购的白瓷器，我的亲家和当地的瓷头（老板）凑了一些，这是品种和数目清单，请带给周联络官大人过目！"他将一张纸递给县吏。

县吏的脸阴沉下来，纸张未看一眼，将其推过去，说："不用看了，周联络官叫我来通知你，叫你采购茶叶、瓷器全部终止！"

王茂源听了如五雷轰顶，觉得天在转，地在摇，心猛地向下沉，一个趔趄，似要瘫倒，兰香连忙将他扶住。他双目发直，张开嘴巴愣了半天，说："这是……为什么呀？"

兰香也好像被电击一样，全身打了一个寒战，泪水顿时直泻，她哽咽道："县吏大人，茶叶我爸爸已去老家安溪落实了，瓷器也去龙蛟家乡订制了，如果终止了，我家可经不起这么大的损失呀！我们可经不起这么大的折腾呀！"

"你快说，这是什么原因呀！"王茂源淌着泪水，失声地问。

"有人在周联络官面前告你的状，说你指使内弟、儿子去年走私一船货物到南洋，他俩至今未归，与海外反明分子勾结，企图反明犯上作乱……"县吏说。

"我的天哪！这不是诬陷吗！彻头彻尾的诬陷，给我背后捅刀子！"王茂源愤愤地说。

"这是无中生有，血口喷人！"兰香说。

"大人呀，你是了解我的，你怎么就不在周联络官面前帮我解释说明啊！美言几句呀！"王茂源拭去一把泪水说。

"求求县吏大人帮我们家一把吧！你的大恩大德我们永世难忘！"兰香一把鼻涕一把泪水，哀求道。

"我给你在周联络官面前解释过呀，也许他认为这件事是朝廷大忌，宁可信其有，不可信其无，也许他担心他的乌纱帽呀……"县吏有些为难地说。

"恳求你明察，恳求你帮我一把呀！"王茂源恳求道。

县吏沉吟一下，对王茂源说："这样吧，我带你到周联络官那儿去一趟，你自己向他解释说明吧！也许他能消除误会，使这两个订单起死回生，也许不成，你别怪我呀！"

"太好了！我跟你去！谢谢你，大人！"王茂源擦干了泪水，感激地说。

"多谢大人的指点、帮忙！"兰香也行了一个礼，拭去泪水说道。

县吏带着王茂源来到周联络官下榻的客栈，王茂源一见到周联络官就跪下说："我有冤呀，我有恨呀！"

周联络官一愣，说："站起来！站起来！有话好好说！"

王茂源站起来，他满脸通红，脖子上的青筋鼓起，激动地说："周联络官大人呀！沿着祖辈开拓的海上丝路，做番邦贸易，这是我一生的孜孜追求的愿望，不瞒你说，去年我和一个朋友合租了一条船，装着货物下南洋，原本我亲自和那位朋友一起去的，可我的妻子死活也不肯，后来就让我内弟带着我儿子与那位朋友扬帆下南洋。你应该知道，朝廷下令海禁，可我们福建沿海的商人、渔民悄悄下海做番邦贸易、下海打鱼从未间断过，这是一个不争的事实，靠山吃山，靠海吃海。谁知我们那条货船一到南洋，就遇上陈祖义一伙海盗劫船，货物被劫走，船上的人全被杀害，我的内弟、儿子也遇害了，我的妻子得此消息承受不了，因此猝死，我们一家连连丢了三条人命啊，我欠人家的货款有的至今还未还清，说我的家人勾结反明分子企图犯上作乱，纯属捏造、诬陷，冤哩！陈祖义一伙杀了我家人的性命，我恨哩……"

"你海外有什么关系和熟人？"周联络官打断了王茂源的话，问道。

"没有呀！"王茂源回答道。

"那你怎么知道你们的商船被劫，人被杀害？"周联络官发问。

"是我们丰州有艘商船跟在他们后面，商船上的人亲眼看见，回来后告诉我们的，那艘商船逃得快，要不然也会被打劫。"王茂源解释说。

周联络官又将疑惑的眼神移向县吏，问他是否属实。

"确有其事，丰州人对此事是家喻户晓，无人不知！"县吏说。

周联络官听了点点头，转动着眼珠，思忖着。

"联络官大人，我的女婿龙蛟为了给我家报仇，也为国、为民除害，他放弃了在丰州城做瓷器生意的良机，毅然报名应征当水兵，跟随郑和大人下西洋，发誓要捉拿海盗头目陈祖义为郑和大人效力立功，他曾说过，为国捐躯，虽死犹荣。"

周联络官听了眼睛一亮，露出钦佩的神情，发出感慨："唔！有这等好男儿！"

"周联络官大人，我听说皇上派郑和大人作为巡洋正使下西洋，巡视万邦，扬威海上，激动得潸然泪下。从汉代，我们的老祖宗就下西洋，唐代陆上丝绸之路红火，宋元时期海上丝路繁盛，我们的刺桐（泉州）港为东方第一大港，曾出现过'云山百越路，市井十洲人'的繁荣景象，后来大明为了稳固江山，实施'海禁'，然而海盗头目陈祖义趁机在海上杀人越货，胡作非为，海上丝路几乎堵塞中断。我做梦都梦见大明恢复番邦贸易，然而不扫清海上丝路障碍，除掉陈祖义这个海上丝路的毒瘤，海上丝绸之路就难以畅通。我早也盼晚也盼，终于盼来了郑和大人下西洋，也盼来你来丰州为大明船队下西洋采购货物，我不辞劳苦到老家安溪寻找极品茶叶乌龙茶，在斗茶比试中夺魁，并且预订一定数量供给下西洋。根据你的旨意吩咐，我又去德化采购象牙白瓷器，这种瓷器出窑极少，我又叫我的亲家帮助寻找，终于落实一批。"王茂源说着，将一张落实的瓷器清单递上。

周联络官阅看着，沉思着，突然抬起头，深情地望着王茂源说："王掌柜！有劳你了，辛苦你了！看来是有小人诬告你，陷害你！误会了！还按原来的办！"他从口袋里掏出一张银票说："这两千两银子是预付款，另外请你采购一些青瓷器、漆器、丝绸、樟脑、干果、水果，这是采购单！"他将银票和采购单递交给王茂源。

王茂源接过银票和采购单，跪下感激涕零地说："谢联络官大人！"

"像你这样为了海上丝绸之路前仆后继，坚韧不拔的人，我们不信任你信任谁？像你女婿这样为除陈祖义不怕赴汤蹈火、万死不辞的人我们不用他用谁？你的女婿现在大概在万人岛集训吧！他叫什么名字？"

"是！在万人岛集训。他叫林龙蛟！不！应该叫王龙蛟，他已经招为我家过门女婿。"

"啊！这是刚定的吧？"县吏说。

"对！就是我这次去德化定的！原来，我家发生的不幸，龙蛟向他爸妈隐瞒着，当他爸妈得知我的儿子被陈祖义杀害，我的妻子猝死，兰香一出嫁，我将孤苦伶仃，于是他们做出决定，将龙蛟给我做过门女婿，因为他的身边还有一个儿子龙海。"王茂源说。

"啊！人间有大爱，世上有真情啊，听后令人感动啊！"周联络官感慨地说。

"是！听了令人感动，王掌柜，祝贺你！祝福你！"县吏说。

"也感谢你正义和关照啊！"王茂源握着县吏的手说。

他也再次感谢周联络官明辨是非，对他关爱有加。

江流风和猫头的诬告画上了句号。王茂源不但订单没有被终止，反而又给他增加了订单项目，还给他一笔可观的订金。

龙蛟应征后乘坐一艘装载着南安地区应征的水兵的帆船，驶向位于福建某海域的万人岛（化名）。万人岛没有万人居住，原是一个无人居住的荒岛，渔民发现该岛自然条件不错，就在岛上居住，开荒种地，种植果树和农作物，经过繁衍，居住的人逐渐增多，官府也发现了该岛开发的价值，希望更多的人前往那儿居住，便命名为万人岛。

帆船驶入万人岛岸边，洁白沙滩被海水扑打着，激起的浪花，像一条银白色的练带，在阳光下熠熠发光。岛上绿树成荫，树影婆娑，挺拔的棕树直插云天，许多海鸟在海面上翱翔。

龙蛟和新兵们下了船踏着沙滩向岸边走去，大家全都被海岛的美丽景色吸引和陶醉，他们带着好奇和新鲜感穿过树丛，来到一块空旷地，那儿搭建了几栋木质结构的简易房，这就是他们的兵营，空地就是他们的练兵场。兵营已驻扎了从别的地方征集来的新兵，有的在休息，有的在练武，他们看见新到了一批战友，打量着他们，向他们招手示意问好。

龙蛟和七个新兵被安排在一间房内，邻铺的小伙子年龄和他差不多，身材魁梧结实，主动和他打招呼："兄弟，来自什么地方？叫什么名字？"

"德化，叫林龙蛟，你呢？"龙蛟问。

"来自厦门，不，来自漳州，叫郑虎跃！"

"你怎么想到要参军应征？"

"嗯！说来话长，我出生在厦门，祖辈们打鱼为生，住在海边，我七八岁的时候，倭寇从海上下船，拿着大刀长矛，来到我们渔村烧、杀、抢、夺，我的爷爷奶奶爸爸妈妈全都被他们杀死了，家里值钱的东西都被抢走了，我幸好和几个小朋友去芦苇丛里掏鸟蛋，要不也难逃一劫！"

"哦！后来呢？"

"后来，幸存下来的邻居把我送到漳州舅舅家，由舅舅抚养长大，我当过船工，搬运工，从小就有志愿，长大了应征参军，保卫大明的海疆，不能让我们美丽的海疆被倭寇侵犯，被海盗玷污横行！"

"好样的！兄弟！"龙蛟赞叹说。

"你为什么要应征入伍？"郑虎跃问。

龙蛟也将他为什么入伍和应征的经过讲了一番。

"好一个侠义之人！你真有宏图大志啊！令我佩服！"

"哪里！比起你参军应征为保疆卫国，真是有些相形见绌！今后还要向你学习！请多指点关照！"

"我俩是战友，咱们互相多关心帮助！"

龙蛟想不到一到军营就结识一位知音好友，心中很开心，将来也不会寂寞。

集训的第一天，教官就对大家说："我们这支卫部队是大明下西洋总兵官郑和大人在福建招募的补充水兵，经过训练后将与郑和大人的船队在福建长乐太平港会合，然后跟随郑和大人下西洋，彰显大明国威，睦邻四海，恩泽天下。这是一件无限荣光的使命，报效国家的好机会，在大洋中踏浪搏击能得到锻炼和成长，无论于国于民于己都是件好事。在此训练就是学到、练出一身过硬的本事，才能战胜海上强盗和敌对蛮夷，才能应对海上各种险恶和不测，才能完成下西洋的使命和任务。要练出过硬的本领，就要吃大苦，耐大劳，不怕苦，不怕累，不怕晒，不怕风，不怕雨，只有洒下辛劳的汗水，才能结出丰硕的果实，大海在呼唤我们，加油！加油！"

下面齐声欢呼叫喊："加油！加油！不负使命！不负重任！"

训练开始了，先是列队练习耍大刀、刺长矛、射箭、爬杆、擒拿、角斗，天气炎热，大家练得汗流浃背。龙蛟身强力壮，练得一身好功夫，样样考核都名列前茅，郑虎跃也不错。

接着是水上训练，游泳少不了，蛙泳、仰泳、潜泳等各种泳姿，开始是下水不停地游一个时辰，然后慢慢增加，甚至游上半天，在海岛一面水域来回不停地游。

当然还要在水中练擒拿、角斗……

大海碧蓝，海水晶莹剔透，天气炎热，在海水中习武又是件惬意的美差，数百健儿在海水中如鱼而贯，如鸟儿戏水，如蛟龙翻腾，海面上一片生龙活虎，杀声震天，威震海域。他们是郑和的水兵，大明的勇士，福建的健儿。

龙蛟过去从德化运瓷器到丰州，先要翻山越岭到永春，再从永春晋江乘船到金溪港，少不了在晋江水中游泳戏水，后来常驻丰州城里做生意，每年夏天都要和弟弟龙海到金溪港水面游泳，练得好水性，不愧为"龙蛟"。经过这次军训，他的水性又上了一层，在水中潜泳一两里不在话下，在深水中泡上一天也不会下沉，即使遇到海上风浪他也能应对，在海浪中搏击似蛟龙。

经过数月的训练，又通过了考核比试，龙蛟数项名列第得到一枚木雕的奖牌，他还被升为二等水兵，真是功夫不负有心人。他感到荣幸、欣慰。

他在训练期间打下了坚实的功底，练出了一身过硬的本领，为他后来在南洋围剿海盗陈祖义的战役中化险为夷，立下战功无不有着密切的关系。

在万人岛集训的数百水兵结束了集训，按照扬帆出海的风俗，必须去九日山"祈风"，在延福寺、昭惠庙拜谒菩萨和海神，以求得下海远航的平安、顺风。

十月上旬的一天，秋风吹拂着海面，海浪一浪推着一浪，数百名年轻的水兵告别了万人岛，登上几艘船，船上桅杆直立，风帆升起张开，缓缓离开万人岛的海域，劈波斩浪，向金溪港码头驶去……

这一天，兰香出门到后街一个胭脂店铺购了一盒胭脂，回家时发现许多人扶老携幼向金溪河方向走去，人们还议论着："今天是个好日子，九日山举行祈风遣舶！"

"快去看热闹啊！"

"去沾点好运！"

"听说这次是为了郑和下西洋的水兵祈风出海！"

"那更要去了！看看大明水兵的英姿威武！"

"对！也为他们祝福！"

兰香一听，不由心中怦怦直跳，因为龙蛟与她离别时，曾对她说过，集训完毕后可能部队还要来九日山祈风，然后再与郑和大人的船队集合出海，这次是与龙蛟下西洋前最后的一次见面机会，不能错过，她本来想去拉爸爸一起去，一想到爸爸不在丰州城，去外面采购了，便迈着飞快地步子，随人流而去。她忽地心一沉，龙蛟这次随部队来祈风，军纪严明，也许祈风仪式一结束，人员马上归队离开，连说话的机会也没有，也许连他的人影也见不到……不管如何，哪怕看他一眼也好，她加快了步伐。

金溪江畔涌满了奔向九日山的人，熙熙攘攘。兰香心急如火，在人群中左拐右穿，很快来到延福寺面前的广场，只见彩旗飘扬，锣鼓喧天，人山人海。延福寺的大门口搭着一个硕大的台子，台上有雕着花卉的栏杆，台后面有写着"九日山祈风遣舶"的屏风。屏前的正中供放着释迦牟尼雕塑佛像，由观音、文殊、普贤三大雕塑佛像胁侍，还供放着四大天王雕塑像。台上的案桌上祭供着水果、点心、鲜花和香烛。

据说元代祈风供品为活杀的牛羊鸡鸭，后来僧人提出异议而改为果品鲜花。

台上还供放着铸有昭惠庙字样的巨大香炉。

台下有一块空地为表演演出的场地，后面坐着数百名身穿戎装的水兵，个个健壮威武，英姿飒爽，周边是围观看热闹的百姓市民，有男有女，有老有少。

兰香使尽力气从人墙中钻到最前面，睁大眼睛从水兵中搜索龙蛟的身影，搜了一遍又一遍，没有发现龙蛟。他们身着一式的军服，很难搜索到，她心里不由有些着急，额头沁出汗珠，她静下心来采取地毯式一排排、一个个寻找搜索，她突然发现一个水兵由坐而蹲，四处张望，一眼就认出那是龙蛟。她激动得眸子里盈着泪水，招着手，大声地喊道："龙蛟！龙蛟！"也许龙蛟也在睁大眼睛寻找兰香，没有找到发急了，干脆坐改为蹲，好让兰香的视线发现他。这一招真灵，龙蛟听到兰香的喊声，扭头一看是兰香在向他招手，使劲喊他。他激动得仿佛要奔出去，但军纪不容，他只好将双目聚焦凝视兰香。她是那么亲切，那么可爱，远远看上去，她有些消瘦，但容光焕发，更加迷人、艳丽，他的心激烈地跳动，狂奔着，真想上去吻她，亲她一下。兰香数月未见心上人儿，只见他脸庞晒得黑黝黝，但人变得更加结实、健壮，精神抖擞，心里感到无比的欣慰，她笑了，笑得像一朵绽开的花朵。她有许多话要向他讲，有许多消息要告诉他，和他分享，但不知道祈风仪式结束后能不能和他单独见面聊上几句，不知能否多看他几眼，她期盼等待。祈风仪式即将举行，龙蛟由蹲而坐，他的视线移向面前，但还不时侧过头去看兰香，他俩互相凝望着……

一阵寂静后，一道士司仪在台上喊："请神，鸣炮，奏乐，各就位！"

鞭炮齐鸣，锣鼓喧天，乐器鸣响，热烈悠扬的锣鼓乐器声交织在一起。南安、泉州、丰州的官吏，带水兵的将领，寺庙住持等一一上台。司仪喊"上香！"道士给登台人员递上香，每人三炷，他们点燃后行礼拜谒完插进香炉里。司仪喊："酹酒！"道士们又递上装有酒的酒壶、酒杯，他们将酒倒在酒杯里祭酒，然后又将酒倒进酒杯，供奉到案台上，司仪喊唱："读祝文！"

郡守走到台中间，手持文稿曰："永乐三年，十月初八日，风和日丽，盛世太平，吾等为大明巡洋正使郑和下西洋在南安、泉州、丰州及近邻地区招募的，经过集训的数百名水兵祈风下西洋感到荣光和欣然，尔等将随郑和大人扬帆万里，巡视万邦，扬威海上。促进邦邻友好和番邦贸易，乃是民心所向，天时地利，利国利民，功垂史册，愿菩萨、海神保佑庇护，波涛晏清，舶炉安行，顺风扬帆，一日千里，毕无梗焉，吾等和百姓期待诸位将士明年泛舟而归！"

郡守读完祭文后，将祭文点燃，放进香炉内。司仪喊唱："礼毕！三跪九叩台上前排人皆与郡守三跪九叩。司仪又喊唱："平身退让！"台上前排的人在道士的带领下来到前空地的第一排坐下观看表演，后面坐在地上的水兵们也起立观看。

首先进入表演场地的是两列戴着方帽、穿着长袍的道士，手持如意，敲打着乐器，念经登场，他们走着各种步伐阵形，既是表演献艺，又是祝福、祷告，祝水兵们跟着郑和下西洋一帆风顺！

接着是两列身披袈裟，手持木鱼、如意的僧人，他们一边敲着木鱼或者手持如意，一边口中念念有词走来，他们为官兵们出海祈祷，也希望郑和下西洋能弘扬佛法，将佛教传播四海，惠及天下。

两支舞龙队一红一黄，在锵锵的锣鼓声中翻滚而来，时而波浪起伏，时而腾飞跳跃，忽左忽右，张牙舞爪，好不威风。

两只舞狮也不逊色，晃着狮头，摆着狮尾，上下跳跃，直立行走，翻滚腾起，栩栩如生。

舞龙舞狮是民俗的传统节目，不但供政要、住持、官兵、百姓观赏，也是为诸神献艺，庇护水兵出海风顺，保佑国泰民安。

节目表演结束，百姓离去，达官显贵们在寺庙住持的陪同下，欢聚一堂，尽情畅饮。

那些水兵们散开自由活动，或去延福寺、昭惠庙进香，或与前来参加祈风仪式的家人们见面，或登九日山观景。

兰香冲进水兵队伍中，将龙蛟拉到旁边的树丛，他俩相互凝望着，兰香喃喃地说："你晒黑了！"

"但人更健壮，更结实了！"龙蛟露出胸前的肌肉，又显出臂肌，风趣地说，"经过集训，我的水性也大大提高了，真成了海上蛟龙，可以在大海上大显身手！"

"太好了！"兰香脸上露出甜蜜的笑，赞叹说。

"军营中的考核比试我都名列前茅，这是我获得的奖牌！我还升为二等水兵！"

龙蛟说着，掏出一个木制的奖牌，递给兰香说："送给你作纪念吧！"

"太好了！真棒！"兰香惊喜地接过奖牌，用手抚摸着，奖牌上刻有"奖"字，还有海岛、水浪、棕椰图案。

"谢谢！这比什么都珍贵！"兰香激动地说。

"我看你似乎瘦了点！"龙蛟深情地看了她一眼，说道。

"自从你应征走后，爸爸忙得不可开交，我也帮他打点一些事，休息的时间少了点。"

"要多保重啊！爸爸身体还好吗？"

"很好！他去外地采购，如知道你们今天在此'祈风'，就不去了，肯定来这儿见你！你可不知，你一应征跟着郑和大人下西洋，我们也沾光呀

"嘀！是真的？快说说！"

"郑和大人这次是第一次下西洋，据说是率领两万多官兵，两百多艘船只，要带许多货物下西洋，大部分在别处采购，也有的就在福建采购补充，丰州、泉州也有份额。一位姓周的联络官是郑和大人副使王景弘派来的，他在丰州采购茶叶是采取斗茶方式，爸爸从老家安溪西坪带去新茶品乌龙一举夺魁，茶订单给爸爸拿下来

了。后来爸爸又拿去你家制作的象牙白瓷品给周联络官看中，他又叫爸爸去德化落实订单，你爸爸也终于落实了一批瓷品订单，但是意想不到的事情发生了。"

"什么事？"

"有人诬告爸爸指使舅舅、哥哥走私下南洋未归，说他们与海外反明分子勾结，犯上作乱……联络官中止了订单！"

"这可是个不得了的事情，倒大霉的事情，后来呢？"

"后来爸爸请县吏带他去见周联络官，将我家发生的不幸一五一十地向他讲了，还讲到你为了捉拿海盗陈祖义为国为民除害，毅然弃商应征跟随郑和大人下西洋……"

"周联络官怎样做出判决，他还说了些什么？"

"他对爸爸说，'你这样的人不相信何人？你女婿这样的人不重用用何人？'他还问了你的名字！"

"唔！是真的？"

"当然！说不定将来会举荐提拔重用你！"

"太好了！那订单呢？"

"原来的订单不但不变，而且给爸爸增加了补充订单，再采购丝绸、漆器、樟脑等物品！"

"嘀！爸爸可成了香喷喷的大忙人！真是老天有眼，菩萨、海神保佑赐福啊！"

"我还要告诉你一个意想不到的消息呢！"

"快说！"

"我爸这次去德化，你妈无意中问到我哥，她和你爸是不是不知道我家发生的不幸！你和龙海向他俩隐瞒了？"

龙蛟点了头，诧异地问："怎么啦？"

"我爸爸如实说出了我家接连发生的不幸，你爸妈听了很难过，也很同情，他俩决定将你作为过门女婿，入赘我家……"

"真的，太好了！我真有点担心，我爸将来会不会变卦？"

"你爸已立字为据，我爸还要将你爸妈接到丰州城，请亲朋好友，办酒席宣布这桩事。"

"好哇！可惜我不能参加。"

"龙蛟，从现在起你可以更姓了，不叫林龙蛟，叫王龙蛟，知道吗！"

"知道了，到了部队我去申请改姓。"

"我俩婚后不用离开爸爸了，永远陪伴着他，爸爸也多了一个儿子，你还可以在爸爸身边帮助他！"

"好！我们重返海上丝路，将番邦贸易做得红红火火！"

"实现爸的夙愿、梦想！"

龙蛟沉吟了一下，说："既然有人诬告，我猜想诬告的人，很可能就是江流风那个泼赖或者他的爸爸。"

"很有可能！江流风的爸爸江成波也参加了斗茶，得了第二名，也可能眼红嫉妒爸爸，采取不正当下流手段想拿下订单！"

"你和爸爸今后还要留点心眼，他们不怀好意！防人之心不可无啊！"

"是！"

"你在丰州城平时尽量少出门，晚上别出去！！万一遇到有人欺负你，可以找龙海，他会保护你的！"

兰香点点头，说："你在海上冷暖要当心，保重身体，注意安全！"

广场上响起了螺号声，那是水兵的集合令，水兵们纷纷从四面八方到广场集队。龙蛟深情地看了兰香一眼，便转身向广场队伍中走去。兰香的双眸湿润了，她望着龙蛟离去的身影，此一别还不知何时再见，也不知将来命运如何？

龙蛟集合在水兵队伍中，队伍排成两排向九日山下雄赳赳气昂昂地走去，他凝望着兰香，不停地向她挥手。兰香双眸里涌出一串串泪水，她呆呆地站立在那儿，从口袋里取出龙蛟给的奖牌，抚摸着，端详着……

水兵队伍下山了，兰香想想还是去金溪港码头送龙蛟一程，她跟在部队的后面，水兵们陆续上了船。龙蛟站在船头，望着码头，突然发现了兰香，向她招手，兰香也看到了他，使劲地挥动着彩色的围巾，凝神地望着……船帆升起，船只渐渐驶离码头，"目送征鸿飞杳杳，思随流水去茫茫"，龙蛟的身影、脸庞渐渐消逝在她湿润的双眸中。

船只已不见踪影，兰香转过身迈着纤纤细步向九日山昭惠庙走去，她要进香，为龙蛟祈祷平安……

第六章

王茂源从外地一回到家，兰香便将在延福寺广场见到龙蛟随部队前来"祈风"的经过告诉了他。

"嘿！早知道他们来祈风，我就改日再去漳州了！"王茂源有些遗憾地说。

"我在街上看到许多人往金溪河畔方向走，一打听，方知下西洋集训的水兵在九日山下'祈风'，就跟着奔过去了，好不容易在水兵的队伍中找到龙蛟的身影，他也蹲在地上东张西望寻找我哩！"兰香说。

"你们立即能见上面，聊上几句？"

"没有！等到祈风仪式结束后，我们在旁边的树丛中聊了一会儿。"

"他还好吗？"

"还好！人晒黑了，但健壮了，简直就像一个黑铁塔。"

"哈哈！他练了一身过硬功夫，将来捉拿陈祖义能派上用场。"

"对了，他送我一块奖牌。"兰香从口袋中取出递给王茂源看，并且自豪地说，"他在集训考核各项比试中，获得总分第一，夺冠，才得到这块奖牌！"

王茂源端详、抚摸着奖牌，点点头，露出满意欣慰的笑容，说："好样的！真的不容易啊，也为我们争了光！"

"爸！那位周联络官曾经对你说过，龙蛟这样的人我们不用用谁？他要是知道龙蛟得奖牌的事就好了！"

"你不用担心，他迟早会知道的，他会关照、举荐龙蛟的！"

"哦！真的，太好了！"

"周联络官交给我任务还未完成哩！他增加的订货单我自己做已来不及了，只有交给其他的一些朋友、商家做了。"

　　"可别给江成波父子做呀！"

　　"不会的，他若找上门来求要，也不给他们做！"

　　"去周联络官那儿告我们家的黑状，肯定是他们父子干的！"

　　"对，肯定是！嘿！他们一告状，周联络官更了解、信任了我，又给我增加了订单！"

　　"没有他们反映，告黑状，周联络官也许还不知道龙蛟哩！"

　　"这就叫坏事也能变成好事！哈哈哈！"

　　在新康茶楼，王茂源请来了商圈的几个老板、掌柜，请他们喝茶，将增加订单的事对他们说："承蒙周联络官大人的信任和厚爱，他除了向我订购安溪的茶叶和德化的瓷器等外，又给我增加了漆器、缎绢、纱罗、铜铁器制品、樟脑、干果、糖果等订单。今天来找你们商量，如果你们有兴趣的话，可参与采购，有钱大家赚，有福大家享，也算我们为郑和大人下西洋、开拓番邦贸易做点贡献！"

　　众人意想不到，满面欣喜，纷纷议论开来。

　　黄掌柜："王掌柜，你真是福星高照！我们也托你的福呀！"

　　王茂源："不！我们都是托郑和大人下西洋的福！"

　　李掌柜："想不到你还想到我，令我感到有些惭愧！"

　　王茂源："过去的事情就让他过去，不提了！"

　　李掌柜："你真是海量，宰相肚里能撑船！"

　　陈掌柜："恭喜你时运好转，真是善有善报啊！"

　　王茂源："陈掌柜，感谢你前些时在我困难时的关心和帮助呀，滴水之恩当以涌泉为报！"

　　陈掌柜："人总会有困难时，帮人一把，送人玫瑰，手有余香！"

　　王茂源："困难是衡量朋友的试金石！"

　　胡掌柜："大度和宽容也是衡量一个人德高、品高！"

　　黄掌柜："王掌柜，你真是高风亮节呀！"

　　李掌柜："王掌柜，你是我们做人的楷模呀！

王茂源："好！不谈这些，我们言归正传，不知你们对采购下西洋的货物是否有兴趣？"

黄掌柜："当然有兴趣，我来采购漆器！"

李掌柜："求之不得啊！我过去做过泉缎、纱罗，也有些路子，我选泉缎、纱罗！"

陈掌柜："这样的好事哪里去找？铜铁制品的生意我是没做过，但我有兴趣！"

胡掌柜："托你的福，樟脑、干果、糖果、大众化商品，采购简单，就由我来做吧！"

王茂源又将要的物品的数量告诉大家，然后说："好！就这样定下，要保质保量，六天后将货运送到金溪港码头，交完货，我立即付款！"

黄掌柜："欠款也没有关系！"

李掌柜："过些时再付也可！"

王茂源："周联络官已经给我支了预付款项，所以也不给大家赊账！"

胡掌柜："太好了！"

陈掌柜："与官府做贸易，使人放心啊！"

黄掌柜："王掌柜，下次还有采购单请别忘了我们呀！"

李掌柜："你吃肉，我们啃骨头、喝汤都行！"

王茂源："这笔订单做好，才会有下次！"

胡掌柜："对，马虎不得！"

陈掌柜："我们要对得起你，还要对得起周联络官和郑和大人！"

众人："对！你说的是！"

王茂源忙着采购，前来找他想拿订单的人也络绎不绝，他的店铺生意也红火，门庭若市，熙熙攘攘。与以前门可罗雀冷落的场景相对比，一个是天，一个是地。

江成波知道几个商圈的人拿到了王茂源新接的采购单，又看到他的店铺生意红红火火，嫉妒，眼红，也很恼火。

一天，江流风路过王茂源的店铺看到了热闹的场面，回到家中，气急败坏地对爸爸江成波说："王茂源的家里是怎么啦，莫非财神爷降临到他家中。"

"你问我，我也要问你呢！你是如何向周联络官反映的？"江成波以诧异的眼神看了一下儿子，问道。

"就按照上次所说的话反映的呀！"

"嗯！周联络官不但没有终止王茂源的茶叶、瓷器订货单，而且给他增加了漆器、丝缎、铜铁器制品等一大笔订单。"

"我听县衙门一个人的儿子说，周联络官的确是曾通知王茂源终止茶叶、瓷器采购订单，可后来为什么又变更了哩？"

丰氏在一旁冷笑了一下说："我看肯定是王茂源不服气，又找周联络官去反映申辩，纸是包不住火的，他一申辩，联络官不但相信他，而且同情他，又将其余订单给了他。"

"有这个可能！"江成波点点头说。

"我不但白跑了一趟，而且弄巧成拙了！"江流风说。

"你们可真是偷鸡不成蚀把米，反而帮了王茂源的忙。"丰氏说。

"王茂源，我又输给你了！"江成波沮丧而不服气地说。

"嘿！我就咽不下这口气，我恨不得把兰香抢回到家中来……"江流风恼羞成怒。

"你们父子俩真是成事不足，败事有余，窝囊废！"丰氏嘲笑他们父子俩说。

"看来王茂源已觉察到我们去周联络官处告状，昨天他喊了商圈里的几个人喝茶，将我撇开，将采购下西洋的漆器、丝缎、铜铁器制品等订单分给了他们！"江成波垂头丧气地说。

"他知道了我们去反映也没有什么可怕的，尝到了我们江家的厉害，他不将女儿嫁给我，会后悔的！"江流风恶狠狠地说。

"人家拿到订单而我们没有拿到订单可惜呀，这样赚钱的机会难得呀！"丰氏叹息道。

"我雇人将他们家的屋子放把火……"江流风说。

"放肆！不许轻举妄动！"江成波向江流风瞪了一下眼睛，大声地说。

"来日方长，你们要沉住气，老爷，你表面上还要和王茂源示好，将来说不准还有什么赚钱的机遇！得罪了他不划算呀！"丰氏说。

江成波想想老婆的话也有一些道理，说："是！我表面上还要和王茂源客客气气！奉承他，巴结他！"

"我呀，对兰香还不死心哩！"江流风说。

"你就死了这条心吧！改日我托人为你做媒，找一个比兰香强的姑娘！"丰氏说。

江流风没有吭声，耷拉脑袋走出去了。

王茂源忙了一阵子，总算完成了周联络官交给的采购任务包括补充的货物采购。他赚了个满钵，如释重负。

他也顾不上休息调整一下精力，便叫龙海去德化将亲家林福山夫妇接来，他要在丰州举行一个酒宴，宣布龙蛟已成为他的过门女婿。

还是在兴隆饭店，王茂源请了亲朋好友、商圈的一些人，宴席共六桌。他也将江成波这个冤家对头请来了，让他瞧瞧由于他告黑状而使他因祸得福的风光，也让他知道龙蛟成了他的过门女婿，他家的香火有人延续并且兴旺。

江成波还真到场了，他要看看王茂源到底风光到什么程度，另外是不是还有什么新的商机？他仍然坐在一个角落里，脸色阴沉，如坐针毡。

"江掌柜，王掌柜这次拿下下西洋的那么多订单，你怎么不争取分杯羹呀！"坐在江成波旁边的一位姓夏掌柜搭讪问道。

"哎呀！我没有这个福分！"江成波很不自在地说。

"你是否去找过王掌柜？"

"没有！"

"这就是你的不是了！应该放下架子呀，做生意的哪有不求人的！"

"嗯！错过了机会呀！"

"江掌柜，王掌柜做人端正，为人善良，他曾经遭遇过不测不幸，但苍天有眼，还是帮了他大忙！"夏掌柜说。

"是……"江成波附和道，也有些别扭。

宴会厅里，餐桌子上坐满了客人，王茂源站立起来，精神抖擞，声音洪亮地说："各位亲朋好友，今天请大家光临，一是庆祝我圆满完成郑和大人下西洋订购的采购任务，二是我有重要的消息要向大家宣布。承蒙郑和大人副使王景弘、周联络员官的信任，承蒙在座的几位掌柜的鼎力帮助，承蒙老祖宗荫泽的庇佑，我不但完成了茶叶、瓷器的订购任务，而且完成纱罗、泉缎、漆器、铜铁器制品等补充订购，谢谢在座的几位掌柜的支援和帮助，所有的采购物品，昨天已从金溪港装船向长乐太平港驶去，由郑和大人的船队验货上船。我能为大明正使郑和大人巡视万邦、恩泽四海提供赐品、馈赠物品、商品，感到无上的荣光，能将我们丰州、泉州的物产再次通过海上丝路走向世界而感到骄傲。能够继续沿着海上丝绸之路开展番邦贸易，这是我多年的梦，这次采购虽然不是由我直接进行海上番邦贸易，但也算我为大明扬威海上、开拓新的海上丝路做了点微薄贡献，为丰州、泉州的名优特产再现在海上丝绸之路重新发出异彩和辉煌做了一件好事……"

宴会厅内响起了热烈的掌声，有的人激动地说："你是我们丰州人的骄傲、泉州人的骄傲、南安人的骄傲！"

"你做了件功德无量的好事！"

"我们也沾了光！"

"谢谢你了！"

……

王茂源继续说："今天我还请来了我们亲家林福山先生和他的妻子吴氏、他的小儿子龙海，我在此郑重告诉大家，我们两家已商量好，龙蛟成为我们王家的过门女婿，林龙蛟的姓今后为王，名字叫王龙蛟，我十分感谢亲家对我的关心和厚爱……"

林福山夫妇和龙海站起来向王茂源行礼，然后向大家作揖。

众人感到意外惊奇，一片热议：

"真是没有想到！"

"他的这个亲家真是大度、开明、心善，为他人着想！"

"王茂源的女儿结婚后仍留在家中，王掌柜不再孤寂了！"

"他也不愁断香火，对得起老祖宗了！"

王茂源又说："我还要告诉大家一个好消息，我的女婿龙蛟在万人岛集训完后跟随部队来到九日山祈风，小女兰香前去与他见面，他赠送给兰香一枚奖牌，是他在各项考核比赛中总分名列第夺冠所颁发的。"

兰香站起来，将奖牌举起给众人观看，众人都睁大眼睛聚焦奖牌，发出赞叹声：

"奖牌精致、漂亮！"

"考核、比武总分第一，夺冠，也不是一件容易的事情！"

"荣宗耀祖，不光是林家，而且是王家！"

"小伙子有出息，兰香也光彩！"

"龙蛟跟随郑和大人下西洋，说不定还会立功，提拔！"

"龙蛟一定能帮助王茂源圆海上丝绸之路的梦！"

江成波坐在角落里看了目瞪口呆，心里不由产生嫉妒，王茂源，莫非你偷偷移了老祖宗的坟，变了风水，要不哪来的好事都轮到你头上……他的眼珠直翻，气得鼓起了腮。

王茂源举起了酒杯说："感谢大家的光临，干杯！"

众人举起酒杯："干杯！"

不一会儿，许多人端着酒杯前来向王茂源敬酒。

陈掌柜："你捷报频传，好事连连，祝贺你呀！也感谢你！"

王茂源："谢谢！也谢谢你在我困难时相助！人在落难、落魄时，才知道谁是真正的朋友！"

陈掌柜："真正的朋友，相知相识，无论风云变幻，终不改其辉映！"

黄掌柜："我们都托了郑和下西洋的福，我也托了你的福，再次表示感谢！也祝贺你有了过门女婿如同亲生儿子一样！"

王茂源："谢谢你！"

李掌柜："祝你三喜临门，今后还望多多关照！"

王茂源："谢谢光临，今后彼此关照！"

胡掌柜："祝喜事多多，更上一层楼。"

江成波也假惺惺举起酒杯前来敬酒："恭喜王掌柜接订单旗开得胜，恭喜女婿变儿子，双喜临门，恭喜女婿应征马到成功！本人因有要紧商务去处理，提前走，告辞！"

王茂源大度地笑笑："欢迎你的光临！不送！"

兰香看着江成波离去的背影，鄙夷地"哼"了一声说："黄鼠狼给鸡拜年——不安好心！"

王茂源与亲家互敬，兰香也给爸爸、龙蛟爸爸妈妈敬酒，酒桌上的人也互敬，有的人继续来给王茂源敬酒，宴会厅里碰杯声、祝贺声、祝福声交织在一起，此起彼伏，热热闹闹，喜气洋洋……

龙蛟和官兵们在九日山下祈风乘船离开金溪港码头，扬帆乘风破浪向福建长乐太平港驶去，到了那儿还要重新编排。

太平港早就集结了许多下西洋的船只，大多数是从江苏太仓刘家港出发的船队，也有的是朝廷下指令由福建造的补充船只。在宋代时，福建泉州等地为适应海上丝路造船业就很发达，造的海船"大如广厦，深涉南海，经数万里"，设备十分齐全，有四层甲板，住房及卫生设备都很齐全，载重200吨以上。福建早有造船经验，故造的船装载多，吃水深，灵活性强，也利于海战。港口海面上，停靠的船只密密麻麻，樯桅如林，停靠在这儿一是等待季风到来，"北风发泊"下南洋，二是补给福建造的船只、物品、人员，包括艄公、舟师、水手、通译（翻译）、水兵等。

郑和这是第一次下西洋共有船只二百余艘，有不同的种类和名称，一宝船，二战船，三坐船，四马船，五粮船，六商船。最大的是宝船，有六十多艘，里面装载送给被访问国的礼品，或由特殊人物、官员、外国随乘人员乘坐；次之是马船，给马有充足的空间；又次之是粮船；再次之是座船；最小的是战船，必须快速、灵活机动。宝船中最大的船只要算是郑和乘坐的天元号，长44丈、宽18丈、高62丈，外形像座矗立的大厦，船内如宫殿。郑和这次下西洋率人员共27800多人，其中有官员、艄公、舟师、水手、士兵、书记、医官、通译，还有外国使者等。这么浩大的船队，这么多人数同行，自中华盘古开天地是第一次，在世界的航海史上也是前所未有，是大明的辉煌，中土人的骄傲。

郑和为什么要下西洋？明成祖朱棣登基不久，为什么要花这么大的财力、这么多的人力，让郑和巡洋四海？

明成祖叫郑和下西洋就是要昭告天下，他的"靖难之变"上台后已经度过了政治危机；他要秉承中土大国思想，"耀兵异域"，推行朝贡贸易，希望"统御万方""教化四夷"。他要"宣德化而柔远人"，笼络海外各国并要孤立反叛势力。他要"廓清海道"，以通贡使。他要郑和下西洋采购国内缺乏的香料、药材等稀有特产以及为朝廷搜罗珍奇异宝。他怀疑惠帝朱允奴流亡海外，要郑和下西洋寻找惠帝的踪迹。

郑和是明成祖朱棣最信任的人物之一，明成祖认为郑和是下西洋的最佳人选，他一定不负使命完成他的大略宏愿。

郑和原姓马名和，因其家族被朱元璋征败之后，他被沦为俘虏，收入燕王朱棣门下，入宫内当太监。由于他聪明睿智，有良好文化修养，很快出人头地，脱颖而出。在朱棣与朱允蚊争夺皇权的"靖难之变"中立了功，便被朱棣赐姓"郑"，因而姓郑名和，深得朱棣的信任和重用。

龙蛟和丰州、泉州周边招募的水兵，到了太平港很快被重新分配安排，也许他在集训考核比赛中夺冠得奖，也许周联络官在丰州发现了这个不寻常、有志向的青年，向有关人士举荐，他很幸运被分配在一个战船上当上船长。龙蛟激动无比，发誓要为捉拿海盗头目陈祖义立功，不负皇恩，不负上级的信任和家人的期待，要给兰香更多的惊喜。

与龙蛟在万人岛一起集训的郑虎跃，与他分配在同一战船上，由于他表现也突出，被任命为副船长，他们又成为一对好搭档。

一切准备就绪，扬帆出海的日子终于来到了，郑和在天元号召集船队要员和各船船长开会，龙蛟也有幸乘上小船前往参加。天元号鹤立鸡群，如同一座漂浮在海上的山，船体两侧有伸出的炮口，船的顶层甲板上还有两排巨炮，船的桅杆直插云霄，船舱内富丽堂皇，阳光可照进船舱内，原来宝船上的窗户是用磨平的云母或贝壳镶于窗洞，不但船舱内明亮，而且可防风防雨进入舱内。船舱内还有浮水罗盘、牵星图、更漏筒，这是前人航海发明用来识别航行方向，天元号实际是个船队的航海的指挥中心。

参加与会的有三四百人，郑和、王景弘等走到主席台前。只见郑和身长九尺，腰大十围，五官端正，目光炯炯，气宇轩昂，迈着虎步。他向副使王景弘使了一个眼色，王景弘便开口："现在请国使大人、巡洋正使、船队总兵官郑和致辞。"

台下响起了热烈的掌声，众人将目光聚焦郑和。

郑和以洪亮铿锵的声音说：

"各位，本人奉明成祖之命率各位第一次巡洋四海，联络番邦，扬我国威，廓清海道，怀柔远人，教化蛮夷，稳固江山，惠及万代。

"我大明江山万里，海域天涯，欲国家安，不可置海洋不顾。欲国家富，不可将海洋之宝不用。欲国家盛，不可将邻不睦。

"古言道，居安思危，我们的危险也可能来自海上，一旦他国夺得南洋岛屿或海域占为己有，华夏危矣，不可怠慢轻略。所以，我们这次巡洋，是耀兵异域，使犯我者不敢觊觎南洋也。

"大明南海海域，岛屿星罗棋布，有的早就是我华夏疆域，虽未登及和利用，但渔业资源丰富，矿藏等宝藏无数，我们巡视考察载册，以便让后人开发利用。

"大明的海域，一个岛屿也不能丢弃，一寸海域也不能退让！

"'德不孤，必有邻'，孔子也说过'以德报邻'，我们这次下西洋，也是联络和加强与海外邻国的友好关系，我们宝船中装满了丝绸、瓷器、茶叶、金银饰、铜铁器等中土的特产，赏赐或馈赠给诸国国王、酋长和番邦首领，'宣德化而柔远人'。'远亲不如近邻'，邻国之间辅车相依，唇亡齿寒，和睦友好交往才能双赢。'怀诸侯，柔远人'，怀诸侯主要是'治乱扶危，朝聘以时，厚往而薄来'。

"我们的祖辈在秦汉朝就开辟了海上丝绸之路，番邦贸易带来了华夏的繁盛和文明。可现在海上丝路已受阻，海盗猖獗，杀人越货，甚至抢劫一些番国的官府、商人、百姓财产，已达到无法容忍的地步。我们这次下西洋就是清除海上丝路海盗这个毒瘤，畅通海上丝绸之路，开拓番邦交流和贸易，实现友好互信，平等互利，合作共赢。

"我们即将踏入一片天、一片海，扬帆万里，建立亘古未有的伟业。

"皇恩浩荡，恩泽天下，福荫万代，我们将不负皇恩，不负天下臣民，也不负你们的父母，让我们齐心协力，搏风击浪，向南洋、西洋挺进，胜利一定属于我们！"

龙蛟和台下的将官使劲地鼓掌，热血沸腾，激情澎湃，见到郑和是最大的荣幸，听到郑和的动员更是莫大的鼓舞，是啊！大明的海疆，关系到国家的安危、繁盛和尊严，我跟随郑和大人下西洋真是无限荣光，家仇国恨，我一定要为捉拿海盗头目陈祖义和铲除那帮海盗竭尽全力，甚至不惜牺牲自己，他双手握紧拳头，咬紧牙关，暗暗发誓。

各将领听完郑和的动员报告后，各就各位，回到自己的船位上。

海面上微风轻拂，浪花泛起，成群的水鸟围着船舶盘旋，发出叽叽的叫声，好像为雄师们送行。

郑和披着风褛，在王景弘等人的簇拥下走上天元号最顶层平台，旗幡飞舞，鼓乐齐喧，螺号鸣响。他观看着二百多艘船，每艘船桅上飘着"明"字彩旗，各船将士和有关人员站在甲板上都向郑和翘首仰望，等待他发号命令。

"直挂云帆济沧海，直奔西洋！"郑和挥动着手，发出洪钟般的声音。

旗手用旗指挥着，螺号声发出起航出发的指令，突然间，哗啦哗啦拉绳升帆的声音此起彼伏，一张张巨帆升向蓝天，二百多船只缓缓行驶，一只只海鸟扑打着翅膀，上下飞翔，发出刺耳的鸣叫，好像对船队离开有些恋恋不舍。

船队行驶在海面上，远远望去，那一张张的白色风帆，连成一片就像在海上飘动的白云，那是一片祥云，给番邦和诸侯带去友好、福祉、祥和、温柔。那一艘艘巍峨巨大的船体在海上行驶，又像一座座移动的山，似排山倒海、雷霆万钧之势一往无前，它将对那些敌对大明的势力以震慑，对陈祖义那帮横行南洋的海盗以压倒和摧毁。二百多艘船的船队彰显了大明的强大、威武，也表现了永乐皇帝朱棣开拓海上丝绸之路的决心。

龙蛟乘坐的战船行驶在船队的前面，沿着海岸航行。他站立在甲板上，看到岸边的山脉、树林、河流、田野、村庄、民宅，那是一幅幅锦绣美丽的水墨画，也是一张张别具特色的风情写真。

船队驶到一片宽阔的海面，浩瀚的海水碧蓝、清澈，海面平静极了，海风轻轻地吹拂着，扬着波纹，望过去就像一块无边的丝绸在抖晃。阳光洒在海面映照的亮晶光点，如同镶在绸缎上金丝金边，美不胜收。战船行驶在平静的海面上，船头划出一道浪沟，飞溅起浪花，一朵朵跳跃，浪沟推起的海浪奔腾着，滚动着，追逐着，接着又与别的海浪碰撞，又产生跳跃白色的浪花……

龙蛟欣赏着大海的美景如痴如醉，他不由触景生情，抚摸着兰香送给他的戴在手腕上的碧玉手链，思念着兰香。他有好多话要向兰香讲，有许多情要向兰香倾吐，兰香啊，这大明的海，大得无边，蓝得可爱，美得醉人。听到郑和大人的动员报告，我明白了一个大道理，郑和大人下西洋，不但是要捉拿海盗陈祖义，开辟丝绸之路，而且是要捍卫我们的海疆和领土完整。海疆是关系到国家的安危，海疆是一个无形的屏障，海疆失，国家危，敌人就可乘虚而入。我们的南洋许多岛屿就像散落在大海上的珍珠，是宝岛，有渔业有矿藏，别人总会垂涎三尺。郑和大人下西洋，显示我大明国威，告诫一些人勿可轻举妄动，宝岛是我大明的。大海也是大明联系万邦四邻的纽带和桥梁，郑和大人下西洋"宣德化而柔远人"，就是加强与诸国的睦邻友好，开辟海上丝绸之路互利互惠，惠及万邦。这是亘古未有的伟业，多么了不起的壮举，我能跟随郑和下西洋感到无限的荣幸，但也感到责任的重大啊！

你还不知，我到了太平港重新编队后已被提拔为战船船长，带几十个水兵哩！这也许你没有想到，你知道了一定会感到意外，惊喜……

他思忖着、浮想着，一阵海风吹来，又情不自禁地涌起情思：海浪呀，请你把我的喜讯传给兰香。海风呀，请你把我得到的大道理告诉兰香。

在天元号宝船里，郑和在一个金碧辉煌带有龙壁的船舱里，正用毛笔写着航海志，他一边写，一边不时停下来思忖着什么，脸上泛起愁云。

副使王景弘手捧一个包裹走进，说："大人，我们出发一切顺利，不知道什么事还使你忧愁呀！"

其实，航海下西洋并不是一件容易的事情，那个时代没有先进的航海仪和详细的海图资料，一切靠自己摸索，稍有不慎，就会船毁人亡，葬身鱼腹。当时，他们虽然找到一些有航海经验的船手，专门设立了负责观察记录海上潮汐、波浪、漩涡的机构，根据观察海水的颜色和生物分布规律，找到顺利通过或者避开危险的途径，但还是危险重重，防不胜防……

郑和放下笔，心思重重地说："到达南洋前的一段海路，因为船队中有些艄公、船师曾经行驶过，问题不大，但再往前向西洋驶去我心中可没有底呀，我们船上有浮水罗盘，过洋牵星图，更漏筒，可我们还不会使用，本来我们想找一个叫南轩公的航海家同行，可现在连他的影踪都没有找到。"

"副使吴宣在航海上不是很有一套吗？"王景弘问。

"吴宣曾任过长江水师的都督，对近海航行知晓一下，但对远航南洋、西洋还欠缺啊！"郑和说。

"南轩公，我们下南洋非此人莫属？"

"是也！此人上通天文地理，下通大洋航行，并且懂番语，他可当通事（翻译），是海上通才、奇才人物呀！"

"他会不会不在人间了？"

"不，据我所知，他还活着。"

"菩萨保佑，也许到了南洋能找到他！"

"但愿如此！"

王景弘打开布包裹，取出一把象牙白瓷茶壶和两只茶杯，还有一包茶叶说："我派我的部下联络官到福建采购下西洋的物品，一位对海上丝路情有独钟的商人一定要将这套茶具赠送给你，另外要将这包新品茶叶送你品尝。"

郑和眼睛一亮，说："唔！这套瓷茶具白如象牙，真是稀世新品，出于何方？"他边拿边欣赏，问道。

"福建的德化。"

"据我所知，过去那儿出青瓷品闻名，现在制出这种非同一般的白瓷品，难得！难得！宝船上是否载有作为馈赠品！"

"有！这种茶具有八百套，还有碟、盘、汤匙、雕塑品等。"

"好哇！诸国国王、酋长、番邦主得到这等瓷器新品一定爱不释手，叫好，物以稀为贵！"

"有好茶具还得有好的茶叶！"王景弘将带来的茶叶打开，倒进茶壶，又用开水泡了一会，倒了两杯，茶水如琥珀，香气四溢。他递给郑和一杯，郑和喝了一口，笑容满面，说："好茶！此茶产于何地？叫何名？是否新茶品？"

"此茶叫乌龙茶，是一种半发酵的新品茶，出于福建的安溪。"王景弘回答说。

郑和又将茶叶细细端详、琢磨，只见茶叶红叶镶边，叶色深绿，郁香扑鼻。他点点头说："香馥味醇，好茶，可称上佳品、极品！宝船是否载有？"

"有！不过数量不是太多，因为仅产于一个山村，将来也许会扩大生产。"

"诸国国王、酋长、番邦主品尝了这种茶，一定会喜笑颜开，将来会向大明订要此货。"

"是！此茶一定会受番邦欢迎！"

"我相信将来在全国也会受欢迎，风靡全国！"

"是！"

王景弘陪着郑和一边品茶，一边聊天……

船队行驶在大海上，有晴空万里，风平浪静，也必有狂风暴雨，惊涛骇浪，甚至有覆舟、翻船、触礁船毁的危险。

一天，夜鼓二更左右，龙蛟和士兵们正在熟睡之中，突然船舶左右摇晃，前后颠簸，起伏不定。他连忙跳下床，奔到甲板，只见天空浓黑，大团大团乌云疾驰翻滚而来，大海黑得伸手不见五指，海浪冲击着船身发出哗啦哗啦巨大的响声。接着暴风像千军万马杀来，暴雨如同倒水一样泼来，巨浪打到甲板上，掩盖部分船体，又流回大海，风的怒号，浪的相击，雨的扑打，交汇成凄凉可怕的声音。巨波像小山似的一波一浪地袭来，帆船由浪的峰顶骤降至浪的谷底，犹如过山车一样起伏。巨浪撕裂般撞击着船体，忽地轰的一声巨响，相邻的一艘战船体破损散开，发出一阵惨烈的叫喊声，一些官兵瞬间葬身于大海，龙蛟和同伙们吓得心惊胆战，发出惊恐惋惜之声，他们也担心船体被风浪撞损或撕裂。龙蛟心想，这下子也许完了，我死了不要紧，可我活捉陈祖义的使命还未完成，我报效国家捍卫海疆的壮志还未完成，我心爱的兰香还等着我洞房花烛哩。如果我一死，兰香和她爸爸再也经不起这个太大的打击。理智使他要镇静、沉着，他从小曾经听父辈们说过，"在沧溟大海中行驶，遭遇惊涛骇浪，每每祷告海神庇佑，可化险为夷"，于是，他要水兵们各就各位，不要慌张，大声说："兄弟们，妈祖、海神会救我们的！"他立即在船舱内默默祈求："妈祖等诸海神，救救我们吧！庇护我们吧！我们不会忘记你们的救命之恩！"他祈祷后，大家忽然看到帆樯顶端有一灵光闪现，在夜空中放出光芒，如同夜航中迷路的船只见到了指路的灯塔，好像掉入大海的人们抓到了救生圈，士兵似乎看到了希望。说神也神，说奇也奇，船舶在浪沟中颠簸几下，船平稳了，狂风渐渐远去，翻腾的大海也恢复了平静，除了一只船覆舟外，其余船只都平安无恙。

战士们都赞扬船长龙蛟的沉着、机灵和他对海神虔诚的求救。大家也感激海神的救命之恩，都表示回去后要到妈祖庙和九日山下的昭惠庙去拜谒进香。

在古代的航行中，大海时而风平浪静，时而波涛汹涌，变化无常，吉凶难测，令人心有余悸。为了增强战胜海上险阻和不测的斗志和信心，就需要有精神支柱和寄托，人们把妈祖、海神作为庇佑的神灵，所以出海前要祭拜，遇到危险时的求助，在某种环境下不管是否有巧合，确有转危为安的事例奇迹。

船队继续航行着，郑和与将士们将会迎接更大的挑战，但愿妈祖和海神庇佑着他们，但愿龙蛟和将士们经受得起更大的考验……

第七章

　　船队继续向南洋方向航行。经受了飓风的袭击，龙蛟和水兵们心有余悸，他深深感到海上航行的艰难，海上丝路之曲折崎岖，比他的想象不知要艰难多少倍，除了飓风恶浪还有触礁和搁滩的危险。"若值伏石，则无活路"，海底藏有很多暗礁，看不见测不到。有经验的水手可以目测海水不同的颜色判断海的深浅，水深则海呈深蓝色，水浅则海呈浅蓝色或深绿色，但暗礁是目测不到的。不论白天和夜晚，如遇有暗礁或浅滩，则外围的海水产生的波浪，呈现白色浪花，很难辨识判断藏有暗礁或浅滩。当船只扬帆破浪快速驶去时，船底碰撞海底礁石无疑是以卵击石，船毁人亡。如船缓慢行驶时触礁，海浪将无情地将船舶推向更浅的礁处，直至底座不能移动。如遇下一波大浪袭来时，船体有可能被撞击瓦解，人被巨浪吞没。船如遭浅滩搁浅，大船后面若拖着小船，人可乘坐小船逃脱，若无小船，只有等到下次涨潮逃脱，命运要比触礁幸运。

　　一日，在马船扬帆行驶的过程中，有一艘马船不幸触礁，轰隆一声巨响震撼海面，只见马船破裂解体，风帆和樯桅轰然倒塌，几十片高大的马匹惊叫着，奔跃着，从肢解的船舱中蹦出，顿时掉入海浪中嘶叫、挣扎，还有一些士兵落在水里呼喊着、哀鸣着，马匹、人、散落的船架随着海流飘去，惨不忍睹。

　　龙蛟和将士们目睹着海面上的惨烈景象，惊魂、焦急、难过，他们爱莫能助，因为风浪太大，也无法实行施救。在科学不发达时期的海上航行，就是那么的艰难、险恶、严峻，无情无助。

　　有一天，龙蛟和开船的艄公舵手聊天，向他请教有关航海的知识和技术。这位艄公舵手年岁较大，曾经在海上多年航行，他爽快地说："在海上行船，万事难以预料，全靠丰富的经验来应付处理，学问可大哩！首先要善于识别方向航行，天气好，'唯靠日月星宿而进'，即以观察太阳、月亮及其星座识别方向航行。若遇阴天，船舶只有随风漂流。若遇阴雨天气，'为避风去亦无准'，既可能失去原定的航向，亦可能来回兜圈子。"

"嘀！大海瞬息万变，捉摸不定，人类显得那么的无奈、渺小！"龙蛟感慨地说。

"大海航行，最主要的还是随机应变，比如帆船一旦遇到热带气旋，要尽快收帆并固定，以免帆和桅杆受到摧毁折断，还要调整船舶航行方向去顶风，减少船体受风面。船舵受到浪击也很危险，船舵一旦受损，就无法航行，故应避免让海浪直接袭击船舵。如果船漏水，船体的重量大会加速漏水，漏孔扩大，因此必须抛弃货物，甚至不惜牺牲个人携带的物品，以减轻重量，减少吃水。万一船体受损，需要在避难港或中途港修理。我们这次远航，因为有领航船只，又有人指挥，所以显得轻松！但是危险还是有的，不是有几艘船沉入大海了吗！"

"想不到当个舵手还真不简单，真了不起，要懂得那么多的知识，掌握好技能，还要有丰富的经验！"

"有些经验是我们的祖先开辟海上丝绸之路，一代代传承下来的，我也听了一些传说，比如天竺国（今印度）饮食的强烈气味，会从海上飘来，有经验的船手凭嗅觉可以判断船至海岸的远近。城市愈大，人口愈多，气味就愈浓，凭视觉和嗅觉可知晓船的所在位置。如在大海中发现大量漂浮物、弃物从船边飘过，则可判断船离岸边不远。在茫茫的大海中如发现不是载货的船舶并有一些诡异行迹，那一定是海盗船，就要特别警惕和小心。"

龙蛟听了连连点头，说："大海渊深、奥妙、莫测，航海的技巧本领也是高深莫测呀！"

"无论是舵手或船师、水手，在海上航行就要做出牺牲的准备，自古以来皆如此。自从秦汉时期开辟海上丝路，开展与番邦贸易，下南洋，下西洋，不知有多少船舶折桅倾翻，不知有多少人葬身大海，明知下海有险恶，偏向海上行！"

龙蛟听了不由感慨万千，思绪绵绵。我们的祖辈早就与大海结下了深情，代代相传，海能覆舟，海也能载舟，大海能给人们提供取之不尽的资源、宝藏，大海能给人们通向远方，开辟丝绸之路，进行贸易往来，促进国与国之间友好往来。大海情讲不完，诉不尽。我们的祖辈多么伟大，他们冒着生命危险，不管大海无边无际多么遥远，不管惊涛骇浪多么险恶，他们前仆后继，一代又一代沿着海上丝绸之路探索着，前进着，积累了一些丰富的航海经验，记载着丝路通番邦的辉煌，祖辈们多么了不起！而郑和大人这次下西洋，不光是对祖辈们海上丝路的接力，还是开拓。这么多的船只，这么多的人马下西洋，是盘古开天地前所未有，是历代下西洋之冠，真是扬我国威，恩泽天下，名垂史册。我能跟随郑和大人下西洋，真是荣幸，我一定要带领水兵捉拿海盗头目陈祖义，为海上丝绸之路扫清障碍，不达目的，决不罢休……

　　经过数十天日夜兼程的海上航行，终于到达南洋海域。那儿又是另外一种海景，大海是一望无际的蓝色，海水如翡翠，似玛瑙，蓝得纯洁，蓝得透明，蓝得无瑕，蓝得清湛。阳光照射在海面上，金光闪烁，波光粼粼。不远处可看到鲸鱼在喷水，时而翻腾竖起巨大的尾巴，掀起白色的海浪。一群群的海豚跃出海面，击起一团团浪花，似乎在表演、炫耀，迎接远方来的客人。海龟则游到船边，伸着头张望，用惊奇的眼神打量着他们，好像问："你们是从哪里来的？来这儿干什么？"晶莹透彻的海水中还会看到各种颜色的珊瑚，游动着的鱼虾……

　　南洋上的岛屿星罗棋布，远处的若隐若现，犹如仙境，近处的岛屿被热带丛林覆盖，青翠欲滴，椰林簇拥矗立，成群的海鸟在飞翔，白乎乎的一片，生机盎然。

　　龙蛟和将士们都被南洋奇妙的景色迷住了，看呆了，想不到南洋的海面是如此的宽阔，景色是这么的迷人，物产是如此的丰富。南洋的水连接着中土的海洋、江河，中土人情系南洋的海域，中土人的祖辈早就在这片海域留下了足迹和标记，洒下了辛勤的汗水。这儿的岛屿、海域是中土不可分割的部分，任何人休想侵犯占有。郑和大人这次带我们来此，就是彰显大明天威，和捍卫海疆宝岛的决心。郑和大人此行怀柔远人，厚往薄来，就是大明要与天下各国共同富足，永享太平。我们跟随郑和大人下西洋，勇往直前，排除险阻，不负使命。龙蛟和将士们这样思忖着、勉励着、鼓舞着……

　　郑和率领下西洋的船队，"云帆高张，昼夜星驰，涉彼狂澜，若履通衢"，好不容易到了南洋。

到了南洋，郑和便思念着南轩公，听说他人在南洋，如果能找到他，由他做船队总舵、向导，下西洋将会少走许多弯路险道，与番邦打交道也将会顺顺当当，否则不堪设想。也许是天意、天助，郑和船队靠近南洋一个小岛上岸时，意外巧遇到南轩公。

原来，陈祖义也千方百计要找到南轩公，他知道郑和船队下西洋肯定也要来到南洋找南轩公为向导、舵手，他先下手为强逮到了南轩公，软硬兼施要南轩公与他合作，为他服务，助他向西洋扩张海上势力。南轩公一身正气，宁死不屈，不肯与他同流合污，助纣为虐。陈祖义一气之下把他关在木笼子里从船上抛入大海，想不到木笼子一甩到海里就散了架，南轩公凭着水性好，抱着一块漂来的木板游到附近的一个小岛，被当地的人救上岸，大难不死……

当郑和的手下人将南轩公带到天元号的宝船见郑和时，郑和喜出望外，他紧紧握着南轩公的手，激动地说："我们的船队从长江刘家港一出发，我就想找到你，得到你，这使我常常夜不能寐，不思茶饭。如今如愿以偿，真是天助我也！"

"跟随大人率领的大明船队巡洋四海，通好万邦，我感到荣幸！"南轩公欣然说。

"我封你为大明船队总舵！"

"谢谢郑大人的信任！本人愿尽犬马之力！"

郑和向南轩公问了陈祖义的情况，南轩公将遭到陈祖义的绑架要他为海盗效劳，他不从，将他抛入大海的遭遇告诉了郑和。

"先生贫贱不能移、富贵不能淫、威武不能屈的高风亮节，令我钦佩啊！"郑和夸奖说。

"我宁可葬身于鱼腹，也不愿与陈祖义一伙同流合污！"南轩公感慨地说。

"陈祖义真是恶贯满盈，可罪可恨！"

"南洋的各国的国王、酋长、番邦主至平民百姓，从上至下无一不憎恨他，诅咒他，但对他又无奈！"

"缉拿陈祖义，铲除这一帮海盗也是我们这次下西洋的重要任务之一。"

"大人英明、果断！"

郑和船队在南洋勘察一些岛屿，访问一些国家，其中就有满剌加（马六甲）

王国。满剌加王国是中土的友好邻邦。郑和与王景弘一下船，国王等率领的官员和百姓就在码头迎接，向郑和一行行礼作揖，也有的挥手表示欢迎。

王景弘将郑和介绍给国王，郑和说："我奉大明永乐皇帝之命，率领船队下西洋，途经此地，一定要拜访你们这个友邻呀！"

"我早就盼望大明的贵客光临满剌加！"国王说。

"我的这次下西洋，一是开通海上丝绸之路，二是开展经济贸易，互通有无，三是廓清海道，消除匪患！"郑和道。

"太好了，国使大人，这不仅是我们满剌加王国的期盼和福音，而且是南洋诸国的期盼和福音，也许你有所不知，汉人陈祖义为首的一帮海盗在我们满剌加海峡乃至南洋海域横行霸道，打劫了无数过往的船只，残害人命，穷凶极恶。他的船多势大，我们对他们无奈，真令人深恶痛绝。现在南洋各国人心惶惶，不敢出海贸易、打渔，即使出海也是提心吊胆。我们满剌加有许多商船遭到陈祖义一帮海盗打劫，船毁人亡。国使大人，恳求您为我们除恶，还满剌加海峡和南洋一片宁静和太平呀！"

"南洋的其他一些国家也向我们反映了此情况，我这次下西洋，不歼灭陈祖义这帮海贼，决不回中土！"

"此话当真？"

"当真！"

"好！我要转告南洋诸国国王、酋长、番邦主，国使大人，您是从天上掉下来的海神！"

郑和给国王赠送金镶玉带、金银、丝绸、瓷器、茶叶等，他指旁边一箱箱的礼品说："这都是明成祖朱棣皇帝赠送给你的！"

"谢明成祖皇恩！"国王也下令搬上几箱礼物说："这是我赠送给明成祖朱棣皇上的礼物，�纳！"

郑和："谢国王！"

国王："不知国使大人还需要我们什么帮助？"

郑和："我们的船队要补给一些水和蔬菜。"

国王："没有问题，明天我安排人送来。"

郑和："还有，满剌加海峡是南洋通往印度洋的交通要道。大明的船队将来要经常路过，我们打算在满剌加建立一个交通中转站。"

国王："没有问题，我们将鼎力相助，你可安排人与我们的官员洽谈！"

郑和："谢国王，这样我将留下人员前来洽谈并筹建交通中转站之事！"

国王："好！相信你们建立了中转站也会给满剌加带来繁荣和益处！"

……

当天晚上，郑和在天元号龙壁船舱绑躅踱步沉思，副使王景弘关心地问："大人，我看你心事重重，是否考虑如何缉拿陈祖义，歼灭以他为首的一帮海盗？"

郑和点点头说："是！今天满剌加国王的一番话你也听见了，他说汉人陈祖义为首的一帮海盗如何如何，他将陈祖义与汉人联系在一起，陈祖义是汉人的耻辱，非除不可。"

"大人说的是！"王景弘也义愤填膺地说，"陈祖义是汉人的败类，不共戴天的敌人！"

"陈祖义不缉拿，南洋海上贸易之路不通，海上丝绸之路受阻。陈祖义不缉拿，南海诸国不宁，大明在南海诸国的威信难以建立。陈祖义不缉拿，明成祖朱棣皇帝不安，沿海的贾商百姓仇恨之不消啊！"郑和握紧拳头说。

"是！"王景弘附和道。

陈祖义，广东潮州人，明洪武年间，全家来到南洋，盘踞在满剌加海峡多年为寇首，集团成员鼎盛时超过万人。战船百艘，称霸于南海海域，甚至印度洋，对海上过往客商"动辄便劫财物，甚至加害生命，横行残暴"，被他抢劫过的过往船只超万艘。他曾攻打沿海五十多城镇，抢劫财物无数，谋害人命数不清，因此明太祖朱元璋十分恼火，曾悬赏50万两白银捉拿这个海上大盗"混海龙"。当年明太祖闭关锁国，实行"海禁"，很大因素就是陈祖义等一帮海盗猖獗，担心海盗勾结夷蛮推翻明王朝。从这个逻辑上说，陈祖义海盗活动的猖獗导致了明代的海禁。而闭关锁国的海禁，也导致中国近代的落后。

陈祖义后来逃到三佛齐的渤泥邦国，在国王麻那者巫里手下当了一员大将，国王死后他召集了一批海盗，自立为王。永乐皇帝朱棣登基后，陈祖义也假惺惺地去进贡，去时是空船，一路抢劫，抢到什么送什么，回国时也不落空，"满载而归"。

令永乐皇帝朱棣受不了的是，陈祖义抢劫西洋、南洋诸国的船舶，连明朝的使船也抢，也实行抢光、烧光、杀光的"三光"政策。他还经常带匪帮到南洋诸岛国打劫，胡乱作为，南洋诸岛国对他恨之入骨，但对他又无奈。他人多船多势众，船只装备也良好，他是海上丝路的一个毒瘤、恶魔！

郑和为了尽快地铲除陈祖义为首的这帮海盗，又想尽快地下西洋，他经过考虑，给陈祖义下了招抚书。

一支绑有招抚书的箭飞入陈祖义的海盗船上。

一个海匪取了箭，连同招抚书送给了陈祖义，陈祖义在船舱中看了招抚书轻蔑地笑笑说："哈哈！郑和想招抚我，说明他们敬畏我，知道我混海龙的厉害。郑和，你这个太监简直是异想天开！"

"大王，郑和这次奉永乐皇帝之命，率二万多艘船只，二万七千多人马浩浩荡荡来到南洋，据说，那些船只如山一样高，不可轻敌呀！"一个海盗劝说道。

"没有什么可怕的，我混海龙在南洋十多年可以说是战无不胜！别理睬他，我要等待时机夺取郑和船队的宝船，活捉郑和！"

郑和给陈祖义的招抚书没有回音，看来他不屑一顾。郑和心想，如果要立即将他缉拿，歼灭他的同伙，并不是件轻而易举的事情，可能要花一段时间，这样可能要耽误下西洋的行程。只要陈祖义不阻拦他的船队下西洋，回来收拾他也不迟。副使王景弘、吴宣也同意他的想法，因此，大明船队暂时搁下缉拿和消灭陈祖义及其同伙，向西洋方向挺进。

龙蛟一到南洋就摩拳擦掌要捉拿陈祖义，要为兰香一家报仇，要为许多被陈祖义劫船杀害的闽南乡亲们解恨。一听说立即下西洋，待回来时再来缉拿收拾他，铲除那帮海盗，似乎心头被泼了一盆凉水，不知要等到什么时候呀！陈祖义会不会离开南洋，躲避去别处？如果捉不到陈祖义，我这次应征下西洋岂不是白来了！岂不是愧对兰香和她一家！愧对闽南的父老乡亲！但他转而一想，郑和大人是永乐皇帝钦点的大明下西洋正使、船队总兵官，他做出暂不逮陈祖义的决定，肯定是从全盘考虑，服从命令是军人的天职，我应该服从拥护，不应该想入非非。陈祖义恶贯满盈，俗话说恶有恶报，不是不报，时候未到。缉拿他，惩处他，是天意也是迟早的事。

在郑和的率领和指挥下，大明船队浩浩荡荡，乘风破浪，从南洋直奔幼兰、印度西海岸的柯钦以至古里（今科泽科德）。第一次下西洋抵达的王国、酋长国、番邦，有十五个国家和地区，带去了大明的友善和怀柔，向一些国王、酋长、番主敕封了明成祖的令状，对他们及王妃、臣、僚等予以赏赐，赠送大明的锦、绮、纱罗、瓷器、茶叶、金银等特产宝物。一些国王、酋长、番邦主也向大明馈赠了许多珍奇异宝。

跟随船队下西洋的商贾，还与番邦开展了贸易，互通有无。船队带出去的有丝绸、锦缎、瓷陶器、茶叶、金银、铜钱、玉器、漆器、樟脑、麝香、干果等，船队从异国番邦带回的有金帛、金银、珠宝、铅锡、硫黄、宝石、香料、颜料、番盐、糖霜、胡椒、木材、药物、植物花卉及各种珍禽异兽（如大象、狮子、鸵鸟）等，为以后开展国际贸易打下了基础。

船队还给当地人民做了大量的好事，如医疗疾病，传授先进的生产技术和经验，教给当地人文化和文明生活的知识等，深受当地的人民欢迎。"天书到处多欢声，蛮魁酋长争相迎。"

郑和第一次下西洋，增进了大明与各国、番邦的友好与和睦，同时也彰显了大明的国威和文明。

龙蛟跟随郑和船队下西洋，从东南沿海至南洋，又从南洋到西洋，低头看的是碧海，抬头看白云蓝天，海风吹拂着他，海浪环绕着他，他与大海产生的情感、情怀，诉也诉不清，道也道不完。大海将他带入异国另一个世界。矗立的椰林、瑰丽芬芳的奇花，巍峨庞大的大象等珍奇异兽，美丽娇艳的异国姑娘，琳琅满目的番邦市场，使他眼花缭乱，大开了眼界，增长了见识，真是大千世界无奇不有，山外有山，楼外有楼，天外有天。他庆幸跟随下西洋，感谢上帝的安排，他真想把看到的一切，听到的一切，告诉兰香，和她分享，可不知何时才能回到中土见到兰香。他身边还藏着在锡兰海边拾到的五彩斑斓的丸卵石和贝壳，打算送给兰香作纪念哩。

星移斗转，郑和船队永乐三年6月15日（公历1405年7月1日）由刘家港出发，经长江、黄海、南海（南洋），到印度洋西海岸，已近两个年头，他接到明成祖返航的命令，便立即向南洋方向驶去。

抵达南洋，他必须完成一个重大任务，缉拿陈祖义和歼灭他的同伙，消除南洋匪患。郑和在下西洋时所接触的南洋国王、酋长、番邦主，向他诉说遭遇到陈祖义一伙的抢劫和骚扰，务必请他捉拿奸灭的话，一直萦回在耳边。他痛下决心，不除陈祖义不回大明，否则，他无法向明成祖交代，也无法向南洋诸国国王、酋长、番邦主交代。

至于如何捉拿陈祖义，郑和采取两手，一硬一软。他一手派小分队在海面侦察巡逻，寻觅陈祖义的踪迹或藏匿之处，或引他出海瓮中捉鳖，用武力将其缉拿就范。如果采取此方案，双方都避免不了人员伤亡，这是下策。另一手仍是下书招抚劝其归降，如果这一招成功，也给了陈祖义一个改过自新重新做人的机会，避免双方人员短兵相接而伤亡，还可节省时间尽快回京，这是上策。

大明船队又回到南洋苏门答腊岛南部海面一带，龙蛟主动向郑和请求，让他的战船担任侦察任务，郑和答应了，并且安排另一艘战船从另一水域侦察。

龙蛟这次接到任务，心潮如大海一样汹涌澎湃。你陈祖义即使躲在乌龟洞里，我也要将你挖出，你即使变成海上的魔鬼，我也要将你缉拿！养兵千日，用兵一时，此仇不报更待何时！

大海一望无际，碧波荡漾，龙蛟的战船扬帆破浪前行，他和士兵们站在甲板上神情专注地注视着海面，突然发现远处出现两艘帆船，似乎一艘帆船在追赶另一艘帆船，被追的好似一艘商船，吃水深，行驶缓慢。追的那艘帆船，吃水浅，轻便快捷，他曾听艄公说过，这类船很有可能是海盗船。他叫艄公加快速度向那两艘船方向驶去，心想，如是海盗劫船，可打击海盗，抓住海盗，审问陈祖义的下落。解救被劫船只，可避免船上的人成为海盗的刀下鬼，人亡船毁。

商船上的舵手想加速拼命逃脱，但还是被那艘船追赶上，海盗船很快就向商船靠拢，几个海盗手握着大刀跳上商船，商船上的几个人，头上戴着船形帽，身着彩色服装，惊恐万分。一个较胖的年长者说："我们是翡翠酋长国的商船，我是国舅，我们是奉酋长之命前去满剌加采购返航。"国舅哆嗦着说。

"我们是混海龙陈祖义的部下，管你是什么翡翠酋长国还是什么玛瑙番邦国，统统不会放过！"船上的海盗头目说。

"嘀！你们的酋长给我们送大礼，谢谢啦！"一个海盗风趣地说。

"放我们一马吧！"国舅哀求道。

"今天我们在海上转了一天还没有收获，你们来得正好，送上门来的嘴边肥肉，岂能放弃！"海盗头目说。

"那边驶来了一艘船！"一个海盗拉了一下海盗头目的衣服说道。

"管他什么船，来了正好，将他们拿下，一举两得！"海盗头满不在乎地说。

"好像是郑和的战船！"一个海盗惶恐地说。

"大王说过，郑和的人马不堪一击，别怕，就是再来一艘战船，我们也能应对！"海盗头目说着，便举起大刀，准备动手。

"船上的宝物、货物，全给你们，求你饶了我们的命吧！"国舅跪下作揖说。

"你是不是不懂得我们的规矩？"海盗头目说。

"不知道。"

"就让你知道吧！你们统统得死，你们的货物统统归我们，你们的船化为灰烬！"海盗头目说着欲扬刀向国舅砍去。

这时，龙蛟的战船已靠近商船，龙蛟像猛狮一样一下子跃上商船，大声喊道"住手！"

海盗头目侧过头去，一看是一位年轻的军官，轻蔑地笑笑说道："你们是太监郑和的官兵，你们在宫里伺候哄那些娘儿们还不错，你们在河塘里玩把戏还可以，可到了南洋，你们哪里是我们的对手！看刀！"

海盗头目将大刀向龙蛟砍去，龙蛟马上将大刀一挡，只听见"唯当"一声，刀口对刀口击出火花。龙蛟抽起刀向海盗头目砍去，海盗头目头一闪，龙蛟的刀扑了一空。海盗头目又横刀向龙蛟挥砍来，龙蛟将身子闪开，又利用机会将刀向海盗头目砍去，海盗头目腾空跃起，又将大刀直接向龙蛟砍去，龙蛟将大刀一挡，又"唯当"一响，两把刀对峙着，拼着臂力，海盗头目的刀渐渐退却，龙蛟抽回刀向海盗头目砍去。他一转身闪开，龙蛟的刀扑空。海盗头目又扬起刀挥来，龙蛟一个轻功飞到自己的战船上。海盗头目紧追而来，两人上上下下挥着大刀，不分上下……

副船长郑虎跃带领水兵们也纷纷跃上商船和海盗们厮杀起来，大刀碰击声当当响成一片，那些海盗们哪里是训练有素的大明水兵们的对手，有的被砍伤掉入大海，有的被砍死倒在船上……

国舅和船上的人员、水手被吓得魂飞魄散，躲在船上的角落里哆嗦着，颤抖着不吭声，他们无比感激天降救命之神——大明官兵。

龙蛟和海盗头目在战船甲板上厮杀了一阵，又来到商船上，海盗头目看着自己的手下全部被杀死又气又恨，恨不得将龙蛟一刀砍死以解心头之恨。他的武功不及龙蛟，心里有些慌，手脚也有点乱。龙蛟一看郑虎跃和战士们将海盗的喽啰们全部杀死，甚是欣慰，他本想将海盗头目也一刀砍死，以解心头之恨，但一想，不能让他死，要留下一个活口叫他说出陈祖义的隐藏之处！他仍和海盗头目挥刀激战，两把刀的碰撞声，震撼着海面。郑虎跃和几个战士要上来助战，龙蛟下命令："不可，我来应付！"郑虎跃和几个士兵手持着刀随时准备应战，或者伺机擒拿。

　　当龙蛟和海盗头目杀得难分难解之时，龙蛟忽地心生一计，他大声说，"看那面，你们的救兵到了！"海盗头目果然中计，侧过头去看，龙蛟以迅雷不及掩耳之势将刀到架到他的脖子上。海盗头目愣住了，正想挣扎反扑，郑虎跃和几个战士，迅速扑上前去，有的将海盗头目的大刀夺下，有的将他按住，还有的用绳索将他捆绑。

　　龙蛟收起大刀，松了口气说："你认输吗？"

　　"认输！想不到郑和的水兵如此厉害，如此训练有素！"海盗头目耷拉着脑袋说。

　　"你们这些海盗在南洋杀人越货，连番邦的船只也不放过，真是伤天害理！"龙蛟气愤地说。

　　"我手下的兄弟全被你们杀了，你快把我杀了吧！"海盗头目不屑地说。

　　"我不想杀你，希望你争取改过自新、重新做人！你们大多数人也是陈祖义的受害者。"龙蛟说。

　　海盗头目以诡异眼神看了龙蛟一眼说："你们真的会饶我的命？"

　　"当然！不过还要靠你自己了！"

　　"你要我做什么？"

　　"说出陈祖义藏在什么地方？"

　　"他常住在旧港，有时也住到其他的一些岛屿去。"

　　"你讲的是不是实话？"

　　"是！如果说假话，天打雷劈！"

　　"好！饶你一命，不过，我们要把你带到船队，听候郑和大人处置！"

"我愿立功赎罪！"

龙蛟对水兵命令道："将他押上战船去！"

"是！"

几个水兵将海盗头目押上了战船。

国舅和船上的几个人连忙来到龙蛟面前跪下齐声说："感谢官兵们的救命之恩。"

"请各位起来，我们是大明巡洋正使郑和的水兵，跟随郑和大人下西洋，巡视万邦，怀柔四海，开拓海上丝绸之路，繁荣番邦贸易，共同富足。"龙蛟说。

"这乃是我们南洋诸国之福音也，也是我们的梦想，我们早就盼望呀！"国舅说。

"请问你们是何国番邦人氏？在海上航行又是去往何处？"龙蛟问。

"我是翡翠国酋长国国舅，这次是前往满刺加采购王室用品，想不到返回途中，遇上陈祖义的海盗们劫船，如果没有你们相救，我们都会死于海盗们的屠刀之下，葬身于鱼腹呀！"

"陈祖义这帮海盗们在南洋抢劫无恶不作，我们这次回到南洋就是要缉拿他们，铲除他们！今天我们奉命前来巡逻侦察，正好遇上他们对你们实施劫船，陈祖义落网的日子指日可待！"

"我们南洋诸国对陈祖义一帮海盗恨之入骨，都遭遇过他们抢劫、滋扰，他们在海上抢，到岛上抢，感谢你们为我们除大害、保平安啊！"

"除掉陈祖义一帮海盗，南洋就安定太平了，海上丝绸之路就畅通了！"

"千真万确，我们的酋长知道后一定很高兴！不知官人这次能否到我们的翡翠岛一趟，好让我们能尽地主之谊谢恩！"

"谢谢你们的盛情厚谊，郑和大人这次率船队下西洋，现在打算回中土，是否能到翡翠酋长国还不知！"

"即使这次去不了，恳求下次来我们岛国吧！我们将予以崇高的礼仪接待大明的贵宾，再次感谢你们的救命之恩，我们将永不忘大明的恩泽！"

"谢谢！祝你们回去一帆风顺！"

"真是感恩不尽！"国舅作揖后说，"对了，伙计们赶快从船舱取出两筐水果送上军船。"

"是！遵命！"

几个船工搬出两筐香蕉、菠萝运上战船。

"多谢了！"龙蛟跳上战船，又对国舅说："起航吧，我们送你们一程！"

"你是担心陈祖义的其他海盗的船前来报复，真是想得周到，你的大恩来日再报！今世不报，来世再报！"

"不用客气！解救和帮助你们是我们应该做的！"

商船扬起帆缓缓行驶，蓝色的海面划出一道浪沟。

龙蛟的战船跟在商船的后面，海面又出现了另一道浪沟。

浪沟、海浪、海水连接在一起，水和天连接在一起，大明船队带去的友谊和南洋诸番邦国连接在一起，海上丝绸之路将南洋、西洋诸国的梦想连接在一起。

第八章

傍晚时分，获救的翡翠岛（化名）酉长国的船，抵达距旧港不远的小岛——翡翠岛。小岛一片葱绿，树木成荫，犹如沉睡在碧海的一块翡翠，翡翠岛真是名副其实。

夕阳西沉，霞光满天，霞光将海水、海滩、椰树、丛林都染上金色、红色。鸟儿躲在树丛中叽叽喳喳地鸣叫，几只小鹿在海边漫步，打鱼的渔民扛着鱼篓从海滩走向村寨，头戴花环的女人们在树丛的小路和花坛边漫步，四处飘逸着浓郁的花香。

酉王的王宫并不高大、宏伟，也不金碧辉煌，是用木料搭建的，精细、玲珑、古朴。建筑物上镶满五颜六色的卵石、贝壳做装饰，五彩缤纷，宫内摆放一排排的花卉，芳香扑鼻。在宫内的一个厅内，酉长和王后还有公主阿琳娜正在用晚餐，餐桌上摆放着烤鱼、虾、贝类的海鲜，禽鸟类的肉，还有蔬菜、水果、米饭等。

酉长五十来岁，头上戴着一顶船形的帽子，身着彩色的丝质衣袍，棕色的脸庞，气宇轩昂，神采奕奕，他喝了一口酒，叹了一口长气："嗯！"

"大王有何心思？"王后给他杯里斟酒问。王后四十多岁，体态丰满，一头黑色的头发盘起，圆圆的脸庞，双眸炯炯有神，仪态万方，风情万种。

"为女儿发愁呀！常言道，男大当婚，女大当嫁，阿琳娜如今二十出头连一个主也没有！叫我怎么能不操心！"酉长道。

"没有合适的，我这一辈子不嫁人，就在你们身边，陪伴着你们！"阿琳娜撒娇道。她二十来岁，身材窈窕，有一头长发和一张长圆的脸庞，皮肤细腻，眉毛弯如柳叶，一双大大的眼睛，清丽雅洁，澄澈如水，楚楚动人，世上难得的美女。

"那可不行，你的要求也不可太高！"王后道。

"南洋几个国家未婚的王储都看中过你，派人来求婚，不知你为什么一个也看不上？"酋长道。

"父王，婚姻要有缘分呀！"阿琳娜说道。

"嗯！我们和大明国多年没有交往了，如有机会嫁到大明也不错，我们与大明通婚，南洋诸国定会对我们刮目相看。"酋长道。

"女儿你喜欢大明吗？"王后问。

"喜欢！我身着的绸缎就是来自大明的，艳丽多彩，穿在身上不仅漂亮，而且舒服，大明的首饰我也喜欢，精细典雅。"阿琳娜说道。

"你若嫁到大明去，远渡重洋，我还舍不得哩！"王后道。

"嗯！可惜我们没有生个王子呀！阿琳娜一出嫁，我俩孤寂事小，可酋长之位由谁来继承呢？"酋长道。

"如果能招一个乘龙快婿，女儿又不离开我们，又能接王位该多好呀！"王后说。

"这真是一个好主意，可从哪儿去找呢？我们翡翠岛上，我还真没有看中合适的！"酋长说。

"我也没有中意的阿琳娜坦然地说道。

"那就听天由命吧！"王后有些沮丧地说。

"不说这个了，吃饭、喝酒！"酋长举起酒杯道。

这时，进来一位侍从报告说："酋长，国舅大人回来了，船只已经靠上海岸。"

"马上派人去海边搬运货物酋长吩咐道。

"是！"

"舅舅一定会从满剌加给我带来我喜欢的大明绸缎、金银首饰！"阿琳娜欣喜地说道。

"他回来了我就放心了！因为我担心他们在海上会被劫船，陈祖义那帮海盗十分猖獗哩！"酋长说。

"听说大明的货物在旧港也有出售，将来可去旧港去采购，距离近，在海上风险也少。"王后说。

"倒是可以考虑！"酋长附和道。

"那帮海盗为什么就没有人将其除掉！还南洋一个干净、安宁哩！"阿琳娜说。

"我相信总会有这一天！"酋长道。

这时，国舅带着王室一帮人搬着货物走进王宫，他气喘吁吁，一副惊魂未定的样子说："大王、姐姐，我回来了！"

酋长："回来就好！我为你们真担心哩！"

国舅："我们是死里逃生呀……"

王后："看你一副丢魂落魄的神情，不要紧张，慢慢说。"

阿琳娜："难道是遭到海盗劫船？"

国舅将他们如何被劫船，海盗举刀要杀他们，龙蛟的战船赶来营救，杀死海盗、活捉船上的海盗头目的经过详细地叙述了一遍。

酋长、王后、阿琳娜听了如临现场，时而害怕、紧张、心惊胆战，时而期待、欣喜、拍手称快……

"如果没有那位大明船长英勇相救，我们都会被海盗砍死，扔进大海，我们的幽魂已在海上飘荡，那些货物也带不回来了！"国舅的双眸滚动着泪水，不堪回想地说。

"国舅你受惊吓了，累了！好好休息！"酋长安慰道。

"真要感谢大明的船长英雄相救！"王后感激地说道。

"大明的那位船长英雄令人敬仰、钦佩！他长得什么模样？"阿琳娜公主感慨而好奇地说。

"他长得英俊魁梧，健壮，一表人才！"国舅补说道，"对了，还要告诉你们，擒拿了海盗船上头目，船长英雄生怕其他的海盗前来报复，他又下令战船扬帆送我们一程才与我们分手，真令我感动啊！"

"啊！"阿琳娜发出感慨，英雄船长似乎成了她的偶像。

"大明的战船来到南洋？他们有何贵干？"酋长问。

"你可能还未听说，大明郑和下西洋的船队已经回到南洋，看来他们一定要捉拿到海盗陈祖义，消灭那帮海盗。前来营救我们的就是郑和的战船，他们在海上巡逻正好碰上我们！"国舅说。

"要消灭陈祖义那帮海盗，太好了！好极了！这是我们盼望已久啊！"酋长激动地说道。

"你们遇到大明巡逻船搭救，真是真主保佑！"王后感慨地说。

"舅舅！你是如何谢那位英雄船长的呀？"阿琳娜问道。

"临别时，我送了两筐水果给他们，另外，希望他们光临我们的海岛。"国舅说。

"如果郑和的船队光临我们的岛国，我一定用最崇高的礼仪和规格去接待。另外，我会要求每年向大明朝贡！做他们的臣子也在所不辞！"酋长说道。

"如果郑和这次回到南洋消灭了陈祖义那帮海盗，南洋就太平了，这是件功德无量的好事啊！"王后说。

"舅舅，听说大明要在旧港开设贸易市场，如是这样，下次你去旧港采购就方便了，也不用担心害怕了！"阿琳娜说。

"是！我相信旧港会更加繁华热闹，各国的商船和番人去那儿会更多！"国舅说。

"打开箱子，让我瞧瞧采购的宝物吧！"酋长吩咐道。

"是！"国舅将一个个箱子打开，有瓷器、茶叶、丝绸、首饰，还有漆器等。酋长取出一个青花瓷瓶欣赏，说道："玲珑精细，太美了！"

王后取出几匹丝绸，说："这些丝绸如同天空的云彩一样美丽，我喜欢！"

阿琳娜取出一个金丝打造的皇冠戴在头上，照了一下镜子，说道："南洋佳丽举行选美，我戴上大明的这顶皇冠和首饰，一定会锦上添花，夺冠！"

"一定！"酋长和王后不约而同附和道。

他们欣赏着、赞叹着从满剌加采购来的中土物品，喜不胜收，国舅也从遇到海盗的惊惧中走出来。

陈祖义在旧港的一个行宫里，悠闲地品着茶，他喝了一口茶说道："我离开中土十多年，喝惯了中土的茶，过去喜欢喝龙井，嘿！小李子，你从旧港番人贸易市场买来的叫乌什么茶，味道很不错。"

"此茶叫乌龙茶，听说是郑和下西洋的船队带来的，福建安溪生产的！"海盗小李子说道。

"下次去贸易市场看到，再买一些。"陈祖义吩咐道。

"是！但能不能买到我不敢保证。"小李子说。

"大王，下次打劫的中土船上如发现有乌龙茶，我全将捧过来孝敬你！"另一个姓谷的海盗说。

"不要全部捧过来，也留一份给兄弟们品尝，有福共享！"陈祖义说。

"谢大王！"

"大王，我算算郑和下西洋途经南洋回中土的日子为期不远了！"谷海盗说道。

"我正等他们来哩！上次他来到南洋我轻易地放他们走了，不！是他们害怕，溜走了！这次我可不放过他们！"

"大王！他们船多人多，船上还有大炮，可要谨慎小心呀！"徐海盗说。

"没有什么可怕的！我混海龙在南洋所向披靡，战无不胜！"

"有重要情况向大王禀报！"一个小海盗神情慌张奔进来说道。"说！""姜老大的船昨天在海上打劫失踪了！"小海盗说。

"派船在海上搜索过没有？"

"搜了，方圆数百里，没有任何踪迹。"

"在南洋谁敢动我陈祖义的船只？除非是吃了熊心豹子胆！"

"莫非是郑和的船队回到了南洋？姜老大的船只在打劫时遇上郑和的战船被……"徐海盗说。

"姜老大的武功也不错呀，要把他拿下也不那么容易，莫非他真的遇上了郑和的船队？"陈祖义的脸上变得阴沉，说道。

"报告！郑和的船队已到了南洋！"一个小海盗进来说。

"报告！在旧港不远的海上，发现了两具漂浮的尸体是我们的兄弟。"又一个海盗前来汇报。

陈祖义的脸色凝重，遗憾地说道："看来姜老大不是被郑和的人砍死就是被活捉……我要替兄弟们报仇！"

"大王，你赶快躲一躲、藏一藏吧，万一姜老大被郑和的将士逮去，说出你的藏匿之处，郑和派人来围剿这该如何是好？"谷海盗说道。

"不用担心，郑和在其他海域可威风一下，可到了旧港这一带的海上，不是我们的对手。"陈祖义不屑地说道。

"报告，有人给大人送来一封信！"一个小海盗拿着一封信递给陈祖义。

陈祖义打开信看完后，笑了笑，将信晃了晃说："你们猜，郑和要干什么？"

众人摇摇头。

"郑和又下招抚书，老一套，叫我投诚！你们说说，有什么想法？"

"大人，大明如真的封你一个臣子、将军也不错，我们回到中土去，当你手下，有吃的有喝的也不错，再也不用在海上过提心吊胆漂泊的日子。"徐海盗道。

"我们不能被招抚，现在我们过的日子多自由自在，南洋是我们的天下，天马行空，独来独往，一旦被招抚，犹如被一根无形的绳索套牢了！"谷海盗说。

"大王，明成祖派郑和下西洋，预示着海禁要放松或者要加强与海外的交往，你在海上驰骋十多年了！如果被招抚，相信会有用武之地啊！"徐海盗说道。

"大王，你在海上劫了那么多船，杀了那么多人，包括打劫了那么多官府、番邦的船只，你被招抚，即便郑和放过了你，明成祖朱棣未必会放过你！"谷海盗说。

"如果被招抚了，我可带着银子回广东老家抱老婆、孩子过安定太平日子了！"一个海盗道。

"如果被招抚了我们不去打劫了，我们口袋里的银两就少了！"另一个海盗说。

"被招抚是上策！"

"被招抚好！"

"好个屁！"

"与郑和的船队拼一拼，不被招降！"

"我们听大王的！"

大家七嘴八舌。

陈祖义侧耳倾听着大家的意见，时而闭目，时而睁开眼，眼珠骨碌碌地转着，若有所思。许久，他用双手做了一个叫大家安静下来的手势，大声说道："大家别争了，我们来个将计就计如何？"

大家立刻安静下来，将目光聚焦在他的脸上，屏住了气，期待听他的决策。

"郑和不是要招抚我嘛，好！我来个诈降，麻痹他们，然后趁着夜色偷袭捉拿郑和，夺其宝船，歼灭郑和船队。"陈祖义侃侃而谈。

众人面面相觑，感到惊异、突然。

陈祖义露出凶残、贪婪的目光，又对大家道："诸位有所不知，这是我们发财千载难逢的机会呀，郑和这次下西洋寻访了许多国家，肯定带回了许多国王、酋长、番邦主馈赠给大明的奇珍异宝。有的价值连城，他们与番邦交换带回的有价值的货物、宝物也不计其数，我们夺下宝船，要比我们平时在海上打劫不知道强多少倍，十倍、百倍、千倍、万倍……另外，我早就垂涎郑和所乘坐的天元号巨轮，那简直就是一座水上皇宫，我要夺下为我享用，作为海上行宫。我要夺下郑和的宝船、战船、商船为我所用。这样，我不但可以在南洋称霸，而且在印度洋乃至全世界的海洋称霸，我们的船队所向披靡，战无不胜，我不只是混海龙了，而是世界水上之王，哈哈哈……"

"大王睿智、深谋、高见，这真是千载难逢的机会呀！别错过呀！我赞成！"谷海盗大声地附和道。

"大王，你诈降夜袭郑和船队，实际上是与郑和及其官兵拼搏，风险实在太大了。明成祖既然封郑和大明船队总兵官，他肯定指挥、带兵也有两下子，他的手下也有武林高手，不可轻举妄动啊！"徐海盗劝说道。

"他郑和是什么玩意儿，太监，没有阳气的太监，陆战可能有两下子，海战，他可没有经历过，不堪一击！何况我们是出其不意，先发制人。"陈祖义露出趾高气扬的样子，说道。

"他率领的船大，船多，兵强马壮，人也多，不可轻敌呀！"一个海盗提醒陈祖义说。

"郑和的船队虽然船大，船多，但行动迟缓，且又不熟悉海况地形。他们的人多，大多数是河塘之师，操船手多是初涉远洋。他们兵强马壮，将士却多年未战，这次下西洋可能也未遇到什么对手交锋，可谓凯旋的骄兵也，俗话说，骄兵必败。马壮，在海上交战根本用不上，而我们采取的战略是诈降，出其不意，突然袭击，凭我们的英勇、经验，对海况熟悉，我们一定能以少胜多，以弱胜强！"

陈祖义得意地说。

"大王分析得有理，我们一定能出奇制胜，拿下郑和，夺得宝船上的宝贝，夺取大明船队为我所用！"谷海盗说。

"我们的人马与郑和的人马悬殊太大，不是他们的对手。郑和智勇双全，如果识破了我们的诡计有防备，我们岂不是被瓮中捉鳖，上门送死。"徐海盗说。

"你怎么长敌人的志气，灭自己的威风！我们不透露风声，他们哪能知道！"谷海盗向徐海盗瞪了一眼，说。

"轻敌自古就是兵家大忌也！"徐海盗也向谷海盗嗤之以鼻地说。

"两位不必争了！主意我已拿定，我马上附书给郑和，三日后率全体人马和船队赴郑和船队招抚，谷、徐两位等会与我商量部署，如何夜袭郑和船队，如何擒拿郑和，夺取宝船……"

"是！"谷海盗铿锵地回答说。

"听你的！"徐海盗勉强应答道。

"成败在此一举，不成功便成仁！"陈祖义说。

"愿随大王赴汤蹈火，万死不辞！"谷海盗说。

"服从大王命令，安排，但愿马到成功，旗开得胜！"众海盗齐声说道。

在天元号宝船龙壁船舱里，郑和一边紧锁眉头思忖着，一边品尝着乌龙茶，副使王景弘走进，一眼就看出郑和的心思，说："大人，你大概是在考虑陈祖义是否肯招抚？"

"是！招抚书发出几天了，还无消息，也有这种可能呀！上次发出的招抚书他置之不理，若这次还是如此，我们必须动用武力剿灭之，但要花很大的精力甚至代价，要一定的时间，眼下皇上催促我们尽快回去，因此我心事重重呀！"

"大人，凭我们的军力，人马，只要准确摸清陈祖义的藏匿之地，实施包围，无论其在海上或者岛上，将其一伙歼灭有绝对的胜算！"

"是！这点我也有自信！关键是我们不能再等待，没有时间了。"

"大王，龙蛟船长逮到的那个海盗船上头头，虽然交代了陈祖义藏匿在旧港的某地，我相信陈祖义知道他的下属失踪了，很有可能怀疑被我们逮到会说出他的藏匿之地，他会立即转移到别处。是否再派船只前去海上、派人员去旧港侦察打听陈祖义的下落？"

"景弘兄，你的建议很好，传令下去，再派两艘战船前往海面侦察，派20名水兵化装成普通人到旧港去打听，特别要到中土人士中去打听！"

"是！"一个侍从应声回答而去。

王景弘派出以龙蛟为头目的20名便衣，来到旧港打听陈祖义的下落。旧港为今印尼最古老的城市之一，是苏门答腊岛南部最大的港口。旧港曾是古代斯里佛室古帝国的政治与文化中心，中国人最早来印尼并且在印尼落脚。明代时，旧港就有一些中土人士在那儿侨居。

龙蛟带着水兵们走街串巷，踏海滩，钻丛林，访问、打听陈祖义的下落，人们一听陈祖义的名字，便咬牙切齿骂道："他是一个该死的海盗、畜生！""应该将他千刀万剐！""他是中土人的败类！""期盼将他捉拿处死！"

当问及他藏身在何处，有人说，他藏在旧港海面的船上，也有人说，他有时在旧港的行宫。当问及行宫在何处时，他们摇头说不知道。

龙蛟走在旧港穆西河畔的街上，遇到一位华人，衣着非同一般，风度翩翩，便走上前去彬彬有礼地招呼："先生，看样子你是中土人？"

那位先生点点头，他见龙蛟身材魁梧，气度不凡，便和善地说："是！看样子你也是中土人？壮士！"

"是中土人！来到南洋想做点小生意，我向你打听一个人，不知道能否帮助？"

"谁？"

"陈祖义。"

"你是他的亲戚还是朋友想找他？还是有什么别的事？"

"此处不是谈话之地，能否找个隐蔽之地聊聊！"

"好！到我的庄园去聊，就在附近！"

"麻烦先生了！"

"不客气，我们都是中土的人嘛！"

他将龙蛟带到庄园，里面的木屋玲珑，绿树成荫，鲜花满园。

在客厅里，主人自我介绍说："敝人叫施进卿，广东人，此处是我的庄园，我来南洋从商多年了。"

龙蛟脸上掠过一丝丝喜色，心想，他与陈祖义是同乡，又是一个非同一般的人物，也许知道陈祖义的下落，便道："认识施先生很荣幸！"

施进卿打量着龙蛟，笑笑说："如果我没猜错的话，你在大明当过兵，也许你就是郑和的水兵来旧港侦探陈祖义的下落。"

"先生好眼力，真人不说假话，我就是郑和下属，二等兵，一战船船长，叫王龙蛟，我身着便衣来旧港就是侦察打听陈祖义的下落，然后将他捉拿归案。陈祖义在南洋打劫船只，杀人越货，罪恶累累，郑和大人不将他缉拿，不将这帮海盗消灭，决不返中土。"

"好一个郑和大人，好一个壮士你！"施进卿立即站起来握着龙蛟的手说："郑和大人还是我的旧交好友哩，我早就盼望他重回南洋消灭陈祖义这帮海盗，还南洋一个安宁和干净。南洋各国都受过陈祖义一伙海盗的抢劫和欺诈，从上到下对他恨之入骨，我从心底也恨他！"

"唔！"

"想必你知道他的下落？"

"当然知道，不但知道，而且关系较密切，我们都是广东人，我又是一个部落首领，他也从我这儿占了不少便宜。你们除掉他我双手赞成，为民除害，为大明除患，大快人心啊！"

"你是一个具有正义的首领，一身浩然正气，令我钦佩呀！"

"我愿为大明效劳，为郑和大人效劳，快说，需要我做什么？"

"我们要知道陈祖义在旧港的行宫，他的行踪，以便将他缉拿。另外，郑和大人给他下了招抚书，至今尚无消息，不知先生能探探他的态度，以想对策。"

"他在旧港的几处行宫我都知道，但戒备森严，暗道四通八达，通茂林，通海滩，要强攻捉拿，很难。至于他对招抚书的态度，明天我请他喝酒，相信能探出个究竟！"

"太好了！你能帮助捉拿到陈祖义，将来郑和大人一定会禀报皇上给你重赏！"

"能将陈祖义捉拿归案，消灭海上匪患，就是对我最大的重赏！"

"好一个中土人士！令我钦佩！"

"这也是我再次报效大明的好机会，也是为国除害，惠及南洋的大好事！我理当尽力！"

"谢谢你了！我要告辞了！"

"怎么，坐一会儿就要走，也应容我尽地主之谊，请壮士吃个便饭，我们喝上几盏酒！"

"不！我要通知兄弟们返回！待缉拿到海盗头目陈祖义，我俩痛痛快快地喝上几盏。"

"好！我一打听到消息就在海边第三棵椰树绑上红布条。"

"我带船来接你去见郑和大人！"

"好久未见郑和大人，我也真想会会他！"

施进卿一直送龙蛟到庄园门口。

在天元号的宝船的龙壁船舱里，郑和与副使王景弘听了龙蛟的汇报脸上露出了喜色。

"看来你这次到旧港侦察遇到施进卿，不虚此行！"郑和说。

"真是巧遇！"龙蛟说。

"看来是天助我们呀！"王景弘说。

"如果知道了陈祖义在哪个行宫，我们包围将其捉拿如何？"郑和问。

"可能不行，他会从地道里逃走，据说地道里还有机关，我们缉拿不到陈祖义还会有人员伤亡。"龙蛟说。

"叫施进卿将其引出捉拿？"王景弘提议说。

"这也是一招！"郑和说。

"不知道施进卿敢不敢冒这个风险？"王景弘说。

"我下次不妨问问施进卿！"龙蛟说。

"暂时别问，看看情况再作决定！"郑和说。

"是！"龙蛟说。

这时，郑和的侍从走进说："报告，陈祖义派人送来了书信。"

龙蛟要退下，郑和做了个手势叫他留下，说："听听也无妨！"

郑和拆开书信打开，过一下目，露出喜色，说："哈哈！陈祖义愿意被招抚，三日后率领全体兄弟和所有船舶前来大明船队接受招抚，他总算有了一个回音，不用我着急了！"

"是明成祖的皇威震慑了他，我们大明船队的威武吓怕了他，他想大人的船队从西洋返回一定不会放过他，他被歼灭，被俘虏，还不如被招抚，这不但能留条活路，而且还可以捞个一官半职，他真是识时务者也。"王景弘说。

郑和笑了笑，问："龙蛟船长，你谈谈看法？"

"我看事情也许并不那么简单，也许有诈！"龙蛟说。

郑和思忖了一下点点头，说："龙蛟船长说得好，不排除有这个可能，陈祖义狡猾多端，野心勃勃，很有可能有诈，与我们拼个鱼死网破，我们要有防范和准备。"

"如是这样，陈祖义真是自不量力！"王景弘说。

"一些阴谋家，野心家总是过高估计自己，过低估计别人，不择手段，疯狂冒险……"郑和说。

龙蛟："大人，你看下一步……你有何吩咐？"

"你尽快设法从施进卿那儿打听到消息，以便我们做出决策，如能将施进卿请来也许更好！我也想会会他！"

"是！"

旧港穆西河畔一家潮州人开的饭店。饭店面对穆西河，浑浊的江水漂流而过，河中行驶着各种船舶、舢板，河岸上人熙熙攘攘，热闹非凡。饭店的窗口挂着一排烧鹅、烧鸭、烧鸡、烤乳猪等，香气四溢，几个彪形大汉站在店外四处张望，虎视眈眈注视着行人。在一间包房里，施进卿和陈祖义对席而坐，桌上放着烤物卤菜与白酒。

施进卿端起酒杯说："祖义兄，好久不见，今天请你来相聚，主要是请你来品尝这家刚开业的潮州餐馆的家乡菜。"

"我一到店门口就闻到潮州烧烤的香味，简直叫人流口水，谢谢兄弟的一片盛情！"陈祖义将酒杯碰了一下，一饮而尽。

"这酒也是从中土带来的杜康酒！"施进卿将酒斟满陈祖义的酒杯，说道。

陈祖义将酒倒入嘴里，一饮而尽，说："好久没有品尝到中土的酒了！"

"喜欢喝就多饮几杯！兄弟再来敬你！"施进卿又将他的杯里斟满酒，然而与他碰杯饮尽。

施进卿又夹了鸡腿、鸭翅膀，放进陈祖义的面前的盘子里。

"吃了这烧烤就想起家乡，想起小时候吃烧烤的味道，爸爸妈妈常将鸡腿、鸭翅夹给我吃！"陈祖义咀嚼着烧烤有些动情地说。

　　"乡情、乡音是每个游子忘不了的情怀！"施进卿感慨地说。

　　"有幸认识你这个老乡，仁兄啊！人各有志，我干这行虽然不光彩，名声不佳，在十多年前也是迫不得已，那些兄弟们也是为了谋生，不过是走的另外一条路。想不到，我的队伍越来越壮大，名声也越来越响，人家叫我混海龙，威震四海，哈哈哈哈哈……"

　　"你的本领非凡啊，足智多谋，呼风唤雨，左右乾坤！来！我敬你！"

　　"谢谢你的夸奖，我来敬你！"

　　"唉！天公不作美！你有些大材小用！照理说，凭你的才智、本领，你应该是朝廷里的臣子呀！"

　　"我早出生十年，也许郑和下西洋这位国使、巡洋正使、船队总兵官应该是我！乘坐那艘天元号宝船是我，乘坐那艘宝船多威风，多惬意，多过瘾！"

　　"提起郑和，我倒是要提醒你，他们的船队已从西洋返回到南洋，外面都纷纷传说，郑和不捉到你决不回中土，你可要小心谨慎呀！"

　　"我告诉你，郑和已派人送来招抚书，实际上是叫我投诚，说实在的，郑和的宝船从西洋归来都装满了各国赠送的稀世珍宝，我垂涎三尺啊！在海上打劫十年，还不如打劫这一次，这是难得的机会啊！"

　　"兄弟，郑和下西洋二百多艘船只，二万余人，兵强马壮，你们不是他们的对手，恕我直言，还不如被招抚，以便将来留条后路。"

　　"不！我要和他拼搏一下！"

　　"我奉劝你不要轻举妄动！"

　　"不谈这个，兄弟喝酒！让我好好品尝家乡的美味佳肴！"

　　他俩一杯又一杯，酒过三巡，陈祖义喝得醉醺醺，面红耳赤，他很不自在地嗫嚅着："兄弟，不……瞒你说，我已给郑和回了书信，同意招抚！"

　　"太好了！你深明大义，弃暗投明，为你自己着想，也为你几千个兄弟们着想……"

　　"不！我是诈降……哈！哈！哈！我陈祖义不是脓包，不是狗熊，是英雄，难道我这么容易就范，被收买，不……"

"你怎么个诈降？"

"我已在给郑和的书信中说，三天后率领全体兄弟和船舶前来归顺，给郑和吃个定心丸，麻痹他们。后天夜间乘其不备，率领全体兄弟给他们船队来个突然袭击，拿下郑和，夺取宝船、战船、货船。哈哈，宝船装载的各国赠送给朱棣皇帝的宝物，全归我享用，天元号成为我在海上的行宫，战船作为我在大洋称霸的战舰，我在世界上的大洋称王称霸，天马行海，不！天龙行海，哈哈哈哈！兄弟，为我的胜利成功干杯！"

"好！祝你胜利成功！我奉劝你小心哦！郑和可不是好对付的！"

"嘀！郑和是个太监，不阴不阳的太监，哄骗宫里的娘儿们还可以，想降服招抚我陈祖义，真是太阳从西边出！"

"兄弟，你可要谨慎……"

这时，进来两个保镖，一见陈祖义醉酒很厉害，便将他搀扶了出去。

"兄弟，这儿的潮州菜好吃，美味可口，下次我还要来吃！"陈祖义转身向施进卿招招手，又来了几个保镖前呼后拥将他护走！

"好！下次我请兄弟在这品尝，不送，走好！"施进卿目送陈祖义远去。这是他设计的一个巧妙的陷阱，请陈祖义上钩，酒后吐真言，他相信他的诈降阴谋是真实的，可信的，于是，他立即悄悄在海边第三棵椰树树干上绑上一根红布条……

南洋的海面风平浪静，阳光洒在大海上，波光粼粼，龙蛟的战船扬着帆向船队驶去，他和施进卿坐在船舱里谈笑风生。

龙蛟："感谢你请陈祖义品尝潮州菜，巧施妙计，使他酒后吐真言！"

施进卿："我与他打了好多年交道，这个人家乡观念很强，所以我能与他交上朋友，我知道他是酒鬼，好酒，一看是中土的好酒，非要一醉方休不可，醉酒就会出真言。"

龙蛟："想不到他真的是诈降，真是胆大包天！"

施进卿："他们这帮海盗，骨子里坏透了，什么样的坏事、缺德事都敢为，他们为了夺取宝船上的珍宝，不惜一切代价。"

龙蛟："真是鸟为食死，人为财亡。"

施进卿："江山易改，本性难移！"

龙蛟："幸亏你为我们提供了重要的情报，要不然我们被他们夜间偷袭，肯定会有许多人员伤亡，船只遭到损坏，说不定还难以缉拿到陈祖义。"

施进卿："这是天在帮你们的忙，妈祖在帮你们的忙！"

龙蛟立即在船舱内的妈祖像面前进香，跪拜，施进卿也跟着上香，跪拜……龙蛟将施进卿带进天元号龙壁船舱，郑和走上前迎接寒暄："进卿兄，能在南洋见到你，太高兴了！"说着便将副使王景弘介绍给施进卿。

"我一直惦念你，盼大人率领船队回到南洋，歼灭陈祖义那帮海盗！"施进卿说。

"你是大明在南洋的富商，也是爱国人士，有功之臣，记得当年燕王朱棣要渡江进南京城，是你劝说了长江都督吴宣倒戈投诚，真是名垂青史。"

"当时燕王问我需要什么奖赏，我说，盼殿下为帝之后，能够开海禁，允许民间进行海外贸易往来，这就是我要的奖赏！"

"你真是为国为民，德高如天！"

"当时的燕王'靖难之变'也是人心所向，我理当尽忠效力！"

"我还记得，你来过我家，要求我将你引荐明成祖皇上，我满以为你想要个一官半职！"

"感谢你的引荐，使我见到明成祖皇上，我当时向皇上讲，我们海外华商、华民，久居异邦，远离国土，心却一时一刻也没有离开过国土。我们期盼大明繁荣昌盛，期盼皇上清除海上的海盗、倭寇，还海洋一片安宁。海盗、倭寇在海上太猖狂了，我们华商、华人受打劫，南洋各国民众也遭殃！"

"我记得皇上当时说，大明的海域是流动的国土，岂容海盗、倭寇横行作乱！永乐王朝必须造大船，出远洋！后来皇上下令造大船，派遣我率船队下西洋！"

"皇上圣明啊！"

"皇上派我率船队下西洋，开通伟业，通好万邦，消灭陈祖义一帮海盗。这正是进卿兄向皇上建议的良策呀！"

"是！我感到无比的欣慰！陈祖义那帮海盗一日不除，我心中一日不宁！"

龙蛟将施进卿如何巧妙施计请陈祖义品尝潮州菜，将他灌醉，他酒后吐真言，向郑和、王景弘讲了一番。

"他酒后吐真言是否可信？"郑和问。

"他要诈降、夜袭大明船队，夺取宝船，绝对可信。我与他打了好多年交道，太了解他了。"施进卿说。

"哎呀，我还真以为他迫于我们船队的威武，深明大义，心甘情愿被招抚呢！差一点儿中了他的诡计，上了他的当！"王景弘说，

"陈祖义看中我们宝船中带回的南洋、西洋诸国的珍宝，还看中这艘天元号，他要当海上皇帝，龙蛟，还是你的目光敏锐，你说陈祖义马上同意招抚也许有诈！"郑和说。

"我只是猜想而已！"龙蛟谦虚地说。

"今天，施进卿先生证实了你的猜想、判断，施进卿先生，感谢你为我们提供了极其重要的情报，要不然我们中了陈祖义的诡计，将会船毁人亡，即使最后将他缉拿也要付出巨大的代价啊！"

"不！应该我感谢你！南洋的诸国、人民感谢你，陈祖义和他的一伙海盗在南洋无恶不作，无论是国王、酋长、番邦主、商人或是百姓，无一不对他们深恶痛绝。人们对他又无奈，大家早就盼望大明朝廷来人将他们一伙缉拿、歼灭，还南洋一片安宁、干净。我们早也盼，晚也盼，终于盼来了大人你率领的大明返航船队。前几天当我接触到龙蛟壮士，得知大人要缉拿陈祖义、歼灭那帮海盗时，高兴得无以言表。帮助你们缉拿陈祖义伏法是我应该的义务，是天经地义的事！虽然我与陈祖义是同乡、好友……"施进卿激动地说。

"好一个施进卿先生，你浩然正气，不与陈祖义同流合污，令我钦佩呀！"郑和夸奖地说。

"你不愧为一个堂堂正正的汉人，一个爱憎分明的汉人！向你致敬！"王景弘说。

"你们过奖了！我回去后要在妈祖像前进香跪拜，祈祷保佑你们将陈祖义缉拿归案，将那帮海盗铲除干净！"施进卿说。

"谢谢你！待将陈祖义缉拿归案，歼灭了海盗，我一定向皇上禀报，给你敕封嘉奖！"郑和说。

"谢大人！"施进卿说。

"建议你暂时躲避一段时间，以免被陈祖义的死党怀疑你向我们泄露了他们

的诡计，对你实施报复！"郑和说。

"谢大人的关心关怀！"

龙蛟派人送走了施进卿，郑和立即召开将领和各战船船长会议，部署安排应对陈祖义率人马前来夜袭，趁机将他们包围一举歼灭，缉拿陈祖义……

第九章

深夜，南洋苏门答腊岛的海面，分外静谧，海浪拍打着郑和船队的船体，发出啪嚓啪嚓的声音，偶尔听到鱼儿跃出海面哗啦哗啦的水声。海面上漆黑一片，少数船上挂着灯，星星点点的亮光映在海水中，与天上的星星交相辉映。

郑和已做好周密的部署，战船悄无声息地摆开弧形的阵势，好像一条硕大巨鲸张开大嘴，等待鱼群游进。每条战船准备了许许多多可燃的火箭，弓箭手随时可以点火发射，刀枪手虎视眈眈地注视着海面，随时准备应战。天元号是陈祖义攻击的重点对象，船的前后左右安排了四艘战船保护，船上每层都安排了精兵强将埋伏在船檐下，只要海盗上船都会有来无回。其他的一些宝船也作了重点保护，担心海盗抢夺不到宝船上的珍宝，狗急跳墙放火燃烧或采取其他方式破坏。

龙蛟的战船和另一艘战船被安排在靠近天元号附近的海面，任务是应对海盗船中一艘较大的船只。这是陈祖义乘坐的船，要趁机捉拿陈祖义。

龙蛟激动得已两个晚上没有睡好觉，白天练武功，练气功，摩拳擦掌，早也练，晚也练，天天盼，月月盼，年年盼，终于盼到报仇的时刻。家仇国恨一起报，他心里念叨，能缉拿到陈祖义，即使我壮烈牺牲，也在所不惜！

在天元号的龙壁船舱内，郑和悠闲自在地品着乌龙茶，思忖着什么，时而昂首，时而低头，王景弘走进来，说："大人，天元号部署完毕，请大人放心！"

不一会儿副使吴宣走进来，说，"报告大人，战船布阵完毕，宝船的保护也作了安排"。

"好哇！就等着他陈祖义来！成败在此一举，不获全胜，决不收兵，一定要活捉陈祖义，押送朝廷伏法。"郑和吩咐道。

"是！我马上下天元号去战场，景弘兄，你照顾好大人！"副使吴宣说。

"请放心！我保证万无一失！"王景弘说。

时间分分秒秒过去，侍从更换了一根快燃完的蜡烛，王景弘打了一个哈欠，说："大人，已是二更时分，仍无动静，不知施进卿先生提供的情报是否可靠？酒后吐真言是常理，但也有人酒后道胡言！如果陈祖义酒后吐胡言，我们岂不是守株待兔！"

"看来不会，施进卿先生是个稳重的人，我相信他的情报是可信的！不要着急，喝杯乌龙茶提提神！"郑和将王景弘的杯子里加了水。

"谢大人！"王景弘马上接过水壶，又给郑和杯里倒水。

龙蛟站在船头，按着剑鞘眺望着海面，仍不见陈祖义一伙海盗们的踪影和动静，心里不免有些着急。怎么回事，难道我们的部署走漏了风声，陈祖义获悉了，不来了？不可能！郑和大人的部署只有很少几个人知道！难道陈祖义看到我们战船布阵有所察觉，吓得逃跑了，取消了偷袭计划？不可能，海上一片漆黑，他们不可能发现！

船尾的两个士兵困了有些打瞌睡了，悄悄地议论着：

甲士兵："天一黑我们就在这儿等，等好长时间了，也许陈祖义一帮海盗不敢来了。他们来偷袭，无异于鸡蛋碰石头！"

乙士兵："陈祖义这个江海大盗很狡猾，也许他等到天快亮我们睡梦中时来偷袭。"

甲士兵："如果这一战缉拿了陈祖义，消灭了海盗，我们马上就可以回中土？"

乙士兵："当然！"

甲士兵："我们跟郑和大人下西洋快两年，我想老婆、孩子了，我出来时孩子只有一岁，回去不认识了！"

乙士兵："我的老娘在乡下，身体有病，也不知道她恢复得如何，我也惦念啊！"

甲士兵："如果陈祖义一帮海盗这一次不来偷袭，我们是不是要将他缉拿到才回中土？"

乙士兵："当然啰！"

甲士兵："那不知要等到猴年马月？"

乙士兵："服从命令是军人的天职！那就等吧！郑和大人说，不缉拿到陈祖义决不打道回府！只有缉拿到陈祖义，南洋才太平啊！"

甲士兵："这倒也是！陈祖义你快来吧！我们欢迎你！"

乙士兵："好像有动静，你听，传来了一片哗啦啦的水声，那是帆船破浪的声音。"

甲士兵："啊！看样子真的来了！太好了！"

乙士兵："别太激动，注意安静，声音小点！"

甲士兵："是！这一战，活捉陈祖义，我可回中土抱老婆、孩子了！"

在天元号上，郑和与王景弘正在饮茶，突然有哨兵进舱汇报："大人，有情况，陈祖义来偷袭的船队驶来靠近！"

"太好了！走！"郑和放下茶杯，由王景弘陪着走到船的甲板上。

只见一片白帆越来越近，哗啦啦的水声越来越响，陈祖义的船队飞快地向郑和船队驶来。

陈祖义站在那艘较大的海盗船上，望着星空，得意地说："哈！从今天起，天元号要归我陈祖义的了！这些宝船、战船要物易其主了。这片海洋乃是我陈祖义的天下了！兄弟们，向天元号驶去，活捉郑和，拿下天元号、宝船、战船、商船！"

陈祖义的话音未落，只听见一阵螺号吹响，弧形船阵迅速合拢，将陈祖义的船队渐渐包围，他们成了瓮中之鳖。接着又吹响了一阵螺号声，只见郑和的战船万箭齐发，每支箭头都点燃着火，射向陈祖义的船队，飞驰的火箭如倾泻的流星雨，又如在大海燃放的烟花，流光溢彩。火箭射在海盗的身上，他们惨叫着，嘶喊着。火箭射在船帆、船顶、船身，燃烧着熊熊烈火，浓烟滚滚，将天空映亮，将大海染红。又是一阵螺号声，大明的战船向海盗船靠拢，将士们将大刀、宝剑、长矛向海盗们砍去、刺去，有的海盗也不示弱，进行反抗，刀枪相接，武器相击，碰撞出火星，发出铿铿锵锵的一片响声。许多海盗没料到遭遇埋伏、包围，遭到火攻，要逃也没退路，心里的防线崩溃了，手脚也慌乱，他们哪里是训练有素的大明水兵的对手，海盗们纷纷受伤或被击死落水，海面漂着许多海盗的尸体。

陈祖义一看遭到埋伏和包围，就大喊："兄弟们，我们没有退路了，只有拼个你死我活，赶快登上天元号活捉郑和，夺取天元号！"

几艘海盗船很快靠近天元号，但遭到几艘战船的护卫阻挡，双方展开了激战，刀剑相搏，杀得天昏地暗。进攻天元号的海盗都是身强力壮，身经百战，凭他们的经验，他们准确无误地将铁钩甩上天元号的船檐钩住，然后顺着绳索爬上去，有的未爬上船就遭守船将士将绳索砍断落水，有的快爬上船檐就遭一剑刺喉身亡，也有的还真爬上船与郑和水兵交锋，有个武艺高强的海盗连砍几个士兵直奔郑和，郑和挥剑与他交锋，不到三个回合，郑和一剑将他刺倒，士兵们将其抛入大海。

陈祖义看到自己几艘强攻天元号的船舶连遭失败，气急败坏，传令他乘坐的战船向天元号靠拢，他要冒险亲自登天元号与郑和决一死战。龙蛟传下令将战船靠过去，只因他的战船比陈祖义的海盗船矮半截，无法靠近跳上船去交战将其捉拿，他的战船也挡不住陈祖义的船行驶。正在他焦急之时，吴宣的战船飞快行驶过来，将陈祖义的船挡住，两艘船的高低不相上下，吴宣跳上海盗船手握宝剑说："陈祖义，放下屠刀，立即投降，免你不死！"

"吴宣，你堂堂的长江水督，竟在一个太监手下当差，难道不感到羞耻！叫我投降，休想，看剑！"陈祖义说着，立即将剑向吴宣挥去，吴宣转身一闪，也将剑向陈祖义刺去。陈祖义立即闪开，接着双方挥剑，一上一下，一左一右，两把剑碰击得当当直响，闪着火花，在夜色中显得特别闪亮、耀眼。

他俩交战了几十个回合不分上下，谷海盗忽然吹响一声口哨，一艘海盗小船行驶过来，靠近大船，船上竖起一根竹竿，谷海盗和徐海盗借助竹竿跳上大船，立即联手挥着大刀、宝剑向吴宣砍来，吴宣不得不应战。陈祖义趁机脱身，握撑着竹竿向下滑跳上一只小船，迅速逃离。这是陈祖义和谷、徐两位海盗事先商量好的，如果诈降偷袭失败，在危急时刻，他们就用这种方式让陈祖义逃脱。小船轻捷，除了帆还有划桨，便于迅速逃离。吴宣没有料到海盗们有这一招，便和谷、徐海盗厮杀着……

龙蛟一直注视着吴宣和陈祖义交锋，虽然夜里天黑，但冲天的火花能清清楚楚地看到吴宣和陈祖义的身影。他恨自己的战船较矮，如果再高一点，他一定下令驶过去跳上海盗船，助吴宣一臂之力捉拿住陈祖义。

他见陈祖义掌握竹竿滑下跳上小船逃走，立即下令战船前去追赶，终于追上拦住小船。他也用竹竿下滑飞身跃上小船，小船一巅，陈祖义没料到有如此的机智的勇士，不由吓一跳，抬头看了他一眼。此时龙蛟站稳，扬起宝剑，喝令道："陈祖义，快快就擒吧！你逃不了！"

"小兄弟，放我一马，给你这个！够你享受一辈子。"陈祖义从衣兜掏出几根金条说。

"陈祖义，你看错人了！我等待这一报仇的时刻等了好几年了，你断送了我岳父一家三条人命，你杀人越货，杀害了无数的华夏人和番邦人的性命，你打劫了许多番邦国的船只，你掐断了老祖宗传承下来的海上丝绸之路，你恶贯满盈，罄竹难书，我要替天行道，为朝廷捉拿你！"说着，他将宝剑刺向陈祖义。陈祖义边舞着剑边说："你这个小兄弟真是不识好歹，不识抬举，你难道不知我这个混海龙的厉害吗！"他一次又一次将剑挥刺向龙蛟，龙蛟一次又一次回击，几个回合下来，两个人交锋得难分输赢。因船小施展不开，龙蛟忽地念起必须智取。他心生一计，头一侧又转过来说："郑和大人来也！"陈祖义信以为真，侧头张望，龙蛟以迅雷不及掩耳之势，将宝剑架在他的脖子上，如果他反抗或耍花招，龙蛟将宝剑轻轻一动，他就会一命呜呼。这时，龙蛟战船上的副船长郑虎跃和几个水兵像猴子一样敏捷地从绳索滑下小船，迅速夺下陈祖义手中的宝剑，将其按住捆绑，又将其他的海盗制服。

龙蛟收起宝剑，命令将陈祖义用绳索吊上他的战船，并将小船上的几个海盗也一并带走。

这时许多海盗船被火箭射中燃烧，海面上火光冲天，浓烟弥漫，海盗们有的被活捉，有的被杀死，有的受了伤，一片哀鸣叹息，也有的海盗在船上反抗，被郑和的水兵就地砍头，还有的少数海盗趁着滚滚浓烟坐着舰板逃走。

当陈祖义被绳索吊到战船上时，龙蛟也攀着一根绳索上到战船船檐，盯住陈祖义，担心发生意外。不料在弥漫的浓烟中，负隅反抗的海盗在附近的舰板上射来一支暗箭，不偏不倚正射中龙蛟的左膀，他连人带箭从船檐边坠入海中，只听"扑通"一声，大家都惊呆了。陈祖义想趁机挣脱，好在郑虎跃与几个士兵警惕性高，将其按住塞进瞅。

海水激起一团浪花，不一会儿，龙蛟露出了头，大声喊道："别管我，快将陈祖义押上天元号，向郑和大人汇报！"一些水兵伸长着脖望着龙蛟，哭着喊道："船长，你不能死！我们需要你！""船长，快向船边游！"有些水兵向海中抛去绳索，有的拿着竹竿伸向海中，因为海潮湍急，无济于事，龙蛟也竭尽全力向战船游，但力不从心，他随海潮漂去……

副使吴宣在战船上与谷、徐海盗交手了几个回合，终于将他们制服拿下，然后命令战船穿过弥漫的浓烟和火光向龙蛟的战船驶去靠近，他大声地向龙蛟战船上的人问："陈祖义逮到没有？"

"逮到了！关押在船舱！"一个水兵说。

"吴大人，不好了，我们龙蛟船长逮住陈祖义将他押上战船的瞬间，被海盗射来的一支暗箭射中，掉进海中漂走了！"另一个水兵哽咽着说。

"你们怎么不施救？"吴宣说。

"我们抛下绳索，放下竹竿、绳索，因海潮湍急，都无济于事！"一水兵回答说。

"快让我上你们的船，押送陈祖义回天元号！"吴宣对着战船大声地说。

战船向吴宣的大船靠拢，他从绳梯下到战船，命令大船的一个头头说："你们快去海面搜寻龙蛟船长！"

"是！"大船上水兵连忙升起风帆，顺着海潮流的方向去寻找龙蛟……

吴宣乘坐龙蛟的战船将陈祖义押上天元号关押起来，然后前去向郑和汇报，已经缉拿了陈祖义和谷、徐两个海盗头目，以及全部歼灭陈祖义的其他海盗。

郑和听了既高兴又难过，既痛快又遗憾。

这次围剿，除了活捉陈祖义、谷、徐海盗首领等外，歼灭海盗五千余人，烧毁敌船数十余艘，缴获七艘。

南洋的海患被消除了，南洋的海面安宁了，天变得更蓝，水变得更清，海上丝绸之路畅通了，南洋的各国首脑、百姓拍手称快。永乐皇帝朱棣的心头大患也消除了，郑和第一次下西洋可以说是旗开得胜，凯旋而归。

令郑和难过和遗憾的是缉拿陈祖义功不可没的龙蛟船长失踪了，也有一些士兵在与陈祖义一伙海盗的激战中光荣牺牲了。

剿匪结束，天渐渐亮了，那艘较大的战船顺着海潮去寻找龙蛟回来了，船长汇报说在海面仔细搜寻未能发现龙蛟的踪影。郑和神情凝重，心里十分难过，他又命令龙蛟的战船和另一艘战船兵分两路继续去海上搜寻，如不再去搜寻，就这样率领船队离开南洋海面，他于心不忍。

龙蛟的战船扬起风帆在碧波中航行，水兵们站立在船檐四周，含着泪水注视着海面，哽咽地大声喊道："龙蛟船长，你在哪里？我们来寻你来啦！"

"船长，你不能有意外和闪失呀！否则，我们将会难过一辈子呀！"

"船长，对不起你呀，我们没有保护好你！"

"船长，你永远是我们学习的榜样和楷模！"

龙蛟当上船长身先士卒，为人表率，平时对待士兵如同兄弟，与大家建立了深厚的情感。他受伤落水失踪，大家十分伤心难过，想方设法寻找。

副船长郑虎跃与龙蛟情同手足，龙蛟如果罹难，他简直不能接受这个残酷的现实。他和水兵们注视着海面，连眼也不敢眨一下，站在那儿一刻也不肯离开，生怕错过寻找的机会。他们盼呀，望呀，等呀，仍没有发现龙蛟的踪影。夕阳西下，郑虎跃仍不下命返航，一个水兵走到他的面前劝说："副船长，我们已经尽力，如再不返航，天黑下来，就难以找到船队！"郑虎跃咬着牙，难过地做了一个返航的手势，战船调头往船队方向驶去。郑虎跃双眼滚落一串泪水，许多水兵哽咽、流泪、痛哭，他们心里明白，再也见不到他们尊敬的龙蛟船长了。

另一艘搜索的战船，也没搜寻到龙蛟的踪影，早就回到船队。郑和听到两艘战船寻找龙蛟的报告，眼眶不由湿润了，王景弘和吴宣也泪水汪汪，在某种程度说，龙蛟缉拿陈祖义起了决定性的作用。陈祖义被活捉，海盗们被剿灭，而英雄龙蛟却受伤坠海失踪，大海茫茫，海潮湍急，他又负了伤，十有八九壮烈牺牲，魂归西天了。

第二天早晨，郑和在天元号的平台上为龙蛟还有牺牲的水兵举行追悼仪式，他含着泪水，激动地说："乾坤朗朗，碧海茫茫，我郑和率领诸位将士不负皇恩，巡洋四海，友结邻邦，互通有无，开创贸易。回归途中，又缉拿了陈祖义，消除多年南洋匪患，畅通了祖辈传承的海上丝绸之路。在与陈祖义一帮海盗的决战之中，王龙蛟等将士，英勇杀敌，为国捐躯，功垂青史，浩气长存，回中土后，我一定敕封嘉令，为你们的家属赏赐银两，你们安息吧！向牺牲的王龙蛟等将士们行礼、致敬！"

郑和与众将领行三鞠躬，螺号齐鸣，雄壮而悲鸣的号声在海面上飘逸回荡，壮士在天之灵也会感到无比的欣慰。一张张的冥纸在海面散飞，随风飘扬，不一会儿坠入海面，随波逐流。这是郑和与将士们对死难者的哀思悼念，是中土人民，南洋人民对英雄们的缅怀和敬仰……

"起航回中土！"郑和挥动着旗子下令道。

又一声螺号声吹响，震撼海面，回响南洋，只见船队两百多艘船上的船帆哗啦啦地升起，大明的旗帜在船桅上高高飘扬。

许多战船上士兵站在船檐、甲板欢呼跳跃。"返航了！""我们可以回家了！""我们凯旋了！""感谢海神的庇佑啊！"

船队起航了，那一艘艘庞大的船体，就像一座座漂浮在海上移动的山，那一片片扬起的白帆连成一片，如同漂浮在海平线的一片白云。船队满载着南洋、西洋各国的奇珍异宝、特产、珍禽异兽，载着各国人民的友谊，载着开创未来合作的美好，载着海上丝路灿烂的光环，向南海、东海、长江、南京驶去。

永乐五年（1407）九月，郑和完成第一次下西洋回到南京，明成祖朱棣听了他的汇报，喜不胜收，龙颜大悦，尤其是他将缉拿的陈祖义带回，从此消除了南洋的匪患，海上丝绸之路畅通了。他当着众大臣和许多外国使节的面宣布斩首陈祖义，大家拍手称快。

施进卿因为揭露陈祖义诈降、偷袭的诡计，使郑和早做部署，一举拿下陈祖义有功，受到了朱棣皇帝的嘉奖，被敕封旧港宣慰使。宣慰使为明朝行政建制，当时的满剌加（今马六甲）作为旧港宣慰使相匹配的封镇。从此，"海盗由是而清宁，番人赖之得安业"。

郑和缉拿了陈祖义，为东南亚铲除了海盗匪患，维护了海上交通的安全，为人们带来了福祉，受到各国的称赞，也弘扬了大明的国威，拉近了与东南亚各国的距离，提高了国际地位，在中华民族史上，在世界的航海史上，留下了光辉灿烂的篇章。

在旧港海边的一片树丛里，聚集了一伙人，垂头丧气，如丧家之犬，他们便是那天晚上参与偷袭郑和船队漏网的海盗。他们看到主子被擒拿，同伙们有的被杀死，有的被烧死，有的被活捉，吓得魂飞魄散。借浓烟掩护，他们有的乘着小船，有的划着舰板，侥幸地逃了出来。他们估计郑和的船队已经离开，所以才纠集在了一起。

海盗甲："我们是不幸中的万幸。"

海盗乙："真是捡回来了一条命！"

海盗丙："到现在我还心有余悸！"

海盗甲："我们的那些兄弟被活捉，不知道命运如何？"

海盗乙："大王肯定宁可死，也不会向郑和求情。"

海盗丙："这个有可能。"

海盗丁："大王很讲义气，他是我们的好大哥。"

海盗甲："我不明白，大王精心策划诈降夜袭，怎么郑和会知道作了部署呢，难道他是诸葛亮，料事如神？"

海盗乙："不可能，肯定有人向郑和告密。"

海盗丙："难道我们兄弟之中有奸细，不可能呀，即使有，也不可能到郑和的船队中去送情报呀。"

海盗丁："我怀疑一个人，我听见徐大哥说过，事发前几天，有个叫施进卿的广东人请大王喝酒吃潮州菜，莫非大王酒后吐真言，说出了诈降偷袭的计划，他向郑和做了汇报。"

海盗甲："啊，有这个可能，他向郑和汇报可拿到奖赏呀！"

海盗乙："他妈的，我们去找施进卿这个中土人算账。"

海盗丙："为大哥报仇，为兄弟们报仇！"

海盗丁："我来找人打听施进卿的住处。"

海盗丁果然第二天打听到了施进卿曾经的住处，与其他几个漏网的海盗来到施进卿的庄园，吵吵嚷嚷要见施进卿，管家也是中土人，问道："你们一伙是什么人？要见我主人有何事？我家主人为了一笔生意事宜，早就回老家广东了。"

几个漏网的海盗面面相觑，他们不敢说出自己是陈祖义的部下，也不敢说是来问施进卿是不是他向郑和告的密，便悻悻地离开了。

他们这几个漏网的海盗，主子陈祖义没了，靠山没有了，势单力薄，再也掀不起什么风浪。他们怀疑施进卿告密又无根据，要对他报复只是讲讲而已。也许，他们以后改邪归正，另谋出路，也许，他们退出江湖，销声匿迹了。

兰香自从龙蛟应征跟随郑和下西洋，"忆君心似西江水，日夜奔流无歇时"，一年三百六十五天，天天思念着他，担忧着他，"剪不断，理还乱，是离愁，别是一般滋味在心头"。龙蛟啊，你乘坐的船扬帆万里，大海波涛汹涌，不知道你是否适应？大洋的气候变化莫测，遇上飓风，浪有山高，随时有覆舟的危险，不知你是否平安？听说南洋水中暗礁很多，行船如碰上，就会船毁人亡，不知是否逃过一次次劫难？南洋一年四季，骄阳似火，你一定晒得像黑人，是否脱皮再脱皮？一方水土养一方人，你到了南洋，是否水土不服？听说南洋的海中有鲨鱼，你们水兵肯定经常下海游泳戏水，如果碰到鲨鱼撕咬吞噬可不得了，你可要当心！你们也少不了登岛执行任务，那儿森林茂密，有豺狼虎豹，毒虫巨蟒，如果被咬伤、蜇伤会有生命危险的，你千万要警惕呀……

　　岁月如逝，时间一天天过去，兰香有时到店铺为爸爸王茂源打点生意，有时去丰州古城转转。她看到护城河畔随风摇曳婀娜多姿的垂柳，看到人行道旁红艳绚丽的三角梅，不禁触景生情，又思念起龙蛟。有时，她坐在护城河畔的石头上，掏出龙蛟临别前赠送给她的木质奖牌，上面刻着"冠"字样，有海滩、海浪、椰树图案。奖牌赠送给她倾注着龙蛟对她的挚爱，她视奖牌如宝贝，如生命，看到它如同看到龙蛟，她将奖牌时时刻刻带在身边，想起龙蛟她就拿出来看看，摸了又摸，亲吻了又亲吻。由于奖牌天天看，天天抚摸着，奖牌变得光滑裎亮，十分美观。夜晚，她更衣上床，少不了将奖牌握在手中，有时贴在心窝前。奖牌握在手中，睡觉睡得甜，睡得香；贴在心窝前，她似乎觉得龙蛟就在她的身边，龙蛟的心与她的心一起跳跃、共振。她常常梦见龙蛟，她俩在一起促膝聊天，她俩依偎在一起陶醉。

　　有时候，她凝望着奖牌想，龙蛟呀，凭着你的本领、睿智，你一定能实现你的愿望、誓言，捉拿到海盗头目陈祖义伏法，为我家死去的亲人报仇，为许许多多被陈祖义杀害的下南洋的闽南人报仇，为海上丝绸之路的畅通做出贡献。龙蛟已经出海多日了，不知道他跟郑和大人下西洋捉拿陈祖义否有结果？听说陈祖义这个大盗狡猾多端，阴险毒辣，你和同伴们去对付、捉拿可要小心呀。千万不能有什么闪失，如果你有什么闪失，我们家再也经不起打击了，我活在世界上还有什么意义！

　　一天下午，兰香又来到丰州护城河畔一块石头坐下，掏出龙蛟给他的奖牌凝视着，欣赏着，抚摸着，亲吻着。

这时江流风身着长衫路过这里，一看是兰香坐在石头上全神贯注地欣赏一块木牌，便悄悄走到她的身后，看清楚了原来是一块奖牌，看来是龙蛟临别前赠送给她的，她视如宝贝，正在思念龙蛟哩。

"美人儿，你大概是在思念你的郎君龙蛟吧！"江流风嬉皮笑脸地说。

兰香被吓了一跳，下意识地收起了奖牌，一看是江流风，不屑地看了他一眼，说："关你什么事。"

"美人儿，我心里一直里惦念着你，常常梦见你呀！"

"恶心！"兰香转身就想躲开他。

"你也许会关心郑和下西洋的消息吧，我可有最新消息呀！"江流风卖弄着关子。

兰香将移动的脚步停住了，用期待的眼神看他一眼，心想，龙蛟跟着郑和大人下西洋近两年，也该有返航的消息了，陈祖义是否被捉拿也该有个水落石出。

"前天，我在泉州听几个从南洋回来的人说，郑和下西洋的船队已经返航了，海盗头目陈祖义已被捉拿押回了京城。"

兰香脸上掠过一道道喜色和欣慰，她想启齿向江流风问一下情况，可话到嘴边又戛然而止。

"你肯定想打听和了解你的郎君龙蛟，哈哈！我告诉你一个好消息，也是一个坏消息！"

兰香又看了他一眼，似乎以眼神问，有何好消息？有何坏消息？

"我在泉州听人说，海盗头目陈祖义是被我们闽南籍的一位战船船长擒拿，然而这位船长擒拿了陈祖义后就被陈祖义手下的人用暗箭射中，受伤落水罹难了，嗯！壮哉！悲哉！"

兰香一听，不由心中咯噔了一下，活捉陈祖义的是闽南籍船长，莫非就是龙蛟，也可能他在下南洋中表现突出晋升为船长，他应征时就表示要誓死捉拿陈祖义，为我们一家报仇，为许多闽南人报仇。有了机会，他绝不会放过陈祖义，难道他捉住了陈祖义真的是遭遇不幸……她不敢再想下去了，心扑通扑通剧烈地跳动，双脚有些发软。转而一想，江流风对她一直不怀好意，是不是瞎编故事来哄她，戏弄她、欺骗她。她沉着脸说："我才不听你胡编乱造呢！"说着拔腿就走。

江流风拦住她说："美人儿，这真的是我在泉州听到的，骗你是王八蛋，是狗，不得好死！"

兰香又停住了脚步，看了他一眼，好像对他的话有些相信。

"那位捉拿陈祖义的战船船长英雄可能就是龙蛟哦，这是我们丰州人的光荣和骄傲，不过他罹难，牺牲了，也怪可惜的呀！"

"呸呸呸……"兰香连连向他喷出吐沫，吓得他抹去脸上的吐沫连连后退。

"美人儿，要是龙蛟真的罹难牺牲了，我不嫌弃你是寡妇，不！你们还未拜堂，相信你还是黄花闺女，我来娶你！我可至今没有成家，就是等你成亲，这也许是天意！"

"呸！狗嘴里吐不出象牙来，你别胡说八道，痴心妄想，滚开！"

"你要什么条件我都答应你，满足你！我爸爸在丰州城有钱也有势，谁人不晓，哪个不知！"

"谁稀罕，给我滚开！"兰香推开江流风气呼呼地走了。

"我喜欢你，等着你呀……"江流风痴迷地望着兰香飘然而去。

兰香一边走着，耳朵里嗡嗡地鸣响，头皮胀得似乎要爆炸，她的脚步变得沉重，边走边思忖，看样子江流风的话不是空穴来风，不能不信，也不能完全相信。如果那个活捉陈祖义的船长果真是龙蛟，他真的实现自己的誓言，也了却了我们一家的心愿，为我妈妈、舅舅、哥哥报了仇，为许多闽南人解了恨，为南洋消除了匪患，也为闽南人争了光，为大明立了功，是王、林两家的荣耀！如果他真的不幸牺牲了呢？真的不敢想呀！对两家人的打击太大了！对我也是不堪重击！爸爸失去亲人伤痕还未痊愈，他接受不了这个残酷的现实呀。又将心中的伤口撕开，痛不胜痛！龙蛟的爸妈白发人送黑发人将是如同晴天霹雳。而我呢！自从他离开后，天天盼，月月盼，年年盼，我的期盼和思念将付之东流，"生人作死别，恨恨那可论？"我活着还有什么意思呢！不如跳入金溪江，漂流到东海、南海，与他在龙宫门前相聚，幽魂在大海上飘飘起舞……

她低头胡乱地想着，钻上了牛角尖，一阵凉风吹来，似乎给她一点清醒，她下意识感到，江流风的话不可全信，但郑州下西洋的船队肯定是返航了。已出发两年多了，龙蛟消息是凶是吉，马上会有分晓。她告诫自己，回到家中，不能将从江流风那儿听到的消息告诉爸爸，自己的举止言行不能让爸爸发生猜疑……

兰香也许听了江流风的一番话绕在心头，也许是日有所思，夜有所梦。这天夜里的四更时分，她做了一个梦，梦见龙蛟带着一些士兵冲上陈祖义所乘坐的海盗船，杀了几个海盗，直奔海盗船的甲板，与陈祖义交战。两个人挥着宝剑，一上一下，一左一右，一前一后，如闪电，发出铿锵的碰击声，冒着火花，打了不知多少个回合，龙蛟以迅雷不及掩耳之势将宝剑定格在陈祖义的脖子上，几个水兵立即前来将他拿下捆绑。海盗船上的海盗有的被杀死，有的投降缴械。当龙蛟押上陈祖义即要跳上战船时，他被一支不知来自何处飞来的暗箭射中坠入大海，只听见"扑通"一声……她似乎被水浪声惊醒，立即从床上爬起，点燃了大灯，火苗跳跃着，她的心急剧地跳动，血液在血管里狂奔。她被吓得冒出一身冷汗，泪水盈满了眼眶，她认为这可能是个不祥之兆，江流风所猜想的可能是真的，我们家可能又要遭遇到一个不幸。千万不能让悲剧在我们家继续上演。她起床后，梳妆打扮没有吭声，不露声色，但与爸爸王茂源共进早饭时，王茂源发现女儿的双眼有些发红，眼角还留有泪痕，猜想她也许是思念龙蛟，便安慰道："兰香，龙蛟跟郑和大人下西洋，掐指数数也两年多了，估计快要返航了！""嗯！"兰香不敢看爸爸一眼，应答说。"龙蛟一回来，我就叫龙海把他爸爸妈妈喊来，商量一个吉日，给你们的婚典办了，现在我的经济状况好了，一定办得风风光光，全丰州城前所未有！""嗯！"兰香点了点头说着，却控制不住自己，涌出两行泪水。王茂源发现了女儿落泪，说："你应该高兴才是！郑和大人这次胜利归来，咱们龙蛟肯定是战功累累，说不定陈祖义就是被他擒拿归案哩！"兰香听了更加控制不住，她含着泪水赶忙将碗里的稀饭喝光，便离开饭桌进了房间。王茂源不禁产生一点疑惑，兰香是怎么啦，是不是遇到什么不愉快的事情？他便追过去敲门："兰香，怎么啦！是不是被谁欺负了？""不！爸爸，我有点不舒服！""唔！好好休息，一会我就去店里！""爸爸！没有事，我休息一会就会好的！"

　　兰香在床上躺了一会儿，起来后擦干了泪水，轻妆淡抹，便去九日山延福寺、昭惠庙进香，在菩萨、海神塑像面前磕头跪拜，嘴里念念有词："我不求荣华富贵，只求龙蛟平平安安归来，与我百年好合！"

　　她来到延福寺门广场旁的丛林一棵三角梅前，取出奖牌凝视着，沉思着。两年前，就是在这棵树下，龙蛟参加完祈风仪式后，他俩在此度过了温馨难忘的片刻。龙蛟将在万人岛集训考核比试夺冠的奖牌赠送给她，在她看来，这是无价之宝，比金银首饰要强千百倍。奖牌陪伴着她两年了，给她带来温馨、安慰、快乐，也许，这是他给她的最后一件礼物，将陪伴着一生，直至终老，不禁泪水纷纷落下……

她又来到九日山下的金溪港码头，清澈的江水流淌着，翻滚着白色的浪花流向大海。就是在这个码头，她为龙蛟送别，目送着龙蛟乘着船离去，不停地向她招手，他的音容、笑貌永远定格在她的心头。她思念龙蛟时，也曾一次又一次来到九日山一眺石、金溪港码头，看海望江，因为龙蛟对他说，你想我就去九日山下看江望海，江海的水连着南洋，我们的心也连在一起。海洋终有底，可我的相思是无边的呀，相思不相见，只有泪洒金溪水，真是："落花落叶落纷纷，尽日思君不见君，肠欲断兮肠欲断，泪珠痕上更添痕。"难道龙蛟在此就是与我最后的一别？难道我再也见不到他？难道我将独守空门守寡一辈子？她控制不住，泪水像泉水一样涌出，她将泪水一把把洒向金溪江……

"问君能有几多愁，恰似一江春水向东流。"

第十章

永乐五年（1407），郑和下西洋的船队返回中土，途经福建沿海时，他特地安排一艘船停靠在泉州，派王景弘的部下周联络官前去丰州城，抚慰龙蛟的家人，带去郑和的嘉奖状和一千两银票作为抚恤金。

周联络官见到丰州县令和县吏，将跟随郑和下西洋的龙蛟船长奋勇缉拿海盗头目陈祖义、遭到暗箭受伤落水罹难的事告诉了他们，他们感到惊讶、遗憾和惋惜，但也感到骄傲。

"这抚恤金、嘉奖状应该发给龙蛟在德化的父母亲吧？"周联络官向县令、县吏问道。

"应该是，兰香还没嫁过去呢！"县令说。

"大人有所不知，龙蛟的爸爸得知王茂源的儿子云松在南洋被陈祖义杀害，心想如果兰香嫁出去，他将孤单伶仃，便主动提出让龙蛟招为王茂源的过门女婿，并立字为证，王茂源在丰州城里还摆了酒宴哩！"县吏说。

"哦！这个我还不知晓。"县令说。

"龙蛟是否还有兄弟？"周联络官问。

"有一个弟弟叫龙海，在丰州城里销售瓷器。"县吏说。

"原来如此，龙蛟的爸爸主动让儿子当王茂源的过门女婿，真是高风亮节。"周联络官赞扬说。

"这么说，龙蛟已是王家的人了！"县令说。

"那次酒宴上已宣布他的名字由林龙蛟改为王龙蛟。"县吏说。

"难怪水兵的名册上他的名字也叫王龙蛟，所以这次嘉奖状的名字也是王龙蛟，原来如此！"周联络官说。

"那抚恤金和嘉奖状就送到王茂源家中吧，至于王茂源将抚恤金全部或部分交给龙蛟的爸爸、妈妈，是他们的事情。"县令说。

"好！我赞成！"周联络官说。

夏日的丰州城异常的炎热，大街小巷的石板被晒得炙烫。街上行人稀少，樟树、柳树上的知了齐声合唱，叫声一阵高，一阵低，不知是为英雄龙蛟立功受奖唱赞歌，还是为失去他而悼念哀鸣？

两乘轿子拥簇了一些人，在吹奏乐曲中向燕山街走去，一些市民用芭蕉扇遮着头走出屋子看热闹，有的跟在吹奏手的后面看稀奇。

轿子在王茂源的店铺门前停下，王茂源和女儿兰香正好在店铺，他俩连忙出来迎接，一看下轿的是周联络官和县令，不由惊呆了，他俩立即下跪，王茂源激动地说："感谢周联络官大人、恩人光临！感谢县令大人光临！"

"免礼！"

"不必客气！"

一进屋，周联络官取出嘉奖状递给王茂源，嘉奖状上面写着："二等水兵、战船船长王龙蛟在大明船队下西洋返回途中缉拿海盗头目陈祖义有功，特此嘉奖。大明下西洋船队正使、总兵官郑和，永乐五年七月。"

王茂源惊瞪着大眼，脸上泛起了笑容，激动地说："龙蛟好样的，没有辜负我们的期望，不负使命，不但为我们家报了仇，而且为国除了害！"

"岂止这些，他还为永乐皇帝除了心头之大患，他为南洋除了匪患，海上由是而清宁，提高了我大明的国威，从此海上丝绸之路可以畅通无阻了！"周联络官说。

"啊！真是我们丰州人的骄傲，我这个县令脸上也有光彩！"

兰香双眼凝望着嘉奖状，用手轻轻地抚摸着，泪水溢出，脸上荡漾着春风，喜色。龙蛟不光缉拿了陈祖义，为家人报了仇，还带来无限的荣光，这是她没有料想到的。

"上次从丰州城回到太平港，我向大人王景弘举荐了龙蛟，报告此青年是为捉拿海盗头目陈祖义而报名应征，他们一了解龙蛟在万人岛集训考核比试中夺冠，正好缺船长，就封他为战船船长、二等水兵。"周联络官说。

"谢谢大人举荐！大人对我们家真是恩重如山！"王茂源行礼说。

"谢大人！"兰香也行礼道。

"大人真是伯乐！"县令夸奖说。

"我真为举荐了龙蛟而感到自豪，王茂源先生，兰香小姐，我这次受郑和大人之命来丰州看你们，除了颁发嘉奖状外，还有一个重要任务就是来慰抚你们。"他的脸色变得凝重、阴沉，拿出一千两银票和龙蛟曾经穿过的军衣等遗物递上，继续说："也告诉你们一个不幸的消息，龙蛟缉拿了陈祖义后，当押上陈祖义上战船时，被残匪的暗箭射中落水，不幸罹难，这是郑和大人送来的一千两银票作为抚恤金，还有龙蛟的衣服等遗物，请你们收下。"

这突如其来的消息使王茂源如五雷轰顶，目瞪口呆。他的面色发白，蒙了半天说不出一句话，如同一尊雕塑站在那儿一动也不动。这是他万万没有料到的，这是他们家三年内连续第三次遭遇到的不幸，兰香今后的日子还怎么过呀……

兰香因为听江流风前几天放了一点风，两天前又做了一个噩梦，也许有了一点思想准备，这个不愿发生的事情还是发生了。她想，也许这就是她的命，她的泪水如决了堤的水，倾泻而出，纷纷洒落在衣襟上，嘴唇哆嗦着，全身发颤……

王茂源和兰香父女俩顷刻从喜悦的山巅跌落到痛苦的深谷，涌起的激情巨浪瞬间化为乌有，他们似乎失去一切……痛定思痛，哭泣呜咽。

"我还等他回来，帮助我重整旗鼓，开辟海上丝绸之路的贸易哩，可……"王茂源哽咽着说。

"这两年多，我天天、时时都在盼望他回来与我成亲，想不到他在南洋成了落水鬼，连尸首都没有找到。"兰香失声地哭泣着说。

周联络官、县令和在场的人听了无一不泪水汪汪。

"龙蛟船长落水后，吴宣副使立即命令他的战船前去营救，因为是夜间天黑，加之海潮湍急，没有寻找到龙蛟的踪迹。天一亮，郑和大人又下命令用龙蛟的战船，还有另外一艘战船去海面搜索，天黑才返船队。唉，仍没搜到下落。郑和大人非常伤心难过，离开南洋前，还在天元号的平台上召集全体将领举行隆重的悼念仪式，为龙蛟船长和牺牲的水兵告别，场面十分感人和悲壮。"周联络官拭着泪水说。

“郑和大人为施救龙蛟已经尽到努力，我们十分感谢！“王茂源说。

“你们的大恩大德永世难忘！”兰香说。

“龙蛟船长缉拿到海盗头目陈祖义，功高盖世，名垂青史，虽死犹荣！望你们节哀！”周联络官说。

“嗯！如果龙蛟像我们丰州城里的马艄公一样就好了，他驾驶的船被陈祖义一伙海盗打劫，人们以为他再也回不来，结果奇迹般地回到丰州。”县吏说。

“这也许是海神的庇佑，但愿龙蛟受伤落水后在海上漂泊，能被番邦的船只救起，大难不死！”县令说。

“菩萨、海神保佑，也不是没有这个可能的啊！”周联络官说。

王茂源和兰香拭去一把泪，露出了期待的眼神，他俩心里明白这几乎是不可能的事，但他们的美好的吉言似乎给他父女俩悲伤的心灵带去一丝慰藉。

……

联络官和县令一行走了，王茂源连忙拿着嘉奖状带着兰香来到堂屋郑氏、万年、云松的牌位前，燃点起香烛和纸钱，激动地哭泣说：“告诉你们一个特大好消息呀，我的过门女婿、兰香的丈夫龙蛟在南洋已将海盗头目陈祖义捉拿，郑和大人将其带回朝廷伏法，这是郑和大人颁发给龙蛟的嘉奖状，龙蛟为你们报了仇呀！为国除了害呀！也为海上丝绸之路畅通立了功呀！”

“妈、舅、哥，龙蛟在押送陈祖义上战船时，遭到陈祖义的残匪暗箭受伤而落水罹难了，我失去了龙蛟，他为国、为民除害，为番邦除患，也为我们家报了仇，他死得其所，死得光荣，我也为他感到骄傲！我会克制住自己，你们安息吧，放心吧！”兰香一把鼻涕一把泪说。

蜡烛上的火苗跳跃着，香炉里燃点的香袅袅飘飞，纸灰在屋内飘逸，好似三位死者的幽灵得到告慰而翩翩起舞，欢呼陈祖义被缉拿归案，为他们报了仇……

王茂源家的堂屋设了灵堂，垂着一条条白布，一个硕大的“奠“下安放着龙蛟英俊的画像，灵前供放着果品，烛光闪耀，香烟缠绕。

王茂源外出张罗去了，兰香头扎白布，身着孝服，低头流着泪水，在火盆前燃烧着冥纸，纸火映着她悲伤、憔悴的面庞。此时，龙海跨进了灵堂，他的面色凝重、忧伤，脚步沉重。

兰香在极度悲伤中，恍惚见到了龙蛟，龙海与龙蛟相貌很相似，如同一对孪生兄弟。"龙蛟，你可回来了！"兰香丢下手中的冥纸，起身立即扑上前去，失声地哭泣喊道。

"嫂子！我是龙海呀！"

兰香下意识地感到，自己的幻觉看错了人，但他毕竟是龙蛟的胞弟，也是自己的亲人，她多么需要抚慰，便倚在龙海的肩膀上痛哭。龙海拍拍她的背，哽咽地说："我刚刚在街上听说……来迟了，对不起！"

"爸爸已叫人去通知你……也许……未能找到你！"

"哥哥怎么就没有能跟着郑和大人回来呢……"

兰香一边哭泣，一边将事情发生的经过告诉龙海。

龙海连忙点燃了三根香，向龙蛟的灵位磕头跪拜。

"哥哥是好样的，为我们林家争了光！"龙海哽咽着说。

"他实现了自己的诺言，为我们王家报了仇！"兰香拭着泪水说。

"失去了哥哥，我担心爸爸、妈妈经不住这巨大的打击呀！"

"能不能暂时不告诉他俩！"

"不行呀！这个消息很快就会传到德化，如对他们隐瞒，他们知道了所受的打击会更大！"

"那怎么办呀？"

"我马上回去把他俩接来，也让两位老人为哥哥送一程！"

"好！"

"嫂子你要多保重！想开点，人死不能复生！哥哥龙蛟没了，还有我哩！我会关心和帮助你和王伯伯的！"

"龙海！谢谢你了！"

"这是我应该做的！"

龙海说完含着泪水转身离开了，他要去金溪港码头乘船回德化老家……

龙蛟捉拿了海盗头目陈祖义，壮烈牺牲的消息在丰州古城不胫而走，成了人们的街头巷尾的议题，在文庙前的一处树荫下，几个市民议论着：

甲："龙蛟是丰州人的骄傲

乙："也是我们福建人的骄傲！"

丙："拿下陈祖义可不是轻而易举的事情，听说陈祖义武艺高强，阴险狡猾，是赫赫有有名的混海龙。"

T："龙蛟真了不起，是大英雄！"

丙："明太祖朱元璋对陈祖义无奈，伤透脑筋，所以他实行海禁政策。"

T："听说明成祖朱棣登基后，实施友好邦邻政策，就必须要除掉陈祖义一帮海盗，是不是？"

丙："是！明成祖派郑和下西洋，有一个重要使命就是缉拿陈祖义。"

甲："结果陈祖义被龙蛟缉拿归案。"

乙："龙蛟真是功高盖世。"

甲："从此南洋太平安宁了！"

乙："我想悄悄扬帆去南洋，装一船货物进行贸易，再也不担心海盗劫船了。"

丙："老祖宗给我们开拓的海上丝绸之路可以放心地航行了！"

T："要感谢龙蛟，当然也要感谢郑和大人！"

甲："龙蛟罹难了，牺牲了，可惜呀！"

乙："如果他能活着该多好！"

丙："是呀！他是王茂源的过门女婿，还没过门，人就没了！"

T："可怜那个兰香啊，她和龙蛟还未拜堂呢，夫君就命丧黄泉，要守寡一辈子！"

甲："王茂源也可怜、倒霉，儿子和内弟去南洋被海盗陈祖义一伙杀了，妻子受不了猝死，过门女婿又遭不幸，连续三次祸门，三次受到打击。"

乙："他们家的风水是否有些问题？"

丙："不要胡猜乱想！"

乙："上两次不幸，他是因祸得福，拿了那么一大笔订单，赚得了个满钵，这次遭遇不幸会不会再来个因祸得福呀！"

甲："这次郑和大人给他们一千两银票作为抚恤金，也是个不小的数字呀！"

乙："我看给两千两银子也不算多！"

丙："是啊！脚1金再多，可人没了！"

T："悲哉！壮哉！我们去他们家的灵堂，跪拜磕头，表示一下敬意吧！"

甲、乙、丙："好！现在就去！"

江成波的家中却出现了另一番幸灾乐祸的景象。

江成波从外面回到屋里，一副得意的样子，嬉皮笑脸对妻子和儿子招手说："来！来！来！告诉你俩一个特大的新闻，好消息！"

"你平时带回的都是坏消息，怎么今天一反常态，难道太阳从西边出了？"妻子丰氏诧异地说。

"莫不是你中了头彩！"儿子江流风讽刺地说。

"你们猜猜看！是什么好消息？"

妻子和儿子都摇摇头。

"我刚才在城里听说，郑和的船队回中土了，王茂源的过门女婿龙蛟在南洋活捉了海盗头目陈祖义，可他押送陈祖义上战船时遭到暗箭受伤落水罹难了！"

丰氏和江流风不约而同地惊瞪双眼，脸上露出奸笑："哈哈哈……"

"看来我前几天在泉州听到的消息是可靠的，当时听说是一个战船船长闽南人捉拿了陈祖义，但不幸中箭落水罹难，我当时就猜会不会是王茂源的过门女婿龙蛟呢，你们都不信，看！我猜中了吧江流风得意地说。

"我真不愿王茂源这老家伙抢风头，又荣光又得好处！"江成波说。

"过门女婿没有了，抢什么风头！得到什么好处有什么屁用呀！"丰氏说。

"郑和派人给王茂源送来龙蛟的嘉奖状和一千两银票作为抚恤金！由周联络官、县令陪同，吹吹打打地送去！"江成波说。

"给他这么多银两呀！人家的儿子死掉了，银两归他拿，这个家伙太狡猾了，也太不公平了！"丰氏露出打抱不平的样子说。

"龙蛟已是他家过门女婿，有字据，从法理上他拿银票也未尝不可！"江成波说。

"没有拜堂也可不算！"丰氏说。

"说不定龙蛟的爸爸妈妈要向王茂源讨要银子哩！"江流风说。

"有这个可能呀！"丰氏说。

"那他们两家可要闹得鸡鸣狗吠，不可开交，有好戏看哩！"江流风说。

"这是人家的事，我们不管他！我是说，你王茂源的过门女婿没了，过去大家还指望龙蛟从南洋带来商业信息和贸易哩！可现在化为乌有，你王茂源可得意不起来了！人走茶凉，人走事息。"江成波说。

"哼，他那个女儿兰香要变成嫁不出去的女儿泼不出去的水了，守活寡一辈子。"丰氏说。

"爸，妈！倒是给我一个机会，我早就想娶她，这下子也许能如愿，天助我也！"

江成波："呸！"

丰氏："你的脑子进水啦！"

江流风："兰香虽然和龙蛟订过婚，但没有拜过堂、同过房，人家还是黄花闺女哩，她是丰州城里的绝色美女，肯定还有不少人前去求婚，我为何不先下手为强！"

江成波："不行！"

丰氏："也许她就是克夫的女人，龙蛟就是她克的，谁娶了她都会被克，谁娶了她都会倒霉！"

江流风："我才不信这套呢！要不请算卦的人算一下！"

江成波："你就死了这条心吧！"

丰氏："儿子，你就听爸妈的话好不好？娶别的任何姑娘都可以，就是娶她不行！"

江流风嘟着嘴，气得脸绯红，翻目看了一下爸妈一眼，气呼呼走了。

在新康茶楼里，王茂源商圈里的几个朋友一边品着茶，一边议论着。

陈掌柜："龙蛟能英勇活捉拿到海盗头目陈祖义，真了不起！"

胡掌柜："他真的为王茂源争了光，也为丰州、闽南人争了光！"

李掌柜："那次订婚宴上我第一眼看见他，就对王茂源说，小伙子英俊魁梧，气度不凡，将来一定大有可为！"

黄掌柜："我曾对王茂源说，你的福分不小呀！"

李掌柜："王掌柜是有福分，郑和颁发给他龙蛟的嘉奖状，还有抚恤金一千两银票，名利双收，荣宗耀祖。"

陈掌柜："郑和发给他也是在理，王茂源也是受之无愧

黄掌柜："王茂源真有两下子，将女婿变为过门女婿，想不到好处都归他拿了。"

胡掌柜："也许王茂源会不要抚恤金的银票，给他亲家、龙蛟的爸妈。"

李掌柜："我看不太可能！人不为己，天诛地灭！"

陈掌柜："我认为王茂源不会全都给，也许会给一半！"

黄掌柜："王茂源自从招龙蛟为女婿，风光无限，周联络官给他几笔郑和下西洋的货物订单赚了盆满钵满！"

陈掌柜："我们几位也都沾了光呀，他分给了我们订单，叫我们去采购，我们不都赚钱了吗！"

胡掌柜："是！是！"

李掌柜："我们赚的也许只是他赚的零头……"

陈掌柜："人家给你赚就不错了，将心比心，你当时是怎么对待王掌柜？"

黄掌柜："过去的事过去了，不提了！"

胡掌柜："王茂源原来期盼龙蛟从西洋、南洋回来给他带来贸易信息，做更大更广的海上丝绸之路贸易，可龙蛟没了，也就泡汤了！"

陈掌柜："可惜呀！遗憾呀！"

李掌柜："我巴结王茂源也是期待他女婿龙蛟从西洋、南洋回来带来贸易信息，有机会我也下南洋做海上丝路贸易，我的美梦也破灭了！"

黄掌柜："我也想龙蛟从西洋、南洋回来得到点好处，看来现在是付之东流！"

陈掌柜："我看你们都不必失望、灰心，虽然龙蛟已不在人世，但郑和大人下西洋已回来了，经营海上丝绸之路的贸易的希望、好景还在后面哩！"

胡掌柜："这我相信！"

黄掌柜："但愿如此！"

陈掌柜："我们应该看看王掌柜去！在龙蛟灵位前烧上三炷香表表敬意！"

黄、李、胡："好！现在就去！"

王家的堂屋灵堂前，王茂源和兰香愁容满面，点燃着冥纸，纸灰在屋内萦绕、飞扬。

黄掌柜、李掌柜、陈掌柜、胡掌柜表情肃默，迈着沉重的步子走进大堂，王茂源和兰香前去行礼，四位掌柜排着队逐个在灵位前点燃三炷香，插进香炉，然后行礼好哀悼……

"谢谢你们光临！"王茂源向四位商友感激地说。

兰香向他们行礼表示谢意。

"多保重！"

"节哀！"

"有机会再来看你们！"

"龙蛟会有好报的！"

四位商友告辞走了，又来了一批街民前来吊唁……

龙海从金溪港码头乘船抵达永春码头，翻山越岭一口气狂奔到家，将哥哥龙蛟在南洋活捉海盗头目陈祖义后，不幸遭暗箭落水罹难，郑和派人送来嘉奖状和抚恤金的事情，含着泪水告诉了爸爸妈妈。

妈妈吴氏顿时惊呆了，觉得眼前发黑天昏地暗，"哇"的一声放声大哭起来，"我的蛟儿，你怎么就走了一个不归之路呀！葬身大海多惨啊！叫妈妈还怎么活下去呀……"她泪如泉涌，哭泣声一声比一声高，一声比一声惨。

林福山听了这突如其来的噩耗，如同被触了电一样全身痉挛，呆若木鸡地坐在那儿一动也不动，他用上唇的牙齿咬着下唇，流淌出一滴滴鲜血，真是撕心裂肺，痛苦万分。他失声地说："老天哪！你怎么这样对待我们！我们一家可没做过缺德伤天害理的事啊！蛟儿，你在哪里？"

"爸，妈！现在再难过、伤心也无济于事，哥捉拿了海盗头目陈祖义，实现了他的誓言，为国立了功，为民除了害，哥哥好样的！"龙海拭着泪水说。

吴氏哭泣了一阵，啜泣着说："当时早听了赵婶的话，龙蛟与马财主的女儿牡丹结婚，就不会和兰香订婚，也不会去应征下西洋，也不会命丧黄泉。"

"人各有志，人各有命，龙蛟选择了自己的路，他对大海怀有深情，我们也不要后悔指责了！龙蛟当时应征立誓要捉拿陈祖义，不光是要为兰香一家报仇，也为了为大明除患，畅通海上丝绸之路，他要去南洋、西洋探探贸易之路，他的想法是对的，有远见！"林福山劝说着妻子。

"嫂子兰香受到打击也很大！"龙海说。

"如果龙蛟应征前就与兰香结婚，也许能留下一个种苗，我们的孙子也一两岁了，嗯！当时为什么就不结婚哩！我们失去的太多了！"吴氏叹息道。

"谁料到龙蛟会出事哩！也不能说我们失去的太多了，我们得到的也不少哇！正因为龙蛟应征跟随郑和大人下西洋，亲家王茂源才拿到订单，我的象牙白瓷器才被周联络官发现、青睐、赏识，我的瓷品才被畅销，卖了好价钱，我们才赚了钱可以在丰州城为孩子买得起房子。"林福山说。

"兰香将来可怎么办呀！年纪轻轻的就守寡！"吴氏忧心忡忡地说。

"你就不用多操心了！"福山说。

"爸，妈，我们赶快准备一下，去丰州城吧！"龙海说。

"总要把这桩丧事办好！让龙蛟一路走好！"福山说。

"白发人送黑发人，作孽呀！"吴氏又哽咽起来。

这时，邻居们知道了龙蛟罹难的消息，纷纷前来问候、关切、致哀。他们七嘴八舌：

"龙蛟怎么说没就没呀！真叫人伤心呀！"

"他活捉拿了海盗头目陈祖义，伟大！了不起！为我们德化人争了光！"

"大伯、大婶，你们不要太伤心难过，保重身体要紧！"

"好在你们还有个儿子龙海！"

"龙蛟就是蛟龙，他有一身好水性，坠入大海也许会大难不死！"

"也许还会有奇迹发生，但愿妈祖、海神保佑！"

邻居们的话给福山家带来浓浓爱意和温情，也给福山夫妇一丝丝的安慰……

福山夫妇在儿子龙海的陪伴下，乘船来到王茂源家，一进灵堂看到儿子龙蛟的遗像和遗物，万箭穿心，泪水如同断了线的珍珠。他们在灵位前点燃了香，凝望着遗像，似乎有好多话要与儿子讲，有好多事情要向儿子倾诉。儿呀，你怎么就这样像飘去的云一去不复返，如滚去的浪花一过不回头，我们天天月月盼你回，望你归，想不到盼来的是噩耗，望来的是捎回的遗物，哪有白发人送黑发人，我们今后的日子如何过，如何熬啊！

王茂源和兰香陪伴着他们流泪、缅怀、哀思，在这个料想不到的大难面前，两家人心里共鸣着，哀思着，人的善良和美德也在他们两家人面前得以彰显，爱碰撞出的火星闪耀出万丈光芒，美德迸发出浩然正气，直上云天。

王茂源向福山夫妇介绍了县令陪同周联络官前来上门慰问的经过，他先拿出郑和颁发给蛟龙的嘉奖状给福山看，福山将嘉奖状的内容念给妻子吴氏听，两人喜极而泣，悲喜交集，他俩用颤抖的手抚摸着嘉奖状，情不自禁地说："龙蛟，你给爸妈争了光！""儿子，爸妈没白抚育你！"

王茂源又拿出银票说："这是郑和大人送来的一千两银票作为抚恤金，这嘉奖状我留下了，兰香说要留作纪念，这抚恤金理应给你们享用！"

福山一愣，连连摆手说："万万不可，这是官府发给你们的！"

吴氏："还是你们留下吧！"

王茂源："你们养育龙蛟二十余载，养育之恩如天高，这抚恤金给你们是天经地义。"

福山："龙蛟已是你们家的过门女婿，已立字为证，他已是你们家的人，这抚恤金应该归你们拿，所以官府也将它送至你们处。"

王茂源："可龙蛟还没有进我们家的门，也可以说他还是你们家的人，我不过为你们代收而已。"

吴氏："这笔钱留给兰香作为养老用。"

王茂源："除兰香，我又没有别的子女了，我将来留下的财产足够兰香享用一辈子！"

福山："这银两我不能拿，还是你留着！"

王茂源："不！留着你们养老用！"

福山："托你的福，自从你将我的象牙白瓷器产品推销给郑和大人的船队下西洋，我不愁产品销售不出去，供不应求哪，我赚的钱连给龙海在丰州买房子的钱也够了，以后养老的钱根本不用愁了！"

王茂源："这笔作为龙蛟抚恤金的银票，你不拿，我心不安呀！"

兰香："你们一定要拿！"

福山思忖了一下，说："这样吧，我拿一半，还有一半你必须拿！"

王茂源："不必了！"

福山："你不拿，我心中也不安！"

吴氏："你务必要拿下一半，你不拿，福山也不肯拿的，我知道他的怪脾气！"

王茂源："恭敬不如从命，好！我留下一半。"说着，他将五百两银票交给福山。

他们又商量如何处理后事，除到延福寺请道士为龙蛟做法事超度外，还请两家亲戚在丰州城里聚集在一起吃顿豆腐宴，然后做了一口小木棺，将龙蛟的衣服等遗物放进去，埋在郊外荒野，立了个衣冠墓。

两日后，在丰城郊外的荒野，郑氏、万年、云松的坟旁又堆起一个新坟，坟前的墓碑上刻着"英雄王龙蛟之墓"，坟上插着白色的幡旗在烈日下随风飘扬……

那天晚上，龙蛟中箭受伤落水漂到何处去了呢？有没有下落呢？

原来，那夜海潮湍急，一片漆黑，海面上还弥漫着海盗船被火箭射中燃烧的浓烟，龙蛟即使水性再好也难游到船队被营救。

他沉着冷静，告诫自己，我不能死呀，如死了爸爸妈妈经受不起打击，兰香和她爸也承受不了，兰香还等着我"洞房花烛"哩，她爸还等着我这次下西洋回去给他带去许多商业贸易信息哩！他重整旗鼓，要走海上丝绸之路做番邦贸易，还等着我帮助哩！他浮着身体，随水漂流，仰头四处张望，看看周围有没有什么可以扶住的漂浮物，一颗流星从海面夜空划过，借着一刹那的亮光，他发现一根木柱漂来，也可能是海盗船被燃烧散了架的木料，也可能是海盗修船用的备用料。他心里嘀咕道，也许是海神来施救，他奋力游过去，一把抓住木柱，木柱又长又粗，他松了一口气，看了一下左臂上挂的那支箭，入皮肉不深，便忍着痛使劲地拔出，伤口流出了血，他连忙将上衣脱下，撕了一块布一头咬在牙齿上，一头用右手包扎住伤口。他抱着木柱，随着海潮漂呀漂呀，期待天亮了能遇到船只营救，如果遇不到船只，只有听天由命了。

天亮了，霞光满天，映在海水中就像一个硕大的万花筒图案。不一会儿，太阳升起，海面上波光粼粼，翡翠般的海水一浪接着一浪，鱼儿在他身边跳跃，他无心欣赏，只是环顾四周是否有船只经过。忽然海面上出现一个白点，渐渐变大，一艘帆船渐渐靠近，他右手抱着木柱，用受伤的左胳膊抬起，轻轻晃着一块撕碎衣服剩下的红布，以便引起船上人的注意。

也许船上的人发现了他，帆船向他驶来，这是一艘渔船。两个渔民在船头注视着他，船终于靠近了他，他憔悴的面庞露出了笑容，心想，功夫不负有心人，这下子总算有救了。他做好准备，心想渔民会放下绳索或绳梯将他救上去，谁知他高兴得太早了。

两位渔民一看他是中土人，便问："你是什么人？"

"我是大明正使郑和船队的军官！"

两位渔民面面相觑，悄悄地议论说："他莫非是陈祖义一伙的海盗，冒充大明军官。"

"是！让我来问问他吧！"一个渔民张口问："你怎么会漂在海上？"

"昨夜我们围剿了海盗陈祖义一伙，我缉拿了陈祖义押他上船时，遭到暗箭坠入大海，随海潮漂流而至此！"

"大明船队那么多的船，那么多的人，他们为什么不寻找施救你！"

"他们肯定搜寻过我，因为天黑，海潮湍急，他们未找到我而已！"

"说不定你是海盗陈祖义一伙的漏网者！"

"真的不是！你们误会了！"

"我俩凭什么相信你？"

"我们救了你，弄得不好，就像东郭先生和狼，我们要被你这条狼吃掉！"

"走！开船！"

渔船转舵离开了，风帆渐行渐远，龙蛟失望地摇摇头，他心头没有埋怨渔夫，只是诅咒：陈祖义你这个恶贯满盈的海盗，害得南洋百姓太糟了，南洋人对你们这一伙太恨了！天理不容你们！

龙蛟自认倒霉，抱着木柱继续漂流，漂呀漂呀，他发现一块凸现出海面的礁石，体积与一张床差不多大小，也许是退潮露出，他想着这是个喘息的好机会，泡在水里已好长时间了，漂在海水里不如到礁石上休息一下，也许能等到过往的船只。他扶抱着木柱奋力地划过去，到了礁石处，木柱被海潮卷走了，他使劲爬上礁石，一下子就瘫倒，他身上穿着裤头，左臂的伤口扎包一块红布，海水的浸泡，他的肌体泡得发白，皮肤发皱。他筋疲力尽，饥肠辘辘，躺下就呼呼大睡。睡了好一阵，睁开双眼，摸了一下左手腕的碧玉手链，这是他睡醒后常做的习惯动作，生怕失去了它，手链连接他和兰香的心，他也相信只要手链戴在手腕上，菩萨、海神总会保佑的，他受伤坠海到现在大难不死就是菩萨、海神保佑的呀！他又下意识感到，菩萨、海神保佑，还要自己努力，现在解救自己，只有靠过往的船只救助，于是，他站立起来，注视着四周，从短裤里抽出保留的一块红布挥动着，好让自己被别人发现。

许久，果真有一条船发现了他，扬着帆驶来，大船后面还拖着一条舢板，大船停在距礁石不远的地方，两个大汉上了小舢板向他划来。

"二位，救救我吧！"

"你是何人？为何在此？"

龙蛟看看两人一人是鼠眼，另一个猪嘴，看样子不是善辈，便接受刚才教训，不说出自己的真实身份。

"我是大明商船的伙计，船触礁沉没了，逃命在海上漂浮来到此处。"

他俩面面相觑，一个鼠眼的人说："没啥油水可捞了！"

"他手腕上戴的手链，闪闪发光，是宝石。"猪嘴贪婪地说。

鼠眼将视线转移到龙蛟手腕上的碧玉手链说："你将手链给我们，救你上船，带你去我们的海岛。"

"不过，你要答应为我们干苦活！"猪嘴模样的人说。

求生的欲望，龙蛟本能地要想跨上舢板，但一看此二人面相凶恶，心想，他俩可能就是海盗，也可能是黑社会的人，他们贪财，不是好人。如果上了他们的船就等于上了贼船，将来他们人多势众，我又受伤，不会有好果子吃。他低头看看在阳光下耀眼闪光的碧玉手链，心想兰香送给他这个信物戴在手腕上有两个年头，这是她的心，这是她的爱，我为了贪生怕死将手链给了他们，就是对兰香的不忠，也是对菩萨、海神的不敬，宁可死，也不能将手链给他们，不能上他们的贼船，他沉吟一下，挥挥手说："你们走吧，我等别的船来救我！"

"哈哈！你这个不识好歹的小气鬼！"

"不久就要涨潮，你站的这块礁石就要淹入海水了，你等着鲨鱼来救你吧！"

"你会后悔的！"

"等到你后悔已经来不及了！"

他俩划着触板向大船驶去……

龙蛟望着离去的帆船，心情很淡定，并不后悔，也不遗憾，在烈日下，继续四处张望，挥着一块小红布，期待过往的船只发现他，前来营救他。

他的口实在太渴了，趴下来，伸长了脖子在海水中舔了几下，又站立起来，继续挥着红布条，站了许久实在太累了，腿发软了，他亲吻着碧玉手链，似乎感受到兰香的温馨，得到了鼓舞，又挺直着、支持着身体挥动着红布条……

太阳已经偏西，过不了多久就西沉了，到黑夜即使有再大的本领能耐，过往的船只也不会发现他，那就等到明天再碰运气。他想，只要有一口气他都不会放弃努力，只要有一点生还的机会他都要争取。正在这时，果然涨潮了，海水慢慢地吞噬礁石，过不了多时，礁石就要被海水淹没，到时他只好又在海水中漂泊，但木柱漂走了，没有漂浮物可抱扶，这下可真的完了，也许这就是命！他额头涔涔冒汗，不时抚摸着碧玉手链，不时亲吻，他想有兰香给的这个信物戴在手上死去，他无悔，无怨，反正陈祖义已给他缉拿归案，他实现了自己的誓言，愿望……

　　也许是海神的庇佑，就在礁石即将被海水淹没，他准备下海继续漂泊拼搏之时，一艘渔船忽然逆海潮方向扬帆而来，红布条不小心失落，被海水冲走，他想喊叫，帆船已驶近礁石，船上的人也没有问他是什么人，干什么的，便放绳梯，让他上船。他爬上船连讲话的力气也没有了，渔民给他喝水吃米饭团，他恢复了气力，打量着渔民，便说："感谢你们的救命之恩！""不客气，你是……""我是大明船队的水兵！""你怎么漂浮到这儿？""郑和大人带我们围剿海盗陈祖义一伙，我不幸中箭受伤落水漂浮……""原来如此，请受我们一拜，你们消灭了陈祖义一伙，功德无量呀！那帮海盗们连我们渔民都不放过，常在海上打劫我们，吓得我们不敢出海！出海也是胆战心惊。""以后再也不会了！""你们是救我们的菩萨啊！壮士，你太疲惫了，好好睡一觉，我带你去我们的翡翠岛，先住下来再说。""谢大叔！"龙蛟说完便躺在船舱呼呼大睡……

第十一章

　　渔船扬帆驶到翡翠岛，太阳已西沉，龙蛟睡了一觉爬起来，他问道："到了什么地方？"

　　"我们的海岛——翡翠岛，你在船上休息一会儿，我去岛上给你取两件衣服，安排一下你的住处，再叫两个人来把你抬上岸！"

　　"不用！我自己能走上岛！"

　　"你太疲惫了，而且受了伤！"

　　"大叔！没有问题的！"

　　"你就客随主便吧！"

　　渔翁叫他弟弟照顾龙蛟，他跳上岸将船拴好，便一口气跑到酋长王宫，向门卫报告，这时国舅正好走来，他向国舅做了汇报。国舅一听他救来的是大明受伤的水兵，连忙吩咐几个人，带上衣服和担架将龙蛟抬到王宫相邻的驿站。

　　龙蛟一到驿站，打量着周围，木质结构的房屋，环绕着青藤，到处摆放着鲜花，香气扑鼻。女侍从给他递茶水，送水果，热情温馨，他感到有些不好意思，渔翁对他说："我们的小岛对岛外来的客人都很热情，国舅大人听说你是大明的水兵，马上就来看你。"

　　不一会儿国舅来到，他一看到渔民救上来的是曾经在海上救过他的大明战船船长，不由惊呆了，马上下跪行礼，激动地说："原来是恩人来到岛上，有失远迎，失礼，请恕罪！"

　　"哪里，我对贵岛这位大叔在我危难之中救了我，又将我安排到这儿下榻，

147

感激不尽哩！"

"上次一回到岛，我就将英雄奋勇杀海盗解救我们，还护送我们走了一程的事情向酋长汇报，他十分感激，说如英雄能光临我们岛国一定盛情款待，想不到英雄果真来到我岛！"

"也许是天意！"渔民说。

"常言道，善有善报，恶有恶报！英雄在危难之中巧遇我岛渔翁相救，是你那次解救我们的善报呀！"

"说来也巧了，我今天打完鱼扬帆逆海潮而驶，想不到正好路过那个即将被海潮淹没的礁石附近，看到壮士站在那儿一副焦虑的样子……"渔民说。

"他二话没说，放下绳梯就让我上船，如果没有大叔的施救，我再次漂泊在大海，肯定一命呜呼，真要感谢大叔的救命之恩！"龙蛟说。

"不用谢！那是你的积德、造化！"渔民说。

"船长是如何漂泊落在海中礁石处于危难？"国舅问。

龙蛟将海盗头目陈祖义如何诈降夜袭大明船队，而遭到大明船队伏击，他活捉陈祖义后押送上战船时被残匪暗箭射伤落水，在海上漂泊的由来经过讲了一番。

"陈祖义真的被你活捉押回大明了！"国舅问。

"是！"龙蛟点点头，又说："我们歼灭围剿了几千名海盗，陈祖义一伙几乎被我们全歼，剩下的船只也被我们缴获，他们在南洋再也不能兴风作浪了！"

"真是太好了！太好了！郑和伟大，你也了不起！"国舅高兴得拍手称快，双眸湿润了！

"从此你们也可以放心出海打鱼了，再也不用为匪患而担忧了！"龙蛟对渔翁说。

"是！我马上向酋长汇报，安排太医给你医伤！"国舅吩咐周围的人照顾好龙蛟，说着就走了。

在王宫的一珍宝室，酋长和王后、公主阿琳娜，正欣赏着各种奇珍异宝，国舅前来汇报说："大王，我们的一渔翁在海上救起大明一位军官，你们也许没有想到，他就是前些时我从满剌加乘船回岛遭遇陈祖义的下属劫船时，奋勇前来解救我们的那位战船船长。"

酋长："哇！竟有这样的巧事！"

王后："要好好谢谢他的救命之恩！"

阿琳娜："想不到我仰慕的英雄来到我们的岛上！太好了！"

国舅将他活捉陈祖义，押上战船遭暗箭受伤落水，在海上漂泊的经历讲了一番。

"唔！"酋长说，"他活捉了海贼头目陈祖义真是盖世英雄！"

国舅："郑和这次伏击战将陈祖义一伙海盗全部歼灭！"

酋长："太好了！这是我们南洋诸国盼望已久的事！"

王后："英雄来到我岛是我们岛的荣光！"

阿琳娜："我真想去见见那位英雄的风采！"

酋长："他人现在在哪儿？"

国舅："在驿站，我正派人叫御医去为他治伤。"

酋长："马上将英雄接到王宫来住，并向救英雄的渔民予以赏赐！"

国舅："是。"

酋长："接到王宫后，我去看望他。"

王后："我陪你去。"

阿琳娜："我也要去。"

酋长："你去可能有些不太方便吧！"

阿琳娜："有什么不方便的！人家是英雄又是舅舅的救命恩人！"

王后："就让女儿去吧！"

酋长："好！请御厨安排，今天我要为英雄接风！"

国舅："好，我去安排！"

在皇宫内的御医室内，龙蛟光着膀子坐在一张椅子上，御医用药水给龙蛟的左臂伤口清洗，伤口经过海水浸泡发红，有些感染，敷上药粉，将其包扎。

酋长带着王后、公主走过来，从窗口望着室内，只见龙蛟的头部和裸露的上身晒得黑里透红，他面庞轮廓分明，浓眉大眼，双目炯炯有神，胸部、双臂隆起一块块的肌肉，显得矫健、强壮，不愧为一个英俊魁梧的美男子。酋长看到钦佩，王后看到欣赏，公主看到爱慕。

国舅将龙蛟从御医室带出，向龙蛟介绍说："这是我们翡翠国酋长，这是王后，这是公主。"他又将龙蛟介绍给酋长一家："这就是大明的英雄，又是我的救命恩人。"

"欢迎你来到翡翠岛！"酋长问："请问英雄尊姓大名？"

"敝人是大明郑和下西洋船队战船船长王龙蛟，感谢翡翠岛渔翁在海上施救于我，感谢酋长、国舅收留我！"龙蛟行礼说。

"应该是我们感谢你！国舅将一切都告诉我了，感谢你前些时英勇解救了国舅一行，救了我们的船只，更要感谢你活捉了海盗头目陈祖义，消除了我们多年的心头之患，使南洋从此得到安宁。"酋长说。

"那是我们的大明国使、船队总兵官郑和大人的英明！"龙蛟说。

"郑和大人当然英明，这次战役如果没有你拿下陈祖义，他逃走了，即使围剿他的一万兵力，也无济于事，陈祖义还会东山再起，还会在南洋兴风作浪！陈祖义狡猾多端，武艺高强，能将他拿下，绝不是件轻而易举的事！"酋长赞扬说。

"我在应征的第一天起，就立志要缉拿他，后来我苦练过硬本领，跟随郑和大人下南洋我就为等到这一天，终于给我等到了！"

"好啊！真了不起！"王后竖起大拇指夸奖道。

"太令我仰慕、钦佩了！"阿琳娜双眸发亮，含情脉脉地望着龙蛟，说道。

"我一想起前些时遭遇陈祖义下属劫船的情况，就心有余悸，要不是你和水兵们前来施救，我早就成了他们的刀下鬼，葬身鱼腹，幽魂在海上飘逸。一辈子忘不了你呀！"国舅说。

"那是我应该做的，义不容辞！"龙蛟笑笑，谦虚地说。

"好一个英雄啊！大明的人可敬、可爱，你这位英雄、壮士更加令人可敬可爱！"酋长说。

"英雄啊！要不是你前些时解救了我们的船只，大王和我、女儿从满剌加采购的我们喜欢的珍宝将会被陈祖义的海盗们全部劫走。我们将遗憾无穷啊！走！到我们的藏宝室去看看！"王后说。

"对！请你去参观！"酋长说。

"好啊，也好让我开开眼界！"龙蛟说。

国舅在前面带路，这时天已黑，藏宝室灯火辉煌，里面陈列着各种金银制品、青铜铸品、玉雕、木刻、瓷器、刺绣、绘画，还有工艺品、人物、山水、花鸟等栩栩如生，琳琅满目，在灯光的照耀之下，熠熠发光，五彩缤纷。

"啊！真不少，真是奇珍异宝，开了眼界！"龙蛟赞叹说。

"这些珍宝大多数来自大明！"酋长说。

"其中很多就是我哥哥、国舅前些时从满剌加采购带回来的！"王后说道。

"那天要不是你前来解救我们，这其中的许多珍宝也带不回了！"国舅说。

"我和母后的房间还有许多哩！也是那天从满剌加带回来的！我可喜欢哩！"阿琳娜嘻嘻地说。

"陈祖义一伙被消灭了，我们下次无论去满剌加或旧港采购，都不用担心海盗抢劫了！"国舅说。

"我们也不用担心海盗来我们海岛抢劫了！"酋长说。

"你和郑和大人做了件功德无量的好事！"王后说。

"那是明成祖的英明，他派郑和大人下西洋，有一项重要使命就是缉拿陈祖义归案！消灭南洋的匪患，使海上丝绸之路畅通！"龙蛟说。

"这正是我和南洋诸国所期盼的，总算实现了，他们可能还不知道这个好消息哩，过几日我将附近几个国家的国王、酋长请过来庆贺一下，也让大家见见你这位英雄的风采！"酋长说。

"你这个主意好！"王后说。

"我们救了大明缉拿陈祖义的英雄，又将他接来在我们翡翠岛国做客，这是我们的荣耀，也将会提高我们的国威！"国舅说。

"指不定哪个国王的王子看上了阿琳娜，娶去将来当王后，也将解决我们的一个大难题！"王后说。

"母后，不用你们操心，我有我的主张！"阿琳娜深情地看了一眼龙蛟，说道。

龙蛟羞涩地垂下了头，他看出阿琳娜对他有种特别的好感。

"好！时间不早了，我们请英雄就餐，为英雄接风！"酋长说。

在王室的一个宴会厅内，灯火明亮，餐桌上摆放着各类海鲜、禽类、瓜果，桌前坐着酋长、王后、公主、国舅、龙蛟。

酋长举起酒杯说："这酒是用我们岛上的鲜果酿成的，我来向英雄敬酒，你是我们酋长国最珍贵、最伟大的贵客嘉宾，欢迎你光临我们的岛国！"

龙蛟举起杯子碰了一下，说："谢谢酋长的款待，谢谢各位的盛情

王后："这海鲜是我们岛国的特产，请英雄尽情品尝！"说着，她夹起一只大虾放到龙蛟面前的盘子里！

阿琳娜也夹着一只蟹放到龙蛟面前的盘子里，含情脉脉地说："英雄大概两天没有进食，一定饿了，多吃些才是！"

"谢谢！在船上渔翁大叔已给我吃了些饭团、水果！在这之前，我才体会到饥饿的滋味。"龙蛟一边吃着一边说。

国舅："英雄今日可痛痛快快地吃，痛痛快快地喝！"

酋长："英雄，你就住在王宫内，好好养伤，住在这儿就像住在家中，不要有什么拘束，有什么要求可以给我讲，也可以对国舅吩咐！"

王后："英雄不嫌弃的话，可在我们小岛多住些日子，一个月两个月，一年……"

阿琳娜："太好了！"

酋长："可以到小岛上转转，海边上逛逛，欣赏下我们小岛美丽的风光！"

阿琳娜："我来陪你，给你当导游！"

龙蛟举起酒杯，说："我来敬酋长，敬各位，谢谢你们的盛情，你们的盛宴，这将使我永远难忘！"

酋长："你的到来将会使我们翡翠岛酋长国与大明国的友谊连在一起，翡翠岛的海潮将与大明国的海浪热烈地拥抱在一起……"

阿琳娜又热情地给龙蛟斟酒，说："多喝点！"

这时，珠窗的外面站着一个二十六七岁的男子，他长得五官端正，文质彬彬，窥探着餐厅，他是酋长国的大内管家，未婚，早就看中了阿琳娜，曾多次向阿琳娜表明爱她，想娶她，都遭到拒绝。他不但看中阿琳娜的娇美，更看中的是酋长的王位。他听说大明来了一位英雄，惊动全宫内，担心心中的美女公主被大明英雄夺去，他想看看这位大明英雄长得何样，酋长和公主对她的态度如何？看了半天，他心中不由怦怦直跳，大明的这位英雄，英俊魁梧，酋长、王后都喜欢他，阿琳娜还对他含情脉脉，国舅对这位救命恩人更是感恩得五体投地，他顿时不快、担忧、嫉妒，双眼射出妒恨、阴险的目光……

第二天早晨，太阳刚刚升起不久，小岛上四面八方的人，涌向王室前的广场，有男有女，有老有少，他们脖子、头顶上套着、戴着花环，有说有笑。酋长和王后坐在主席台上，不一会后，酋长站起，向大家挥挥手，大声地说："今天，我把大家召集来，庆贺海盗头目陈祖义被缉拿了，庆贺陈祖义的那一帮海盗被大明郑和船队消灭了！从此，你们可放心地去海上打鱼，可安心在海岛上安生养息！"

"真的？""太好了！""真是真主的保佑啊！"人们挥动着花环、花束欢呼着、跳跃着。

酋长又接着说："我还要告诉大家一个好消息，捉拿海盗头目陈祖义的英雄叫王龙蛟，不幸受伤落水在海上漂浮，结果被我岛渔民救起，英雄龙蛟已来到我们的小岛……"

"真是个了不起的英雄！""我们岛国很荣幸！""英雄人在哪里？""我们要见英雄！"台下的人们议论着，夸奖着，叫喊着。

酋长做了个手势，只见龙蛟在国舅和阿琳娜的带领陪同下，乘坐着花架，挥动着手臂向广场走来，人们挥动着花束高喊着："龙蛟！""英雄！""了不起！"

龙蛟微笑着向人们敬礼、挥手。人们目睹了英雄的风采，有的用手做了飞吻的动作，有的向他撒去花瓣，有的和他握手。他的心激动地跳跃着、怒放着，想不到翡翠岛的人救了他，收留他，还那么热烈欢迎他、敬仰他，这是有生以来从未享受的崇高荣誉和光彩。

人们抬着他在广场上转了两圈，又把他送上主席台，他向酋长和王后敬礼表示谢意，然后酋长宣布，"我代表翡翠岛酋长国酋长，向大明郑和船队战船船长龙蛟赏赐皇冠！"说着将皇冠戴在龙蛟头上，皇冠是金丝做成，琳琅精细，是酋长送给最珍贵客人的礼物。

台下响起热烈的欢呼声、鼓掌声！

龙蛟鞠躬行礼感谢后，又走上台前说："我随大明巡洋正使、船队总兵管郑和大人下西洋，是奉大明永乐皇帝的旨令巡洋万邦，睦邻友好，互通有无，消除海盗，畅通海上丝路，共建太平盛世！"

酋长对王后："在理，英明，说到我们心里！"

台下又议论着："我们期待太平盛世！""期待与大明交往！""郑和大人

来到我们的岛国该多好！""我也想见见他的风采！"

人们又继续欢呼着，跳跃着，欢呼声在小岛萦绕，飘向海滩，海面……

不日，翡翠国酋长又举行了一个重要的活动，他将南洋附近的苏门答腊、三佛齐、渤泥、满剌加、南巫里、爪哇、吕宋、阁安等国的国王邀请来岛上做客，苏门答腊、爪哇、阁安三国还带来了王子。他要向大家传递陈祖义被活捉的消息，也炫耀是他们施救了捉拿陈祖义的英雄。

王室的会客厅里，酋长坐在正中间，其余的客人围着他坐。

酋长拉开腔说："各位国王，今天邀请大家来聚聚，一是告诉大家一个重要的好消息，二是给大家介绍一个人。"

众国王面面相觑，感到惊奇、神秘、期待。

"什么好消息，快说，快说！"一个国王道。

"你们最近听到关于大明郑和巡洋船队的消息没有？"酋长还有点卖关子，说道。

苏门答腊国王："他们不是途经我们这儿下西洋吗？"

渤泥国王："我们曾经受过陈祖义的挑拨离间，上了当，我还等他们回来向郑和赔礼道歉呢！"

爪哇国王："我们还等郑和船队回来消灭陈祖义那帮海盗的好消息呢！"

南巫里国王："郑和曾经向我们承诺过，不消灭陈祖义那帮海盗，船队不班师回国！"

满剌加国王："相信郑和讲话是算数的！"

三佛齐国王："我们那儿曾经是陈祖义一帮海盗的老巢，深受其害，苦不堪言。"

吕宋国王："哇！郑和船队怎么就没有音讯了呢？"

阁安国王："莫非郑和捉不到陈祖义，面子上有些过不去，悄悄地回大明了？"

酋长："不！郑和已捉拿了陈祖义，押送回中土了，陈祖义那帮海盗全都被歼灭了！"

"是真的？"

"消息是否可靠？"

"是真的！消息绝对可靠！"酋长说。

苏门答腊国王："太好了！"

渤泥国王："郑和为我报了仇，解了恨！"

爪哇国王："我们总算盼来了这一天。"

南巫里国王："郑和说到做到，真了不起！"

满剌加国王："我一直相信大明，相信郑和！"

三佛齐国王："从此，我们旧港也太平了！"

吕宋国王："岂止旧港太平，整个南洋也太平了！"

阁安国王："南洋要迎来太平盛世了

酋长："我和诸国王同样感到激动、欣慰。诸位一定想知道郑和是如何活捉陈祖义？如何将那些海盗一举剿灭的？"

众人："当然想知道！""快说说！"

酋长："我马上将请出一位活捉擒拿陈祖义的英雄出来！"

酋长使了一个眼色，国舅将龙蛟带进来，众国王将目光凝聚在龙蛟身上，只见他身材高大、魁梧英俊，目光炯炯，果然是英雄、壮士模样，大家无不钦佩、敬仰。

酋长介绍说："这就是郑和船队一战船船长——王龙蛟，是活捉擒拿海盗陈祖义的英雄！"他将各国国王向龙蛟一一介绍，龙蛟向他们频频点头作揖，行礼。

苏门答腊国王向酋长问："我不明白，这位王龙蛟英雄怎么会在你们这儿呢？"

酋长将龙蛟来这儿的来龙去脉讲了一遍。

苏门答腊国王："酋长国做了一件功德无量的好事呀！"

渤泥国王："佛教里讲，救人一命胜造七级浮屠！"

爪哇国王："英雄大难不死，真是好人有好报！"

酋长："提到报应，我要告诉大家一件事情，前些时，我们的国舅带了一艘船前往满剌加采购，返回的途中正好遇上陈祖义下属海盗船驶来，海盗举着大刀冲上船要下手时，突然郑和的一艘战船驶来，船长带着水兵跳上了国舅的船与海盗交战，那帮海盗哪里是大明将士们的对手，几个回合，战船船长就将海盗船上的头目擒拿，那些反抗的海盗全部被杀死。"

"痛快！太好了！"

酋长："我们的国舅和带去的一帮人被救了，船和采购的珍宝和物资保住了，你们猜这位船长是何人？"

"不知道！"

酋长："他就是我们渔民救上来的龙蛟英雄。"

"哦！神了！这就是报应！"

满剌加国王："英雄，你活捉了陈祖义，为天下除了害，是海神或真主保佑了你！"

南巫里国王："有这个可能呀！"

三佛齐国王："酋长，你们救了英雄，也是我们南洋的荣光！"

吕宋国王："郑和知道了这件事，下次下西洋，肯定要来翡翠岛拜访你，感谢你呀！"

酋长："我早就等待郑和大人光临我们的岛！"

阇安国王："你等着吧！说不定我们也沾点光！"

苏门答腊国王："龙蛟英雄，你能不能讲讲是如何捉拿陈祖义，你们又是如何歼灭那帮海盗的？"

众人："对！我们很想听听"也让我们分享一下

龙蛟："郑和大人率领我们船队从西洋回到南洋，下书招抚陈祖义，可陈祖义来了一个诡计——诈降，想麻痹我们，然后夜袭我们船队，我们得到了情报。一天夜里，将战船弧形摆开，如同张开的一个巨网，陈祖义的船只浩浩荡荡驶来，结果驶入我们战船的包围圈，我们将箭头绑上燃烧物点火，万箭齐发，贼船起火燃烧，然后战船杀过去，杀得海盗片甲不留，有的在船上被烧死，有的跳入海中被淹死，我们歼灭海盗五千余人，获缴船只十余艘，其余的海盗船被烧毁……"

渤泥国王："嘀！真是大快人心！"

爪哇国王："那你是如何将陈祖义捉拿的呢？"

龙蛟："我们的副使吴宣带兵杀向陈祖义的船上，他与陈祖义交战了许多回合，陈祖义眼看着他们的船四处中箭，着火燃烧，一片惨败，便跳上一艘驶来的海盗小船逃走，我早就做好捉捕的准备，命令我的战船飞速行驶过去，我跳上小船，与陈祖义厮杀起来，也是杀得难分胜负，我使了一个小计，陈祖义一回头，我将剑架在他的脖子上，我的战船上又跳下几位勇士，一举将陈祖义缉拿，想不到当我押送陈祖义上我的战船时，我被陈祖义的残匪射来一支暗箭射伤落水，因为天黑，水流湍急，我被海潮漂走了，后来幸好得到翡翠酋长国渔民的施救……"

满刺加国王："听说陈祖义武艺高强，你能将他拿下，真是了不起！"

南巫里国王："如果让他逃走，他还会东山再起，我们南洋还是不得安宁！"

三佛齐国王："我恨死这个混海龙，他是我们南洋的毒龙、恶龙，你帮助我们除掉了这个恶魔、毒龙，感谢你呀！"

吕宋国王："龙蛟英雄，你也为大明除掉了海患呀！据我所知，大明的几代皇帝对他无奈，你真了不起！"

龙蛟："除掉陈祖义一伙的海盗，全是郑和大人的英明。"

阁安国王："你也功不可没，功高盖世啊！"

渤泥国王："我们应该为你庆祝一下。"

酋长："我已安排好了，请到宴会厅里去！"

当酋长领着诸国国王还有王子走出会客厅的时候，王后和阿琳娜躲在一扇窗后，王后向女儿指指点点："苏门答腊国王身后那位王子，他已被立储，你看如何？"

阿琳娜："个子太矮了！"

王后："爪哇国王后面跟着的是他的二王子，你看如何？"

阿琳娜："长得像个渔民，没有风度！"

王后："周安国王后面是他的王子，我看相貌还可以。"

阿琳娜："阁安国太穷了，我不想嫁到那儿去！"

王后："你不要错过今天这个机会，你看中了哪位王子，我可以叫大王和他们的父王沟通，王子也可喊出来与你见一面。"

阿琳娜："母后，那三位王子我一个也看不中！强求的婚姻一定不会幸福。"

王后："嗯！天公不作美！"

其实，阿琳娜已经迷恋上了龙蛟，爱上了龙蛟。前些时当国舅从满刺加回岛谈起遭遇陈祖义下属海盗打劫，被龙蛟奋不顾身前去解救的经过时龙蛟高大的英雄形象就在她心中树立起来，她崇拜、敬仰、喜欢他。龙蛟被渔民救来翡翠岛，她一见到他心中就春心荡漾，涌动着爱的热流，他比她想象中还要英俊、高大、魁梧，他是天下最帅的男子，是她最理想的郎君。虽然他不是王公贵族，皇亲国戚，不是大商巨富，但阻挡不了她对他的青睐和爱慕。他像磁石一样吸引着她，出于自己的身份，出于姑娘的自尊和羞涩，她还不好意思向龙蛟直接表达，也未向父王和母后提出，所以母后悄悄指着三个王子让她挑选，她借种种理由说一个也看不中。即使是条件再好，她也不会看中的，她打算渐渐与龙蛟接近，以关爱和温柔打动他的心，相处一段时间使他迷恋小岛，将来与她百年好合。

　　早晨，太阳冉冉升起，一缕缕金色的阳光照耀下，王宫金碧辉煌。阳光斜射到阿琳娜的卧室内，她对着铜镜左看右照。不一会儿她手里拿着两顶草帽，打开房门走出来，大内管家手持一束花在等她，热情地说："公主，早晨好！我一早去林子里散步，给您采摘了几束鲜花！"

　　"谢了！"阿琳娜接过鲜花放到她房门的窗台上，当她回头时，大内管家仍站在那儿，以奇异的目光看着她，问："公主，你手中怎么拿着两顶草帽，另一顶草帽是……"

　　"另一顶草帽是为龙蛟英雄准备的，今天我要带他去逛小岛。"

　　"天热，有的地方还有马蜂，还是让我代你陪同他逛岛吧！"

　　"不用，由我自己来陪同，我们已约好！"

　　"公主，你是不是对龙蛟……有点意思，我是真心爱你的呀！天地可鉴！"

　　"你不要想入非非！"

　　"公主，你不要一时被英雄迷惑，不要一时被感情冲动，他毕竟是外来人啊！"

　　"请勿多言，去干你的活儿去吧！"

　　阿琳娜走出王宫大门，龙蛟与两位女侍已在那儿等候她。

　　"有点事，耽误点时间，不好意思！"阿琳娜说。

　　"哪里！谢谢你盛情，天气这么热，还陪我去逛岛！"

　　阿琳娜自己戴上草帽，将另一顶草帽给龙蛟戴上。

　　"谢谢！你想得真周到！"龙蛟说。

大内管家站在宫内窗前，看到公主阿琳娜陪同龙蛟离去的身影，心里不由咕哝、妒恨，他是皇室的大内管家，管理宫内事务，除了国舅就是他。他出身贫民，进入宫内先是做一般侍从，由于他勤快、嘴甜，得到酋长和王后的赏识，后来升为大内管家。他早就有野心，看到公主长得如花似玉，垂涎三尺。酋长又没别的子女，如果娶了公主，当上驸马将来接酋长的王位非他莫属。他一面讨好酋长、王后，一面对公主大献殷勤，曾多次向阿琳娜表示爱意，可阿琳娜根本就看不上他。龙蛟进了皇宫，他凭着敏锐的感觉，发现阿琳娜对龙蛟含情脉脉，龙蛟无论从哪方面讲，比他强十倍、百倍。如果这样发展下去，说不定他俩真的能成一对，那他的美梦就像肥皂泡一样破灭。他对龙蛟妒忌，不满，甚至仇恨，心想，如果有机会一定要把这小子赶出小岛。

　　正在他想入非非之时，酋长、王后在走了过来，他马上行礼，说道："酋长、王后，早安吉祥！"

　　酋长："你一个人站在这儿干啥呀！"

　　"我等送花的花匠送花来！"大内管家灵机一动，说道。

　　"今天的天气很热，宫内的花要多洒点水！"王后吩咐说。

　　"是！照你的吩咐办！大王，王后，这么热的天，公主带着龙蛟去逛小岛，你们知道吗？"大内管家趁机告状说。

　　"是我叫阿琳娜带英雄龙蛟去逛岛的！"酋长说。

　　"龙蛟不怕热！"王后说。

　　大内管家听了未出声，露出一副尴尬狼狈的样子。

　　阿琳娜领着龙蛟走在丛林崎岖的小路上，两个女侍从跟在后面，只见丛林茂密，一棵棵高大的树木拔地而起，直刺云天。树冠遮天蔽日，大树底下还有小树，树藤缠绕着树干，盘绕向上，青嫩的树叶衬托着美丽的花朵，地面上也开着斑斓五彩的花朵，许多鸟儿在树上跳来跳去。忽地，一对鸟儿在他俩面前扑打着翅膀飞过，落在一棵树上对着他俩喳喳地叫着。阿琳娜触景生情，指着那对鸟儿说："它们成双成对，恩恩爱爱，多么自在，多么幸福！是不是令人羡慕？"龙蛟的面庞一下子红了，点点头，他明白，她是以树上的鸟儿成双成对来表达她的追求与爱意，试图来撞开他的心扉。两只鸟儿又翩翩起舞，一只进入鸟巢，另一只在旁守护，阿琳娜指着鸟巢说："他俩回家了，那是它俩的家，它们在生儿育女，真是其乐融融！"龙蛟点点头说："是！它们是幸福的！但如果一只鸟儿在巢中，另一只鸟儿回不了巢，你说会如何？"阿琳娜说："那一定很悲怜，也谈不上幸福了！""是啊！人和鸟儿都一样，失去了另一伴侣就没有什么幸福而言！就是悲哀！"龙蛟说。"但愿天下有情人快乐永伴，幸福美满！"阿琳娜说。

他俩又继续向前走着，丛林的树干比较稀疏，有两棵奇特的树出现在小道旁，这两棵树并不高大，下面树干部相距约一大步，然而生长后却拥抱缠在一起，枝枝相交叉，叶叶相覆盖。"见过这样的树吗？"阿琳娜问。

"没见过！"龙蛟望着连理树感到好奇，说道。

"他们是老天造化的一对恩爱夫妻，真令人羡慕啊！"阿琳娜说。

"中土有一句话，叫'在天愿作比翼鸟，在地愿为连理枝'，想不到在翡翠岛看到了，见证了！"龙蛟说。

"老天会造化树，难道就不能造化人吗！萍水就不能相逢吗！异国之间的男女就不能通婚吗！"阿琳娜看了一眼龙蛟说。

"中土人自古婚姻讲究门当户对，就是说男女双方的背景要相称，差不多！"

"我才不管哪！只要我中意的我就愿意！"

"可你父王、母后这样的观念是根深蒂固呀！"

"为什么就不能改变哩！"

这时，飞来一群黄蜂，阿琳娜拉着龙蛟就逃跑，她又叫女侍从将两顶草帽拿来，自己戴上一顶，另外一顶给龙蛟戴上，龙蛟感到浓浓的温馨，说："谢谢你！"他看了一眼阿琳娜。

"不用谢！你我之间以后不用这么客气！"阿琳娜温柔地说。

他们穿过树林，来到海岸。那儿是一排排耸立的椰树，碧蓝的海水拍打着沙滩、礁石，海面上风帆点点，渔民正在捕鱼。阿琳娜指着大海的一个方向说："你们中土就在那边很遥远遥远的地方！"她的话不禁勾起龙蛟思念故土，思念亲人……

第二天早餐后，龙蛟悄悄来到海岛岸边，坐在一块岩石上，深情地望着大海。金色的阳光洒在海面亮晶晶，波光粼粼，海连着天，天连着海，分不清哪处是天，哪处是海，海浪一浪接着一浪漂过去，漂到远方，那是中土是故乡。思乡之情，怀念亲人之情，不禁在心中涌起，就像海浪拍打着海岸激起浪花……

那天夜里，我落水后被海潮漂走，战船上的士兵们一定焦急、落泪，郑和大人一定命令船只在海面搜索，他们没有寻找到我，一定以为我罹难魂归西天，他们一定为失去我这个捉拿海盗头目陈祖义的英雄而惋惜、伤心、流泪。其实，只要陈祖义被缉拿，那帮海盗被消灭，海上丝绸之路畅通了，有我无我并不重要，"醉卧沙场君莫笑，古来征战几人回。"作为军人应精忠报国，死而无憾，何况我大难不死还活着，如果郑和大人第二次率船队下西洋，途经翡翠岛，我会毫不犹豫要求重归船队，继续为海上丝绸之路做力所能及的贡献，实现自己的梦想。

他又情不自禁地凝望着、抚摸着、亲吻着兰香临别时送给他的那串碧玉手链，手链陪伴着他两年多的日日夜夜，生生死死，看到它，就好像兰香在他身边，给他温馨，给他力量，给他鼓舞。他相信兰香时时刻刻也在惦念着他，期盼着他回去"洞房花烛"，然而，船队回到中土后，一定会派人送去"噩耗"，这对她的打击如五雷轰顶，她会痛不欲生，她美好的一切化为乌有，她两年多的等待成为一场噩梦。她会一次又一次登上九日山一眺石，眺望浩渺的大海，呼唤着我的亡灵。一次又一次跑到金溪港码头回忆我们离别的情景，一次又一次去延福寺去祈祷，为我的亡灵超度。她会信誓旦旦地表白，即使青丝变白发独守空门，也不失自己的忠贞，兰香！你受到如此大的打击，太委屈了，太对不起你了！我对你的爱天地可鉴，我对你的忠贞坚如磐石，我永远不会忘记我俩在九日山发的誓。现在我流亡在翡翠岛，美如鲜花的公主阿琳娜对我敬仰中带有追求，温馨中倾注爱慕，但丝毫没有打动我的心，将来也不会，因为我心中有你，爱你！我现在只有耐心等待，如果能搭乘到回中土的船，我会立即乘坐帆船归来，也许会给你一个惊喜，与你"洞房花烛"时，我会给你温馨、快乐、希望、美好，那时，我俩是世上最幸福的人……

他又想起，这次"噩耗"传到兰香爸爸那儿，对他也是一个巨大的打击，这是他们家连续遭遇的第三次祸灾打击，前两次分别是儿子云松和内弟去南洋遭陈祖义的一伙海盗的杀害，及兰香妈妈经受不住打击而猝死身亡，真是痛定思痛，痛何如哉！他也许为兰香失去我而着想，很难摆脱出痛苦的阴影，他的心已很脆弱了，再经不起打击了！真对不起他！真感到内疚。还有，他一直期盼着我这次跟着郑和大人下西洋回去，能给他带去更多的贸易消息，以重振海上丝路贸易。在那次订婚的酒席上，他曾向商圈的朋友表过态，有福共享，将我带回的信息与大家分享，然而我未能回到丰州，我"罹难"了，他的期待、愿望像肥皂泡一样破灭了，他的商圈朋友的期待也化为乌有……龙蛟转而一想，我现在闲得无聊，何不争取机会到旧港的市场去看看，看看能不能得到一些商贸信息，回去也有个交代，也是对兰香爸爸的一种安慰，补偿……

龙蛟当然也会想起，他不幸"落水身亡"的"噩耗"会传到家乡德化，妈妈为失去我一定会哭得死去活来，昏天黑地。爸爸虽然坚强，但也会强忍着悲痛万箭穿心。弟弟龙海也会伤心不止，他失去哥哥，肩上的担子会更重，他也许跟爸爸妈妈一起埋怨、后悔，我当年不应为了爱、为了情，一气之下报名应征，跟随郑和大人下西洋，如果老老实实在家做生意，不去应征，也许跟爸爸学瓷器工艺手艺已学到家，和牡丹结婚成家生的娃娃也许能走路了。那个美丽如花的牡丹，也许知道了我"不幸"的消息，也会遗憾惋惜，甚至会说，跟她结婚我也许不会魂归西天。家乡的人们也许同样为我惋惜、难过……爸、妈、弟，我的"意外"不幸，给你们造成了痛苦，打击，遗憾，真对不起呀！然而，我落水后没有死，还活着，也许是海神的保佑，我不能马上回来，也无法告知你们，只能让你们暂时忍受一下误会、痛苦，我迟早会回到你们身旁，给你们一个意外的惊喜，意外的收获……

他望着碧波万顷的大海，望着滚滚而去的浪花，浪花啊，你快传去我对亲人们的思念，传去我的抚慰，传去我的愿望，传去我的祝愿……

他的心渐渐地向下沉，全身似乎发麻，心中又好像打翻了五味瓶，双眸湿润了，"何人不思故国情？"这时阿琳娜悄悄来到他的身边，见他的目光凝望大海的远方，全神贯注，他竟没发现她。阿琳娜伸出一只柔嫩的手放在他的眼前，挡住他的视线时，他才注意到阿琳娜。"啊！对不起，没有发现你的到来！"他欲站起打招呼，阿琳娜用温柔的手将他按住，坐在他的身边，紧紧地挨着他说："早餐后我到处找你，后问了侍从，听说你向海边的方向走去，于是我赶来了。看样子，你在思念故土，惦念家人，有些伤感。不要苦恼，不要难过担忧，你见不到亲人，还有我哩！我就是你的亲人，我会给你温馨、关怀、帮助！"她深情地看着他，他躲过她灼热的眼神，说："谢谢！"

阿琳娜能够打动他的心吗？

第十二章

　　兰香和爸爸王茂源办完了龙蛟的"丧事"后，她似乎变成了另一个人。面庞憔悴、消瘦、苍白，眼角常常留有泪痕，夜夜相思泪相伴，泪珠穿破脸边花。夜里泪水浸湿了枕头布，湿了又干，干了又湿。白天，一想起失去了郎君，就潸然泪下，流淌的泪水便将粉妆的胭脂穿破，"生人作死别，恨恨那可论"，残酷的现实如同做了一场噩梦，一切的美好、幸福付之东流。她想，也许我就是这个命，命中注定的，不怨天，不怨地，不怨爹，不怨娘，只怨自己的命不好。她在家中空下来就凝望着龙蛟的遗像发呆。也许是与他心有灵犀一点通，她想，如果他还活着，也一定惦念着我，期待回来与我重逢，洞房花烛夜，享受人间的甜蜜、美好、销魂……她有时也端详着郑和颁发给龙蛟的那张嘉奖状，轻轻地抚摸着，这是龙蛟留给她最宝贵的精神财产，胜过万贯财产，千亩田地，这也是他们家至高无上的光荣，也是荣宗耀祖最灿烂的光辉。他缉拿了海盗头目陈祖义，陈祖义被押上朝廷必会处死，不仅为我们家报仇解恨，实现了爸爸和我的愿望，而且为海上丝绸之路的畅通做出了贡献。她常念道：龙蛟啊，失去了你我无比的悲痛、难过，但想起你获得了战功，为国为民除害，又感到骄傲、欣慰，你永远是我的好郎君，好丈夫。如果有来世，我还要和你结合在一起，补偿我俩今世所失去的，来世一定比今世过得更幸福、更美好！相信，苍天有眼，菩萨会慈悲为怀，海神会庇佑我们的！

　　龙蛟猜得很对，兰香得到他"落水身亡"的噩耗后，在万分的悲痛中，一定会常去几个地方。

兰香一次又一次去延福寺烧香拜佛，还请道士做佛事，为龙蛟超度，她在佛像前跪拜，求菩萨大慈大悲，使龙蛟在天国丰衣足食，幸福美满，求菩萨保佑他的爸爸和龙蛟的爸爸、妈妈平平安安，吉祥如意……

她还去了丰州城县后街的城隍庙，烧香磕头。城隍庙经历了几个朝代，建筑群由照墙、山门、戏台、前殿、两虎、大殿、后堂组成。庙中城隍、阎君、二十四司、护法神将、四大金刚等神像神采奕奕，栩栩如生，还有牛头、马面、无常等鬼神的塑像及过险桥、下油锅、锯体等十八层地狱情景，使人看了毛骨悚然。大门口还有一副对联："察明阴阳事，赏罚善恶人。"

她在阎王爷等诸神像前跪拜，嘴里念道："我丈夫龙蛟是在南洋为大明捉拿海盗头目陈祖义遭暗箭落水而亡，为国捐躯，郑和大人还颁发给嘉奖状，他为人正派、善良，你们应该赏罚分明，让他一路走好……"

九日山上的一眺石，留下她无数的脚印。她环顾着满山的相思树，树冠如同一把把张开的巨伞，她感慨地说，满山的相思树也盖不过我的相思情，遍山的岩石也比不过我对龙蛟忠贞坚定的爱。她从一眺石眺望着大海，大海茫茫，云卷云舒，在和风的吹拂下，海浪一排追着一排，涌向远方。海面在阳光的照射下迸射出晶莹洁白的浪花，如天上抛下无数条银练，美不胜收。她无心欣赏大海的美，"天涯极目空断肠"，她想到的是龙蛟丧身在连接此水远方的大海，海连着海，水连着水，他的幽魂也许还在远方海上飘逸，她情不自禁声嘶力竭地大喊："龙蛟，你回来吧！龙蛟，你回来吧！我们在等你哩！"她的喊叫声撕心裂肺，接着，她不由哽咽哭泣……她的嘶喊声在半山腰震撼，在山下萦绕，随风向大海飘去，也许会感动海神，越过大海，飘向南洋，也许活着的龙蛟会心灵感应到，他会答应，会欣喜，会共鸣，会动情落泪……

她一次又一次来到金溪港码头，望着江水和过往的船只思绪绵绵，仿佛那天与龙蛟在码头上离别的场景又浮在眼前。船渐渐离开码头，身着戎装的龙蛟站在船头，向她不停地挥手，她也挥着手中的彩色围巾，目不转睛地望着他，泪水不停地淌着。龙蛟消逝在她模糊的视线中，渐行渐远，海风吹走了船帆，海水带走了心上人儿，也将她的心带走了。而如今，码头依旧，江水依在，斯人已逝去，江水空茫茫，再也见不到郎君了，那日的送行、离别，永远在她心中定格——他身着戎装魁梧的英姿，永远值得她痴恋、回顾、思念——她双眸情不自禁地滚落出一串串泪水，她感到无比的遗憾、孤独、悲凉，真是"问君能有几多愁？恰似一江春水向东流"。江水流不尽她的思念，止不住她的悲伤和思念……

她呆呆地望着流去的江水，觉得有些累，便在路旁的一块石头上坐下。她曾与龙蛟坐在这块巨石上，欣赏着金溪江船只、流水、飞鸟、椰树……她沉思着，回忆着，似乎又感到有些甜蜜、欣然……

"美人儿，你大概在此思念着龙蛟吧！"一个熟悉的声音在前面传来，她抬头一看，是江流风，她像见到瘟神一样，立即站起来想走。

"别匆匆忙忙走，我还有好消息告诉你哩！"江流风嬉皮笑脸地说。

她情不自禁地停止了脚步，想起上次在丰州城里遇上他，他告诉她好消息，郑和下西洋回中土了，消息还果是真的。他还说郑和船队一船长是闽南人，捉拿了海盗头目陈祖义，然而落水罹难失踪了，当时他也不知道就是龙蛟，但消息是可靠的。莫非他真的又有什么好消息。她低着头，侧着耳朵，等他的下文。

"兰香啊！龙蛟捉拿了海盗头目陈祖义，为大明、南洋消除了匪患，我从心底钦佩，真是了不起的大英雄，他罹难了，我也感到惋惜啊！"

这是一句像模像样的话，兰香看了他一眼，又垂下了头。

"兰香啊！你是丰州城里第一大美女，我从心里喜欢你，爱你呀！不瞒你说，我爸妈请人介绍了许多姑娘，有佳丽、美女，如西施、杨贵妃、貂蝉般的女子，我一个也看不中，心里只有你，不信你可问我爸妈！"

兰香听他老调重弹，感到有些恶心，迈步想离开。

"你别走呀，我还没告诉你消息哩！我刚从厦门乘船来，真有好消息哩！"他一边说，还用手做一个拦她的手势。

兰香没有吭声，脚步仍停在原处。

"兰香呀，俗话说，寡妇门前是非多，你当上寡妇，不！你不应称寡妇，你和龙蛟还没拜堂呢！你虽然与龙蛟定过亲，你们仅是名义上的夫妇，我不嫌弃你，你嫁给我吧，我会善待你！善待你爸爸，对待你爸就像对待我爸一样，你嫁到我家有享不尽的荣华富贵！"

"你休想，死了这条心吧，我对龙蛟的忠贞至死不渝！"

"你难道想竖贞节牌坊？"

"呸！让我走！"

"我还没告诉你好消息哩！"

"我不想听！"

"你再让我讲一句，我就将好消息告诉你！"

兰香没有看他，没有吭声，也没有挪开脚步。

"兰香，我知道你失去龙蛟的悲痛还未消去，目前我不强求你，你好好思考，保养身体，过些时……"他停顿了一下，说，"还是告诉你刚从厦门听来的好消息，郑和又要第二次下西洋啦……再见！"说着，他晃着身子，摆摆手离开了。

兰香又坐在石头上沉思着，江流风说的郑和大人要第二次下西洋的消息有可能是真的。明成祖要进一步开放，海上丝绸之路又要繁盛起来，可与我有什么关系呢？她想把这消息告诉爸爸，也许他知道了会高兴，但转而一想，爸爸问我消息从何处得来的，如果我说是从江流风那儿得到的，爸爸一定会有想法，还是不告诉他为好。

王茂源办完龙蛟的"丧事"后，心里仍然有些难过、不安，还有些后悔。他想，当年为了将欠的货款还掉，重整旗鼓下南洋做贸易，才劝说兰香嫁给财主江成波的儿子江流风。可兰香死也不肯，要嫁给龙蛟，他当时说了一句气话，除非陈祖义被活捉伏法……想不到这句话，激励了龙蛟一定要报名应征，跟着郑和大人下西洋。如果当时不讲这句气话，龙蛟也许不会去应征，也不会落水身亡，早已与兰香成家了。即使不做过门女婿，他们相亲相爱，一定过得很幸福美满。龙蛟是个知书达理的好青年，他与兰香照顾我、关心我，我的晚年定会幸福。然而，龙蛟没了，看到兰香伤心的样子，一天天消瘦、憔悴，真令人揪心、难过，难道叫她守寡？独守空门一辈子？我将来不在世了，难道叫她孤苦伶仃至终老？她与龙蛟有婚约，但没有拜过堂，她还是个黄花大闺女哩！难道就让她这样煎熬，美好的青春岁月白白地流逝……真令人不忍心呀！都是怪我不好，将来能否有机会让她改嫁，找一个合适的人家，合适的小伙子，他思忖着，心里嘀咕着……

自从郑和率领船队第一次下西洋后，古老的泉州城也热闹起来了，虽然没有宋元时期那种"云山百越路，市井十洲人"熙来攘往的热闹场景，没有船舶舳舻相连，桅樯如林的壮观景象，但比起明太祖朱元璋实行海禁、闭关自守的光景要好多了。特别是明成祖朱棣登基后，永乐元年（1403）将宁波、泉州、广州一度关闭的市舶司重新恢复，肯定了泉州继续对外开放的地位，加之泉州原有的基础，扬名海外的影响，泉州的番邦贸易渐渐恢复繁荣起来。

泉州接待外朝贡使的"来远"宾馆，番人进出，来来往往，也兴旺起来。宾馆附近有个贸易市场，摆放着番邦人所喜欢的丝绸织品，包括各种绫绢、纱罗、锦缎、文绮、袭衣、布匹，各种青花瓷器、白瓷器，有碗、盘、碟、壶、杯、贯耳瓶、抱月瓶、天球瓶，各种漆器、铜器、铁器、金银器，还有茶叶、干果、樟脑，也有些番邦人摆放着各种香料、番药、胡椒、棉花、珠宝、工艺品等出售。

人们吃喝着，叫卖着，展示着，热闹非凡。穿着各种服饰的番人，有的戴着高帽子，有的头上裹着布，有的身着长袍，有的穿着裙子、短裤。有黄种人，也有白种人，黑种人……番邦贸易市场成了泉州一道亮丽的风景，也是许多泉州人做买卖看热闹的好去处。明成祖实行的开放政策，使泉州的番邦贸易市场复苏了，海上丝绸之路又有了起色，郑和下西洋像一阵春风拂来，使泉州的番邦贸易再次繁盛。

王茂源是生意人，经营头脑也较敏锐、灵活。一天，他来到泉州番邦贸易市场看看，从头走到尾，后来回过头来再看一遍时，看见一个波斯打扮的番人和一个卖瓷器的小贩在交易。

"你的这些瓷器我全买了，家中是否还有？"番人问

"家中剩下的不多，我要到瓷窑去批发！"小贩说。

番人摊开两手，耸了一下肩，做了一个遗憾的动作。

王茂源在旁边听了趁机说："我可以卖给你，我的亲家就是开瓷窑的！"

"太好了，我要很多，很多！"番人说。

"我可以满足你！"王茂源说。

番人从包里拿出几个瓷器的样品，说出需要的数量，他们又谈价格，讨价还价，最后达成交易，在一个星期后，王茂源将货物运到泉州的码头，一手交钱，一手交货。

王茂源又将自己在丰州城里店铺的地址写给了番人，番人将他下榻的"来远"宾馆的房间号告诉他，两人约定如果有变更情况，双方务必到店铺或宾馆告之。

王茂源带着喜悦和微笑，踏着轻快的步子离开了番邦贸易市场。

永乐五年（1407），郑和第一次下西洋回来的当年，明成祖朱棣又下令郑和第二次下西洋，看来江流风在厦门听到的消息并非空穴来风。郑和这次下西洋的规模和第一次差不多，基本上是原来的船队和人马，但还要补充一些船只和人员。第一次下西洋有些船只损失或损坏，人员也需要增补。作为大明赠送海外的国王、酋长、番邦主、诸侯的御品、宝物和一些交换物品，除了户部直接采购外，还派人员来福建分几路采购补充。郑和的副使王景弘的下属周联络官又被派来丰州、泉州采购物资。

周联络官一到丰州就来到县衙，县令和县吏热情地接待他。

县令："周联络官大人再次光临丰州，不胜荣幸。"

周联络官："我也没料到这么快又来到丰州，真是身不由己。"

县吏："周联络官大人和我们丰州有缘分啊！"

周联络官欣慰地点了点头，笑了笑说："上次我来丰州采购的下西洋补充物资，郑和大人和王景弘大人都很满意，前些时奉郑和大人之命，给王茂源颁发龙蛟的嘉奖状和抚恤金，我回去做了汇报，两位大人也满意，谢谢你们的配合。"

"这是应该的。"县令说。

"王茂源一家还好吗？"周联络官问。

"还好！"

"你们给予过关照吗？"

"关照过！"

"关照过就好！我这次来主要为郑和大人第二次下西洋做些准备工作，一是在泉州再购置几艘船，招一批艄公、舟师、水手、通事（翻译），泉州有悠久的航海历史，荟萃了许多有航海经验的人才，我已叫我的一个助手先去开路。二是我还要在丰州采购瓷器、茶叶、丝绸等物品赠送给海外国王、酋长、番邦主，或者作为物产交换。"周联络官说。

"想不到郑和大人这么快又要率领船队第二次下西洋，真是皇上英明、果断！"县令说。

"郑和大人说，海上丝绸之路是睦邻友好之路，是互通有无、合作共赢之路，也是扬我大明国威之路，皇上要一直走下去！"周联络官说。

"讲得好啊！请问大人，要小人做些什么？"县令问。

"这次采购一些物资，不采取招标形式了，因为上次招过标我心中有数，王茂源在丰州家中吗？"

县令看了县吏一眼，县吏回答说："应该在。"

"大人是否要将采购的物资订货单，交给王茂源做？"县令问。

"订单交给王茂源做也未尝不可，他人可靠，另外他失去了女婿龙蛟，龙蛟为国捐躯，照顾他也是应该的。当然不一定都将订单全给他做，试情况而定。"

"我一定尽全力协助大人完成好这次采购任务！"县令说。

"你去看看王茂源在不在家？"县令对县吏说。

县吏点了点头说："是！"

"如果在家，叫他到我下榻的客栈来一趟。"周联络官说。

县吏："是。"

县吏来到王茂源家，不巧的是，他为那个波斯番人要订货瓷器的事，去德化亲家林福山那儿去了。临走时，他对女儿兰香说过，到了德化后，还要顺便去老家安溪西坪看几位亲戚，了解乌龙茶的生产情况，叫他们准备一些茶叶，以便采购。

县吏回去后向县令做了汇报，县令摇头说："嗯！真是遗憾，你王茂源不要错过好机会啊！"

丰州城不大，周联络官来到城里为郑和第二次下西洋补充采购物资的消息很快传出去了。

江流风从县衙的一个官差的儿子口中得到消息，急匆匆地跑回家说："爸、妈，我上次从厦门回来告诉你们，郑和马上要第二次下西洋，你们当时还不信！"

江成波："道听途说，不可信！"

丰氏："郑和第二次下西洋与我们家有什么关系，少管闲事。"

江流风："哼！没有关系？那位周联络官又来到了丰州城为郑和下西洋采购物资，爸爸，你难道就不心动？"

江成波和丰氏露出贪婪的目光。

"你的消息到底可靠不可靠？"江成波因为感冒几天没出门，他迟疑了一下问。

"当然可靠，是县衙的一个官差的儿子告诉我的，城里都传开了！"江流风说。

丰氏："老爷，有可能是真的哦！"

江成波："他来了我又捞不到好处，这次订单又可能给王茂源捞去了！"

丰氏："上次捞不到订单，怪谁？怪你们父子两人笨！一个说武夷山某处茶叶是极品，只能供应一点点，一个去联络官那儿告人家王茂源的黑状，结果弄巧成拙。"

江流风："我当时去告状你也支持同意的呀！"

丰氏："嗯！只怪运气不好，这次又是一个机会，错过这个村就没有这个店，老爷你是生意人，为什么就不能去争取一下呢！"

江流风："赚官府的钱是最好赚的，就看你有没有本事！"

"怎么赚呢？"江成波捋着胡须思忖着说。

丰氏："贿赂联络官！给他送钱，送物？"

江流风："给他送美女，游龙戏凤！"

江成波："这太冒昧，弄得不好，成事不足，败事有余。"

丰氏："你得动动脑筋啊，有钱不赚可惜啊！"

江成波思忖了半天说："有办法了，打通县令，叫他牵线搭桥，周联络官总会给点面子的。"

丰氏："好主意，妙计！"

江流风："祝爸爸旗开得胜，马到成功！"

当天晚上，江成波悄悄地来到了县令的住处，一见到县令就拿出几卷包好的银子朝桌子上一放，说："求大人办事！"

县令："说，什么事？"

江成波："是不是周联络官又来到丰州城为郑和大人第二次下西洋采购补充物资？"

县令："是！有这回事。"

江成波："是不是要招标？"

县令："他说不招标了，过去来此招过标，心中有数。"

江成波："难道全给王茂源揽下？"

县令："我问过他，他说不全部给他！"

江成波："呵，我想拿些订单，请大人帮帮忙呀！"

县令沉思了一下，将银子推回去，说："江掌柜呀，你这个忙，我帮不了。这银子拿回去，我帮你说情，将订单给你，周联络官肯定会怀疑我从中拿到好处哩！"

江成波："真的不能帮吗？眼看着能赚的白花花的银子拿不到，可惜啊！"

县令："我给你出个主意，成不成就看你的本事了！"

江成波："老爷，快说！"

县令："周联络官一来到丰州城就见到我，说明了此行目的，然后叫我们通知王茂源去见他，县吏去了他家，他女儿说，他去德化了，要几天后才回，你不妨去找周联络官，说明你有货，争取拿到订单，哪怕拿到一半或一部分也是好事。"

江成波："好主意，妙计，这就叫先下手为强，谢谢大人。"

县令："你拿不到订单别怨我！"

江成波："不，怎么能怨你呢！大人，这银两是我表示一点心意，请收下。"
县令酬着牙一笑，说："恭敬不如从命！"他将银两又挪到自己面前。

第二天早晨，江成波拿着一个包裹到客栈要见周联络官，周联络官带他到茶室，打量着他说："先生好生面熟呀！"

"小人江成波，前年在丰州城新康茶楼见过大人，我参加了斗茶，也就是茶叶招标会。"

"是！有印象，我想起来了，你那次没有中标。"

"大人，那次茶叶招标并不是我的茶叶不佳，而是我参赛的武夷山极品茶叶不够你的需求量。我以为物以稀为贵，我讲了生长在九龙窠陡峭岩壁的茶王，只能产量极少，事实上武夷山三十六峰，能采摘的极品茶叶量大着哩。我今天带来了武夷山一般高山上采摘的茶叶，你品尝一下。"江成波说着，拿出了茶叶倒进茶壶，又用开水冲泡，顿时飘出一阵兰香。他倒了一杯，恭恭敬敬地递给周联络官。

周联络官先用鼻子嗅一下，又慢慢地饮用，点点头说："不错，好茶！"

"大人，这就是武夷山一般山上产的极品茶，你要多少，我能采购多少！"

"先订上十担！"

"是不是再增加一些！"

"二十担。"

江成波的脸上绽开一丝笑容，立即跪下磕头，激动地说："谢谢大人！"

"起来吧！何必如此哩！"

江成波初战告捷不由欢喜，乘胜追击，又从布包掏出白色碗、壶等瓷器，递上说："大人，我知道你也欣赏德化的新瓷品象牙白瓷器。"

周联络官将一件件白瓷器欣赏，点头说："不错，阿拉伯人和西方人都喜欢这种新瓷品！"

"大人，这是官窑，不像王茂源上次提供的是民窑，自古官窑胜民窑呀！"

"不管官窑、民窑，只要是瓷品好，番人喜欢的就是好瓷品！"

"大人，不知这次你是否还采购德化白瓷品？"

"我看你带的白瓷器样品还不错，就这样的品种各订五百件吧！"

"还有很多品种呢？"

"暂先就订购这些吧！"

"能不能再增加一些，大人要多少我可以采购多少！"

"我还要留一些额度向别人采购哩！"

"向我与向别人采购还不是一样的吗？"

"你不要贪心不足了！"

"是！大人，你给了我这么多的订单，我已经很满足，不胜感激了！"

"你先去订货，五日后再来我处，我安排人谈付款交接事宜。"

"好！谢谢大人。"

江成波满心欢喜跑回家中，眉飞色舞地说："好消息，中啦！中啦！"

江流风："中彩啦？"

丰氏："中标啦？"

江成波："县令出主意叫我直接去找周联络官，因为王茂源不在丰州。哈！我是先下手为强，周联络官品尝了我带去的武夷山茶叶，又观赏了我带去的德化白瓷器，同意给订货啦！"

江流风："订多少？"

江成波："茶叶二十担，瓷器各五百件！"

丰氏："哈！可以赚一笔了！看来你给县令送银子没有白送！"

江成波："是！有了这次，还会有下次！"

丰氏："不会泡汤吧！"

江流风："别让煮熟的鸭子飞走了！"

江成波："呸！别胡说八道，人家周联络官朝廷命官，一言九鼎，讲话都是算数的。"

丰氏："但愿你时运好转！"

江流风："但愿我们家发！发！发！"

江成波："明天我得出发去订购茶叶、瓷器。"

王茂源去了德化，一回到家中兰香告就诉他，"县吏来过我家找你！"

"有什么事？"

"他说周联络官大人来到丰州，叫你去一趟。"

"有什么事呢？"王茂源思忖了半天，说："莫非龙蛟有什么消息！"

"也许他还活着，他没有死，海神保佑了他，逃过一劫？"兰香扬起了眉天真地说。

"孩子，你就别做这个梦了！"

"那他叫你去有什么事呢？"

"莫非郑大人第二次下南洋，又派他来丰州采购物资！"

"有可能，这也是件大好事情呀！"

"兰香，我马上去客栈找周联络官去！"

"爸，喝杯茶再去吧！"

"不了！"王茂源屁股还没坐热，心急火燎地走了。

王茂源一到了客栈，周联络官正在茶室品茶。

"周联络官大人，你找我？"王茂源行礼说道。

"总算盼到你回来了，坐下来喝茶！"周联络官给他倒茶，将茶杯递过去说。

"真不好意思，我不知道大人来丰州，去了趟德化。"

"是为了瓷器、茶叶的事？"

王茂源点了点头。

"我来丰州已几天了，此行是为郑和大人第二次下南洋从泉州购几艘船，招募舟师等航海人员。我同行的人已去泉州了，我来这儿还是要采购茶叶、丝绸、瓷器等物资。你是我信赖的朋友，交给你采购放心啊！"

"谢谢大人的信任，关照啊！"

"你的过门女婿龙蛟活捉了海盗头目陈祖义，不幸落水罹难，为国捐躯，功勋卓越，关照你也是应该的，理所当然。"

"不知大人这次要采购何种茶叶，何种丝绸，何种瓷器，各要多少数量？"

"当然还要你们家乡的乌龙茶，上次带去的乌龙茶赠送给南洋、西洋的国王、酋长、番邦主，他们都说从来没有品尝过这种新品茶，香馥、味醇、爽口。王景弘大人也将此茶送郑和大人在天元号上品尝，郑和大人也夸奖此茶好！上次来丰州忘了和你讲此事。"

"太好了！我上次去家乡安溪西坪采购此茶，乡亲们知道此茶是让郑和大人带去下西洋作为馈赠送给海外国王、酋长、番邦主的御品，都感到荣幸。他们说如果能让郑和大人品尝到我们的乌龙茶就好了，真是如愿以偿，感谢你！也感谢王景宏大人的推荐。"

"你上次帮助我们采购的德化白瓷器也很受欢迎，这也是一种新瓷品，洁白如玉，叩击如磬，光泽闪亮，在灯光照射下呈淡淡肉红色，真是群瓷之冠，那尊观世音菩萨塑像栩栩如生，美妙绝伦。"

"那些精品大多出于我的亲家和他的徒弟之手，不过他们是民窑。"

"民窑怎么啦，有的民窑的水准胜过官窑，官窑的一些瓷匠大师原来也不是民窑的瓷匠吗？你的亲家可称上是白瓷开拓者，艺术大师也。"

"谢谢夸奖！"

"说到瓷器，你稍等片刻！"周联络官转身去了客房取来一尊青瓷酒壶，这只瓷品的颜色极为浓艳，鲜艳夺目，但瓷品制作粗糙。

"这是何处生产的？"

"是我在西洋一个摊子购买的，据说是阿拉伯人制造的，西方人很喜欢这种浓郁的鲜亮色调的瓷器。"

王茂源拿着酒壶细看研究，瓷品的色调的确夺目，但工艺制作不如中土。

"我特地购买带回给你，请你带给你的亲家研究一下，如果他制作的精细玲珑瓷品，再有这种明亮鲜艳的青色色调，阿拉伯人、波斯人、西方人一定青睐，争先购买，我们的青花瓷品就又上了一个台阶。当然，象牙白瓷器也可照常生产，这种瓷品高雅、细腻，是极品。"

"谢谢你对我亲家的关心和支持，还费心从西洋买来样品带回给他。"

"这也是我们下西洋带回的贸易信息呀，为今后的海上丝绸之路奠定更好的基础。"

"谢谢你的开导、指教！我一定叫我的亲家好好研究一下番人生产的这种瓷器，看看能否生产出这种色调的青花瓷。"

"上次请你采购的泉缎、漳绢等丝织品也很受欢迎，尤其是漳州生产的天鹅绒，可称为巧夺天工，遗憾的是带的少了点，这次要多带点。"

"要多少呀？"

周联络官从袖中抽出一张纸，说："所需的物品名称、数量，全都写在上面，我早就为你准备好了采购单。当然我还要请别人采购一些物品。"

"谢大人！"王茂源接过采购单，向周联络官行了一个礼，说："我定会办好！请大人放心！"

周联络官又给王茂源倒了一杯茶，说："还有一个贸易信息，我可以告诉你，你是否可做自己拿定主意。"

王茂源扬起头，以感激和期待的眼神望着周联络官，说："谢谢大人的关心、厚爱！"

"郑和大人第一次下西洋的船队中，其中有一部分是商船，装载着丝绸、瓷器、茶叶等番人所喜欢的物品，我们所抵达的国家，他们拿着物品上岸与番国的商家自由贸易，出售或与番人进行商品交换，互通有无，除了促进贸易也增加了与番国之间的友好和了解，真是双赢。据我所知，郑和大人这次下西洋的船队中，还会安排少量商船同行，你如果有兴趣的话，可在我走之前告之，我给你上报，你在指定之日到长乐太平港集合，与大明船队一起下西洋。"

王茂源双眼一亮，兴奋地说："真的？太好了。"

"我知道你早就有下西洋做贸易的愿望，圆海上丝绸之路之梦，但不可勉强，你们还没从失去龙蛟的悲痛中解脱出来，兰香还要靠你照顾安慰。"

"大人呀，你过去是我的恩人，现在是我的恩人，将来还是我的恩人。你对我们恩重如山，我永生难忘，请受我一拜……"

"快稣，不必客气！"

"你是那么的了解我，关心我！谢谢了，我将珍惜良机！"

"回去考虑一下，再说！"

王茂源双眸闪着泪花，点点头……

王茂源怀着喜悦和激动的心情一口气跑回家，见到兰香就说："我没有猜错，郑和大人第二次下西洋，周联络官又来丰州采购补充物资。"

"太好了，周联络官大人又想到爸爸，订单采购的物资多吗？"

王茂源从袖中拿出订单给兰香。

兰香过了一下目，露出惊喜的笑容，说："还真不少哩！"

"周联络官的恩情我们要永远记住！"王茂源低头沉思着，一会紧锁起了眉，一会又叹起长气，一会儿欲言又止。兰香看出爸爸有什么心思，想问又犹豫，但最后还是鼓起勇气问："爸！你是不是还有什么事情瞒着我？"

王茂源上齿咬着下唇，摇摇头。

"爸爸！"她又喊了一声，露出不快的神情，说："有什么事情不与我商量？你不相信我，难道我不是你女儿？"

"嗯……"王茂源摇了一下头，叹了一口气。

"难道周联络官要给你做媒介绍对象，给我娶上后妈？"

王茂源"扑哧"一声笑了，说："你想到哪里去了！胡思乱想，胡说八道！还是告诉你吧，周联络官告诉我，郑和第二次下西洋与第一次下西洋一样，也要带部分商船随行，途中商人可以自由贸易，如果我愿意，可以准备一条商船随行。"

"太好了！真是千载难逢的商机啊！难怪你对周联络官感恩戴德！"

"的确是个好机会，商船跟着郑和大人下西洋一是没有风险，不管路途遥远，天涯海角，不管狂风恶浪，明礁暗石，不管海盗猖獗，夷蛮凶恶，跟着船队在海上漂泊都不用担心，都会平安无事。二是装载出去的货物不愁卖不掉、卖不出好价钱，也不愁回来买不到中土人喜欢的番货。三是见了世面，开了眼界，会得到许多的海外信息，为今后做海上丝绸之路贸易打下坚实的基础啊。"

"爸，你不是早就想出海做番邦贸易、圆海上丝绸之路的梦吗？这是天赐良机，你干吗还犹豫不决，不当机立断呀！”

“我还是放心不下你啊，我如果跟随郑和大人下西洋，少则两年，你一个人在家我怎么放得下心呀！”

兰香双眸闪动着泪花，嗫嚅着说道：“为了圆你的海上丝绸路的梦，你不用为女儿担心、操心。我自己能够照顾好自己，只是生意上的事你安排好就是了。”

王茂源对女儿这么体谅自己，眼眶也湿润了，说：“想来想去，我还是放心不下，江流风那个无赖一直对你不怀好意，还有那个叫猫头的流氓也常在我们家附近像饿狼一样，转来转去。我如果长时间不在家，他们肯定会干坏事，你如遭遇什么不幸，我下了一次西洋，即使钱赚得再多也没有意义，我圆了这个美梦，又会产生那个噩梦，得不偿失啊！”

“爸，你实在不放心我待在丰州城，就把我送到安溪西坪老家也可以，我和婶婶、姑姑、堂姐、表妹在一起种茶、养蚕也有乐趣，两年的时间很快就过去！”

“不！那儿条件比城里差得多，我不放心。”

“我从小在那儿生活过的啊！”

“不！彼一时，此一时。”

“为了爸爸能圆梦，山村条件再苦我也能坚持，再大的困难我也能克服。”

“谢谢好女儿！”王茂源不禁哽咽道，“爸爸舍不得离开你，爸爸放心不下你！”

“爸爸，你就听我这一次吧，就这一次！”

“我理解你的一片孝心，一片爱心，一片用意，我决不离开你！”

“要不，我跟着你一起去？”

“那怎么行，哪有女孩子跟着漂洋过海的！”

“我待在船舶里不出来就是。”

“别胡扯了！”王茂源捋着胡子说，“我来想想，能不能有个两全其美的好法子。”

“货物、船你准备，叫别人代你去。找一个可靠的人，赚的钱分给他，谁都会乐意的。”

“这倒是一个好主意，找谁呢？”

"龙海！"

王茂源想了一下，摇头说："不行！对龙海的爸爸妈妈来说，就是谈海色变。龙蛟的尸首在南洋还没有找到，他俩心中的阴影还没有去掉，怎么能再叫龙海下南洋呢！"

"也许龙海知道了这件事要去哩！"

"要去也不让他去！我于心不忍！"

"合适的人难寻呀！"

王茂源苦思冥想了半天，突然拍了一下大腿说："有法子了，我去找陈掌柜商量，我俩合伙出资装一船货物，由他跟随郑和大人的船队下西洋，他为人忠厚可靠，是可信赖的伙伴。"

"这个主意好，但陈掌柜是不是愿意呢？"兰香说。

"改日我和他见面聊一下。"

"爸，但愿你能成功！"

第二天下午，龙海风尘仆仆来到王茂源家，还提来了一篮子柑橘，他彬彬有礼地说："王伯伯好，嫂子好！我刚下船，这柑橘是上船时在永春码头买的，给你们品尝。"

王茂源："谢谢了，那个波斯番人要的瓷器都运来了？"

龙海："都运来了，船停靠在金溪港码头。"

王茂源："好！坐下来歇会儿，喝杯茶，我还有要紧的事与你商量哩！我们谈完了事情，再陪你去码头，然后乘船到泉州，将货交给那个番人。"

龙海："好啊！"

兰香给龙海泡上茶递上，不时看看龙海的脸庞，因为龙海和龙蛟长得太像了，看到龙海似乎看到了龙蛟。她的心怦怦直跳，脸上泛起一阵阵红晕，看到龙海也是给她心灵上的一丝安慰，她期盼着龙海常来。龙海忙生意上的事情，来此的次数并不多，不过只要王茂源叫他来，便招之即来。王茂源叫他办什么事，他从来不马虎。王茂源也很喜欢他。他也关心王茂源和兰香，有时来看望他们，带来一些点心和水果。

"爸、妈身体好吗？"兰香问。

"很好！"龙海憨厚地笑笑，擦去头上的汗珠说。

王茂源言归正传，说："龙海，昨天我一回到丰州，就去见上次来丰州采购下西洋物资的周联络官。郑和大人马上要第二次下西洋，周联络官又要在丰州采购下西洋的补充物资！"

"太好了！还要我们家的瓷器吗？"

"当然要！"王茂源说着，将订货单给龙海过目。

龙海看了一下说："嘀！要的瓷器的品种和数量还不少哩！"

王茂源："你回去能组织到货源吗？"

龙海："没有问题，我爸早就留了一手，去年扩大了瓷窑，又招了一批瓷匠、瓷工，还与他过去的徒弟现已是窑主的他们打了招呼，叫他们准备一些瓷品。"

"太好了，这样我就不担心了！"王茂源说着，又拿出周联络官给他的青瓷酒壶样品说："这是周联络官从西洋番邦市场上购买的阿拉伯人生产的瓷品，做工粗糙，但青瓷的色调鲜艳、明亮，比我们的色调好看。西方人很喜欢这种色调，你拿回去叫你爸爸研究一下，看我们的青瓷器能否也能做上这样的色调，如能，加上我们的瓷品精细、玲珑，一定能让西方人青睐，卖上好价钱。"

"的确，色调比我们的好。"龙海拿着瓷器样品琢磨着说，"明天我带回家就交给爸爸研究，将结果告诉你！"

"好！你回去就按订单上需求的瓷品备货，我还要筹购茶叶等物品。"

"明白了！"

"好！现在我们就去金溪港码头。"

"想不到这个番人的货一交，马上又要筹备周联络官要的货，真是好事连连。"龙海高兴得嘴巴咧开了。

"说不定还要你们交更多更多的瓷品！"王茂源拍了一下龙海的肩，诡秘地笑笑说。"这都是郑和大人下西洋给我们带来的好运！这是海上丝绸之路给我们带来的福音啊！"

"龙蛟在天有灵也会感到欣慰的啊！"兰香激动地说。

"是，嫂子。"龙海说。

……

第十三章

一天早晨，酋长和王后在御花园里散步，花坛里盛开着五颜六色的花朵，沾着露水，晶莹璀璨，芬芳四溢，花园美如仙境。

酋长："这几天忙，忘了问你一件事，前几天南洋诸国国王来聚会，其中三位国王带来王子，阿琳娜是否有看中的？"

王后摇了摇头，叹息说："嗯！她一个也没看中，要么嫌人家相貌不好，要么嫌人家是穷国。"

酋长叹了一口气，说："她的眼光也太高了，年龄也不小了，再不能拖下去呀！"

王后："我发现他对英雄龙蛟挺有好感。"

酋长眼睛一亮，说："喔！是嘛！自古美女恋英雄，不过，他虽然是英雄，也是大明的一个军官，但出身低微，又不是皇室人氏，嗯！真有些遗憾呀！"

王后："那有什么要紧的，他毕竟是大明的人，又是对我们有恩的英雄，如果这桩婚事能成，我们酋长国与大明的关系非同一般，南洋各国会对我们刮目相看。"

酋长点了点头说："你讲得有道理，不过她嫁去中土，我们身边无子女，我还真不舍得哩！"

王后："将龙蛟英雄招为驸马如何？"

酋长思忖一下说："可以啊！他将来接我的酋长位……小伙子长得帅，人也精明能干，能武能文，又是救过我们翡翠岛上人的英雄，还是被我们翡翠岛人所

180

救的人，经历了生死之交，让他接王位我也放心，相信岛民也拥护。"

王后："大王高见！"

酋长："你问问阿琳娜是否乐意？如果她乐意，还要征求英雄龙蛟的意见，婚姻大事不能勉强，两相情愿才行。"

王后："好！我向阿琳娜试探一下。"

酋长："如果她愿意，你再叫国舅向龙蛟试探一下。"

王后："好！但愿他俩有这个姻缘！"

阿琳娜正在房间乔装打扮，照着铜镜，朝脸上擦着脂粉，青春的心如春草一样萌发，爱的热流在涌动，"满园春色关不住，一枝红杏出墙来"。

王后拿了一盘点心走过去，关心地问："怎么，早餐不吃就出去玩？"

"母后！"阿琳娜娇嗔地喊了一句，说，"昨夜睡得很迟，今天起身晚了。"

王后看了她的一身打扮，便问："又是拉着龙蛟出去逛岛？"

"母后，你是不是来劝阻我不要和龙蛟出去？你别忘了你和父王说过，要我多关心英雄的呀！"

"阿琳娜，我问你，你是不是看中了龙蛟英雄？"

阿琳娜莞尔一笑，面颊一下子绯红，低下头有些羞涩。

"你说啊！"

阿琳娜点点头，说："知女莫如母。"

"我和你父王商量，你的年龄不小了，我们真为你操心。今天我来征求你的意见，如果你真的看中了龙蛟英雄，我们就叫国舅和他谈一次，如果他也愿意，我和你父王就着手帮你们筹办这桩婚事！"

"太好了！"阿琳娜激动得神采飞扬，给王后接连几个热吻。"谢谢父王，谢谢母后！"

王后欣然地笑了，打量着女儿，她似乎觉得女儿这朵绽放的花落花有主。她和酋长将会了结一桩心事，她的脸上忽然又掠过一丝愁云，不知龙蛟英雄是否愿意哩，这毕竟是一桩异国婚姻啊！

阿琳娜和龙蛟相约，早餐后去丛林打猎，她带上一个侍女，龙蛟拿着弓箭在王宫大门等她。想不到这时她又碰上大内管家，他以不快的神情问："今天陪龙蛟英雄去打猎？"

"是。"

"我一大早就看见他在练弓箭。"

"我相信他能满载而归。"

"丛林里虫子很多，会咬人，我这儿有搽的药，你拿着带上备用！"

"不用了！我已带上。"阿琳娜说着，头也不回就走了。

大内管家以嫉妒的目光看着龙蛟和阿琳娜离去。

海岛的树林中，各种树木长得密密麻麻，树干上缠绕着树藤郁郁葱葱，爬上树端。地上长着绿草、青苔、蘑菇。鸟儿在树枝上叽喳跳跃。

进丛林不久，他们就发现头顶的树冠上有一只山鸡，龙蛟装上箭拉开弓弦，只听见"嗖"的一声箭飞出去，接着"咯"的一声，山鸡扑打着翅膀落下。阿琳娜连忙去拾起叫侍女提着，夸奖说："龙蛟英雄，你的箭法真好啊！"

"应征后我们在福建的万人岛集训了几个月，其中就有射箭比赛，我百发百中，获得第一名。"

"哇！真了不起！"

"你的游泳技术也棒？"

"考核也是获得第一名。"

"难怪你受伤落水后在大海中漂流了那么长时间，大难不死。"

"但如果没有你们岛上渔翁最后相救，可能也难免一死。"

"我发现了一只野兔……"侍女悄悄指给龙蛟看。

龙蛟躲在一棵大树树干后，又装上箭拉开弓，只听见"嗖"的一声，射中了野兔，野兔在地上打滚，侍女立即走上去将野兔提起。

他们来到树林一片空旷地带，也许那儿树木被砍伐过，生长着一些灌木和杂草。这时一排大雁从远处飞来，看得清清楚楚，龙蛟连忙操好弓箭，当大雁飞到空旷地带时，他屏住气拉弓放箭，箭飞往天空，射中了第三只雁，大雁在空中翻滚着，坠落在空旷的灌木丛中，他奔过去将大雁拾起交给阿琳娜。她提着大雁高兴得直蹦直跳。

这时空旷地又跑来几只鹿，侍女说："鹿！鹿！"

阿琳娜："快放箭！"

龙蛟笑笑说："那几只鹿是一家人，其乐融融，如射死了其中的一只，其他

182

的一定很悲伤，放它们一马吧，再说射中了鹿也不方便拿回去。"

阿琳娜："好！放它们一条生路吧！"

龙蛟、阿琳娜、侍女提着射中的三只野兔、三只山鸡、四只大雁回到王宫，正好又遇上大内管家和几个侍卫，阿琳娜对他们炫耀说："看，我们满载而归！龙蛟英雄不愧为神箭手！"

"他可是百发百中啊！"侍女夸奖说。

龙蛟憨厚地笑笑说："雕虫小技，不值一提！"

大内管家沉着脸，有些不服，走上前去说："龙蛟英雄，我过去在翡翠岛射箭比赛获得过冠军，咱们比试一下？"

龙蛟将目光转向阿琳娜，问她是否可以？阿琳娜心中明白大内管家是想取胜以获得她的芳心。

"人家刚回来也累了，应该让他休息一下。"阿琳娜说。

"不累，若现在比试也可以。"龙蛟也不示弱，说道。

"好，我们现在就去海边比试，我去宫内拿弓箭。"大内管家说。

阿琳娜吩咐侍卫将猎物拿进宫内，打算陪同龙蛟去海边与大内管家比试射箭。

他们一行来到海滩，此时海边吹着微风，海浪一波一波拍打着岸边的岩石和沙滩，发出哗嚓哗嚓的水声，溅起一团团白色浪花。天空湛蓝，万里无云，火辣的太阳光芒四射，刺得人睁不开双眼，空中偶尔有海鸟掠过。

"怎么个比试法？"龙蛟问。

"每人三支箭射飞鸟，看谁射得多，你先来！"大内管家说。

"好！"龙蛟说。

这时候，有两只白色飞鸟飞来，龙蛟拉弓射箭，箭在海风中呼呼作响，飞入空中，从一只海鸟的翅膀旁擦过，两只海鸟惊鸣着飞走了。

"哎呀！"阿琳娜遗憾地大叫了一声。

接着由大内管家放箭，这时有一只飞得很低的海鸟从树林中向他们飞来，他不慌不忙操起弓放箭，向海鸟射去，不偏不倚射中了海鸟的胸部，翻滚着落在海滩上。他得意地扬起头，说："射中了，真是天助我也！"

又轮到龙蛟放箭，有一群海鸟朝他们飞来，龙蛟沉住气，他瞄准一只领头鸟，飞在鸟群上方，"嗖"的一箭射去，一下子就射中领头鸟的头部，鸟儿下坠时撞击后面的一只海鸟，两只海鸟一前一后落在海滩。

"太好了，一箭二鸟！"阿琳娜惊叫，欢呼，跳跃，说道。

大内管家傻眼了，惊呆了。

侍女连忙前去将两只海鸟拾回。

又有一群较大的海鸟从海中向他们飞来，轮到大内管家放箭，他认为是个好机会，射中一只不费工夫，也许他太自信，也许他没瞄准，"嗖"的一箭射出，箭从鸟群的空隙中穿过坠入海中，他不放机会，又飞快安箭拉弓，箭放出后射中一只鸟儿，鸟儿向下沉落，可不一会儿箭和鸟身分离，鸟儿逃走了，他气得直跺脚，骂道："嗯！真他妈倒霉！"

下面由龙蛟射最后一箭，他四处张望，有一对海鸟沿着海边沙滩飞来，他操弓安箭向海鸟瞄准，"嗖"地发出，一只海鸟被射中落在他们的面前，侍女连忙拾起。

"三比一，你输啦！"阿琳娜对大内管家说。

大内管家的脸颊一下子红了，他羞愧地低下头，竖起大拇指对龙蛟说："英雄不愧是当兵的。"

"你什么意思？意思说若不是当兵的，你就要赢，输了还不服气！"阿琳娜羞辱了大内管家一番。

"他的箭法也不错！"龙蛟夸奖说，给大内管家一点面子。

"过几天我们也可比试一下游泳，如何？"大内管家还有些不服气，看了龙蛟一眼说。

"奉陪！"龙蛟笑了笑说。

"你就得了吧！人家是大明的水兵，在海上漂泊了一天一夜都没问题，我看你漂上一个时辰可能就要沉入大海了。"阿琳娜不屑看他一眼说。

大内管家有些尴尬，说："不比了！我说说而已。"

"你还是老实一点吧，不要不自量力。"阿琳娜瞟了他一眼，嗤之以鼻。

龙蛟神奇的、无与伦比的射箭水平，显露出他武艺高强，英雄本色，阿琳娜更钦佩他，迷恋他，爱他，期待国舅与他交谈能有一个满意的结果，给她带来佳音！

在王宫的一个小餐厅里，国舅端着酒杯敬龙蛟说："英雄来到小岛一些日子了，我由于忙于宫中事务也未有机会陪你好好喝上几杯，照顾可能不周，望见谅！"

"哪里！哪里！谢谢你们的救命之恩，且收留、关照我。我真是受宠若惊，还不知如何感谢你们哩！"

"你也是我的救命恩人哩！又是帮助我们消灭了陈祖义一帮海盗的英雄。"

"不！这要归于郑和大人！"

"你来到我们小岛，真是使我们小岛蓬荜增辉，光彩无限。"

"你过奖了！"

"听阿琳娜说你一箭二鸟，真是神箭手，佩服！敬仰！"

"那次只是偶然巧合而已！"

"我们的大内管家与你比试射箭，真是不自量力！"

这时，大内管家正好有事要来请示国舅，从窗外听到议论他，便侧着耳朵窃听。

"他射箭水平也不错！"

"嗯，在你面前真是班门弄斧！英雄的伤口恢复得如何？有没有什么后遗症？"

"伤口早就愈合，恢复得很好！谢谢你们叫太医医治，并且精心照护！"

"这是理所当然的！希望英雄能在岛上多住一些日子！"

"待到季风来临，有船去中土，我打算乘船回去，还望你们留心！"

"季风日子还早呢，你就痛痛快快在岛上多住些日子，你待在岛上我们感到荣耀、光彩、高兴！"

"谢谢你们的一片盛情！"

"英雄，有一事我不知该不该提？"

"请讲，无妨！"

"我的外甥女、公主阿琳娜自从听说你奋勇救了我和商船，杀了海盗，就对你敬佩无比，你来到岛上对她真是喜从天降，听说你缉拿了海盗头目陈祖义，对你崇拜得五体投地，这些日子她陪伴你，你也可看出她对你敬仰、钟爱，我想做你俩的月老，哈哈哈……"

"这……"龙蛟感到突然、吃惊、意外，还没等他解释，国舅又接着说："酋长也看中你，王后也喜欢你，不瞒你说，那天来了南洋七位君王，其中有三位带来了王子，酋长、王后本想叫阿琳娜从中挑选一位王子与她婚配，可她一个也看不中，后来我们才知道她心中只有你。"

"我可出生在大明一个平民家中，现在又是一个流亡者！"

"这些他们一概不计较，看中的是你人，你是英雄，另外，翡翠酋长国与大明攀上姻缘关系，对我小岛小国来说是件大好事，有利于小国的繁荣昌盛！"

"可我……"

"恩人啊！我希望你被酋长招为驸马，酋长没别的子女，你当上驸马将来是要接酋长的位，成为翡翠酋长国的酋长。我们翡翠酋长国有大明为靠山，有你这位武艺高强、文韬武略的英雄当家，有谁敢侵略、欺负我们，我们再作为海上丝绸之路的一个关系点，乃国富民强啊！"

"国舅大人，谢谢你们的信任和一片盛情，我坦然告诉你，我在福建闽南还有一位未婚妻，我们立过婚约，我俩曾经海誓山盟，她还等待我回去洞房花烛哩！"

"你们还没拜过堂，不算数！"

"我不能背弃她，抛开她！"

"英雄啊！如果这桩婚事成全，你将来在我们翡翠岛国就是至高无上的酋长、君主，有享不尽的荣华富贵啊！阿琳娜也会爱你、疼你！你们将是世界上最幸福美满的一对夫妻！"

"荣华富贵在我眼里不过是过眼的云烟，我向往追求的是理想、信念、挚爱！"

"英雄境界高天，德厚如山重，令我钦佩！今天我俩是喝酒聊天，我只是一片好意，你不要放在心上，来日方长，你还可与阿琳娜进一步相处交流，加强了解，也许能建立起情感！"

"谢谢国舅的厚爱、关心！我来敬你！"龙蛟端起酒杯一饮而尽。

他们酒过三巡，大内管家敲门求进，他在外面已偷听很久。

"进来！"国舅说。

"国舅大人，有一事来报告，宫内的粮油快用完，还有一些日用品也需添置，是否我近日到旧港去采购？"

"可以呀！你带上船尽量多采购一些！"

"好！"

龙蛟听说有船去旧港，马上反应过来是难得的机会呀，不妨跟着船前去逛逛，便说："国舅大人，我随郑和大人的船队重返南洋，曾到旧港执行侦察缉拿陈祖义的任务，当时未有心思逛过，能否搭船去旧港，很想看看那儿的番人贸易市场，听说阿拉伯还有西方的商人在那儿进行贸易，热闹非凡。"

国舅沉吟一下说："可以啊！我这两天有事，不然就陪你去了！要不，再等几天，我陪同你去。"

龙蛟："就不用劳你大驾了！"

大内管家："国舅大人，你放心好了！我一定会将尊贵的客人、英雄带去旧港，让他逛个痛快，再将他安全带回。"

国舅："好！要绝对保证英雄的安全！"

龙蛟："国舅大人，你放心好了，我一个人对付几个歹徒不在话下！"

大内管家听了有些胆怯，连忙又转了话题说："龙蛟英雄也会保护我们的，再说，现在海上的匪患已被郑和大人消除了！"

"说得倒也是。"国舅说。

大内管家离开后暗笑了两下，双眸露出阴险毒辣的寒光，自言自语地说："天助我也，送佛上西天，叫龙蛟有去无回，只有他滚出翡翠岛我才能够得到阿琳娜，成为驸马，将来接酋长的位。无毒不丈夫，良机莫失！"

第二天早晨，酋长、王后、阿琳娜正在用餐，国舅走过去将昨晚与龙蛟喝酒谈话内容告诉他们，顿时餐厅内的气氛似乎凝固了。阿琳娜的脸色阴沉下来，噘起了小嘴唇，双眸里含着泪水。

酋长："真没有想到！"

王后："真是遗憾啊！"

酋长："你有没有和他讲，这等于是招驸马，将来要接我酋长的位呀！"

国舅："讲过！"

王后："你有没有和他讲过，前些时三位南洋的王子随父王前来做客，阿琳娜一个也看不中，看中的只是他呀！"

国舅："也讲过了！"

阿琳娜："你有没有和他讲过，我是真心地喜欢他、爱他！"

国舅："都讲过！"

酋长："和家乡的人订过婚，又未进洞房，这可以不算数的啊！即使结了婚又如何！"

王后："我们不嫌弃他，他怎么不悟呀！"

阿琳娜："我不死心，再等他！"

国舅："也许他来岛上时间不久，还未和阿琳娜建立真正的情感，再相处一段时间，也许他会真心爱上阿琳娜！"

王后："嘿！也许他的未婚妻知道他落水漂走，又无消息，以为他罹难了，说不定早已改嫁他人了！"

酋长："这一点你和他讲了没有？"

国舅："没有讲！"

阿琳娜控制不住，淌出了泪水，连连摇头，感到遗憾。

酋长："阿琳娜，你不要难过，他还要在此住些日子哩，你们多交流，建立情感，好事多磨嘛！"

王后："弟弟，他是你的救命恩人，你俩关系不错，你要再多做他的工作才是！"

"是！"国舅说，"还有一件事要禀报，宫室的粮油等快用完，还要补充一些日用品，大内管家近日要带船去旧港采购，他向我请示时，龙蛟英雄也在场，他提出要跟船去旧港逛逛。"

王后："唔！莫非我们提亲他不乐意，要趁机离岛溜走！"

酋长："不太可能，我相信他不是这样的人！"

阿琳娜："我陪他去，看住他！"

王后："你去旧港我不放心！旧港那个地方很混杂，治安状况不佳！"

酋长："你还是不要去吧！再说，留得住人留不住心也无奈！"

国舅："我叫大内管家留点心眼就是！"

酋长："好！就这样办！"

第二天早晨，大内管家带着龙蛟还有王室内的几个人员扬帆出岛，两个多时辰就到了旧港码头，海面上渔船、货船穿梭般来来往往，风帆片片，一派繁盛景象。

龙蛟不由想起，前些时他带着战船曾在这里巡逻、侦察，也曾乘小船身着便装来到这儿下船……上次的旧港之行，为他擒拿陈祖义、消灭海盗打开了胜利之门，因此对旧港感到特别的亲切和留恋。

帆船靠上码头，龙蛟对大内管家说："你们办你们的事，我去旧港番人贸易市场去逛逛，你看我何时来码头上船为好？"

"午后三个时辰吧！"

"好！我会准时赶到！"

"你可要注意安全啊！"大内管家假惺惺地关心说。

"谢谢你的操心！"龙蛟说着，便上岸了。

"再见吧！"大内管家不怀好意地看着龙蛟离去，说道。

到了午后两个时辰，大内管家带着宫内人员将采购的粮油等食品、日用品装上了船，他便命令收起拴在码头上的缆绳，挂起风帆，说："开船！"

"龙蛟英雄还未上船呢！"一个王室的人员说。

"他要回大明，不跟我们回岛了！"

"管家，你这样做不妥吧！"

"是你讲了算数，还是我讲了算数！"

几个王室人员要等龙蛟一起返回，在那儿发呆，不愿起航。

"谁不执行我的命令，回去后出宫回家！"

几个王室人员面面相觑，一声也不敢吭，不得不各行其是起航出发。

风帆鼓起，船头劈开海浪，在碧波中航行，两个多时辰船回到了翡翠岛。

大内管家叫宫内人员将采购的物品搬运到王宫，他直接去找国舅汇报去了。

"国舅大人，船到达旧港码头后，我们去采购，龙蛟英雄说他去旧港番人贸易市场逛逛，我们约好午后两个时辰开船，我们左等不来，右等不见，我担心天变海上要起风浪，就下令开船回来了！"

"什么！英雄龙蛟没有跟船回来……"国舅惊讶得脸色发白，气得说不出话来，"你怎么搞的？为什么就不能再等等！"

"估计他不愿意跟我们回岛也没办法，这是他离开岛溜走的好机会呀！"

"我不相信他会不辞而别，他不是这等忘恩负义的人！嗯，叫我如何向酋长、王后交代呀！"

"我是尽心尽力了呀！"

"我警告你，如果你失职或者别有用心，绝不会饶你！"国舅气愤地说。

国舅立即去找酋长汇报，正好王后和阿琳娜也在那儿，他十分遗憾地说："大内管家带的船回来了，他说龙蛟英雄没有跟船回来！"

"啊！怎么搞的！"酋长沉下脸不悦地说。

"当时他要跟船去旧港，我就怀疑他要趁机溜走，你们都不信！"王后拉长了脸说。

"这如何是好……"阿琳娜伤心地啜泣起来。

"我不相信他会趁机溜走，不辞而别，可能遇到什么特殊情况不能及时赶到码头。"国舅解释说。

"为什么就不能等一下？他在旧港无亲无故，身边又没有带上银两，流浪在旧港如何是好啊！"阿琳娜哽咽着说。

"你们不要着急，明天一早我就带船去旧港，一定要找到他，将他带回来！"国舅安慰大家说。

"他会不会乘大明的船离开旧港回中土了呢？"王后说。

"不可能，现在不是季风季节，不会有船去中土的！"国舅说。

第二天早上，阿琳娜坐在御花园一块石头上，垂着头，伤心地流着泪，她惦念着龙蛟。

大内管家手捧一束特别漂亮的鲜花走来递给阿琳娜，深情而关心地说："阿琳娜公主，早上好！这是我早上从树林里摘来的鲜花，上面的露珠还晶莹剔透哩！"

阿琳娜接过鲜花放在石头上，看也不看一眼，她明白他不怀好意。

"龙蛟英雄离岛而去再也不会回来了，你不要难过，还有我哩！我爱你！"

阿琳娜仍然没有理睬他，拭着泪水。

"他的未婚妻还在家中等着他入洞房哩！"

"你是怎么知道？"阿琳娜瞪他一眼，问道。

"前天晚上国舅请他喝酒，我在窗外听到的！"

"小人！卑鄙！偷听人家谈话！"

"人家不愿当这个驸马爷，你就不应该勉强，强扭的瓜不甜呀！他逃离翡翠岛也很正常。"

"我相信舅舅的话，他不会偷偷溜走的，即使走也会向我们辞别的！"

"他害怕你们拉郎配，这次去旧港是难得的好机会呀！他的逃离证明他不爱你，嫁给我吧，只要你答应，酋长和王后是不会反对的！"

"你这是白日做梦，痴心妄想！我恨你，我怀疑是你故意不让他回岛！如果查出是真的，我不会放过你！"

"这怎么可能哩！"大内管家两手一摊，说。

"舅舅明天一早就带船去旧港寻找龙蛟英雄回来，会弄个水落石出的！"

大内管家的脸色骤然发白，鼻尖渗出汗水，显得六神不安……

龙海和王茂源给那位波斯番人送了瓷器，第二天就从金溪港码头乘船回到德化，他身上揣着王茂源给他下西洋的新的瓷品订货单，满心欢喜。

他上了船坐下，发现有一位老妇带着一个年轻漂亮的美女坐在船舱，好生面熟，原来此老妇是他家隔河的马财主夫人洪氏和她的女儿牡丹，她俩是来九日山下的延福寺和昭惠庙进香，求菩萨和海神保佑牡丹找一个如意郎君百年好合。昭惠庙在闽南方圆百里赫赫有名，听说有求必应，不但庇护人们扬帆出海风顺平安，而且保佑百姓驱邪祛恶，吉祥如意，所以香火旺盛。马财主两年前就叫赵婶来到林福山家说媒，要将女儿牡丹嫁给龙蛟，当时林福山的妻子吴氏动了心，谁知龙蛟和兰香两人已经相爱，后来发生了没有料到的一切……马财主夫妇又托人，四处去说亲，可牡丹一直没有找到中意的婆家嫁出去，牡丹一天天长大，马财主和夫人着急了，决定由洪氏带着牡丹来延福寺、昭惠庙进香，她俩进香后正好也乘船回德化。

客船扬帆起航了，洪氏和牡丹不时看看龙海，尤其是牡丹常侧过头去睁着大眼凝望着他，脸上泛起阵阵红晕，心中怦怦直跳，当年她真想嫁给龙蛟，然而，龙蛟看不上她，遗憾的阴影还未消去。她也为龙蛟落水罹难南洋而惋惜，而现在看到的龙海，他的长相和龙蛟几乎一模一样，心中不由又泛起追求的涟漪，龙海不知有无对象？如果没有，能嫁给他也挺不错，也算圆了自己的梦……

洪氏看到女儿的神态，也猜出女儿的心思，心想，莫非我俩这次去延福寺、昭惠庙烧了香祈祷起了效应，海神做月老安排龙海与我们同乘一艘船，俗话说，"千年难得同船渡"，也许他俩有缘分。龙海长得也帅，他和他爸在德化的口碑都不错，如果他能看上牡丹，结为连理，也算了却我们多年的心事。她想，回去后不妨请赵婶峡去提亲。

年轻人对异性的好奇、吸引很正常，龙海也不时将目光向牡丹移去。牡丹圆圆的脸庞上一双大眼如同一汪潋水，闪动着动人的涟漪，脸上红得像熟透了的苹果，红得让人心醉，秀美的头发如同一泻而下的瀑布，娓娓动人。她的确如同一朵绽放的牡丹，当年哥哥龙蛟与她未能成婚也真是遗憾。不知她后来是否嫁人了？嫁给何人？看样她还未有主，如果有了，也不会由妈妈陪同出来！也不知她俩来丰州有何事？和她同乘一船也是巧遇，他看她像欣赏花儿一样，有好几次，他俩的犀利目光相遇，相对，碰撞出青春的火花，爱慕的憧憬，出于自尊，他俩谁也不愿先给对方打招呼说话。

扬起的风帆被风鼓起，客船在水中行驶，两岸的树林、山丘、阡陌掠过，是一幅幅美丽的画卷，绚丽的风光令人陶醉，锦绣的山河使人产生遐想。

洪氏毕竟老沉，她做一个伸腰的动作，放松一下，便走到龙海面前，主动搭讪说："你不是河东林福山的儿子龙海？"

"鄙人正是龙海！"

"你认识我吗？我是河西马财主家的……"

龙海点点头。

"小弟好久不见了，你也难得回家一次！"

"回家待上一两天，又赶来丰州城做生意！"

"听说你爸爸的生意做得不错呀！"

"马马虎虎！"

"你成家了吗？"

龙海摇了摇头。

"有对象了吗？"

龙海又摇摇头。

"这次回家待多少时间？"

"两三天！"

"你爸爸能干，儿子也有出息！"

龙海憨厚地笑了，接着问："你们来丰州走亲戚？"

"是去九日山……对！也去看了亲戚！"

牡丹注意留神着妈妈和龙海的对话，脸庞不时变换着颜色。当妈妈问他是否有对象见他摇头时，牡丹不由掠过一阵喜色，脸颊泛起红晕，想，不虚此行，海神庇佑着我，看来有戏呀！

……

龙海傍晚到了家中，爸爸福山问："给番人的瓷货交了吗？他们满意吗？"

"交了！他们很满意。番人的货款也带回来了！"

"好！你怎么这么快又回来，是不是又有订货单？"

龙海满面笑容，将订货单往爸爸面前一放："你看！这是郑和大人第二次下西洋要的瓷品！"

"怎么，郑和大人又要下西洋？"吴氏也许对儿子龙蛟丧身南洋，对南洋特别的关切，说道。

"听王伯伯说，郑和大人这次下西洋的规模和第一次差不多。"龙海说。

"下西洋就会给我们带来了福音、财运，第一次下西洋订了我许多瓷货，当时我正担心瓷器卖不出去，后来将库存的全部卖出去了；我担心我新开发的象牙白瓷器，没有人赏识，结果被周联络官看中，供不应求！"

"爸，正要告诉你哩！王伯伯对我说，上次王伯伯将你做的一把象牙白的茶壶请周联络官通过王景弘大人送给了郑和大人，郑和大人在天元号的宝船上用这把茶壶泡茶，他说这是难得的珍品，是德化人创造的奇葩！"

"真的！太好了！"林福山和吴氏高兴得眉飞色舞。

"看来这几年我研发象牙白瓷品的心血没有白费！"林福山感慨地说。

"爸！王伯伯还有一件重要的事情叫我对你说，"龙海说着，就从行囊中取出一个青花瓷酒壶，递给林福山说，"这是周联络官在西洋番人市场购买的、由阿拉伯人生产的瓷器，瓷品制作粗糙简陋，但色彩鲜亮，西方人喜欢这样色调，如果我们生产的青花瓷器也是这种色调，一定会得到西方人的青睐，卖个好价钱！"

林福山端详着，左看右看，思忖了一下说："关键是这种色料好，我们中土没有这种色料，如果能从番人那儿购买到这种色料，我也能制作出这种色调的青瓷器！"

"知道了，回到丰州我对王伯伯说。"

"这次订单还是那位周联络官给的？"

"是！"

"他是个大好人，简直是菩萨、财神爷，上次他不但给了大订单而且举荐了龙蛟，龙蛟罹难后亲自送来嘉奖状、抚恤金，对我们两家予以安慰关心，真是恩重如山啊！"

"王伯伯担心这次订单是否能完成？"

"不用担心，我库存有，不够的话，可到我的师兄、徒弟那儿去取！"

"王伯伯还说，说不定还有更多的订单哩！"

"如要极品可能暂时没有，要通货的话是可以满足的！"

"王伯伯还有点神秘兮兮，也许是谋划着要跟着郑和大人下西洋，上次郑和大人的船队中有商船呀！"

"不太可能吧！他如果跟着郑和大人下西洋，兰香怎么办？"

"如果有跟着下西洋的机会，我倒想去！"龙海笑了一下，说。

"你给我闭嘴！"吴氏狠狠瞪了他一眼说。她是一朝被蛇咬，十年怕井绳。

林福山看了龙海一眼，呵呵直笑。

第二天早晨，赵婶打扮得清清秀秀来到福山家，招呼道："林老板，嫂子、龙海好，你们早呀！"

"赵婶，你这么早就来我家，莫非要买瓷器？"吴氏说。

"不是，给龙海说媒！"

龙海一惊，猜想也许牡丹妈妈叫她前来的。

"谁家的姑娘呀！"吴氏问。

"马财主的女儿牡丹，两年前我来过，当时给龙蛟说媒！嘿！他俩没有缘分！"赵婶遗憾地说。

"她至今还没有找到婆家？"林福山有些诧异地问。

"给她介绍了好多，前去求婚也不少，牡丹眼光高，一个也未谈成！马财主夫妇可着急啦！"赵婶说。

"牡丹看得上我家龙海？"林福山问。

"看得上，中意哩！"

"两年前你来说媒，我当时是同意的，牡丹长得漂亮也贤惠，可龙蛟爱上了兰香，没有缘分。如果成了亲，龙蛟也不会去南洋，也不会丧身……"吴氏说着，不由产生伤感和遗憾。

"牡丹嫁给龙蛟不成，嫁给龙海也不错呀，也可说他俩是天生的一对，地造的一双！"赵婶说。

林福山将视线转至吴氏，问："你看如何？"

"我赞成！"吴氏说。

"龙海，你什么想法？"林福山问。

龙海沉思了一下，点点头。

"嘀！太好了！看来牡丹和她妈昨天去九日山延福寺、昭惠庙烧香灵光啦赵婶高兴得拍手叫道。

"她俩昨天去九日山与我同船回德化。"龙海说。

"这就是缘分，千年难得同船渡！"赵婶说。

"难怪你一大早来我们家说媒！"吴氏说。

"马财主和夫人昨天晚上就来找我说媒，林老板，牡丹是打着灯笼也找不到的好姑娘，你得表个态呀！"

"牡丹姑娘的确不错，马财主夫妇为人也好，不过，我家龙蛟亡期还不到三年，为龙海操办婚事目前还不适宜，谢谢你！赵婶！"林福山说。

"先定下亲也没有关系呀！"赵婶说。

"嗯！郑和大人又要下西洋，我们为瓷品的订单忙得不可开交，再等些日子也不迟。"林福山说。

"好哇！我回去和马财主夫妇说，再等一等！"赵婶说着，欣然地走了。

龙海出门去窑坊了。吴氏沉下脸问林福山："我不明白，既然龙海都愿意，你为什么不答应这桩婚事哩！龙海岁数也不小了。

"嗯！我闷在心中的话一直没和你说，兰香失去了龙蛟一直很悲伤，她是一个知书达理，贤惠的好姑娘呀，我真不忍心她就这样一辈子独守空门守寡，她与龙蛟虽然订过婚，也未拜过堂，更没有同房，我早就想在适当的时候，能不能和王茂源商量，将兰香许配给龙海成婚，他俩年龄也相配，这样兰香还是我们家的媳妇！"

"龙海愿意吗？"

"龙海人老实，又孝顺，我俩的话他会听的！"

"兰香会不会愿意呢？"

"只要王茂源同意，我相信她会愿意的！"

"是个好主意，两全其美！"

"所以，我就委婉拒绝了赵婶。"

"唔。"

"这件事暂时不要和别人讲，包括龙海。"

"知道了。"

林福山吃了早饭，就去窑坊忙着筹备订单事宜。

王茂源请陈掌柜在新康茶楼品茶，谈谈能否合租一条商船跟随郑和第二次下西洋。

王茂源先在茶壶中放了一把乌龙茶，然后倒入煮沸的开水，意味深长地说："老兄呀，今天请你来品茶，正好聊聊关于生意上的事！"

陈掌柜："承蒙厚爱，不胜荣幸！"

只见茶叶入壶内在沸水中不停地翻卷，发出阵阵郁香。

王茂源："这茶叶要遇到沸水后才会有浓香，人生也要经历磨砺甚至磨难后才会坦然，无论是谁，如果经不起世情冷暖、浮浮沉沉，怕也品不到人生的浓香，也试不到朋友的真假和虚伪！"

陈掌柜："这是老兄人生的感悟、体会，你的抱负、精神、毅力令我钦佩！"

王茂源："我也从品茶中得到人生的启迪！"

陈掌柜："我真喜欢听听你的感悟。"

王茂源："人生如同品茶，一壶清茶，就像一个大千世界，每片茶叶恰似红尘中的芸芸众生，人赤裸裸地来到这个世界，其实无论怎样过，都要有意义。不说光宗耀祖，流芳千古，起码也要像这茶叶一样，展现一下，露出一片英姿，呈现一抹微笑，留下一阵阵淡淡清香。"

陈掌柜："是啊！人不能唯钱是图，为钱财而死，人要活得有意义。"

王茂源："我赚的钱这一辈子足够花矣，但我还要赚，赚钱的同时，我要感受人生的真谛，追求我的梦，这个梦就是传承老祖宗的海上的丝绸之路！"

陈掌柜："老兄为了追梦、圆梦真是竭尽全力，前仆后继，坚韧不拔，令我佩服呀！我也近水楼台先得月，得到你的惠顾，感谢啊！"

王茂源："感恩是做人的根本，也是做人的美德，你在我最困难、落难的时候帮助了我。我帮助你，乃区区小事一桩，不值一提，这是应该的！"

陈掌柜："老兄今后用得上小弟，需要效力，万死不辞！"

王茂源："俗话说，路遥知马力，日久见人心，兄弟是我信赖的朋友，今天请你来品茶，还有一件大事也是一个很好的商机与你商量。"

陈掌柜："唔！離！"

王茂源："郑和大人马上又要率船队第二次下西洋，周联络官又来到丰州采购下西洋的货物。"

陈掌柜："他又给你订单，你想到我这个小弟，十分感谢！"

王茂源："给你货单去采购这是小事一桩，我要给你做的是你意想不到的大买卖。"

陈掌柜以惊异的目光望着王茂源。

王茂源："周联络官对我说，郑和大人第一次下西洋的船队中有少数商船，装载着瓷器、茶叶、丝绸等番邦喜欢的物资，船队停靠在番国码头时，商人可以与番人自由买卖交易，也可将番人的物产交易带回。这次也要带上少数商船，如果我有兴趣，也可带一艘商船在指定之日到长乐太平港集中，候风出发。"

陈掌柜："这不是天下掉下来的大好事啊，跟着去没有风险，货能卖掉，也能带上番货回来卖，定能赚个满钵！祝贺兄弟有这么好的机会呀！"

王茂源叹了一口气说："唉！我是真想去啊，可……"

陈掌柜："怎么啦？"

王茂源："我是放心不下兰香啊！龙蛟尸骨未寒，她心中的悲伤还未逝去，她还是一个大姑娘呀，我怎么忍心离她去西洋！"

陈掌柜："这倒是，下西洋不是十天八天，不是几个月，少则两年呀！"

王茂源："陈掌柜，如果让你去如何？"

陈掌柜："谢谢你的提携，关照，如果我去，我的儿子已大了，我的爸妈健在，妻子应该不会反对，但我没有这么大的本钱呀！"

王茂源："这样行不行，我俩各出资一半购货、租船、雇人，你随船去，所赚的钱除去成本外，六、四开，你六我四。"

陈掌柜："那不行，所赚的钱二一添作五，每人一半。"

王茂源："不行，你出了那么大的力，应该多分！"

陈掌柜："没有你的牵线，没有周联络官对你的信任，哪有这么好的美差，必须对分，否则我不干！"

王茂源："你的大仁大义我领了，这样吧，周联络官要的货物，我再给你部分订单。"

陈掌柜："谢谢兄弟！"

王茂源："我先给你一笔资金，你去准备货物和船只！"

陈掌柜："好！"

王茂源："这次让我与你合伙的一艘商船跟着郑和大人下西洋，也可算圆了半个梦，尝了一下甜头，我的人生这片茶，在壶中沉浮有了一个平衡的定位，散发出一缕幽香……"

陈掌柜："是啊！祝贺你。"

王茂源再次拿到郑和下西洋的货物订单在丰州城传开了，他还要和陈掌柜合租一艘商船跟随郑和下西洋的事也有少数人知道了，几个掌柜在新康茶楼边品茶边聊天。

黄掌柜："想不到王茂源又拿到下西洋的订货。"

李掌柜："这次也用不着招标。"

胡掌柜："他的运气真好！令人羡慕呀！"

黄掌柜："人家也付出了代价！"

李掌柜："是他过门女婿龙蛟命丧南洋换来的，人家龙蛟爸爸妈妈可失去培养多年的儿子呀！"

胡掌柜："他们也是应该得到好处呀！"

李掌柜："是！"

黄掌柜："据说王茂源分了一半抚恤金给龙蛟爸爸妈妈。"

胡掌柜："这还差不多！"

黄掌柜："听说王茂源和陈掌柜要合租一艘商船跟随郑和大人下西洋，不知是不是真的？"

胡掌柜："是真的！陈掌柜亲自和我说的。"

李掌柜："这下子他俩要大发了！肯定又是那个周联络官帮他安排的，王茂源为什么不叫我们合作，偏偏找陈掌柜合作？"

黄掌柜："这要问我们自己了！当时他儿子云松下南洋的船遭海盗陈祖义一伙劫船，船毁人亡，他几乎是倾家荡产，我们去催着要货款，而陈掌柜不但不催，而且前去安慰，提出要帮助他。"

胡掌柜："王掌柜与他合作让他赚钱，是感恩、报恩！"

李掌柜："我看王茂源贪生怕死，老奸巨猾，陈掌柜赚了钱平安回来，两人对分；如果像他儿子、过门女婿命丧南洋，倒霉的是人家。"

黄掌柜："我看也未必如此，肯定是他自己也想下西洋，但不放心女儿兰香一个人在家，与陈掌柜合作让他带船去西洋，这是最好的选择！"

胡掌柜："嗯！当时王茂源困难时，我们帮他一把，也许他会叫我们一起合作，想想有些后悔！"

黄掌柜："看来做人要与人为善，好心才有好报！给人玫瑰，自己手留余香。"

李掌柜："现在后悔也没有用了！"

黄掌柜："上次周联络官给王茂源下西洋的订单，我们几位分了一杯羹，还赚了一些，可这次没有动静，看来他不会分给我们订单了。"

胡掌柜："不像从前了，现在他的路子广了，朋友也多了，完全可消化掉！"

李掌柜："我们何不厚着脸皮去找他，多少也要分些订单给我们，你啃骨头，我们喝汤还不行！"

黄掌柜："好！找他去！"

胡掌柜："有钱赚，不用客气！郑和大人再一次下西洋，我们总要沾点喜气，沾点光呀！"

他们一行来到王茂源的住宅，说明来意，王茂源给他们沏茶，说："是有这回事，最近忙于采购也未能与你们联络，既然你们也有这个要求和愿望，兄弟我会考虑给你们分点订单！"

"太好了！"

"你真给面子！"

"我们也真的沾上郑和大人下西洋的光和喜气！"

"过去我们有些事情做得有些对不起你！"

"你小人不计大人过！"

"今后用得着我们，尽管吩咐！"

王茂源："过去的事不提了，有容乃大，郑和大人给我们开拓的海上丝绸之路将给我们带来无限的商机，与番人进行交易往来，应该是万年不变的法则，双赢，我们要做好，传好啊！"

"对！对！对！"其他几位掌柜附和着。

第十四章

龙蛟那日从旧港码头上岸后，就打听到旧港的番人贸易市场，在距码头不远的地方。他走过去，那儿人头攒动，路两旁摆满了各种货物，有阿拉伯、波斯人带来的陶罐、瓷器、地毯、药材、羊毛、棉花，有非洲人带来的象牙、犀牛角、兽皮，有西洋人带来的盔甲、战袍、战刀、宝剑，也有中土人带来的丝绸、瓷器、茶叶、铁器、农具、漆器等，五花八门，琳琅满目。路两边摊贩的人群中，路中间逛市场的人群中，有白种人、黑种人、黄种人，来自世界各地。旧港处于苏门答腊岛南部，与满剌加隔海遥遥相对，是船只由南海通往印度洋必经之地，也是西非、南亚乃至东非各国前来进行贸易的便利之处，无形中形成一个国际贸易中心。

龙蛟沿着路的一侧从这头逛到那头，又从路的另一侧那头逛到这头，从来没见过这种热闹场面。世上买不到的东西这儿都能买到，这儿也没有卖不掉的东西，难怪郑和第一次下西洋来到这儿，看到热闹繁荣的场景流连忘返，叫朝廷增补物资前来交换，并打算在这儿和满剌加设立中转站。龙蛟看得眼花缭乱，目不暇接，真是大开了眼界。此时，他才理解了岳父王茂源为什么要传承老祖宗海上丝绸之路的愿望，拼死下南洋，原来南洋商机无限，就像不尽的海天。如果老待在一个地方不出去，只能是坐井观天，扬帆出海，与番人贸易交流，就会体会到海外有海，天外有天。他想，将来有机会一定要让岳父王茂源来南洋看看，圆他的海上丝绸之路梦。

他又回头向前逛着，忽然发现地摊上摆放着许多青花瓷器，有碗、碟、壶、盆等，瓷器制作很粗糙，釉面也不光滑，但瓷器的青色特别鲜亮、明快、耀眼，他眼睛一亮，连忙拿起一只壶，左看右瞧，发现瓷器上的这种青色彩比爸爸所做的瓷器上的青色彩不知强多少倍。他琢磨着，一定是这种青料好，不知是何处出产的？如果能买了带回去，让爸爸试做成功，那一定是锦上添花，不仅在中土独占鳌头，还深受番人青睐，能卖个好价钱。凭着他的睿智、机灵，他便问摆摊的波斯年轻人："这些瓷器是你制作生产的。""是我爸爸制作生产的。""能否告诉我这些瓷器的青料是哪儿产的？""我们波斯人生产的。""在哪儿能买到？""在我们波斯！"龙蛟遗憾地摇摇头。波斯年轻人沉思一下，用手指指说："好像前面的一地摊也有卖的。""谢谢啦！"

龙蛟连忙向前跑，一个地摊一个地摊地搜索，终于发现了一个波斯人的摊贩，嘀！就是它！他蹲下来问："此青料叫什么名字？""叫苏麻离香。""干什么用的？""作为颜料涂在瓷器、陶器上的！""怎么个卖法？"他用贝壳挖了装满，做了一个手势，表示价格，问："要买吗？"龙蛟真想掏钱买，这是难得的宝贝呀，若买了带回去送给爸爸做试验，这比什么礼物都好。可惜他没有带钱，他想回大明之前，向国舅借点钱，再前来购买。他遗憾地摇摇头，说："我下次来买！""下次来也许我卖光了！"

他又转了一圈，发现贸易市场的许多东西，中土是没有的，如果带回去肯定受欢迎。他想，将来一定要带上中土的货物来销售，再采购一些中土没有的货物带回去，不但能赚钱，还是传播人类的文明。

他抬头看看太阳，估计快到两个半时辰了，原定好三个时辰开船返航，还是早点回去吧，别叫人家等我。可他走到码头时，三个时辰还未到，船已不见踪影，他傻眼了，想想也有可能他们到附近海岸再采购什么货物，就在这儿耐心地等吧。

他坐在海滩上，左等不来，右等不来，不由有些着急了。他想莫非我记错了时间，他反复回想，我没有记错呀，是午后三个时辰。他忽然下意识地感到，也许是大内管家故意将船提前驶去，不让我回到翡翠岛。大内管家对他嫉妒、不满的眼神在他脑际浮现，阿琳娜带他逛岛他阻挡，看见他打猎满载而归非要与他比射箭不可，国舅请他喝酒，谈及要将阿琳娜许配他，他突然闯进露出一种特别异样的神情……这一切说明，他追求着阿琳娜企图当驸马，我来到翡翠岛阿琳娜爱我、追求我，他将我视为眼中钉，肉中刺，要将我赶走而后快，今天恰好是一个难得机会，这样他可以造成我不愿接受招驸马趁机逃走的假象，一石二鸟，真是狡猾阴险。嗯！如果我真的想逃避这桩婚事，倒是一个好机会，以避免产生情感上纠葛，少一些麻烦而省心。但他转而一想，如果酋长一家都以为我是为了"逃婚"而不愿意回岛，这不是会骂大明人不守信誉、不可靠，骂我是不仁不义，忘恩负义，尤其是阿琳娜要咒我是不知好歹的薄情郎。那些善良的岛民见我不辞而别，一定会说我是"狗熊"，郑和的"狗屁兵"，中土的"贱民"……我会挨上种种骂名，玷污了大明的声誉，我不能趁机溜走逃跑，我还要去翡翠岛，即使要离开，也要谢一声酋长全家，与岛民说声再见。可要回翡翠岛谈何容易呀，旧港平时根本就没有驶往翡翠岛的船只，要想游过去即使水性好也不可能呀。

太阳西沉了，天色渐渐地暗下来，要乘坐大内管家的船回岛是根本不可能了，今天怎么办呀？要做生意赚钱，没有本钱，要去打工做苦力活，有失身份，乞讨，也可能要不到东西，要回中土，现在不是季风的季节。到了季风季节，也不知有无回中土的船，即使有也不知人家肯不肯载你。他真是心乱如麻，忧心忡忡。此时他已饥肠辘辘，还是下船时吃了两个饼子，已过了七八个时辰。他忽想起岛上的一个熟人施进卿，不妨去找他，如果能找到他的话，一定会收留他。当时与他一见如故，还有一段莫逆之交，曾带他去见郑和大人，后来他施计叫陈祖义酒后吐真言，要诈降夜袭郑和船队，郑和将计就计，将他们一伙强盗一举消灭，他和施进卿都立下汗马功劳。可施进卿也许还不知道他落水后大难不死，知道后一定会和他庆贺一番，在季风到来时安排他乘船回中土。

他乘着朦胧的月色，很准确地找到施进卿的庄园。可大门紧闭，他敲了老半天门也无动静。他使劲喊叫，终于出来一位老翁，他说，施大人已不住在此地了，住在何处他也不知道，平时难得来此一趟。龙蛟傻眼了，真是不巧。其实，施进卿自从捉拿陈祖义有功，明成祖封他为旧港宣慰史，已乔迁豪宅大院了。龙蛟愣了半天，对老翁说："大爷，你如果见到施大人，能不能给我传一句话？""可以呀！""你对施大人说，郑和大人过去手下有一位战船船长叫王龙蛟，他捉拿到陈祖义受伤落水后没有死，被翡翠岛上的渔民救起，在岛上住了一段时间，来到旧港，很想见到他！""好！如果见到施大人我一定转告！""谢谢了！告辞！""你走好，不送！"

龙蛟走了百步远，看到路两边是香蕉园，饿得实在难受，腿也有些发软，便毫不客气走到香蕉树下，借上月光，使力撕下一串香蕉，吃了几根，带着剩下几根，向海边走去……

　　他来到海边高耸的椰子树下，倚靠在树干上，望着大海，海上明月共潮生，此日正好涨潮，一轮明月像银盘一样挂在空中，映在海水中，海浪一波接着一波，海上的月光晃动起伏，海面像漂着无数闪光亮晶的银子，美不胜收。他无心欣赏这美好的月夜，醉人的景色，"今夜月明人尽望，不知秋思落谁家"，他惆怅、不安、担忧，熬过了今晚，明天的日子如何度过呀，身无分文，施进卿又没有找到。他抬起手抹去额头上的汗，发现戴在手腕上的碧玉手链在月光的照射下也闪烁着光亮，他抚摩着，这是值钱的宝贝呀，如果拿到番人贸易市场出售，一定能卖个大价钱。黄金有价玉无价，中土的宝玉也是番人所向往之物，他想如果卖掉的话，两三个月的生活费不成问题，可以熬到季风季节回中土，但转而一想，这是兰香给他的信物，且在昭惠庙开过光的，也许就是戴着它得到海神的庇佑，落水漂浮在海上大难不死。他还想起，他漂浮在海中礁石上避难休息时，一过往的船只上两个刁民要他将手链交出，才肯带他上船而被他拒绝，那么艰难的生死之刻都熬过了，我怎么能将其出售呢！有它戴在手上就像兰香在身边，有它在一起就会有海神保佑，我要将它带回中土，带上与兰香进入洞房，再大的困难我也要克服，再艰难的日子我也要熬过。月亮越升越高，海中的月影越来越大，"海上生明月，天涯共此时"。他想，兰香看到月亮，也许在思念他，也许以为我不在人世，期盼在梦中见到我，与我在九日山上一起赏花，在金溪江畔促膝欣赏倒映在水中的月亮，花好月圆，兰香呀，你将来会遇到的是现实而不是梦！他想着，想着，在月光温馨的照映下，在海浪的催眠曲中睡着了……

　　第二天一早，在渔歌声中，在落帆的辘辘声中，他被惊醒了。天空中霞光万道，映在碧海上红彤彤一片，碧浪拍打着海滩，海岸边停靠许多船只，旧港又热闹了，人们又繁忙了。他揉揉惺忪的双眼，站立起来，伸手弯腰踢脚，练了一番功夫，将昨天剩下的几根香蕉吃掉，便向番人贸易市场走去。心想，反正闲着没事干，多看看，多学学。来自各国的商人、苏摊贩陆陆续续走过来在地摊上摆起销售的物品，他也东瞧西望，看到新奇的，未见过的，蹲下来琢磨、询问……

　　太阳升起了，贸易市场两侧已摆满了地摊，密密麻麻，几乎没有空隙。前来购物、逛市的各国人、本地人熙来攘往，又恢复了昨日的热闹和繁华。

龙蛟在贸易市场不停地转，不停地看，那儿犹如无尽头的万花筒，使他眼花缭乱；又好像一片神奇的西洋景，使他目不暇接，也更如一座百科全书似的大学堂，使他学到了不少东西，增加了见识。

当他蹲在一个阿拉伯人摆的瓷器、陶器摊前端详琢磨时，突然有人在他肩膀上拍了一下，他一回头，原来是国舅，他感到意外、惊喜、激动。"啊！是国舅大人！"

"你让我找得好苦啊！我带了几个人在这儿找了两遍，都没有发现你。走！离开这儿，找一个地方用早餐，你肯定是饥肠辘辘！"

龙蛟笑了，说："让你操心了！"

"哪里，真对不起你，昨天我陪你来就好了！"国舅说着，向一个王室的人招招手，那个人走来原喜说："啊！英雄找到了！"

"你通知其他几个人在船上等我！"国舅吩咐道。

"是！"

国舅带着龙蛟来到一家餐馆，坐下来，要了两碗鸡块饭，一盘牛肉，龙蛟狼吞虎咽吃起来……

"昨天你没有跟船回来，到底怎么回事呀？"国舅问。

龙蛟笑而不答，他想如果讲出了实情，大内管家一定会倒霉，被惩罚，放他一马吧。

"大内管家说，在约定的时间等你，左等你不来，右等你也不来，你肯定是趁此机会溜走了，逃婚！"

龙蛟一听放下筷子，恼火了，真是恶人先告状，他想如不说出真相实话，肯定会使酋长一家产生误会。

于是他开口了，说："大内管家与我约好，午后三个时辰我们在码头集合开船，我生怕他们等我，还提前了半时辰就到了码头，可不见船的踪影，一直等到天黑！"

"唔！原来如此，我的判断没有错，他是趁此机会，将你赶走，永远回不了翡翠岛，以便达到追求阿琳娜，当上驸马，将来接酋长王位的目的！"

"我也如此猜到了，在岛上我就感受到了，阿琳娜陪我去逛岛他阻挡，陪我去打猎，他嫉妒，后来还要与我比试射箭，他将我看作是情敌，是不受欢迎的人，将我赶走而后快。"

"他真是个小人，恶人，野心家，是我们岛上的败类。我也料想这可能是他的一个阴谋，所以我一大早就带着船扬帆来旧港寻你，把你接回岛去，我还真担心找不到你哩！"

"谢谢国舅大人！"

"昨夜你在哪儿度过的？"

"海边的椰树下。"

"英雄受苦了，怪我不好，你临走前给你带上一些银两就好了！"

"没关系，风餐夜露，忍饥挨饿，对我这个当过兵的人算不了什么！"

"那可不行，你是我的救命恩人，是捉拿海盗头目陈祖义的英雄，是我们翡翠岛尊敬的客人，不能对你有半点怠慢和不周。昨天你没有回岛，酋长、王后、阿琳娜都非常焦急、不安，惦挂着你，叫我一定要想方设法把你找到带回！"

"谢酋长、王后！"

"番人贸易市场是否再逛一下，如要，我陪你去！"

"不啦！如果有机会下次再来！"

"你要来逛，和我讲一声，我随时安排船只送你过来！"

"谢国舅！"

他俩回到船上，船挂起风帆，向翡翠岛方向劈波斩浪驶去。

当船快要抵达翡翠岛时，国舅和龙蛟站在船头发现海滩上有三个红点，他们都感到诧异，船愈驶愈近，才发现三个红点原来是身着红装的三位姑娘。当船靠近海滩，才看清是阿琳娜带着两个侍女在海边等待龙蛟的归来。

船靠上海滩，阿琳娜飘着红衣裙子奔过来，龙蛟一下船，她便扑上去和他拥抱，双眸噙着泪水说："可把你盼回来了！"

"谢谢你和酋长、王后的关心！"龙蛟说。

阿琳娜打量着龙蛟，心疼地说："似乎一夜间你瘦了许多！"

"不见得吧！"龙蛟爽朗地笑了，说。

"你一夜未回，我几乎一夜未寐，我后悔昨天没有陪同你去旧港，如陪你去，也不会发生这样的事阿琳娜说。

206

"现在英雄回来了，大家不用操心了！"国舅说。

"我逛了旧港，很有收获！"

他们边走边聊到了王宫，国舅对阿琳娜说："我现在有点事，你马上禀报酋长、王后，就说龙蛟英雄被我接回来了！"他又对龙蛟说，"你回卧室冲洗一下，好好休息！"

龙蛟被国舅接回来的消息在宫内传开了，大内管家的心直打鼓，惶恐不安。其实，国舅一上船去接龙蛟，他就慌了手脚，连忙将同去旧港的宫内人员召集到一处，威胁说："如果你们说出昨天我下令提前开船的事，你们没有好果子吃，我不会放过你们。"

国舅一回到王宫，也将那些去旧港的宫内人集中在一起调查，问昨天大内管家与龙蛟事先约好是何时开船返航，结果是何时起航离开的，几个宫内人员如实讲了。一个宫内人员还反映说，他叫大内管家等到英雄龙蛟上船后再起航，大内管家说他不会再回岛了，大内管家还对大家威胁，回去后不许如实讲出真话，否则会被逐出宫内。

国舅掌握了人证，便去向酋长汇报，正好王后和阿琳娜也在那儿，酋长听了汇报龙颜大怒，说："他怎么能这样对待对我们有恩的英雄，对待我们尊敬而喜欢的大明客人！真是不可饶恕！"

"他早就对我图谋不轨，一次次地追求我，他从旧港回来后还对我说，英雄龙蛟为了逃婚才离岛不归，他还偷听了舅舅和龙蛟英雄饮酒时的谈话。"阿琳娜说。

"我差一点错怪了英雄龙蛟！"王后说。

"我早就说过，龙蛟英雄不会不辞而别的，他是一个有修养信得过的人！"酋长说。

"大王英明，料事如神！"国舅夸奖说。

"想不到大内管家还会有狼子野心，他不但想得到阿琳娜当驸马，而且将来要接我酋长的王位！"酋长气愤地说。

"平时看他唯唯诺诺，一副老实、勤恳的样子，可骨子里野心勃勃，阴险毒辣，如果阿琳娜嫁给他这个阴谋家，真是被糟蹋；如果让他接酋长位，真是翡翠岛人民的不幸。"王后说。

"我才看不上他哩！他一次又一次地向我求爱，都被我拒绝！"阿琳娜说。

"你为什么不向父王母后讲呢？"王后说。

"怕你们听了不快，为我担心！"阿琳娜说。

"女儿有眼力，有辨别力，好样的酋长说。

"如何处理大内管家？"国舅问。

"逐出宫内，回去当平民，大内管家另择他人。"酋长说。

"是！我马上将大内管家喊来。"国舅说。

不一会，大内管家耷拉着脑袋，一副丢魂落魄的样子，立即跪在地下，说："酋长呀，饶我一次吧！"

"昨天，你下令提前开船，故意将英雄龙蛟丢在旧港是否承认？"酋长问。

"是，我主要想成全他离岛逃离……"

"一派胡言！"王后说。

"你图谋不轨，别有用心，我恨你，再也不想见到你！"阿琳娜气愤地指着他说。

"革去你的大内管家，离开王宫，当你的平民去！"酋长说。

"酋长，下次再也不敢了，留下我吧！"

"请勿多言，走开！"酋长做了一下手势，命令道。

大内管家从地上爬起，狼狈地走了，宫内再也见不到他的身影……

中午，酋长一家和国舅在餐厅请龙蛟共餐。

酋长端起酒杯说："英雄受惊受累了，中午用薄酒给你去惊消累！"

龙蛟："谢谢酋长大人一家的关心和厚爱，也感谢国舅前去旧港将我接回。"

酋长："翡翠岛上出现大内管家这等小人对英雄不敬，真对不起英雄。"

龙蛟："哪里！哪里！有的人私欲熏心，往往会发生非理性行为，就原谅他一次吧！"

酋长："大内管家此人图谋不轨，野心勃勃，已暴露得淋漓尽致，我已革掉他的职务回去当平民。"

龙蛟："真遗憾！"

王后："没有什么遗憾的，他是暗藏在王宫内的一只豺狼！"

阿琳娜："我讨厌他，厌恶他！"

国舅："他这次大暴露是件好事，如不暴露还不知道将来会发生什么呢！"

酋长："中土人有一句话，叫知人知面不知心，画龙画虎难画骨。"

龙蛟举起酒杯："对你们的关心、帮助、厚爱，我再次表示感谢！"

酋长含蓄地说："你来到我们翡翠岛就是缘分，有的事不可勉强，要慢慢来，水到渠成，瓜熟蒂才落。"

龙蛟："我待在这儿感到温馨、愉快，我永远不会忘记酋长的恩惠；不会忘记翡翠岛这块热土，但我也思念我的家乡、亲人。"

酋长："请英雄放心，待到季风季节到来，英雄若要回中土，我一定设法联系船只，安排英雄乘船回中土。"

龙蛟："谢酋长！"

王后："在未回中土之前，我们的王宫就是你的家，我们都是你的亲人，你有什么要求，尽管吩咐！"

阿琳娜："我可天天陪伴着你，你也可以做我的兄长呀！"

龙蛟："有你这个妹妹我高兴得还不知如何是好哩！"

国舅："大家是一家人，一家人就不说两家话，英雄，今后有什么事你就别客气啦！"

龙蛟："谢国舅！"

他们吃着、喝着、聊着，消除了昨天发生的意外、不快、担忧、烦恼。

阿琳娜想，只要英雄龙蛟留在翡翠岛不离开，就有机会争取他，嫁给他。她要用她的挚爱、温情感化他，用她的美姿迷住他，使他这位铮铮铁汉熔化在她情感的火炉中，使他这位异国英雄醉倒在她美丽的石榴裙下。

她更加关心体贴龙蛟，除了每天陪他散步、逛岛外，还亲自去他的卧室送鲜花、水果，在他常去的地方撒下去虫剂，关怀备至。

一天，天气特别炎热，阿琳娜对龙蛟诡秘地说："今天我带你去一个你未去过的地方消暑！"

"好呀！"

阿琳娜带着龙蛟穿过一片丛林，来到一个山丘的脚下，旁边就是大海，山丘下的树林中有一个石池，旁边站着两个侍女在等候。他俩走近池边，只见清澈的池水中漂浮着五颜六色的鲜花，散发出阵阵的幽香。一个侍女说："公主，遵照你的吩咐，采摘的鲜花全部倒入水池，已浸泡了一个时辰。"

"好！"阿琳娜向侍女使了一个眼色，她俩离开了。

龙蛟惊瞪着双眼，望着浸泡鲜花的水池，这是他第一次见到，感到特别新奇。

"在盛夏享受一下泉水浸泡的鲜花浴，不但能清凉消暑，而且对人体的皮肤、健康有益处，英雄，享用一下吧！"阿琳娜以甜甜的语言说道。

龙蛟热得浑身是汗，恭敬不如从命，他脱去上装，穿着裤头"扑通"一声跃入池中，只觉全身凉爽，舒适，花香沁人肺腑。

阿琳娜脱去上装，卸去裙衣，露出一个红色的背心和短裤，她那丰腴的乳胸，嫩白光洁的皮肤，加之她窈窕的身材，楚楚动人。"英雄！"她喊了一声龙蛟，实际上是叫龙蛟欣赏她的美姿、玉体。

龙蛟将目光移过去，不由惊呆了，啊！真是一个美丽的女神，他似乎倾倒了，陶醉了，他本能地想多欣赏、多凝视一会，他有些控制不住，便急中生智，将池水的净水向阿琳娜身上、面庞洒去。阿琳娜受到凉水的突然刺激承受不了，也"扑通"一下跳入池水，用手弹水向他泼去，龙蛟也还击，花瓣、水珠在池中飞溅、飞舞……

打闹了一阵，阿琳娜说："有一种水鸟叫鸳鸯，它们常成对在水中嬉闹，我俩刚才像不像鸳鸯戏水？"

"不完全像！鸳鸯戏水要潜水，你会吗？"

"不会！父王和母后年轻的时候常来这儿泡鲜花泉水浴。"

"这儿的确是个消暑的好去处！"

阿琳娜将身子沉入水中，仅露出一个头，他也要龙蛟这么做，然后她划着水将身体移过去，头渐渐靠近龙蛟，她渴望的眼神是要龙蛟给她一个热吻，然后紧紧抱住他。龙蛟下意识感到，此时如果控制不住，把握不好，就会成为阿琳娜的俘虏，不可自拔。他急中生智，看到视线前面海边的一块山石，说："阿琳娜，快看，那块石头像不像一个女人的头像？"

"像！"阿琳娜转过头去看了一眼，说。

"你要不要我给你讲个故事？"

"愿意听呀！"

"在古代的中土，一个妇女的丈夫被应征参军了，她天天去江边的山上盼望丈夫归来，盼呀，等呀，后来变成一块如同少妇的石头，还有诗曰《望夫石》：'望夫处，江悠悠，化为石，不回头，山头日日风复雨，行人归来不应语。'"

"啊！多么悲惨、感人的故事呀！"

"如果我的未婚妇也像那位少妇天天去江边盼我归来变成石头，你有何感想呢？"

龙蛟的话似乎给阿琳娜的头上泼了冷水，她的兴致、欲望一下子化为乌有，垂下头，说："不应该变成石头……"

"好！不说这个了，我说那块海边类似少妇的石头，也许是多少年前，翡翠岛上的一个渔民出海打鱼，没有归来，他的妻子在山头上盼他回来，盼呀盼呀，变成了一块翡翠岛上的望夫石。"

"有这可能啊！没有记载！"

"说不定还真有这回事，不过没有记载传下来而已！"

"历史让它像流水一样流淌过去，我们要的是珍惜现在，可别让美好青春悄悄地消逝而去，否则，将来留下无穷的悔意！"

龙蛟坦然地笑笑……

一天早上，天刚亮，王宫里分外静谧。龙蛟还在熟睡之中，一阵轻轻地敲门声将他惊醒，他连忙去开门，是阿琳娜站在门前，她披着长长的秀发，身着一件薄纱几乎透明的丝衣，内里透露出嫩白诱人的双乳，凸起的乳头也看得清楚，下身也露出娇美嫩白的臀部和大腿。他揉了一下惺忪的双眼，惊呆了，顿时血液加速循环，身上涌起一阵阵燥热，理智又使他控制住自己，问道："阿琳娜，你这么早找我有何事？"

"喏！给你送来你心爱的东西！"

龙蛟一看，原来是他戴在手腕上寸步不离的碧玉手链，这是兰香给他的信物，"啊！怎么在你那儿？"

"你好好想一想！"

他忽然想起，昨天晚上与国舅二人喝酒时，国舅要看这串手链，他将手链摘下交给国舅看，国舅看完放在餐桌上，自己喝得酩酊大醉后忘记将手链套在手腕带走。"是昨天喝酒忘在餐厅里！"他说。

"昨天晚上，餐厅人员将这手链送到我的侍女处，侍女又交给了我！"

"真是太感谢了！这是我的随身之宝呀！"

"怎么谢我？"

龙蛟发愣，不知所措。

"至少给我一个吻！"

龙蛟将头伸过去给她一个吻，阿琳娜一把将他据住，将她柔嫩又性感的嘴唇在他的面庞热吻，她的嘴唇像一块烧红的木炭，灼热了他的心，他感到周身燥热，血液在体内疯狂奔窜，几乎要倾倒。阿琳娜推着他要进房间，他知道进了房间会发生什么，理智告诉他，如果此刻肉体情感上了船就再也下不了船，他就被彻底俘虏了，他就背叛了兰香，他就回不了中土、家乡。他把住理智的方向盘，将阿琳娜轻轻地推到门外，说："如果被酋长、王后知道了，我可不好交代呀！"

"一切由我承担，由我负责！"阿琳娜不屑地说。

"家父从小教导我，男女授受不亲，阿琳娜，今天就到此为止，谢谢你！"

"胆小鬼！真遗憾，扫兴！"

"阿琳娜，来日方长哩！我会牢记你的真情！将来如有需要，我会为酋长和你效力！"

阿琳娜转过身悻悻地离开了。她想，只要你还在岛上我总会打动你的心，人非草木，怎能无情！我的挚爱一定会感动天地、感动真主，也会感动你！

前些时候江成波趁着王茂源不在丰州，从周联络官那儿要来了部分茶叶、瓷器订单密不透风，别人都不知道。他去了外地订货回来，听商圈的朋友说，王茂源从周联络官那儿得到了比他多数倍的订单，周联络官还答应让他安排一条商船跟随郑和下西洋，他和陈掌柜合伙正在租船、组织货源。江成波眼红、嫉妒，心想，周联络官既然能答应给王茂源租一条船下西洋，我为什么就不去争取一下，也租一艘船跟着郑和下西洋，这样所赚的钱，可不得了。利欲熏心，他又一次到客栈去找周联络官。

这天，江流风的一位纨绔子弟朋友从厦门乘船来到金溪港，他去码头接，然后陪他逛九日山、丰州古城，游览结束带他去客栈下榻。

此时江成波贼头贼脑地进了客栈，正好周联络官正在茶室品茶，"周联络官大人，你好啊，小人江成波前来拜见"。江成波行礼说道。

"请坐！"周联络官也给他沏上茶，问，"订单上货物筹备得怎样了？"

"报告大人，我去外地组织货源刚回来，全部筹备好，保质保量，请大人放心！"

"好哇！"

"听说王茂源掌柜也拿了大订单！"

"是！这与你无关！"

"听说大人你还安排他一艘货船跟随郑和大人下西洋？"

"是有这回事！"

"不过，听说他自己下不了西洋，与陈掌柜合伙叫陈掌柜下西洋，胆小怕死！"

"你就不用多管别人家的闲事了！"

"大人，我也想为海上丝绸之路做出贡献，传承老祖宗海上的伟业！能否也安排一艘商船跟随郑和大人的船队下西洋？"

"这次不行了！跟随郑和大人下西洋的商船是少数，有限的！"

"下次下西洋务必要安排我呀！我的实力、能力不比王茂源差呀！"

这时，江流风带着纨绔子弟朋友走进客栈登记后也进入茶室，江成波面色一下子阴沉下来，他本想装作与儿子不认识，再和周联络官寒暄几句就离开，谁知没有城府、傻头傻脑的江流风偏偏带着朋友来到江成波面前介绍说："爸，这是我厦门的朋友海豹！"

"伯父好！"海豹行礼道。

"好……好！"江成波神色慌张，额头渗出汗珠，很不自在地说，"你俩到那边去坐！"

周联络官打量着江流风，不由一愣，记得两年前就是他和另外一位不三不四的青年前来反映告状，说王茂源的儿子和内弟走私偷渡到南洋，勾结海上反明势力，企图犯上作乱，当时他做出错误的判断和决策，取消了给王茂源的订单。后来王茂源前来反映，他做了调查，又将订单给了王茂源，他曾为这件事感到内疚过，原来告状的人是江成波的儿子呀。

"他是你的儿子！"周联络官指着江流风问。

"鄙人的犬子。"

"唔！"周联络官心中有数了，前年肯定是江成波斗茶未夺魁、中标，对王茂源嫉妒怀恨，唆使他的儿子前来诬告。

江成波心里也明白，周联络官已觉察前年来告黑状就是他的儿子，脸色苍白，像做了贼一样心虚，便说："大人，我就不打扰了！货到了我再来向你汇报！"

"好！不送！"

江成波看也不看一眼儿子，悻悻地溜走了。他一边走心里一边骂儿子，你这个傻瓜、混蛋，怎么偏偏这个时候来到客栈茶室，怎么就不动动脑子，偏偏与我打招呼呀，为什么不带朋友到别处去呀！

周联络官又看了江流风一眼，便走出客栈茶室来到县衙，县令不在，他找到县吏，说："你马上去通知江成波，告诉他，我给他的下西洋的订单取消了！"

"大人，为什么呀？"

"刚才他来客栈茶室找我，拿了订单还不满足，还要求安排一艘商船跟随郑和大人下西洋，真是贪心不足。我们正在交谈之时，他的胖儿子带来一朋友前来喝茶，我一眼就认出他就是前年来找我诬告王茂源的人，由此断定是他爸江成波指使的，江成波这样没有德行、损人利己的商人，不能给他订单，更不能安排船只下西洋，否则就是玷污了郑和大人下西洋神圣的使命。"

"不过，他已订了货……"

"他仅订了货，还未运到丰州哩！"

"是！大人！我马上前去通知！"

江成波家中发生了风波，无异于一次地震。

他接到县吏取消订单的通知后，气得脸红脖子粗在家中踱步，发怒、骂娘。

傍晚时分，江流风哼着小调回到家中，江成波瞪着双眼，指着他大骂："你比猪、比驴还要蠢！我怎么养了你这样一个儿子！"

"怎么啦？"江流风不解地问。

"今天我和周联络官在客栈茶室谈事情，你怎么带着朋友走进茶室喊我爸，介绍你的什么狐朋狗友！"

"滩道你不是我爸？"

"你没有看见我对面坐的是周联络官，两年前你找他诬告了王茂源一状！"

"一人做事一人当！事情已过去两年多了，难道他还耿耿于怀！"

"他肯定会认为我当年斗茶失败，未拿到订单不服气，指使你干的。"

"当年也确实是你指使我干的！你怎么能怪我！"

"我怪你今天应该回避周联络官，不让他知道你是我儿子。你可晓得，他今天叫县吏通知我，取消了给我的下西洋订单，我本想还争取下次安排一艘商船跟随郑和下西洋哩，全泡汤了，你这个傻东西成事不足，败事有余！"

这时，丰氏听到他们父子俩争吵声从内屋走出，说："你也不能全怪儿子，谁叫你不迟不早、不前不后在那个时候去找周联络官，谁叫你贪心不足还要争取一艘商船跟随郑和下西洋！争取到了吗？白搭！我叫你别去，你不听！砸了吧！"

"你成了事后诸葛亮！幸好这次货物是预订，没有购进运来丰州，损失不大，要不，损失可惨哩！"

"难道你眼睁睁到手的订货单就打水漂了，就不能再想想办法挽回？"丰氏说。

"给他行贿，送些银子！如今无官不贪！"江流风说。

"倒也是，前几天我找县令帮忙，塞了些银子，他不是给我出了好主意见效了吗？当然取消了订单不能怪县令！"江成波思忖着说。

"我看你今天晚上就去找周联络官！"丰氏说。

晚上，客栈大门口挂着的灯笼闪烁着光亮，客人们进进出出，江成波登拉着脑袋跨进柜台问："周联络官在房间里吗？"

"在，刚从外面回来！"

"谢谢江成波转身走进一个过道，鬼鬼祟祟地轻轻敲门。

门开，周联络官沉着脸说："你是来讨回订单？"

"大人呀，我到外地跑了三天，好不容易落实了订单，你就高抬贵手把订单给我吧！"

"要做好生意，首先要做好人，取财要走正道。"

"谢大人指教，我知道你是对我儿子两年前反映王茂源一事不满，怀疑是我指使，我的确不知道啊！"

"是否你指使你心中明白，反正，'子不教，父之过'，你是有责任的，你们诬告人家，我没调查听信了你们，曾留下深深的内疚和遗憾！"

"以后再也不会发生这样的事了！"他说着，从袖中掏出几卷银圆，放在桌上，说，"大人，这是我的一点心意，不成敬意！"

周联络官顿时变得严厉起来，说："想对我行贿，休想，快拿回去。"

"大人，你别嫌少，等到我生意做成了，一定孝敬你！等到下次你安排一艘货船让我跟着郑和大人下西洋，我将赚到的利润分一半给你！"

"嘀！你以为当今的官都是贪官？你的算盘打错了，快将银两拿回去，你即使给了金山、银山我也不稀罕！"

江成波看看周联络官的脸色，威严、凝重，他尴尬地拿起了银圆，灰溜溜地走了。

江成波回到家中，妻子、儿子问他结果如何？他将银圆朝桌上一扔，说："他铁面无私，不肯收！"

丰氏："当官的赶走送礼的，少见！"

江流风："真是一个蓳老头儿！粪坑的石头，又臭又硬！"

丰氏："能否再想想别的办法，打动他，攻克他！"

江流风："除非美女，英雄难过美人关！"

江成波："好！我给他再来一招！"

客栈的茶室内，周联络官一边品着茶，一边望着窗外的月亮。这时，茶室也坐着一位浓妆艳抹的少妇，穿着华丽，容貌姣美，肤色嫩白，一双水灵灵的大眼如一泓秋水，楚楚动人。她一边品茶，一边转动着眼珠不时向周联络官望去。等茶室就剩下周联络官和她二人时，她便走过去，行了一个礼说："请问你是周联络官大人吗？"

"敝人便是！"周联络官点点头，说着打量着她，从打扮和气质她真是风情万种。

"听说你来丰州为郑和大人下西洋采购物资，真是我们丰州城的福音，郑和大人下西洋，开通海上丝绸之路，巡视万邦，扬威海上，得百姓拥护，名垂千古。"

"你们都知晓、关心？"

"当然！周联络官你前来采购下西洋的物资也是有功之臣，令人敬佩！"

"哪里！哪里！这是我的分内工作，应该的！"

"官人，忙碌之中，也应该消遣、娱乐一番啊！"

"本人可没那个雅兴，在此喝茶、饮酒便满足矣！"

"官人，我请你到隔壁酒店喝几盅酒如何？明月当空，人生几何？月上柳梢头，人约黄昏后，何不及时行乐呀！"

周联络官又望了她一眼，只见她秋波闪闪，在勾引他呀！她是为了钱财，还是有别的有求于他，还是被他人指使前来进行交易，他的脑中连打了几个问号，便问："你大概是有什么企图和目的吗？"

"哪里！我是仰慕官人！"

"苏东坡先生有诗曰：见色不迷是英豪！"

"官人呀，良宵一夜值千金，你别错过机会呀！"

"本人为官一任，还要落得个清廉！"

"官人，我真钦佩你，不瞒你说，我是被江成波收买而来欲勾引你的，他不但想要下西洋的订单而且想要租一艘商船跟随郑和大人下西洋。"

"哈哈！原来如此！我早就看出这必有陷阱、阴谋！如果不自律我就中了美人计，遗恨千秋！你转告江成波，做人要本分，行商要规矩，不要搬起石头砸自己的脚！"

"我一定转告！谢大人！看来洞庭府内也有好人啊！"

"世财不义切莫取，当官不自律，迟早要翻船

女子走了，周联络官望着悬在空中的明月，不禁自言自语地说："江成波，你的那一点雕虫小技岂能瞒得了我，我哪里会上你的当呀！"

第十五章

龙蛟自去了旧港逛了番人贸易市场后，旧港像磁石一样吸引着他。旧港是东南亚、南亚乃至东非贸易的交汇点，是贸易信息最多的地方之一。他想起应征离开丰州城前的愿望，和对岳父王茂源还有爸爸的承诺，跟着郑和大人下西洋要了解一些贸易信息带回，以便为将来做海上丝路贸易打下基础。

他去旧港开了眼界，但那天是走马观花，匆忙转了一下，要仔细看的东西多着哩！了解的东西也多着哩！将来要与番人进行贸易，要学的东西也多着哩！现在闲着，不妨再去那儿考察，他便向国舅提出："能否安排一条船，让我再去旧港番人贸易市场去看看！"

"可以呀！要不要我陪你去！"国舅说。

"你太忙，就免了！你是否担心我去了再也不会回岛？"龙蛟半开玩笑地说道。

"哪里呀！上次是阿琳娜误会了！只怪那个该死的大内管家耍的花招和阴谋，他被革职回家当平民是咎由自取！"

"多谢国舅对我的信任和关照！"

"你什么时候去旧港？"

"明天！"

"可以！明天海上风平浪静，适合航海，我来安排。另外，我一定要让你带上钱币去，你喜欢什么就买些什么！"

"钱币就算我借的，以后还你！"

"你这就见外了！你一到岛上酋长知道是你救了我和船只，免遭海盗杀戮，要给你奖赏，你谢绝了，我给你一些钱币还不是应该的！"

"谢国舅！"

阿琳娜知道了龙蛟要去旧港，便要跟着去，酋长、王后担心安全问题不让她去，她挂着脸，噘起小嘴巴，找到龙蛟说："嗯，父王和母后都不同意我跟你去旧港，真令人扫兴！"

"你担心我去了旧港再也不回岛？飞走了！是吗？"

"我看住你总比不看住你好！"

"即使你跟我去了旧港，我真的想离开你，还不是易如反掌呀！你是看不住我的呀！"

"你真坏！人家是一片好意嘛！"

"我去旧港，主要想了解一下番人贸易市场的一些情况，将来做海上丝路贸易，去了那儿也许能给我带来一些惊喜！"

"祝你喜从天降！"

"阿琳娜，我有了喜，你也就有了喜！"

阿琳娜听了琢磨、思忖，露出甜蜜的微笑，突然想到龙蛟是否对她的态度有所转变，便说："是！我俩联系在一起了，双喜临门！"

"但愿喜事成双！"

"你一个人逛旧港贸易市场可要小心呀！"

"阿琳娜，我武艺高强，不必担心，谢谢你！"

"你可要早点回来呀！天黑了，行船可不那么安全呀！"

"好！"龙蛟点了点头，深情地看了她一眼。

第二天，国舅给龙蛟安排了一艘船，挂帆直驶旧港码头，龙蛟跳上岸就直奔番人贸易市场。

番人贸易市场和往常一样，路两旁摆满了来自各国的物产，商人、小贩的叫卖声、吆喝声此起彼伏，前来参观、购买物品的各种肤色人群摩肩接踵，熙熙攘攘……

龙蛟一个摊位一个摊位地看，对异国的一些物品仔细琢磨。当他走到出售农具、种子的摊位前，发现一个人头戴草帽、身着当地人的彩色长衫走来，似乎此人面庞好生面熟，再仔细照看，与兰香的哥哥云松长得很相似。他想云松两年前和舅舅一到南洋，遭遇陈祖义一伙海盗的劫船，船毁人亡，人死怎能复生？他又看了几眼，确有些像云松。因是侧面看，他想，世上长得面庞很相似的人多的是，不要瞎猜。龙蛟移动着脚步本想离开，想不到那个人低着头走着，心思重重地撞了他一下，那人抬起头，真像云松。龙蛟情不自禁地问："请问，你是不是王云松！"他停下脚步，摘去草帽，打量着龙蛟，猛地激动地说："龙蛟，怎么是你！""啊！果然是云松！"他俩扑上去热烈拥抱，泪水扑簌簌地滚下，许久，他俩互相对视，龙蛟说："我越看越像你呀！"

"做梦也没想到，能在旧港贸易市场遇上你！"云松说，"你怎么来到旧港？"

"一言难尽，我们到别处找个地方聊聊！"

"到茶室去，我请你喝茶！"

"还是到海边去，那儿安静。"

他俩来到海边的一棵椰树下的石头上，坐下聊了起来。

龙蛟告诉他，丰州城与他们同时下南洋的另一艘船上的金掌柜回到丰州，说出了他们的船被陈祖义一伙劫船，船毁人亡的事，他妈妈接受不了这个打击，当即猝死身亡。龙蛟还告诉他，他和舅舅下南洋后，他就与兰香相爱，当兰香向爸爸提出非龙蛟不嫁时，他爸爸说除非陈祖义能被捉拿归案，除非龙蛟能为他们家报仇，他一气之下报名应征随郑和大人下西洋，这样也就与兰香订了婚。后来他爸妈为了安慰云松的爸爸，提出让龙蛟当他们家的过门女婿。

云松听了又悲又喜，悲的是爸爸、妈妈、妹妹，悉知他和舅舅下南洋的船被陈祖义的一帮海盗劫船，以为他和舅舅都身亡，受到巨大的打击。妈妈猝亡了，再也见不到心爱的妈妈了，爸爸和妹妹接连遭受失去亲人的打击，令人揪心！喜的是兰香与龙蛟已订婚，并且成为爸爸的过门女婿，他又多了一个兄弟。

"妈妈没有了，回去再也见不到她了。"云松伤心地啜泣起来，"我真不孝呀。"

"不要难过，好在岳父大人和兰香还好！"龙蛟安慰道，接着他问，"那舅舅呢？"

"他被海盗杀害了！"

220

"那个金老板回来说，海盗上了你们的船，舅舅就大声喊，快逃呀，海盗来劫我们的船，要为我们报仇呀！接着只听见船上凄惨的哭喊声，看来他讲的话是真实的。"

"是真的！舅舅巧妙地与海盗周旋，使我和另两个船工赢得了宝贵的逃跑时间。"

"你们是如何逃过一劫的？"

云松打开了话匣。

原来，那天黄昏后，舅舅万年发现了陈祖义的一帮海盗船向他们的船靠近，他立即叫云松和船上其他的几个船工赶快上后面的勲板逃走。因为前板小，几个船工相互推让，结果让云松和另两个中年船工上了舶板，他们割断缆绳，拼命用桨划着畑I板，离开大船越来越远。

海盗船靠近舅舅的船只时，舅舅万年站在船头与海盗们磨蹭："你们是干什么的？"

"我们是混海龙陈祖义的部下，要你们船上的货，要你们的命！"

"大家都是中土人，何必同室操戈！"

"我们就是干这行的，靠海吃海！"

"你们要船上的货物，全给，天黑，别将你们的船撞坏，另将兄弟们撞落水，慢慢地靠近我们的船！"

"好小子，你的嘴巴真甜，花言巧语，我们不信你这一套！"

"兄弟，有事好商量嘛，我们来南洋一趟也不容易呀！"

"我们逼上梁山，在海上做海盗，我们不抢、不劫，吃什么！"

"刚才说过了，船上货物全部给你们，手下留情，给我们留条活路吧！"

……

舅舅万年与海盗周旋，让云松和另两个船工争取了时间上了舰板逃走，没有被海盗们发觉。

舰板离开货船不远处，海盗船靠近了货船，海盗们举起大刀跳上货船，此时舅舅万年在船头大声喊"快逃呀！"他的声音在海上回荡、消逝，他和船上的人，都遭遇海盗们的屠杀，横尸船上。

海盗们抢走了货船上的货物，用火将货船点燃，船体燃烧着熊熊烈火，火光冲天，海上飘着一团团浓烟。云松和两个船工使劲划着船桨，不时回头看看燃烧的船只，火光、浓烟，他们泪流满面，呜咽着、哭泣着。他们知道，是舅舅万年和海盗们周旋、磨蹭，为他们争取了逃跑的时间，是舅舅万年和其他船工的生命换来了他们的生命……

他们远离了被焚烧的货船和海盗的船只，划得筋疲力尽。夜色漆黑，大海茫茫，他们也不知划到何方去？如果大海刮起风浪，或者遇到海里的漩涡，舰板随时都会被浪打翻或者被吸入海底，人葬身鱼腹。云松不时对着天喊："妈祖、海神，救救我们吧！"

天渐渐亮了，他们看见远方有一个海岛，似乎是妈祖、海神的指引来到这儿，他们看到生还的希望，露出了笑容，又使劲向海岛划去……

原来，这个小岛就是距离旧港东南不远处的一个小岛。

龙蛟打断了云松的回忆说："你们大难不死，喜得妈祖、海神的庇佑呀，我还告诉你一个奇怪的事，兰香说她曾做了一个梦，梦见你对她说：'我没有死，我还活着，叫爸爸妈妈别为我担心！'"

云松："我到了海岛存活下来，几乎每天都惦记着爸爸、妈妈、妹妹，心里确实说，你们别为我担忧，我还活着。"

龙蛟："兰香做了这个梦后，一段时间内天天去九日山一眺石眺望，看看是否有从南洋的船回金溪港码头，简直是望眼欲穿呀！"

"我的好妹妹……"云松控制不住，呜咽起来。

龙蛟的双眸也湿润了，他想起，兰香得到哥哥落水遇难的噩耗，如同晴天霹雳，一次次到九日山眺望着大海，喊着他的名字，为他招魂。

云松和龙蛟顿时心中发生了共鸣，他们为兰香遭遇不幸的打击而伤心，为兰香一次次失望而难过，也为兰香炽热的爱而感动！

"你失去了妈妈、舅舅，也不必伤心难过了。我要告诉你一个好消息，陈祖义被我缉拿，被郑和大人押送回京城伏法去了！可以告慰妈妈、舅舅的在天之灵，我为他们报了仇。"龙蛟说。

"真的！太好了！"云松喜极而泣，他用双手握住龙蛟的胳膊，激动地说，"你为我们全家报了仇！也为南洋的百姓解了恨呀！难怪最近没听到南洋人在海上被海盗劫船的消息，说说是怎样捉拿陈祖义的？"

龙蛟细细地说起他的事。他应征入伍在万人岛集训，刻苦练习过硬本领，考核比试夺冠被晋升为战船船长，跟着郑和下西洋后又回到南洋，如何乘战船巡逻侦察陈祖义下落，巧遇并解救翡翠岛国舅所乘船免遭海盗劫船，又如何在旧港巧遇巨商施进卿，得到陈祖义诈降要夜袭郑和船队的情报，郑和将计就计设下包围圈用火攻贼船，陈祖义在四面楚歌中乘小船逃跑，他跳上小船将陈祖义缉拿，押送陈祖义上战船时，不幸遭残匪暗箭，受伤落水在海上漂泊……

　　"你真了不起，是大明的英雄，我们全家的骄傲！我为妹妹找到你这样的一个郎君而高兴！"云松用手拍着龙蛟的肩，激动得泪水直流，他接着问，"你落水后呢？"

　　龙蛟又将他在海上漂浮，在绝望中被翡翠岛渔民救上船带到翡翠岛，受到酋长和国舅至高的礼仪和无微不至的关怀的事说给云松听。

　　"你大难不死，真正洪福齐天呀。我和另两个船工逃到那个无名海岛，可没有你那么幸运，真是历经艰难呀！"云松感慨地说。

　　"说来听听！"

　　云松又打开了话匣。

　　云松和另两位船工，一个叫周二贵，另一个叫吴铁牛，划着舰板来到无名岛的海滩，他们将舰板推上岸已筋疲力尽，休息了一会儿，向岛上走去。

　　无名岛是一个未开垦的岛，杂草丛生，野兔时有出没。一片片的树林，有椰树、香蕉树等各种果树，鸟儿在空中飞翔。他们肚子饿了，采摘了一些香蕉和野果充饥。他们四处寻找，看看有没有住户人家，走了老半天，终于找到一个有几十间茅草棚的部落，茅草棚里有人进进出出，有男有女，有老有少，男的都是一个个赤身裸体，女的上身裸露，下身裹着树叶，他们的皮肤都晒得黝黑。有人拿着瓦罐去旁边的一个水塘去取水，看来水塘里的水就是他们的饮用水，水塘旁边有几块地种着稀疏的玉米、稻谷、豆类等农作物，看来这个部落过的是原始生活。

　　他们走到茅草棚前，许多人围过来，好奇地打量着他们，其中一个年长的人走到前面问："你们来自何方？"

　　"我们是中土人，行船前来南洋做贸易，不料遇到陈祖义的一帮海盗劫船，死里逃生划着舰板来到小岛。"云松说。

"唔！海盗可恶，他们也曾经来过我们小岛抢劫，一看我们什么都没有，结果抓了几只鸡扬长而去！"年长者说。

"我们能不能在贵地暂时住下，能否借一些工具让我们砍树搭建一些简易的房子。"云松说。

"可以呀！你们落难了，我们理应帮助你们，还有什么需求尽管吩咐！"

"太好了，谢谢了！将来还要借农具和种子让我们开垦种地！"

"行！这儿荒地多的是，开也开不完！"

……

周二贵和吴铁牛从小都种过地，后来学木匠当船工，造船修船很拿手，他们借来了斧头、刀具，砍来了树木，建造的木屋既漂亮又实用，防水防风都很好，当地人羡慕不已。他们将盖房的技术教给当地人，当地人也盖起了一幢幢像样的木屋，改变了居住条件。

云松在丰州城里见过一些世面，脑袋瓜也很灵活，他想要在无名岛上生存发展，就必须帮助这些善良纯朴的岛民改变落后状况，取得与岛外联系，引进中土的先进耕作栽培技术。他与周二贵、吴铁牛商量，大家都掏出口袋不多的银两凑在一起，乘舢板到附近的岛屿贸易市场，采购一些工具、农具、种子等。周、吴二人赞同他的想法。

一日，风和日丽，海面风平浪静，在岛民的指引下，他们划着舢板来到附近的一个岛屿的贸易市场，用银两购买了中土制造的斧子、锯子、凿子等工具，还有犁、耙、锄、镰刀、锹等农具和种子。

回到岛上，他们砍树锯木，在不长的时间内建造一艘可在海上航行的船，有了船，他们出行就便捷了。

云松从小在安溪山区长大，对农作物的耕作熟悉。他身强力壮，又有文化，与周二贵、吴铁牛配合，利用中土先进的农具开荒种地，挖沟渠，凿水井，种上的庄稼硕果累累，蔬菜也长得肥嫩。

他们将收获的庄稼蔬菜，还有收购的岛民的鸡、鸡蛋等装上船，先到附近的岛屿贸易市场销售或交换物品，后来又到旧港贸易市场销售或交换，带回中土的农具、种子、丝绸、服装、渔具等，除了自己用外，还与岛民进行交换，他们赚了钱，也改善了岛民的生活。

岛民从古是赤身裸体，云松等教他们用中土的丝绸缝制沙龙（筒裙）、丝衫、丝裤，他们穿上既舒服又美观，改善了过去裸身的习惯，促进了文明。

当地岛民有时也在海边捕鱼，那是原始粗犷式，用渔叉叉鱼或用藤条编织的网捞鱼，捕获的鱼寥寥无几。云松从岛外带回渔网，又教他们学会造船，下海用渔网捕鱼，每次回岛都是鱼虾满船，他们喜笑颜开。

当地人开荒种庄稼是粗犷式的种植，种子一撒就万事大吉，不管不问，就等收获，靠天吃饭，结果收获甚微，有时甚至颗粒无收。种的蔬菜也是长得枯萎、矮小，产量少，口感也不佳。云松等毫无保留教他们如何耕地种植，结果也喜获丰收，生活得到改善，对他们敬仰和感激不已。

后来，云松还带领当地人，将生产粮食、蔬菜装上船，扬帆到旧港贸易市场去交换物品或出售。

云松自从发现了旧港贸易市场后，交换物品或者出售粮食、蔬菜的同时，还购买市场里中土的农具和种子带回，改善耕作技术，种植优良种子，这样他们的种植水平大大提高，收获也颇丰。后来，他们三人办起了农庄，云松是庄主，他们雇用了当地还有附近岛上的岛民前来开荒种地，规模越来越大。周二贵和吴铁牛还与当地两位漂亮姑娘结了婚，生了孩子。

海上丝绸之路撒下的种子在南洋发芽、开花、结果，中土人下南洋谱写了人类文明与友好的乐章。

"无名岛上也有一些美貌的姑娘追求我，希望与我结婚，但我都看不中。"

"你想回丰州？"

"是！我常来旧港贸易市场看看，一是交换采购一些物品带回岛上，二是看看有什么番人的货物以后可以买了带回福建，三是调查除了丝绸、瓷器、茶叶外，番人还有什么喜欢的中土货物将来可以带到南洋来销售。"

"你和我想到一起了！我这次来旧港贸易市场看看也是这个目的呀！我俩真是不谋而合，不期而遇，真是天意！岳父大人和兰香如果知道我俩在南洋邂逅，他俩还不知道会高兴成什么样子哩！"

"是啊！他俩都以为我俩葬身于南洋大海，幽魂在大海上空飘荡，哪一天我俩一起回到丰州，一定给他们一个天大的惊喜！"

"我正期待着季风的到来，看看有没有回中土的便船，酋长和国舅也说会给我留心。"

"我将农庄园的事安排一下，与你一起回丰州。"

"好哇！这次你陪我去翡翠岛看看如何？"

"不行！我现在心事重重，哪有雅兴去翡翠岛！"

"对了，刚才相遇时，我发现你愁容满面，难道遇到什么难事、不快的事？"

"你有所不知，我们无名岛发生了瘟疫，死了不少禽畜，也病倒了不少人，他们发烧、头痛、呕吐，有的病危，其中也有我们庄园的人员。我这次来旧港，寻医问药，医生摇摇头说无可奈何，我来番人贸易市场转转看看有何良药。"

"真遗憾！"龙蛟听了十分悔惜和同情，说，"你救人一命胜造七级浮屠！"

"到哪里去找良药呢？"云松露出焦虑的神情。

龙蛟思忖一下，说："去年我们的船队到了南洋，爪哇一个岛上也发生瘟疫，几个岛上的中土侨胞扬帆来到我们船队说，一定要叩见郑和大人。郑和大人见到他们，他们跪下恳求郑和大人救救岛上的百姓包括中土的人，郑和立即叫来随船资深大夫，大夫说不妨吃榴梿试试！"

"后来呢？"

"那个岛上本来就产榴梿，岛上患病的人拼命吃榴梿，将榴梿当饭吃，那些没得病的人也大吃榴梿，结果，许多患病的人痊愈，瘟疫也消除了。"

"真的？太好了！谢谢你的指点！"

"不用谢我，要谢就谢郑和大人！"

"你真是救命的使者！走！陪我到旧港的水果市场去转转！"

他俩来到穆西河畔的水果市场，中间有块空地，几个年轻人在耍大刀、翻跟头表演，他俩无心欣赏，东张西望寻找榴梿。走了一段路，有一个摊子卖杭果，龙蛟过去见过此果，但不知叫什么名字，也没品尝过，便问云松："这叫什么水果？"

"杭果，品尝过没有？"

龙蛟摇摇头。

云松掏零钱买了两个，给龙蛟一个。龙蛟学着他将皮剥去，然后，咬了一口，甜香的果肉直沁肺腑，他情不自禁地说："枇果好看又好吃！可惜我们中土没有！"

云松点点头说："是！中土没有，很遗憾！"

"这儿有没有杭果树苗卖？如果有，我们下次回中土时，带上几株如何？如果能在闽南繁殖生长就好了！"

"你提醒了我，好主意，我留心一下，下次回中土买上几株带回！"

"杭果将来能在闽南生长繁殖，开花结果，造福于民，将是一件功德无量的事！"

"这件事我包下！"云松又带着龙蛟继续向前，终于找到几个卖榴槌的摊贩。他问了价钱后，对几个摊主说："你们的榴槌我全要了，不过你们要将货担到前面的码头船上。"

"没有问题！""小事一桩！"几个摊主说。

云松将钱付给他们，然后叫他们担着榴槌跟着他俩。

到了码头，云松说："我不陪你了，要赶回去用榴槌救人！"

龙蛟："但愿榴槌能遏制无名岛上瘟疫，患者食后病除！下次见面后，我带你去翡翠岛住上几天，你还可以见到一个人……"龙蛟本想说还可以见到酋长的公主阿琳娜，话到嘴边又止了，怕云松产生误会，还是慢慢向他解释好。

"这次不能陪你去翡翠岛了，要不再过五天，也就是第六天的早晨，我俩在番人贸易市场碰头见面如何？"

"好！就这样，我上船了，艄公在等我哩。"

龙蛟送走了云松，又到番人贸易市场买了一大包苏麻离香，打算带回去给爸爸试做青花瓷器，他担心下次逛番人市场买不到。

他回到船上叫艄公挂帆开船，风帆挂起，船在海面劈波斩浪，向翡翠岛驶去……

船到了翡翠岛，阿琳娜带两个侍女在海滩等他，他一下船就对阿琳娜说："阿琳娜，我这次去旧港真的得到你的吉言，喜从天降！"

"喜从何来，说来听听！"

"……"龙蛟又犹豫了，他想如果说出遇到他未婚妻的哥哥，她会不快。"还是以后告诉你吧！"

"你还给我卖关子哩！好！以后等着听你的喜讯！"

他俩边走边聊，向王宫走去。

"阿琳娜，这次我一个人去旧港，你是否还担心我离岛不回了！"

"我才不担心哩！因为季风还未到哩，你回不了中土，即使季风到了，也要能搭上船！"

"嘀，你真聪明，是个精灵！"

"你这样夸奖我，太高兴了！"

这天晚上，晚餐后阿琳娜约龙蛟在花园纳凉，情意绵绵地说："龙蛟英雄，今天你离岛一天，我感觉到你似乎离开了一个月，我好寂寞呀，我真的离不开你了！"

"阿琳娜，你的一片真心真情我领了，我也很感动，我想来想去真的不能与你婚配，如果我与你婚配吧，我的未婚妻就会变成像我与你所说的望夫女一样，她天天到江边上盼我归来，变成一块望夫石，风吹雨打盼夫归，寂寞伤心泪相随，多么的残酷，不幸啊！"

阿琳娜听了不禁滚落一串泪水，说："你是不是看不上我这小岛女子，编造了家有未婚妻的谎言！"

"哪有的呀，我对你发誓，赌咒……"

"别……"

"我如实告诉你吧，我今天和你所说遇到一个喜从天降的事，就是在旧港番人贸易市场，巧遇到了我未婚妻的哥哥云松。"

阿琳娜听了不由一惊，扬起头，拭去泪水，说："这真是奇遇！真是喜从天降！他是怎么到南洋来的？又怎么又去旧港贸易市场？"

龙蛟将云松如何来到南洋，遭遇陈祖义的一帮海盗劫船，和另外两个船工死里逃生来到无名岛，他凭着精明能干带着两个船工在岛上开荒种地，引进中土的种植技术，建立一个相当规模的农庄，成了庄主，常去旧港交换和购买物品，结果与龙蛟在番人贸易市场邂逅的经过讲了一番。

"太神奇了！也许真的是真主的保佑！"

"我本想将我的大舅子云松带到翡翠岛上来，你见到他就会相信我的话，我的未婚妻兰香还在家里等着我回去哩！"

"我相信！"阿琳娜说着滚落了一串泪水，失望地点了点头。

"我的大舅子云松长得英俊、儒雅、睿智，而且他读的书比我多，跟着爸爸做过生意，又能吃苦，管理水平高，能在无人岛上开垦荒地，运用中土的种植技术，建起了相当规模的农庄，小岛的面貌也改变了，那儿人们的生活水平也提高了！"

"你怎么不将他带到我们岛上来！"

"他很忙，答应我五天后我们再在旧港番人贸易市场碰头，然后随我来翡翠岛住上数日，此事我还未来得及向酋长大人和国舅汇报呢！"

"当然欢迎啰！"

"云松告诉我，与他一起逃离到无名岛上的两个船工，已和当地的姑娘结婚，生了孩子。"

"他为什么不在岛上也找一个……"

"唔！也许没有缘分！谁嫁给他真是有福分，他才貌出众，睿智过人，精明的商人，出色的管家。"

阿琳娜在遗憾和失望中，似乎得到了一点安慰和希望……

阿琳娜将龙蛟告诉她在旧港番人贸易市场邂逅遇到未婚妻哥哥云松的事，以及云松如何在无人岛开荒种地当了农庄主的情况告诉了酋长、王后和国舅。

酋长："他俩在旧港番人贸易市场邂逅，真是一个奇迹！"

王后："是真主的保佑！"

国舅："真是冥冥之中的安排。"

阿琳娜："他和舅舅乘坐的商船一到南洋，就遭遇了陈祖义一帮海盗劫船，幸好他舅舅与海盗周旋，赢得了时间，让他和另外两个船工乘舰板逃离。"

国舅："他们划舰板逃到了无人岛？"

阿琳娜："是！在那儿开荒种地……"

酋长："也真是大难不死！"

王后："大难不死，必有后福！"

阿琳娜："他白手起家，开垦了荒岛，创办了一个农庄园，能生产粮食、蔬菜，还到旧港去销售。"

酋长："我对此很感兴趣，是否也帮我们岛开荒种粮食、蔬菜，改变我们岛单一的渔业、水果经济。"

国舅："大王高见，这样我们岛上需要的粮食、蔬菜就不用到别处去采购了！"

王后："好主意！将这位能人请到岛上来。"

阿琳娜："龙蛟英雄和他约好，五日后他俩在旧港相见，然后乘船来翡翠岛。"

国舅："龙蛟英雄还未对我讲，此事我一定会安排好！"

王后："他来了岛上，能否让他做做龙蛟的工作，使龙蛟和阿琳娜成全婚事！"

酋长笑笑摇摇头："怎么可能哩！这不是叫他妹妹失去郎君龙蛟。"

王后："给他们一笔补偿。"

国舅："他不会干，龙蛟看来也不愿意。"

酋长："阿琳娜，看来你争取英雄龙蛟的功夫还没有到位！"

阿琳娜："我已经尽力了！"

酋长："看来只有随缘了！"

第六天，龙蛟在旧港番人贸易市场找到云松。云松一见到龙蛟就拍了他的肩膀说："谢谢你介绍了榴槌这个灵丹妙药，无名岛许多病人吃了我带回去的榴槤就病除，恢复了健康，瘟疫也被驱走了，岛上的人感谢你哪！"

"还是那句话，应感谢郑和大人！"

"你真谦虚！"

龙蛟看到云松打扮得衣冠楚楚，风度翩翩，就和他开玩笑，说："你打扮得好像是去相亲！"

"是吗！那么对象就靠你去物色！"云松也随意开了一句玩笑。

他俩在贸易市场转了一圈，龙蛟将他带上船，扬帆离开旧港，向翡翠岛方向驶去。

在船舱中，两人聊了一阵，龙蛟就将他被渔民救上翡翠岛。走进王宫后，公主阿琳娜对他仰慕、一往情深，酋长、王后也看上他，叫国舅与他相谈要将他招为驸马的事讲了一遍。

云松一听不由愣住了，他如当了驸马将来也能接酋长的王位，真是有至高无上的权力和享不尽的荣华富贵，妹妹兰香等了他二三年岂不是白费了，她所有的爱与牵挂岂不是付之东流，她再也经不起这样的人生打击……他不由沉下了脸，说："龙蛟，上次你说要我见一个人，就是这位即将与你婚配的美丽公主吧！"

"是！不过这只是她的一厢情愿，纵然她对我百般挚爱，万般温柔，使出女人浑身的招数，但都未能打动我的心，不能动摇我对兰香的爱，我俩曾在九日山发过誓盟，海枯石烂心不变。"龙蛟伸出左手，将手腕上戴的碧玉手链给云松看，动情地说，"这就是见证，这是兰香离别时赠送给我的，戴着它就好像兰香在我身边。"

"好兄弟，我对你误会了！你对兰香的忠诚、至死不渝的爱真令我感动。"云松说。

"阿琳娜长得娇美动人，沉鱼落雁，她的温馨、妩媚曾使我动过心，人非草木，孰能无情，但理智的方向盘使我又转过来，我不能做对不起兰香的事，我不能使兰香失望，更不能使兰香再受到沉重的打击

"好兄弟！我妹妹能找到你这样的郎君是好福分呀！相信兰香也像你对她一样忠贞不渝！"

"我有一个不成熟的想法，介绍公主阿琳娜与你成婚，这样不是两全其美吗？"

云松摇摇头，吸了一口气说："我可能没有这个福分，你是对翡翠岛有恩的大英雄，是公主崇拜的偶像，而我是一个流亡在南洋无名岛上的农庄主，是一个平平常常的小人物，公主也许看不上我，酋长和王后更不会同意！"

"不见得，你长得英俊潇洒，有经营头脑和管理能力，你在无人岛开荒种地，引进大明种植技术，建成了像样的农庄园，给当地人带来福祉，翡翠岛也可模仿呀。再说，他们知道了我已有未婚妻，你又是我的大舅子，如娶上公主招为驸马，也是亲上加亲！"

"不知公主对我印象如何？应该说这是第一道关。"

"我一回岛就将我们的相遇告诉了她，并且介绍了你的情况，看样子，她还挺有好感和兴趣哩！"

"真的，看看是否有缘分。"

"如果你俩成了，也是为我解脱！"

龙蛟为云松和阿琳娜做媒，是否能促成呢？

王茂源经过一番张罗、忙碌，完成了周联络官订购的下西洋货物，还完成了与陈掌柜合伙装载一船货物跟着郑和船队下西洋的准备工作。周联络官订购的货物在金溪港码头交了货，跟着郑和下西洋的商船，在指定的时间去福建长乐太平港集合。

根据惯例和规矩，王茂源和陈掌柜在商船出行前，要到九日山去祈风。

农历十月的一天，艳阳高照，秋高气爽，王茂源带着兰香，陪同陈掌柜来到九日山下延福寺供上供品，向菩萨烧香跪拜，然后又来到寺旁的昭惠庙向海神祭供，进香祈祷，求得跟随郑和下西洋一帆风顺，胜利归来。

王茂源和兰香曾经为云松、万年和龙蛟下南洋、西洋来此祈风，他们都有去无回。他们不是不相信祈风拜佛求神的神效，而是谈海色变，迢迢万里，大海变幻莫测，洪涛如山。陈祖义一帮海盗被消灭了，但大海航行没有绝对把握，难有百次百顺啊！想起往事，心中不由有些胆怯、不安，担心陈掌柜和一船货物下洋的风险。陈掌柜看出他俩的心思，坦然地说："你俩不用为我担心，我们在延福寺、昭惠庙拜过菩萨与海神，他们会庇佑我们的，再说跟着郑和大人的船队下西洋，航海不会迷失方向，也不用担心海盗劫船，即使遇到风险和不测也能应对！"

"但愿如此！"王茂源说。

"愿陈叔叔一帆风顺，一路平安！"兰香祝愿说。

"退一万步说，我们的船万一遇到什么不测，能跟随郑和大人下西洋，我死而无憾！"

"不会的，你一百个放心，一千个放心！"王茂源安慰道。

他们边走边聊到金溪港码头，船已靠在码头上，船老大和船工站在船头等候。

当陈掌柜要登船时，突然兰香将手里的一个布包欲递过去说："陈叔叔，有一事还要麻烦你！"

陈掌柜愣住了，说："送我什么东西呀，吃的，用的，船上都准备好了！"

王茂源："打开给陈叔叔看看！"

兰香将布包打开，里面放着一对蜡烛、一把香、一叠冥纸，还有一个信袋上面写着"龙蛟收"的字样。"麻烦你到了南洋，在海滩上点上蜡烛、香、冥纸，还有这封信。"兰香说着，双眸闪烁着泪光。

王茂源的双眸也湿润了，难过地摇摇头，女儿一直还不忘郎君龙蛟。

陈掌柜的神情凝重，他也理解兰香的心情、心愿，十分同情。

兰香又将布包合上递给陈掌柜，陈掌柜接过，沉重地说："兰香，我一定会办到！"

"还有……"兰香双眸滚下泪水说，"你到了南洋，能否再打听一下龙蛟后来有没有什么下落……"

陈掌柜点点头，明白她的意思，龙蛟后来不知漂流到什么地方，即使人死了，是否有人在海边或者岛上捞起尸体……

"还有，我哥哥云松，方便时也麻烦打听一下！"兰香说。

"南洋这么大，有那么多岛屿，你叫陈叔叔如何去打听，这不是大海捞针吗？"王茂源说。

"有的事情也很难说，世上意想不到的事很多，巧合的事也不少，各人有各人的命！我会尽力的，兰香！"陈掌柜说。

"真是麻烦你了！"王茂源说。

"哪里的话，说不定我这次去南洋还真的会给你们打听到消息，也说不定回来给你们带来意外的惊喜哩！"陈掌柜说。

"但愿菩萨、海神保佑！"王茂源说。

"谢谢你的吉言！"兰香的脸庞露出一丝笑容，如云开见日。

"再见啦，你们多保重！"陈掌柜登上了船。

"一路平安！"王茂源说。

船工挂起了帆，船驶出了码头，向大海航去……

船行驶到福建长乐太平港，那儿已经聚集了二百多艘郑和第二次下西洋的船只，一排排高大的樯桅在海面上林立，像第一次下西洋一样，有宝船、战船、货船、马船、粮船、商船。六十多艘较大的宝船令人注目，其中郑和乘坐的天元号鹤立鸡群，如同矗立在海上的巍峨大厦。

陈掌柜进入港区先是作了报到，然后在指定位置与其他船只候风待发。

季风终于等到了，郑和拜谒了妈祖庙后，在天元号召集各路将领、船长作了动员报告，即将出发。

永乐五年（1407）10 月 13 日在历史上是个辉煌难忘的日子，在太平港停泊的二百七十多艘下西洋的船只，绣有"明"字的彩旗在船桅杆上迎风飘扬，万人欢呼，一张张风帆扬起，船队开始离港。

船队在大海航行，近看，犹如一座座在碧海移动的山；远眺，又好似漂浮在蓝天下的云朵。

船队第二次下西洋先是经过第一次下西洋的路线，再由南洋、印度洋，向阿拉海进发，要经过或停留占城（今越南南部）、真腊（今柬埔寨）、满剌加（今马来西亚）、三佛齐（今苏门答腊岛）、吕宋（今菲律宾）、阇安（今爪哇）、暹罗（今泰国）、锡兰（今斯里兰卡）、古里（今印度）等国家和地区。

船队也少不了去旧港，郑和要在旧港建中转站，另会一会曾帮助他捉拿海盗头目陈祖义的施进卿，施进卿因郑和向永乐皇帝请功，被封为旧港宣慰使。

郑和能否通过施进卿那儿得到有关龙蛟大难不死，后在翡翠岛的逗留的消息，就不得而知。

林福山接了亲家王茂源给他的两批瓷器订货，赚了一大笔钱，特别是第二批订货单，王茂源和陈掌柜合伙租了一艘货船跟着郑和船队下西洋，船舱中瓷器占了近一半，大部分出于他的瓷窑，少部分是从过去徒弟处收购而来。这是他没有料想到的，夫妇两人心里乐开了花，他们在丰州城东后街购买了一套有门面、有院子、有住宅的房子，一是让龙海开瓷器店，二是为龙海结婚成家用。

林福山心想，如果将来兰香嫁给了龙海，不可能再将龙海给王茂源当过门女婿，我们仅剩下了一个儿子。如将来兰香要娶到德化我们家，她照顾不了王茂源，王茂源也肯定不乐意，兰香也适应不了德化的生活环境，还不如在丰州城里为龙海购买一套住宅，这样他与兰香结婚才有基础，也是两全其美的事，何况这两次赚了那么多钱，龙海东奔西跑出了很大的力。

马财主看到明成祖登基后，在泉州恢复了市舶司，前来做贸易的番人日益增多，他也前去泉州做了几笔丝绸买卖，尝到了甜头，后来又去泉州、丰州做丝绸贸易。他听说最近林福山接到亲家王茂源的两笔郑和下西洋的瓷器订单赚了一大笔钱，也很眼红、羡慕，希望女儿牡丹能够嫁给龙海，攀上亲后也能从王茂源那儿得到一些丝绸订单，他和妻子洪氏叫赵婶去林福山家中再次说媒。

赵婶打扮得清清爽爽来到林福山家，正好吴氏在家。

"赵婶，您大驾光临，欢迎！欢迎！进屋坐！"吴氏说道。

"前些时，听说你们家为郑和大人下西洋出瓷品忙得不可开交，没敢来打扰。"赵婶说。

"是忙了一阵子，现在闲下来了！"

"福山老板和龙海呢？"

"他俩给龙海在丰州城里买了一套房子，收拾去了！"

"哦！打算给龙海结婚作为婚房用？"

"是啊！在城里有了房子，找媳妇也好找，另外，龙海在丰州城里做生意也方便，不能老租人家房子用啊！"

"你说得好呀！做父母的总是为儿女着想！马财主夫妇也是为他的宝贝女儿牡丹着想。他们都看中了龙海，我上次来这儿说媒龙海也表态愿意，你也同意娶牡丹，我看福山老板忙一阵子也该有空当了，不如选个吉日，把这亲定了！"

吴氏沉吟了一下说："谢谢你这么热心，这件事还得福山和龙海定，我说了不算数！"

"他俩什么时候回来呀！"

"收拾房子购家具等，总要有些日子。"

"你将来也可常去丰州城里去住呀！"

"是！两头跑跑。"

"好福气啊赵婶站立起来，说，"我就不耽误你的时间了，改日再来。"

赵婶回到马财主家将去林福山家的情况向马财主夫妇做了汇报。

"唔！"马财主感到吃惊，问，"林福山为龙海在丰州城里买了房子的消息可靠吗？"

赵婶："可靠。"

洪氏："将来牡丹嫁给龙海就可就住到城里去了！"

牡丹："那我回德化来看你们就不方便了！你们从德化来丰州看我也不方便呀！"

赵婶："你们也可以在丰州城里买套房子呀！将来两头跑跑，两头住住。"

马财主思忖了一下说："赵婶，龙海是否真的愿意娶我家牡丹？"

赵婶："是真的，我在场，福山老板问他是否愿意，他点了头，千真万确。"

洪氏："龙海是个老实人，他不会口是心非。"

牡丹："那天我们同乘船，我从他的眼神中可以看出，他是喜欢我的。"

洪氏："我在旁边也看得出来！"

马财主："如果是这样的话，我也想在丰州城里买一套房子，好让林福山看得起我，另外，我现在做丝绸生意在丰州或泉州要有个落脚点，省得来回奔波。"

洪氏："太好了！如果牡丹嫁给龙海住在丰州，我们自己在那儿也有一套房子，去看她也方便，她来看我们也方便。"

牡丹："我赞成！"

马财主："赵婶，谢谢你提醒了我！"

赵婶："我是希望这件事能促成呀！"

洪氏："将来促成了，我们一定重谢你

赵婶："哪里！成人之美，也是功德一件！"

马财主家有万贯，有实力，他雷厉风行，很快就在丰州城与东后街平行的东街购买了一套有门面也有院子、住宅的房子，购进了家具，丝绸店铺也开张起来。

马财主夫妇为了女儿牡丹能许配给龙海，找到如意的乘龙快婿可谓用心良苦，牡丹也满怀期待，他们一家是否会如愿呢？

第十六章

龙蛟和云松所乘的船抵达了翡翠岛岸边，阿琳娜带来两个侍女迎候他们，龙蛟向阿琳娜介绍说："这是我的内哥云松！"

"你好呀！尊敬的公主！"云松彬彬有礼地说。

"英雄龙蛟早就介绍过你，幸会！我叫阿琳娜！"阿琳娜打量着云松，只见他高高挺拔的身材，清秀的脸庞，五官端正，目光炯炯，显得精干、睿智、儒雅，也有大家风度，心中不由产生好感。

"能来到翡翠岛很高兴，翡翠岛被绿色环抱，如同翡翠，真是名不虚传。"云松说。

"翡翠岛还有森林、山丘、泉水和一些珍稀物种，也是宝岛！"龙蛟介绍说。

"可宝岛留不住大明的英雄呀！"阿琳娜说。

"宝岛有人去，自有留人来！"云松意味深长地说。他见阿琳娜窈窕风姿，如花似玉，果真妩媚迷人，也不禁动了心。他也更钦佩龙蛟，在这样的美色面前，居然对妹妹兰香的爱坚如磐石不动摇。

阿琳娜和龙蛟将云松带到宫里的贵宾室，酋长、王后、国舅在那儿等候他们。

"这是我的内哥王云松，这是酋长、王后、国舅！"龙蛟将他们介绍。

"鄙人王云松，见诸位大人有礼！"云松行了一个礼，说。

"见到你很高兴！"酋长看到他英俊、儒雅、精明，心中钦佩。

王后满意地点点头，心中嘀咕着，小伙子人不错。

"英雄龙蛟将你的情况向我们介绍了，你白手起家，在无名岛开创了伟业，为那儿的岛民造福，真了不起！"国舅夸奖说。

　　"我和另两位大明船工大难不死，漂泊到无名岛，要不是当地的南洋百姓关心和帮助，也生存不下去，也发展不到现在这么大规模的农庄。帮助他们也是应该的。"云松说。

　　"自古中土的文明就传入了南洋，带来了南洋的文明和发展，你到无名岛创业成功，是当代一个好的范例，令人钦佩啊！"酋长说。

　　"中土人来南洋贸易，中土人的物产我们南洋人喜欢啊！"王后说。

　　"据我所知，有一些中土人来南洋贸易，漂泊来南洋后，与南洋女子结婚定居，扎根繁衍后代，中土人和我们南洋人血脉相连，友好万代。"国舅说。

　　"与我一起来到无名岛流亡的两位船工，就与无名岛上的女子结婚已生娃了！"云松说。

　　"跟随郑和大人下西洋的少数士兵因病留在南洋的一些岛屿，有的就不想回去了，也与当地女子结婚成家了。"龙蛟说。

　　"南洋的女子有魅力呀，他们也喜欢上了南洋！"国舅说。

　　"是大海连系着南洋和中土的文明，是大海连系着南洋和中土的人民的友谊，也是大海连系了南洋和中土的姻缘，我们要感谢大海啊！"酋长说。

　　"对！大王说得好！没有大海就没有我们交流交往的一切！"国舅说。

　　"不过，大海也曾阻碍了我们岛国与世隔绝，后来有了船舟我们才可以与岛外交流、购物，我们岛还是单一的依靠渔业、林业谋生，如果能像无名岛一样开发农业，种植庄稼、蔬菜就好了！"酋长说。

　　龙蛟趁机说："云松，你能不能帮助一下，为翡翠岛造福？"

　　"没有问题，我可以从无名岛带一帮人来帮助你们开垦荒地，种上庄稼、蔬菜，你们现在垦荒，比我们那时不知要强多少倍。当时无名岛的人用的农具都是原始的，很落后，现在旧港番人贸易市场有中土捎来的农具，都很好使，种子也优良。"

　　酋长与王后、国舅听了面露喜色，说："这太好了！真是真主给我们的安排。"

　　王后："发展下去，以后我们岛上用的粮食、蔬菜生产自给，再不用去别的地方采购！台风季节也不用再冒险出岛去购物。"

国舅说："说不定我们还自给有余出售给别的岛屿！"

酋长说："英雄龙蛟，感谢你带来一位能力盖世的农庄主。"

龙蛟："这是巧合，也是天意！我只不过是顺水推舟，不用谢！"

阿琳娜听着大家的交谈，双目像闪电似的在云松和龙蛟之间目视，心中泛起一波波涟漪。龙蛟是她仰慕已久的英雄，也是她最钟情的人，真舍不得放弃。可他已有了未婚妻，她也不忍心他的未婚妻成为可怜的望夫石。她不得不考虑龙蛟介绍的这位他内哥、大舅子，他的相貌、谈吐的确不错，他还打算帮助父王在翡翠岛开垦荒地，种植庄稼、蔬菜，实现一个宏伟的计划，如果实现了的话，可以改变翡翠岛的面貌，带来岛民的福祉。他也值得她爱，嫁给他，他要是当上了驸马，也可以助父王一臂之力，将来接父王的酋长位也是水到渠成，她的情感来了一个一百八十度的大转变，理智的方向盘也转过来了。

会见结束后，酋长、国舅带着云松、龙蛟到岛上的一些荒地去考察，那儿杂草丛生，没有人烟。云松对酋长讲述了开发后的规划，哪儿种庄稼，哪儿种蔬菜，哪儿建农舍，哪儿打井，哪儿筑渠，哪儿建养鸡场，酋长听了连连叫好……

晚餐后龙蛟约阿琳娜在御花园相见，龙蛟直言相问："阿琳娜，我给你介绍的云松如何？你愿意嫁给他吗？"

阿琳娜深情地看了他一眼，似乎对他还有些留恋，说："他的确不错，他愿意娶我吗？"

龙蛟："当然愿意

阿琳娜："愿意就好！"

龙蛟："你嫁给他一定很幸福，他也能助酋长一臂之力，不会使你们失望的！"

阿琳娜："这我相信！难道你就这样一走了之！"

龙蛟："我俩成了亲戚关系，还会常来常往！现在海上丝绸之路畅通了，我少不了还要来南洋做贸易，你和云松也可以常去中土！"

阿琳娜："中土是什么样子？令人向往，一定很神奇。"

龙蛟："你去了就知道，一定会陶醉、喜欢、留恋！"

阿琳娜："好！下一步……"

龙蛟："我马上去找国舅，再叫国舅找酋长和王后商量。"

阿琳娜点点头："就这样办吧！"

龙蛟找到国舅，国舅给他泡了茶，说："真的要感谢你，带来了云松庄主，也给我们翡翠岛带来了福音，酋长和王后听了他的开发计划可高兴哩！"

"不用谢了，这是我应该做的，"龙蛟也开门见山地说，"国舅大人，谢谢你的厚爱和关心，前些日子要为我做媒，将阿琳娜嫁给我，我的确有未婚妻呀，就是云松的亲妹妹，她为我付出的太多了，我不能抛弃她，不能使她失望、痛苦、悲伤，请你们谅解。现我有一个两全其美之策。"

国舅："说出来听听！"

龙蛟："能否将阿琳娜嫁给云松？你们也接触过了，他的相貌、人品、能力都是佼佼的，将来为酋长理政治岛，都能发挥出杰出的才能和作用！"

"哎呀，我怎么就没有朝这方向想！良策，好主意！"国舅沉吟一下问："云松庄主愿意吗？"

"愿意！"

"不知道阿琳娜是否中意呀？"

"相信她会中意的！"

"我马上去找酋长、王后去商量！"

"谢国舅帮助成全！"

"这也是我应该做的！"

……

国舅立即去找酋长、王后，将龙蛟刚才找他谈话的内容说了。

酋长思忖了一会说："可以考虑！我们就不要对龙蛟勉为其难了！"

王后愣了半天说："云松才貌双全，人也不错，但好像有些门不当，户不对。"

国舅说："云松庄主是个难得的人才，将来帮助我们开垦翡翠岛种上庄稼、蔬菜，改变翡翠岛面貌，一定会显露出英雄本色。"

酋长："你说的是！他将来帮助我理政、管理是个好助手，他来南洋已好几年，也熟悉了南洋的情况。"

王后："阿琳娜已看上并爱上了龙蛟，不知道她是否愿意嫁给云松庄主呢？"

国舅："我估计龙蛟和她谈过了，已做过她的工作了，何况云松庄主是龙蛟英雄介绍的，相信她会同意的！"

酋长："马上把阿琳娜喊来问问。"

不一会儿，阿琳娜来了，笑了笑，明知故问："这么晚了，找我有什么事呀？"

国舅："喜事？"

碱娜："喜从何来？"

国舅："给你介绍对象。"

阿琳娜："英雄龙蛟已有未婚妻，不是不愿意吗！"

酋长："云松庄主介绍给你成婚如何？"

王后："你愿意吗？"

阿琳娜："父王、母后做主吧！"

酋长、王后互相对视笑了笑说："那就由国舅做媒吧！"

国舅："好，这杯喜酒喝定了！"

酋长："且慢，叫云松带一帮人前来翡翠岛开垦荒地，也造一个农庄园，农庄园落成之时就是云松和阿琳娜的婚典之期。"

王后："大王想考验一下云松，这个主意好！那时真是水到渠成，瓜熟蒂落，双喜临门。"

国舅："由我来与云松、龙蛟二位商谈一下。"

阿琳娜莞尔一笑，行礼说："谢父王、母后、舅舅大人！"

国舅又连忙将云松、龙蛟喊到餐厅，准备了酒菜，将与国王、王后、阿琳娜商量的事告诉了他俩，他们听了喜不胜收，共同举起酒杯，庆贺这对异国情缘尘埃落定，庆贺翡翠岛不久将来有一个面貌大改观，庆贺海上丝绸之路在南洋将结下喜果！

这一夜，王室的许多人难眠，度过了一个不眠之夜！

江成波看到王茂源又做成周联络官给的一笔下西洋的订单，看到王茂源与陈掌柜合伙装载一船货物跟随郑和船队第二次下西洋，很不是滋味，眼红、嫉妒，也后悔。本来他还可以从周联络官处拿到一笔订单，做成的话要比黄掌柜等几个人从王茂源的订单中分一杯羹强得多。可他贪心不足，想与王茂源一样也装一船货物跟随郑和下西洋，想不到儿子江流风的出现，被周联络官认出他曾是诬告王茂源的人，这样牵出了他曾是诬告王茂源的幕后使者，想租艘货船跟随郑和下西洋成了泡影，而且马上到手的订货单也砸了，想想真窝囊，晦气。

一天，他在家中发脾气，指着江流风说："我的好事全被你砸了，真是成事不足，败事有余。"

"你也别全国儿子，只怪你的运气不好！"妻子丰氏劝说道。

"怪我，我怪谁哩！"江流风有些不服气地说。

"好比下棋，怎么盘盘都输给王茂源呢！"江成波叹息道。

"人家棋高一着，你不服气也不行！"丰氏说。

"难道我就没有对付他的法子？"江成波说。

"有！"江流风说。

"说说！"

"王茂源现在如日中天，只要郑和还下西洋，凭他女婿龙蛟缉拿了海盗头目陈祖义而罹难的功勋，他永久会得到关照，有做不完的生意，赚不完的钱，你只有与他搞好关系，讨好、巴结他。"江流风说。

"儿子说得在理呀！"丰氏说。

"人家会不会记着我的仇和恨哩？"江成波有些犹豫、顾忌说。

"王茂源是个肚子里能撑船的大度人，不会的！"丰氏说。

"爸，我有个好主意，不如再向王家求婚，让兰香嫁给我，两家成了亲家，他关照你的日子长着哩！"

"不行！他和兰香对你的印象不好，他们不会同意的！再说，兰香和龙蛟订过婚的，龙蛟死了，兰香实际是一个寡妇，娶了寡妇不吉利，晦气！"江成波说。

"流风，爸说得对！这桩事要慎重呀！"丰氏说。

"兰香是丰州城数一数二的大美女，我不去求婚，别人也会前去求婚，机不可失，时不再来。再说，兰香和龙蛟还未拜过堂，还是黄花闺女哩，我不嫌弃！我喜欢她！"江流风说。

"流风说的倒也是！萝卜青菜，各有所爱！"丰氏改口说。

"再叫我厚着脸皮找王茂源去说亲，没门儿！"江成波不乐意地说。

"爸爸！这是最后一次，算我求你。"

"老爷，你就再去一次吧！"丰氏又对江流风说，"儿子，这是最后一次呀，如果不行，你就死了这条心吧！"

"好吧！"江流风点点头，说。

江成波摇摇头，叹了一口气说："也许是我上辈子欠儿子的债！"

江成波叫家中的佣人通知王茂源，午后在新康茶楼喝茶。王茂源告诉了兰香，兰香沉吟一下说："爸，你别去！"

"我已答应了人家，不去不好，再说，龙蛟罹难后，江成波也来吊唁过。"

"他约你去不会有什么好事，这对父子狼狈为奸，坏事干绝！"

"人非圣贤，孰能无过，他们能改过就是好事！"

"我看，说不定还是那个江流风要打我的坏主意！"

"也许是生意上的事情，他未能拿到下西洋的订单心中不平衡，也许是求我下次给些订单！"

"下次有订单也不要给他，上次他们父子联手告你黑状，这次趁你不在丰州城抢先向周联络官要订单，还想弄条船跟随郑和大人下西洋，野心勃勃，你可别上他的当呀！"

"有容乃大，放他一马又如何！"

这天下午，王茂源来到新康茶楼，江成波早在那儿等候，站起行礼道："谢王掌柜在百忙之中前来相见。"

"谢江掌柜邀请前来喝茶！"王茂源说道。

江成波连忙将泡的茶递上。

"好茶！"王茂源喝了一口，夸奖道。

"听闻王掌柜这次拿到周联络官下西洋的订单，还被安排商船跟随郑和大人的船队下西洋，真令人羡慕，祝贺呀！"

"这全托明成祖皇上的圣明，派遣郑和大人下西洋带来的福！也有幸周联络官的信任。"

"还应加一条，你的乘龙快婿龙蛟缉拿海盗头目陈祖义英勇舍身的壮举。"

"也算是一条，谢谢你还前来吊唁！"

"这是应该的！他的壮举、功勋永载史册，是我们丰州人的光彩和骄傲！"

"谢谢你的夸奖、缅怀！"

"今天约你来喝茶，一是表示歉意，我儿子流风过去干过对不起你和兰香的事情，你大人不计小人过！第二……"

"过去的事情就让它流水一样淌过，不必再提了！我们也不会计较了，第二件是什么事？"

"第二件事情还真是不好意思启齿！"

"但帔妨！"

"不瞒你说，我儿流风痴迷于兰香，我们找人给他说媒，无论是达官家的千金或者商贾家的小姐，有美貌如花的，风情万种的，他都看不中，他就是想娶兰香为妻。兰香虽然与龙蛟订过婚，他不在乎，我厚着脸皮再求你一次，我相信如果他和兰香成亲，兰香一定能管教好他改邪归正，督促他老老实实做人。"

"这是老调重弹！"王茂源笑笑说，"感谢你们对小女兰香的厚爱，但这件事看来不可能，兰香已对我表过态，此辈不再嫁人，他要为龙蛟守寡终身！"

"好一个忠贞女子，你真是教养有方！"

"此事恕我失礼！"

"谢谢你坦言相告，我也叫我儿子死了这条心！"

"你们家是富贵之门，流风一定能找到比兰香更好的女子！"

"谢谢你的吉言！将来在生意上的事还请多关照！"

"尽力而为！"

……

江成波回去后将与王茂源谈话的结果告诉妻子丰氏和儿子江流风。

江流风像一只泄了气的皮球，沮丧而失望地说："怎么会这样……"

丰氏："这个兰香真是不自量力！你还真以为你是杨贵妃！"

江成波："流风，我已尽了努力，这下子你该死心了吧！"

丰氏："马上找媒人再去物色，我就不愁找不到比兰香更好的姑娘！"

江流风："妈！等一等！我就不相信……"

江成波："可不许你干鲁莽犯法的事！"

丰氏："儿子，你可不能干傻事呀！"

江流风气呼呼地走出家门，他酝酿着一个阴谋，一个冲动，一个失去理智的暴行……

这一日秋风飒爽，垂柳在护城河畔荡漾，兰香坐在一块巨石上欣赏着秋色，人们也三三两两在河边的小道上散步赏秋。

不一会儿，兰香从兜里取出龙蛟送给她的木质奖牌抚摩着、端详着、亲吻着，见到它，就如同见到龙蛟。抚摩着它，对龙蛟油然产生思念。她想起，陈掌柜乘坐的船到了南洋后，他会在海边燃起她捎去的纸钱、香烛和信，化成烟灰在大海的上空飘扬，龙蛟在天有灵一定会收到，感受到她的思念、挚爱、忠贞，他会感到欣慰。她又想起，近日江成波约爸爸前去喝茶，又厚颜无耻提亲，要将我嫁给江流风，他们以为我这个"寡妇"是嫁不出的女儿、泼不出的水，你们打错了算盘，错看了人，我生是龙蛟的人，死是龙蛟的鬼，我要为龙蛟守寡终身。只要有这块奖牌陪伴，我就感到欣慰、快乐、骄傲、满足……

这时，一位十三四岁衣服褴褛的男孩站在她后面注视着她，蹑手蹑脚渐渐向她接近、靠拢，她全然没有发觉，突然间男孩从她后面伸出手夺去奖牌后拔腿就跑。她马上反应过来，像弹簧一样跃起，转身一边追一边喊："快将奖牌还给我！"男孩转过身举着奖牌逗着她说："你来抢呀！"她奔过去，男孩一转身又拔腿跑了，她又前去追。男孩像一只兔子一样一蹦一跳，她哪里能追得上他，追了一阵男孩又停下，转过身举着奖牌逗她："你有本事来抢呀，拿去！""这是我的命根子，求你还给我！"兰香追了一阵气喘吁吁地说。"还你，你来拿呀！"她奔过去，距离男孩三四步远距离，男孩转身又逃，她根本抢不到，急得直淌泪水，又不好意思喊捉贼，人们以为姐弟在玩游戏哩！就这样反复追、反复停留要，男孩把他引进了街背后的一个菜园，菜园旁有院子，院子用围墙围起。她想，莫非男孩欲逃进家中，家中有大人在自然能讨回奖牌，果然男孩进了院子的大门，她也跨进院子里，突然男孩不见了，她大声地喊："快把奖牌还我！"没有任何反应，她直接向一屋子冲去，喊叫："小家伙！出来！再不把奖牌还我就不客气啦！"

这时，男孩和江流风同时出现了，男孩把奖牌交给了江流风，江流风给了男孩一把铜钱。

兰香一见到江流风出来，气得全身直发颤，她明白是江流风收买了小男孩引她来到这儿，中了他们的圈套，便喝令道："快把奖牌还我！"

"不要急嘛！"江流风一边说着一边迅速将男孩推出院子大门外，将门闩。

兰香本来想夺路而逃，可来不及了。"你要干什么！快把奖牌还我，打开门让我出去！"她愤怒地说。

"别急，哈！今天咱俩好好谈谈！"

"没有什么好谈的！"

"兰香，我是真心喜欢你的，你不信，我可对天发誓，嫁给我吧！我不嫌弃你与龙蛟有过婚约，你嫁给我，你可以当我的姑奶奶、太上皇！任你摆布，我当龟孙子也行！将来，我还可照顾你爸！"

"呸！休想！癞蛤蟆想吃天鹅肉！"

"我就想吃你这个天鹅肉，而且今天就要吃到！"

"你敢动我一根汗毛，我就撞死在这里！"

"你想当烈女，立贞节牌坊，可敬可佩！"

"我不和你啰唆，快把奖牌还我！"

"我知道你对龙蛟送你的这块奖牌视如生命，你有本事就来抢吧！"江流风举着奖牌，笑呵呵地说。

兰香像一头怒狮不顾一切扑上前去抢奖牌，江流风一把将她抱起，抱进房间的一张木床上放下，兰香拼命反抗、挣扎，用手打他，掐他，用嘴咬他，江流风痛得像猪一样叫。兰香毕竟是文弱女子，敌不过江流风粗暴野蛮。

"你不肯嫁给我，今天我和你销魂，生米做成熟饭后，或许你还可为我生个龙种，看你嫁不嫁给我！"江流风一手按着兰香的手，另一只手使劲扯拉她的衣服。

"我要告你！告你强奸民女，叫你挨大板、坐班房！"兰香一边反抗着，一边警告说。

"我才不怕哩！"江流风用身子压着兰香，用双手按住兰香的双手，用嘴去掀开兰香的上衣，然后用嘴啃着她嫩白的双乳，喘着气说："太美了！真是天上的仙子！能与你销魂，此辈也足矣！"他又要用手拉兰香的内裤，兰香拼命地反抗，嘶叫，哭泣。就在江流风即将得逞之时，突然"砰"的一声，房门被踢开，龙海像天兵天将降临，一把将江流风抓起，摔到床下，然后扑上去用脚狠狠地踢，用拳头狠狠地揍，打得江流风像猪一样哇哇地叫，不断地求饶："饶命呀！饶命呀！"

兰香趁机从床上爬起，整理了一下衣裙，理了一下头发，她满脸泪水，痛苦、委屈。她担心龙海失手将江流风打死，闹出人命，便上前劝阻说："已教训他了，放他一马吧！"

江流风趴在地上，被打得鼻青脸肿，伤痕累累，狼狈得像一只落水狗。

"我的奖牌呢！"兰香问。

"在这儿！"江流风连忙从身上掏出交给兰香。

"下次敢不敢再欺负我嫂子？"

"不敢了！不敢了！"

"你这个家伙不到黄河心不死，你今天明白了吧，你是痴心妄想，白日做梦！"

"我明白了！"

兰香拉了一下龙海，说："我们走！"她的筋骨可能受了一点伤，走起来有些一瘸一拐，龙海搀扶着，问："要紧吗？"

"不要紧，过一会儿就会好的！"

他俩走出了院子大门，兰香将她在护城河畔欣赏秋色，抚摩着奖牌，突然被一个男孩突然抢走，她跟着前去讨要奖牌被骗到这院子中的前后经过讲了一遍，她又问龙海怎么会来到这儿救她？

原来，龙海去了王记货栈向王茂源讨教，他的瓷器店开业请哪些商家为好，店小二告诉他王掌柜身体不适躺在家中床上休息，他立即前去看望。王茂源说胃痛。龙海说我马上去请医生来。王茂源摇手说不用，躺一会儿就会好的，叫他将兰香喊回来，她可能在护城河畔赏秋景。于是，龙海就来到护城河畔，他过去也曾看见兰香在那块石头上坐过，便问周围的人，有的人说，刚才还看见的，也有人说，有个男孩抢走了她的木牌，她跟着去讨要，向北追去。于是他沿路打听，终于打听到男孩去的方向，到了菜园子附近，他遇到男孩一边走一边在数铜钱，便问男孩："你是否看到一男孩抢走了一女子木牌？"男孩一听惊慌得拔腿便逃，他上前一把抓住他说："抢走木牌的应该是你！""是我！是江流风叫我干的，还给了我这铜钱，铜钱我不要了……""只要你告诉我那女子在何处，铜钱你就留着。""喏，就在那关门的院子里！"龙海连忙飞奔过去，敲门没应答，隐约

247

听见兰香的哭喊和反抗声，于是他翻过围墙头进了院子，听见一房间传来一男子的淫荡声和兰香的嘶喊声，便冲过去一脚将房门踢开……

兰香听了，深情地看了龙海一眼，泪水夺眶而出，感激地说："今天如没有你来相救，还不知会发生什么，如果我被他强暴了，我也不想活了！"

"真是天意的安排！你也不用难过了！"

"谢谢你！"

"不用谢！这是应该的！"

……

他俩一边走一边聊，到了家中，王茂源看到兰香头发蓬乱，满脸泪痕，一副惊魂未定的神情，问到底发生了什么事情。

龙海将江流风设下圈套企图强暴兰香而被他相救的经过讲了一番。

"江流风简直是个畜生！"王茂源气愤地说，"我去县衙告他！"

"不必了，今天龙海已给他一顿教训！"兰香说。

"他被我揍得鼻青脸肿，还求饶，相信他以后再也不敢欺负嫂子了！"

王茂源："前些时，他爸爸江成波请我喝茶，实际上是为儿子求婚，被我一口拒绝。"

龙海："估计江流风未达到目的，歇斯底里，孤注一掷。"

王茂源："龙海，今天幸亏你前去施救，要不然真是不堪设想！"

兰香："如果他得逞，我也不想活了，我会撞墙死在院子里，他也会害人偿命。"

王茂源："傻孩子，你没有了，我可怎么活下去呀！"

龙海："嫂子，任何时候不得冲动，感情用事呀！"

兰香："不说这个了，爸，你胃不舒服，我去叫医生来问诊。"

王茂源："不用了，现在好了！"

龙海："王伯伯，关于我的瓷器店开业请人的事，改日我再来向你请教。"

王茂源："改日我去你们的新居看看，正好看看你爸妈。"

龙海："谢王伯伯，我还有些事要去办，告辞了。"

兰香送龙海到院子大门口，龙海看了她一眼，说："嫂子留步，你应该回房间好好休息。"

"谢龙海！"兰香目送着他，心里充满着温馨、感激……

王茂源倚在床上，对今天发生的事情感到意外、吃惊、担忧。他体悟到"寡妇门前是非多"，兰香颇有姿色，她虽然洁身自好，本分，但将来还不知道会发生什么，我又不整日与她在一起，将来也许还有什么张流风、唐流风之类的花花公子图谋不轨，发生类似的事件。如果真的发生什么意外，她真的会殉情，以表对龙蛟的忠贞，那时一切都晚矣，我也对不起死去的妻子彩霞，对不起九泉下的龙蛟。退一万步，我将来老弱病死，她独守空门，孤苦伶仃，也不是事，能否再找一个合适的小伙子与她成家，她与龙蛟未入洞房，还是一个黄花闺女呀，我作为父亲，应该为女儿多着想呀！想着、想着，他豁然开朗，眼前一亮，龙海不是最合适的人选吗？他勤恳、踏实，对我们一家人都好，这次又施救了兰香，使她免遭强暴，他俩也有一定的感情基础，过去嫂子改嫁给小叔子也大有人在，再者，龙海的身材、年龄与兰香都相配，这个主意好，但不知道亲家福山夫妇是否同意呢？龙海又是否愿意呢？

第二天，王茂源按捺不住，借着看龙海的新房名义，去了东后街的龙海新宅，龙海正好出去办事了，福山夫妇两人在家。

"亲家来拜访我们真不敢当！"福山作揖迎候说。

"欢迎你！"吴氏说。

"早就该来看看你们，因为前些时特别忙，今天来看看你们的新居！"王茂源说。

"好，现在就带你看看！"福山夫妇带着王茂源先看了三间住屋，正厅，两边厢房，一间是龙海的卧室，也是将来结婚用房。另一间是他们老两口来丰州的下榻房，正宅的前面是院子，院子正前是三间店门面房，里面的柜台、货架也已摆好。看完后又回到正堂，福山给王茂源沏上茶。

"房子很不错，龙海在丰州城做生意有了一个根基，将来可以大显身手了，也不必常去德化来回奔波了，你们将货发来就是了！"王茂源说。

"真是托你的福呀，如果不是你的几笔大订单，哪会赚这么多钱，能在丰州城里购房哩！"福山说。

"我常对龙海说，永远不要忘记王伯伯的帮助关照呀！"吴氏说。

"都是托郑和大人下西洋开辟了海上丝绸之路的福，龙蛟舍身缉拿陈祖义建下了功勋，也为我们增辉助力！"王茂源说。

"龙蛟虽死犹荣，为我们林家，也为你们王家争了光。"福山说。

"一想起龙蛟年纪轻轻的就命丧黄泉，我就伤心，我也为兰香还是个大姑娘就当寡妇而难过！"吴氏含着泪水说。

"亲家呀，兰香是个好闺女呀，我和龙蛟妈都喜欢她，说实在的，我们也不忍心她就这样守寡一辈子呀！虽然有三从四德，但要兰香这样永久守寡实在残忍，是否……"福山说。

"谢谢你俩对兰香的厚爱、关怀，我明白你们的意思，是希望兰香重新嫁人！"王茂源打断了福山的话，说。

福山夫妇点点头。

"我有个想法不知该不该提！"王茂源说。

"请讲！"

"不知龙海是否有人介绍婚事而敲定？"王茂源问。

"有呀，我们隔河的马财主多次叫媒人前来说媒，要将他们的女儿牡丹嫁给龙海，我们也请算命先生算过命了，他俩的八字合拍，龙海也答应了。"吴氏说。

王茂源的脸色突然变得阴沉和失望，他不好意思再说下去了。

福山一眼就识出王茂源的心思，连忙说："这件事本来马上可促成，是我故意把它搁下来了，我想到能否将兰香与龙海成婚？"

王茂源激动地站立起来，拉着福山的双手，说："你和我想到一块去了，真是天意。"

"这样也好！我们将马财主家的牡丹回掉，反正还未定亲，兰香嫁给了龙海往后也有了依托，我们真是亲上加亲！"吴氏说。

"龙海是否愿意呢？"王茂源有些担心，问道。

"这个工作我来做！"福山说。

"兰香是否愿意呢？她曾经说过要为龙蛟终身守寡。"吴氏心中不踏实，问道。

"兰香的工作我来做！"王茂源说。

……

王茂源聊了一阵离开了。龙海办完事回来，福山将王茂源刚才来看房子，并将两家商量将兰香嫁给他的事对他说："嫂子兰香嫁给你成婚如何？"

龙海一点也没有思想准备，愣住了，连忙摇摇头，说："不行，我不能夺哥哥所爱！"

"你哥哥又不在世了，小叔子娶嫂子自古至今皆有，何况她与龙蛟还未拜堂入洞房！"福山说。

"万一龙蛟哥大难不死，人回来了呢？"龙海说。

"这是不可能的事，两三年过去了，如果他还活着，早就有音讯了！"福山说。

"兰香长得漂亮，人品也好，对我们也孝顺，我和你爸都喜欢她，我们不忍心她这么年轻轻地就守寡，嫁给你是两全其美的事！"吴氏说。

"不是答应要娶马财主家的牡丹吗？这如何向人家交代呀！讲话要有信誉！"龙海说。

"没有订婚不算数！"吴氏说。

"即使订了婚也可以退婚嘛！"福山说。

"马财主为将女儿牡丹嫁给我，还在丰州城里购了房子，如果回了人家，给人家打击是很大的呀！"龙海说。

"马财主在丰州城购了房子，不光是为了女儿出嫁，更主要的是他要在丰州城扎根做丝绸生意，还想通过我叫你王伯伯关照哩。"福山说。

"嗯！真没有想到！那嫂子会同意吗？"龙海问。

"那你就别管了，由王伯伯做工作，只要你同意就行！孩子，听爸妈的！"吴氏说。

"那就听你们的吧！"龙海说。

"好儿子，你真是个孝子，你娶了兰香，王伯伯也不会亏待你的！"福山说。

"他会全力帮助你的！说穿了，他就只有兰香这一个女儿，将来他的一切还不是归你俩的！"吴氏说。

王茂源回去后就直截了当地对兰香说："兰香，爸爸不忍心你这样一辈子守寡，刚才我与福山夫妇商量了，将你嫁给龙海！"

兰香感到太突然了，她不假思索地说："不行！我早说过为龙蛟守寡终身，生是他的人，死是他的鬼！"

"孩子，你不为你自己考虑，也要为爸爸考虑！你要做忠贞烈女可嘉，但你有没有想到，你这样守寡一辈子，爸爸能忍心吗？爸爸能容忍你再受别人欺凌吗？爸爸将来老了不在世了，你也得有个依靠呀！"

"不行！不行就是不行！"

"龙海是龙蛟同胞兄弟，他精明、能干、老实、正派，对我也尊敬、孝顺，现在也在丰州城里购了房子开店铺，你嫁过去回家也很方便……"

兰香思忖着，不由思绪翻滚，龙蛟是他的夫君，曾与她山盟海誓，他在她心中的位置是任何人不可代替，她一再表示要为他守寡终身。爸爸说也要为他考虑，不忍心我守寡终身，不忍心我年轻岁月这样白白流逝……龙海曾在龙蛟丧生后给我以很大的安慰、关照，这次又不顾一切挺身来施救我，免受了江流风强暴，并且狠揍了他，为我解了恨。他与龙蛟长得如出一辙，连动作神态有时也一样，简直是龙蛟再世，看到他就像看到龙蛟……她心中不由产生转逆，不能让爸爸失望，但她有些顾忌，便问："龙海愿意吗？"

"这你不用担心，龙海的爸爸会做他的工作，说服他的。"

"那就爸爸做主吧！"兰香说着，涌出一串泪水，她不停地拭着泪，是出于自愿，还是不得已而为之？

……

王茂源又与福山夫妇碰头，各自说了已做好儿子、女儿的工作，相约在龙蛟丧身去世三周年后，为龙海与兰香举行隆重的婚典。

世事难以预料，龙蛟做梦也没有想到，他对兰香忠贞不贰，婉拒了阿琳娜公主的挚爱追求，放弃当驸马的良机，一心要回丰州与兰香拜堂，洞房花烛，可家人误认为他已丧生，安排兰香与他的弟弟龙海不久将拜堂成婚，是否又要上演一场旷世的悲剧呢？

第十七章

　　云松带来了无名岛上几十个身强力壮的年轻人，还有许多由中土生产的锄头、耙、犁、刀等农具和斧、锯、凿等工具，指挥众人挥刀除草，平整土地，然后进行耕耘、作垄、挖沟作渠，在新垦的土地上种上了农作物。接着，他又指挥众人去树林砍木，在农田附近建起一幢幢木屋，荒芜的土地很快建起了一个像样的农庄园。酋长、王后、阿琳娜、国舅看了心花怒放，夸奖云松神奇、超凡，有才干，给他们岛上带来了福祉。不久，新开垦的荒地上长出一片片绿油油的禾苗，种上的蔬菜也长得苗壮肥嫩，人们感到好奇、高兴，看到了翡翠岛新的希望。

　　阿琳娜与云松经过一段时间交往沟通，对他有所了解，产生好感，将对龙蛟的情感渐渐移向云松，龙蛟也渐渐巧妙地退出阿琳娜的情感、视线，以促使她和云松更加亲近，加深情感。

　　天时地利，水到渠成。酋长决定让云松和阿琳娜举行婚典。王宫里张灯结彩，到处摆挂着五彩缤纷的鲜花，在一片吹打声中，云松和阿琳娜向酋长和王后行礼跪拜，国舅和众臣还有亲朋好友见证了这一具有历史意义的时刻。酋长和王后满面春风，喜气洋洋，终于为爱女找到一个如意郎君，且还是大明的一位佼佼者。王宫大门前云集着许多前来祝贺、看热闹的岛民，当云松在伴郎龙蛟陪同下，阿琳娜在一位伴娘的陪同下，走出王宫的大门时，人们挥动着花束，欢呼着，跳跃着，有的用花瓣向他们抛撒，有的向他们行礼，有的做飞吻的动作。有的喊："祝贺你们！"有的喊："愿真主保佑你们！""祝你们幸福美满！"在祝贺的人群中，有几个人在小声地议论：

甲："原来听说阿琳娜公主看上了英雄龙蛟，要与龙蛟成亲，怎么换了一个人，龙蛟英雄却成了伴郎？"

乙："听说新郎是龙蛟英雄的内哥，龙蛟的未婚妻还在中土等着他哩！于是，他将阿琳娜介绍给流亡在无名岛上的内哥。"

丙："龙蛟不愧是英雄，阿琳娜那么妩媚动人，她的父王又是酋长，可他却不动心，仍怀念着中土的心上人儿，真了不起啊！"

甲："这样做是两全其美！"

乙："新郎也是个了不起人物，他落难漂到无名岛，在那儿开荒种地，建了一个农庄园，最近又带来人帮助我们岛开荒，也建立一个农庄园，种上了庄稼和蔬菜呀！"

丙："嘀！原来就是他帮我们岛建的农庄园呀！将来岛上吃的粮食、蔬菜不用愁了，酋长选中这样的驸马爷也给我们带来了福音！"

甲："将来他接酋长的位我们信得过！"

乙："我们翡翠岛酋长国和大明通了婚，周围的国家有谁敢侵犯或欺负我们！"

丙："你说得是！"

龙蛟做媒促成了阿琳娜和云松的一桩婚事，酋长、王后、国舅感谢他，阿琳娜也谅解他，云松对他有双重的感激。

他感到欣慰，卸下了沉重的心理负担，期待季风的到来，回到丰州与兰香成婚。

丰州城里发生的事情，两家老人谋划新的姻缘——将兰香与龙海婚配，他却全然不知，回到丰城也许是天崩地裂，他的精神大厦也许会轰然倒塌。

郑和第二次下西洋的船队搏击风浪，风波万里，战胜各种阻碍又抵达南洋。郑和少不了要去在苏门答腊岛上的旧港看看，一是打算在那儿建立一个交通中转站，用于海上行驶补给和进行贸易；二是看看老朋友施进卿，上次因他提供了重要情报，才使围剿陈祖义一伙海盗成功，缉拿了陈祖义。他现在是旧港宣慰使，要与他叙叙旧。

郑和由副使王景弘等陪同乘坐了一艘小船直驶旧港，上岸后来到施进卿的府内。施进卿拜见郑和，然后请他入座，两人便交谈起来。

"不知大人来到旧港，本应到码头迎接，有失远迎，失礼，请恕罪。"

"我们是老朋友，别那么客气了！"

"大人向皇上禀报、举荐，才有我的今天，真是感恩不尽！"

"我也要感激你呀，那次要是没有你帮助打听陈祖义诈降夜袭我们船队的可靠情报，我们也不可能设包围圈，将他快速擒拿，消灭那帮海盗！"

"那是大人的英明！"

"一想起那次海战，一到南洋，我不由缅怀和思念遭暗箭落水罹难的龙蛟英雄，要是没有他机智勇敢前去缉拿陈祖义，陈祖义就会趁机逃跑！嗯！龙蛟牺牲了真是可惜呀！虽然我派人送去了抚恤金和嘉奖状，但我心中一直很难过，遗憾。"

施进卿思忖了一下说："有一件蹊跷的事情，我要禀告大人。几个月前我去我的旧庄园，看门的家丁告诉我，一天晚上，一位自称王龙蛟的小伙子来到庄园要见我，看门的家丁说我人不在旧港，他叫家丁转告，说他捉拿陈祖义落水后没有死，被翡翠岛上的渔民救起，在岛上住了一段时间来到旧港……"

郑和听了不由感到惊讶，连忙站起问："他人呢？"

"我听了马上就去穆西河畔、城里、海边寻找，一直找到天黑都没找到，第二天我又带人寻找，几乎找遍了旧港的每个角落，却没见他的人影。"

"太遗憾了，会不会有人冒充龙蛟？"王景弘说。

"看来不可能。"施进卿说。

"他既然被翡翠岛的渔民救起，也许翡翠岛上的人知道他的下落，你明天去翡翠岛找他们的酋长，请他帮助打听寻找，一有消息，马上告诉我！"郑和下令道。

"是！大人！明天一早我就去翡翠岛！"施进卿说。

"如果龙蛟大难不死，能找到他，真是不幸中的万幸！是菩萨、真主、海神的保佑呀！"

"请大人放心，我一定设法去寻找！"

"好哇！但愿能听到好消息！"郑和又思忖了一下说，"我这次来旧港还有一个重要任务，就是要留下人员在旧港建立一个交通中转站，为今后下西洋往返时储藏物资补给，这样既节省时间、人力，又方便。"

"大人英明，不知大人需要我做什么？"

"请你在旧港码头附近给我们租一块地皮，以建中转站仓库，人员住房，另外，建造时招雇一些劳力！"

"我一定办好！相信中转站的建立，将会带来旧港的繁盛和文明。"

"你说得对！我们不是在船队抵达旧港才采购物资，而是平常就采购存入仓库，一年四季不断，这样番人和当地百姓一定高兴！"

"届时旧港番人贸易市场一定会更加热闹非凡！"

"旧港和苏门答腊岛自唐宋以来就是东西贸易中心，旧港也是我们船队作为起点通向翠兰屿、锡兰以远航线最佳起点！"

"是！大人高见！"

"具体如何实施，我会派人与你联系。"

"好！"

第二天一早，施进卿乘坐一艘船扬帆直驶翡翠岛，一上岸就被人带去见酋长。酋长一见是大明旧港的宣慰使施进卿感到意外，也感到特别高兴。

"我们翡翠岛真是和大明有缘呀！"

"郑和大人第二次下西洋，已到南洋，我是奉他之命前来翡翠岛。"

"太好了，我早就盼望郑和大人光临本岛，大人是否为郑和大人来我岛前来开路？"

"我这次来岛主要是向酋长打听一个人？"

"谁？"

"曾是郑和大人第一次下西洋时的一艘战船船长王龙蛟！"

"啊！龙蛟英雄呀！他在我们岛，现在和国舅打猎去了，我马上派人叫他回来！"

"太好了！谢谢酋长！他是否落水在大海漂浮时被你们岛上的渔民救起？"

"是！"

"请受我一拜，谢翡翠岛对大明英雄龙蛟的救命之恩！"

"不用客气，他也曾经救过我们的国舅，免遭陈祖义的一帮强盗劫船，要不船毁人亡呀。他为我们翡翠岛做过许多好事，一言难尽，有恩于翡翠岛呀！"

这时龙蛟汗水涔涔地赶来，一看是施进卿来到，不由惊住了，说："怎么是你……"

"龙蛟英雄，你让我找得好苦啊！"施进卿说。

"他是旧港大明的宣慰使，难道你们是好友，旧识？"酋长问。

"我们曾是为郑和大人捉拿陈祖义的搭档！"龙蛟又将当年如何相遇，如何配合得到陈祖义诈降的情报报告给郑和大人，使郑和大人将计就计火攻陈祖义夜袭，缉拿了陈祖义，消灭了陈祖义的一帮海盗讲了一番。

"真是功高盖世的一对英雄啊，两位英雄同在我岛，真是蓬荜增辉！"酋长道。

"听说前些时的一天夜里，你去过我的庄园找我，我知道后找遍全旧港都未找到你的踪影。"施进卿说。

"后来我又回到翡翠岛！"龙蛟说。

"哎呀，我怎么就没有想到你会回到翡翠岛哩！如果来此找你就对了！"

"现在不是找到了吗！哈哈……"

"我在京城里听说你活捉陈祖义后被暗箭击中落水罹难，十分难过和惋惜。当听说你来我的庄园找过我，我猜想你一定是大难不死！"

"幸好翡翠岛的渔民打鱼回岛的途中，发现我站在即将淹没的一块礁石上，并将我救起带回岛上。酋长收留了我，并对我无微不至地关照！"

"再次谢酋长！"施进卿行礼说。

"这是应该的！"酋长说道，"不瞒你说，我家的公主阿琳娜爱上了英雄，我和王后也想将他招为驸马，可他心中惦记着中土的未婚妻，怎么也不肯。"

"我不能将等待我归来的未婚妻抛弃，失信于她。"龙蛟感慨地说道。

"你真是有情有义有德！令我钦佩！这不是让公主失望了吗？"施进卿说。

"后来我将内哥、大舅子云松介绍与公主成婚。"龙蛟说。

"他怎么在南洋？"

"他和舅舅带的商船在南洋遭遇陈祖义一帮海盗劫船，死里逃生逃到无名岛，带领人开荒种地成了农庄主，我在旧港贸易市场与他邂逅……"

"唔！那么巧合！"

"他做了一个好月老，为我招到一个乘龙快婿，驸马还从无名岛带来一帮人，

257

用中土的农具帮助我们开荒种田，建起一个农庄，以后岛上有了粮食、蔬菜，再也不用担心遇到飓风时还要到别处去采购。"

"啊！你又为南洋立了一功！也令我感到欣慰！"施进卿欣喜地说。

"我不过是顺水推舟，成人之美，想不到无心插柳柳成荫！"龙蛟说。

"我这次来要告诉你一个好消息，郑和大人第二次下西洋的船队已到南洋，我是奉大人之命前来翡翠岛找你的！"

"真的！太好了！感谢郑和大人的恩惠！"龙蛟激动得热泪盈眶。

"我找到了你，相信郑和大人一定也很高兴！"施进卿说。

"宣慰使大人呀，务必请带信给郑和大人，期待他光临我们的翡翠岛！"酋长恳求道。

"我一定将信带到，相信他会率人来岛！"施进卿说。

"感谢宣慰使大人！"酋长说。

这时，阿琳娜和云松从农庄回到王宫，听说大明来了贵宾，便径直奔来贵宾接待室。

酋长介绍说："这是驸马王云松，这是公主阿琳娜！他是大明任命的旧港宣慰使施进卿先生。"

"大人好！"云松和阿琳娜行礼齐声喊道。

施进卿打量着云松和阿琳娜，说："你俩也可算是天生的一对，地造的一双，恭喜你们呀！"他对云松说："刚才英雄龙蛟已将你的传奇的经历和我讲了，我们中土的侨胞，有许多人就像你这样漂泊来到南洋，白手起家，吃苦耐劳，不畏艰险，打造了自己的天地，将中土的文明、先进技术带到南洋，有的与南洋的女子喜结良缘，将中土友谊的种子撒在南洋各地发芽、开花、结果，不断繁衍、绵延！"

"中土人友善、勤劳、伟大！"酋长说。

龙蛟举起左手腕，指着碧玉手链说："海上丝绸之路，就像我手链里的线，将南洋如同碧玉般的宝岛串在一起，闪烁着灿烂的光辉！"

"比喻得好！郑和大人第二次下西洋，好戏还在后头哩！我先告辞了！"施进卿说。

"让我准备薄酒、佳肴庆贺一下你与龙蛟英雄重逢！"酋长说。

"留着以后吧，我要赶回去向郑和大人禀报！"施进卿说。

"恳求郑和大人光临我们的翡翠岛！"酋长重复说道。

"我一定转达到！"施进卿说。

酋长、龙蛟、云松、阿琳娜等一行送施进卿上了船，他们挥手告别。

施进卿所乘坐的船扬帆直驶大明船队，靠泊天元号，他登上船来到龙壁大厅，郑和一见他便问："去翡翠岛收获如何？龙蛟找到没有？"

"找到了！"施进卿将见到酋长、龙蛟、云松、阿琳娜的情况详细地做了汇报。

"太好了！真令我喜出望外！他大难不死，真是奇迹！"郑和说。

"那是菩萨、妈祖、海神的保佑啊！"王景弘说。

"下次去泉州，我们一定要到延福寺、妈祖庙、昭惠庙去进香，感谢菩萨、妈祖、海神的庇佑！"郑和说。

"翡翠国酋长恳求大人光临翡翠岛施进卿说。

"一定得去，一是看看龙蛟英雄，二是感谢翡翠岛渔民救龙蛟之恩，感谢酋长收留关照龙蛟。"郑和说。

"也要祝贺翡翠岛酋长招了我们大明人士为驸马，以后翡翠国与大明走得就更近了。"王景弘说。

"翡翠岛虽小，有了与大明的姻缘关系，周围的诸国会刮目相看，我们有了南洋这样的一个姻缘关系，也可了解南洋诸国对大明的态度，是件好事呀！"郑和说。

"请问大人，何时去翡翠岛为好？"施进卿问。

"明天，你早一点来此！"郑和又对王景弘说："你也陪我一起去

"好！我也真想见见龙蛟英雄！"王景弘说。

陈掌柜乘坐的货船跟随郑和下西洋的船队到了南洋，这儿是蓝色的天，碧色的海，一个个的岛屿被绿树环抱，如同翡翠，如同仙境，他好奇、陶醉。

一日，他乘舰板来到附近一个小岛上的海滩，将兰香给他的一个布包打开，遵照兰香的吩咐，点燃了香烛插在沙滩上，又点燃了冥纸和兰香写给龙蛟的一封信，对着火光作揖，蜡烛的火焰在烈日下跳跃，点燃的香烟袅袅向上，燃烧的纸灰漫天飞扬，飘入大海。他沉思着，龙蛟如在天有灵，看到兰香的充满灼热的信

一定会感动,他知道我为兰香爸爸圆海上丝路之梦已经来到南洋,一定会欣慰……他望着碧波万顷的海面,为龙蛟罹难在这片南洋海域而惋惜、遗憾。

第二天,南洋海面风平浪静,郑和带着王景弘、施进卿等一行人乘着一艘挂着"明"字旗的船来到翡翠岛。

酋长夫妇、云松、阿琳娜、龙蛟、国舅等一行人前往岛岸迎接,下船后施进卿将迎接的人向郑和、王景弘一一介绍。

"我早就盼望大人光临翡翠岛,今日终于如愿以偿,谢恩!"酋长行礼感激地说。

"免礼!"

"叩见两位大人!谢两位大人关心、厚爱!"龙蛟行礼后潸然泪下。

"我们终于找到你了!你大难不死,真是菩萨保佑、海神保佑!"郑和说。

"我们一直怀念着你!"王景弘说。

"谢大人!"

"请!"酋长请郑和一行人进王宫。

此时通往王宫的道路两侧,站着许多手持花环、花束的岛民,人们不停地挥动着花环、花束,还将花瓣向郑和一行撒去,欢呼、跳跃!

郑和、王景弘向他们微笑,挥手示意。

来到王宫的贵宾室,郑和给酋长赠送了金镶玉带、黄金、珠宝、瓷器、丝绸、茶叶等物。

"这是受明成祖朱棣皇帝之命赠送给酋长的大明礼物,请笑纳。"郑和说。

"谢明成祖皇恩!"酋长收了礼物,也向郑和赠送了金丝皇冠和用贝壳制作精致的工艺品等礼品。

大家坐下后,酋长说:"上次大人来到南洋,去了一些国家,我好羡慕呀!"

"这次不就来了吗!"郑和说。

"真是我们翡翠岛无上的荣光!"酋长说。

"这儿发生的一切宣慰使施进卿先生都告诉我了,感谢翡翠岛渔民搭救了我们的战船船长王龙蛟,感谢酋长收留并关照他!"郑和说。

"这是应该的,理所当然的!何况他解救过我们的国舅和船只,免遭海盗的打劫!"酋长说。

"龙蛟英雄也是我的救命恩人呀！"国舅说。

"当我们得知国舅的救命恩人又是捉拿海盗头目陈祖义的英雄龙蛟来到我岛，大家激动无比，我们早也盼、晚也盼消灭陈祖义为首的那一帮海盗，还南洋一片安宁、太平，终于盼来了。我们十分感激郑和大人的英明，也钦佩捉拿到海盗头目陈祖义的龙蛟英雄！"酋长说。

"那次夜战如果让陈祖义逃跑了，虽然他的人马大多数被我们歼灭，但他还会东山再起，南洋还会匪患复燃，不得安宁，抓不到陈祖义我回京城也无法向皇上交代呀！所以说，龙蛟立下一个天大的大功！他受伤落水失踪后我也万分难过！"郑和说。

"大人当夜还有第二天一早派船在海面搜寻，结果一无所获，以为他已罹难，当时船队离开南洋时，大人召集全体将官在天元号的平台上为龙蛟英雄举行隆重的祭典告别，吹号、鸣炮，大家挥泪送别。"王景弘介绍道。

龙蛟听了泪流满面，走到郑和面前跪拜，说："谢大人！"

"回到中土，我派人去福建丰州为他家人送去嘉奖状和抚恤金，听说他的未婚妻十分悲痛，但深明大义，真是一个为国为民的烈女啊！"郑和说。

"有一事不知道宣慰使大人是否与你讲过，小女阿琳娜对龙蛟英雄十分仰慕，我和王后也想成全她与英雄结为伉俪，招英雄为驸马，可龙蛟英雄念念不忘等他归去的未婚妻，婉言拒绝，为了不使小女失望，他介绍了他的内哥王云松与小女成婚。"

云松和阿琳娜连忙在郑和面前行礼跪拜。云松说："这也是托了大人下西洋的福！"

郑和欣然地笑起来，说："千里有缘一线牵，这是你们的缘分，听说驸马还带人来此岛开荒种地，建了农庄园，利用中土的耕作种植技术精耕细作，好哇！中土人和南洋人结合，就是取长补短，促进人类文明进步，促进国与国之间的友谊。"

云松："一定不忘大人的教诲！"

"我们翡翠岛终于和大明攀亲结缘了！相信会给我们的王室带来兴旺，给翡翠岛的岛民带来福祉！还望大明多多关照啊！"酋长说。

"我回去后会向皇上禀报！"郑和说。

"大人，这次要在南洋多停留一些日子吧！"

"我们要在旧港、满剌加建立交通中转站，过些日子就要向印度洋出发。"郑和说。

龙蛟来到郑和面前跪下，请愿说："大人，我作为大明的军官，大难不死，理应继续为大人下西洋赴汤蹈火，万死不辞，我请求继续跟随大人下西洋！"

众人无一不以钦佩的眼神望着他。

郑和思忖了一下，说："你为国为民，为开拓海上丝绸之路，忠贞不贰，可敬可仰！但你经历了大难不死，身心需要调理。你的未婚妻和你的家人，他们以为你已经罹难，他们破碎的心灵需要你回去抚慰，你应该回去与他们团圆，你应该与未婚妻洞房花烛，补上一个迟来的婚典！"

酋长："郑和大人说得对呀！"

王后："我们祝愿你早日花好月圆！"

王景弘："大人，由我来安排船只，待季风来时，让龙蛟英雄乘船回中土。"

酋长："本来我也有这个打算！"

云松："王景弘大人，我和阿琳娜也搭此船回中土如何？"

王景弘："当然可以！"

施进卿："你爸爸做梦也没有想到，被海盗杀死的儿子起死回生回来了。"

王景弘："儿子大难不死，当了驸马，带回一个美丽的南洋公主媳妇回来了；以为失踪罹难的女婿也回来了，这真是双喜临门啊！"

郑和："祝贺你们全家重逢相聚！祝你们幸福美满！"

龙蛟又走到郑和面前说："谢大人对我的关心、体贴，大人如不同意我跟船队下西洋，我还有个请求，能否让我前去我原来的战船看看，会会我原来的战友！"

"可以呀！"郑和对王景弘说："景弘副使，此事你安排一下！"

龙蛟："谢大人！"

王景弘："好！由我安排，等会我与施进卿宣慰使商量一下。"

接着，酋长一家又带着郑和一行参观了由云松开垦的荒地，建起的农庄，参观了岛上的一些美丽景观……

几日后施进卿带了一艘船来接龙蛟，直驶停泊在南洋的郑和船队，龙蛟看到一排排耸立在水面上的船体，一根根如林的桅杆，一面面在海风中飘扬绣有"明"字的彩旗，感到特别亲切，心中不由涌起波澜。三年前，他跟随这支浩荡的船队，大明的威武之师，从福建长乐的太平港出发，经过了惊涛骇浪，绕过浅滩暗礁，克服了种种艰难险阻，驶入南洋，进入印度洋，又返回南洋，在郑和大人的率领下，扬威海上，恩泽天下，开拓了海上丝绸之路，与多个国家和地区建立了友好的关系，建立了亘古未有之伟业，这是多么的光荣、幸运、骄傲。自从受伤落水被救上翡翠岛后，船队的帆影常在脑际闪现，战船上的螺号声不时在耳边萦绕，战友们的亲切面庞几乎天天在眼前滚动，战船啊永远值得我留恋，战友们我是多么思念你们啊！

船驶到天元号下，王景弘从绳梯下到船上。一番寒暄后，王景弘指挥船靠上龙蛟过去待过的战船。龙蛟的好友、现任船长郑虎跃带领士兵在甲板上等候。龙蛟一上船，郑虎跃上前一把抱住他哽咽地说："好兄弟，大难不死，总算见到了你！"龙蛟也紧紧拥抱着虎跃抽泣着说："好想你们啊！"众人都泪流满面失声地说："船长，你可回来啦！""船长，见到你不是在做梦吧！""船长，大家一直惦念着你啊！"龙蛟和水手们拥抱。

水兵们凝望着龙蛟，龙蛟抹去泪水又目视每个水兵，哽咽地说："好！大家还是原来的样子！"

"我们战船跟随郑和大人下西洋三年，其余的人一个不少，唯独就少了你啊！"郑虎跃感慨地说。"也有的战船上的水兵在途中被夷蛮杀害，还有的战船上的水兵在围剿陈祖义那次战役中光荣牺牲了。"

"他们都是好样的！龙蛟英雄，你奋不顾身，英勇缉拿海盗头目陈祖义的壮举在水兵中传为美谈，你更是船队全体官兵学习的好榜样。"王景弘说。

"你永远是我们的榜样和楷模！"郑虎跃说。

"过奖了，我只不过是做了我应该做的！"龙蛟说。

一个水兵扛来一根竹竿说："当年就是我们在战船上握住这根竹竿，你抓住这根竹竿跳上陈祖义所乘的小船活捉了他！"

龙蛟深情地抚摸着竹竿，回忆着当时他跳上小船的情景……

郑虎跃说："我们一直保存着这根竹竿，看到它，就想起了你！"

"谢谢你！谢谢大家！"龙蛟激动地说。

"想不到战船中还有这样的一段佳话！"王景弘说。

"真令人感动！"施进卿也感慨地说。

"龙蛟兄，你可不知，你那夜受伤落水后，我和战友们都心急如焚呀，我们为你担忧，为你着急，为你祈祷！"郑虎跃说。

"我落水后，心里就想，陈祖义已被缉拿，我即使牺牲了也值得！"龙蛟说。

"第二天，我带领大家在海上搜寻你，大家的嗓子都喊哑了，泪水都干了，大家全神贯注注视着海面，在烈日下不愿进船里休息片刻，晒得身上都脱了一层皮！"郑虎跃说。

"太感谢你了！感谢大家！"龙蛟感激地说。

郑虎跃继续说："太阳已经西沉，大家还舍不得回去，不愿放弃任何一刻可能寻找的机会，后来我做了大家的工作，大家才恋恋不舍返航……"

"大家的一片深情，我永远铭记！"龙蛟说。

"你们真是情深似海啊！"施进卿说。

"我真想跟随郑和大人继续下西洋，天天和大伙在一起！"

"我们也欢迎你一起再下西洋！"一个水兵说。

"郑和大人说了，龙蛟英雄大难不死，应该调养休息，应该回到家乡与未婚妻喜结良缘，应该与家人团聚！"王景弘说。

"郑和大人言之有理！"郑虎跃说，"嫂子还在家中等着你哩！"

"船长，你应该回中土、回家乡，我们仍会惦念你的，茫茫的大海联结我们心心相印，情深似海！"一个水兵说。

"相信我们还会相遇重逢！"龙蛟说着，又深情地看着战船，用手抚摸着船身、船板，这也许是最后一次踏上心爱的战船，最后一次抚摸，真有些恋恋不舍。他与水兵们一一拥抱握手，最后与郑虎跃紧紧相拥，眼眶又湿润了，哽咽地说："祝你们胜利归来，期待在丰州相见！"

……

船又驶向天元号，王景弘登上天元号前对龙蛟说："今天，你终于了结了一个心愿！"

"谢大人的安排！"龙蛟说。

王景弘又对龙蛟说："后天早上我安排一个人在旧港码头与你见面，你将云

264

松夫妇也带来，也许会使你们感到惊喜的！"他又与施进卿说："你也来，我会叫人先找你！"

龙蛟和施进卿面面相觑，他俩也弄得丈二和尚摸不着头脑，施进卿本想问与谁见面，话到嘴边又停了口。

"你们别问是谁，到时候自然会知道！再见！"王景弘说着，就登上了天元号上去了。

"也可能有好戏哩！我送你回翡翠岛去吧！"施进卿思忖一下，对龙蛟说。

"谢大人！"龙蛟说着，心里也思忖着，要见的人究竟是谁呢？

第三天早晨，龙蛟带着云松、阿琳娜乘船如期抵达旧港码头，施进卿和另外两个人在岸上等候，一个人年龄较大，老沉、斯文、儒雅，另外一个人个子不高，商人打扮。龙蛟等三人向施进卿打招呼问好！施进卿向他们介绍说："这是王景弘副使的周联络官，这是来自丰州的陈掌柜。"陈掌柜端详着云松和龙蛟，看看他俩是否认出自己来。

"你们好！"龙蛟打招呼，带着云松夫妇走上前。

周联络官上前握了一下龙蛟的手，说："你就是龙蛟呀，好一个英雄，久仰，幸会！"然后握着云松的手："你就是遭陈祖义那帮海盗劫船死里逃生的王茂源的公子呀，如今当上了翡翠岛酋长国的驸马，好啊！祝贺你！"

他又对阿琳娜说："你是翡翠岛酋长国的公主、中土人的媳妇，美丽的公主，幸会啊！"

龙蛟眨了眨眼看看陈掌柜和周联络官，一点印象也没有。云松觉得陈掌柜好生面熟，毕竟离家已有几年，他姓啥？便琢磨思忖。陈掌柜一眼就认出龙蛟，因为他参加过他与兰香的订婚宴，对龙蛟有深深的印象。他惊讶地说："你们两位都没有死，还活着，太好了！我是王茂源的好朋友、好搭档呀！"

"陈叔叔，我想起来了！你过去常来我家！"云松惊喜地说道。

陈掌柜点头笑笑，又说："龙蛟英雄，我参加过你和兰香的订婚宴，可能那天人多，你将我忘记了！"

龙蛟拍着脑袋说道："想起来了，你参加了，还向我们敬过酒！你曾拍拍我的肩膀说，好好干，苍天不负有心人。"

"你们要感谢这位周联络官大人，他不但给了茂源兄下西洋的货物订单，而且安排一艘货船跟随郑和大人下西洋，茂源兄本想自己带船来，后考虑到兰香一个人在家不放心，便与我商量合伙由我带船，不能错过这么难得的机会，我便答应，这样就跟着郑和大人的船队来到南洋！"陈掌柜说。

"谢周联络官大人，谢陈叔叔！"云松、龙蛟行礼齐声说道。

"我奉王景弘大人之命前往丰州采购下西洋补充物资，被王茂源先生传承海上的丝绸之路的精神感动，也为龙蛟英雄缉拿陈祖义的壮举所感动，所以我不但给了他订货单，而且也安排货船跟着郑和大人船队下西洋。"周联络官说。

"谢谢！你对我们一家真是恩重如山。"云松说。

"谢大人夸奖、鼓励！"龙蛟说。

"你们有所不知，听王景弘大人讲，还是周联络官举荐了龙蛟英雄当了战船船长，他真是一个伯乐。"施进卿说。

"我从丰州采购物资回到太平港船队，得知正缺一位战船船长，又听说无人岛水兵集训比试夺冠的是龙蛟，便顺水推舟，向王景弘大人举荐了！"周联络官说。

"谢恩公！"龙蛟说着要下跪感恩。

周联络官一把将他扶起说："免礼！得知你奋勇缉拿了陈祖义，又不幸受伤落水罹难，我悲喜交加，喜的是我举荐的人为缉拿陈祖义立了大功，悲的是怎么不幸受伤落水身亡了哩！"

"恩公的厚爱、大恩永世不忘！"龙蛟说。

"船队回到中土，郑和、王景弘两位大人派我去丰州送嘉奖状和抚恤金，我见到了王茂源先生和他的女儿兰香，他们悲痛欲绝，我当时心里也很沉重、难过……"周联络官说。

"龙蛟英雄呀，兰香一直惦念着你呀，这次我在丰州上船出发时，她递给我一个布包，里面放着香烛、冥纸，还有一封写给你的信，叫我到了南洋海滩焚烧，遵照她的吩咐，前几天我在海滩完成了任务！"陈掌柜说。

"谢谢！难怪前天晚上我梦见兰香盼我归来！"龙蛟说着，泪水盈满了眼眶，其他人的眼睛也湿润了。

"真感人啊！"阿琳娜发出感慨，说道。

周联络官和施进卿悄悄说了几句话后，对陈掌柜说："你就不必跟着我们下西洋了，在旧港把货物销售掉，也可购些货物带回去。季风不久就会到来，你将龙蛟英雄带回中土，如果云松驸马夫妇要去也可随行。"

"谢大人！"龙蛟、陈掌柜、云松不约而同地说。

周联络官看了一下陈掌柜说："我告诉你一个信息，我们第一次下西洋从南洋带回去的胡椒，可是抢手货，你不妨可多采购一些带回！"

陈掌柜："谢大人指点！"

云松思忖一下，说："这倒是一个重要信息，我叫无名岛的岛民多种植一些胡椒树，将来将胡椒籽拿到旧港来销售，增加收入。"

阿琳娜："我们翡翠岛也可多种植呀！"

云松："真是海上丝路的畅通给南洋人民带来意想不到的福音！"

周联络官："这就叫互通有无，合作共赢！"

"你们好好聊聊吧，我和周联络官大人就不奉陪了，我回去还要落实中转站地皮之事，有什么需要我帮助，可随时来找我！"施进卿说。

"后会有期！"周联络官说。

龙蛟、云松夫妇、陈掌柜向施进卿、周联络官行礼送行。

施进卿、周联络官走后，云松急于想知道爸爸的情况，便问："陈叔叔，我爸爸情况如何？"

"自从他得知你们赴南洋的船被陈祖义的一帮海盗劫船，他以为你和你舅舅都被杀害，你妈承受不了打击而猝死，后来又因误认为龙蛟落水罹难，打击一个接着一个，他悲痛、绝望，但后来控制住自己，将精力全部集中在海上丝绸之路的贸易上，又恢复了原来的样子，精神焕发，宝刀不老。真是老骥伏枥，志在千里。"

"唉！这样我就放心了！"云松说。

"知道我爸爸妈妈的情况吗？"龙蛟问。

"茂源兄给他一批又一批下西洋的瓷器订单，他赚了一大笔钱，给你弟弟在丰州城里购买了一套房子，门面房当店铺，院内还有三间住屋，你弟弟瓷器店铺现在大概已开业了！"

"真是太好了！"龙蛟兴奋地说。

"我还要告诉你们，龙蛟爸爸妈妈为了减轻茂源兄的痛苦，做出决定，让龙蛟做茂源兄的过门女婿，茂源兄在丰州城还办了酒席，当着众人宣布了此事，我也参加了！"

龙蛟对云松说："请你放心，我会像对待自己爸爸一样对待岳父大人！"

"将来我在南洋也放心！我又多了个兄弟！"云松说。

阿琳娜对龙蛟说："那我成你的嫂子了！"

"是！"龙蛟喊了一声："嫂子！"

"哎！"阿琳娜答应了一声，露出甜蜜的笑。

"想不到家中发生这么大的变化！"龙蛟自言自语道。

陈掌柜："说不定还会发生一些变化，令人难以预料，听说龙海在丰州城购了新房也要娶媳妇成家！"

云松："如果回到丰州能喝到他的喜酒就好了！"

阿琳娜："我很希望参加中土人神秘的婚典！"

龙蛟："你就等着吧！也许能赶上！"

陈掌柜指着码头下停靠的一艘货船，说："那就是我带来的商船，跟着郑和大人的船队来到南洋，船上的货物是我与茂源兄合伙的，我带你们去看看如何？"

"好啊！"

他们一行人来到货船上，几个船工看到云松、龙蛟，不由惊异万分，一个船工悄悄地问："他好像是王掌柜的公子云松！"

陈掌柜点点头。

"他没有死，还活着！真是大难不死。"

"云松少爷，你是如何逃过一劫的？"另一个船工问。

"当时我舅舅与海盗周旋，我和另外两个人趁机逃上触板逃走了！"

"哦！真是菩萨、海神保佑，可惜你妈妈以为你已身亡，承受不了走了，真是作孽啊！"

"她要是还活着该多好呀！你活着回去，王掌柜一定是喜出望外！"

"他还当了翡翠国酋长的驸马，这是他的妻子阿琳娜公主！"陈掌柜介绍说。

"啊！美若天仙，带回丰州，你爸爸就更高兴了！"

"我来介绍，这是王掌柜的过门女婿龙蛟英雄呀！"陈掌柜又介绍说。

丰州的几个船工早就听说他缉拿了海盗头目陈祖义因中箭受伤落水而罹难，而现在仍活着，他们不由瞪大双眼，以仰慕的眼神望着他，议论起来：

"英雄龙蛟大难不死是我们丰州人、泉州人的佳音！"

"听到你的名字如雷贯耳！"

"你回到丰州，王掌柜真是喜上加喜！"

"我们能见到你真是荣幸啊！"

"英雄龙蛟，还有驸马爷云松，公主阿琳娜，要乘坐我们的船回丰州哩！"陈掌柜说。

"真的！"

"太好了！"

"我们真是荣光！"

"我们一定保证你们安全抵达丰州！"

陈掌柜又带他们三人进入船舱，指着一捆捆、一包包的货物说："这是德化的瓷器、陶器，这是安溪的茶叶，这是漳州的丝织品、针织品，这是泉州的漆器，这是永春的香……"

"哦！太好了！改天我叫舅舅来到这儿为王室采购！"阿琳娜说。

"国舅前来采购，我一定优惠！"陈掌柜说。

"谢谢陈叔叔！"云松说。

龙蛟对陈掌柜说："我们带你到旧港番人贸易市场去看看吧，便于你了解一些行情，将货物运上去销售。销售完了再进货物上船，我和云松再为你参谋。"

"太好了！酬你们！"陈掌柜说。

他们一行来到番人市场，路两侧摆放着各国番人带来的货物，其中也有中土的，琳琅满目，各种不同肤色的人熙来攘往，摩肩接踵。陈掌柜看得眼花缭乱，应接不暇，感慨地说："这儿不愧是世界贸易的天堂，难怪中土人冒着生命危险前赴后继来到南洋进行贸易，难怪茂源兄对海上丝绸贸易情有独钟，这儿有做不完的贸易，有天大的商机啊！"

阿琳娜也是第一次来到此地，激动地说："百闻不如一见，这儿可真是令人向往的世界，购物的天堂啊！我真大开了眼界！我回去后叫舅舅常来此购物。"

"我来这儿很多趟了，我采购中土的农具、种子，为开发无人岛建农庄发挥了很大的作用，后来开垦翡翠岛建农庄也来这儿采购农具、种子！将中土的先进的耕作技术嫁接给南洋，也带来了南洋的繁荣和发展！"云松说。

"我已瞄好这儿的番人的物品带回丰州，为爸爸的生产制作瓷器上一个台阶，这就是海上丝绸之路的贸易互补，互相促进！"龙蛟说。

"你们说得好呀！我这次跟随郑和大人的船队下西洋，真是太有幸了，太难得了！此行不但要将一船货物卖个好价钱，而且要满载番人物品回去。届时请两位多多指导。"陈掌柜说。

"我俩一定尽力帮助！"龙蛟说。

"义不容辞！"云松说。

郑和这次到了南洋，访问了几个国家，在苏门答腊岛的旧港等地建了中转站。"中国宝船到彼则立排栅，如城垣，设四门更楼，夜则提铃巡警，内有立重栅如小城，盖造库藏仓廒，一应钱粮囤在其内，各国船只回到此处聚齐，打整番货，装载船内，等候南风正顺，于五月中旬开洋回还。"

郑和在旧港建造的交通中转站，就如同一座小型的中土城，玲珑典雅，设备完善，守在那儿的官兵，按照中国风俗生活，也给旧港带去了华夏的习俗文明。

中国古代夜间有巡逻打更习俗，打更者巡逻提铃或敲锣报更（时），更是提醒人们防范、震慑不法分子。也许是中转站的巡逻打更也被当地人采纳，沿袭下去，至今巨港（旧港）的老城区夜间还有敲锣打更的习俗。

郑和第二次下西洋的船队向印度洋驶去，开拓的海上丝绸之路更加完臻、宽广、巩固！

郑和的船队离去后，陈掌柜在云松、龙蛟的帮助下，在旧港番人贸易市场将带去的货物全部售完，卖了好价钱。然后又在他俩的参谋指导下采购番人和当地的物资，主要有胡椒、大米、香料、燕窝、番药，铅、锡、硫黄等，装入船舱。

他们将旧港番人贸易市场的胡椒一扫而光。云松从周联络官那儿得到中土人青睐胡椒的信息，回去后就叫翡翠岛、无名岛的岛民多多栽培胡椒树，爪哇等其他岛屿的人们悉知后也纷纷种植胡椒树，由于中土对胡椒大量的需求，这样刺激了当地经济的发展，丝路经济给当地人民带去实惠和富足。

随着季风的到来，龙蛟和云松着手准备回中土的东西。一日他俩又乘船来到旧港贸易市场，龙蛟除了又购进一些苏麻离香青料外，还给兰香买了一条金项链和一条珍珠项链。云松要购几棵杭果树树苗带回，可跑遍了旧港番人贸易市场就是没有看到杭果树苗，他向销售杭果的商贩打听，何处能买到，他们都摇摇头说，我们都是贩卖杭果而不种植，后来好不容易找到了一位销售扒果也是杭果的种植户，他答应回去挖几棵送来，不过要等几个时辰，他俩只好先到处转转。几个时辰后，他俩又来到水果摊，几棵一人高的杭果树摆放在那儿，根部用草绳将泥土捆好，上面青枝绿叶，还结了果实。云松喜笑颜开，付了钱后，又请了几个搬运工将其搬到船上。

"你送此礼物给爸爸，比什么礼物都强！"龙蛟说。

"是，爸爸将其种在老家安溪，说不定会繁殖闽南，造福于家乡！"云松说。

"也是造福于后代！"

"是！谢谢你的好建议！"

"中国有句古话，叫前人栽树，后人乘凉！"

"我们这叫先人移树，后人品果！"

"我真担心这几棵杭果树能否成活带回中土？"

"只要我们精心养护，倍加小心，应该没有问题！"

四月的季风终于来到了。一日风和日丽，旧港的海面泛着涟漪，波光粼粼，陈掌柜的货船停在码头上，他和龙蛟、云松、阿琳娜公主站在船头，向岸上送行的酋长、王后、国舅一行挥手，风帆挂起，船渐渐离开码头，船头上与岸上送行的人互相挥手、祝愿……

帆船在碧波中驶去，驶向中土，驶向丰州。

龙蛟回到丰州是喜还是悲？

第十八章

王茂源和亲家林福山商量好，选了一个黄道吉日将兰香嫁给龙海拜堂成亲。

五月底的一天，丰城里的三角梅盛开红似火，倒挂的垂柳在春风中摆动着舞姿，喜鹊在大榕树的枝梢上喳喳地叫着。

王茂源家的院子里和龙海新宅的院子里，都搭建了临时的棚子，张灯结彩，亲朋好友陆续到来，热热闹闹。

王茂源身着一件崭新的长袍，在院子里大门口迎接客人，其中许多是商圈的朋友，老家的一些亲戚，人们向他祝贺、恭喜。

兰香在闺房里身着一身大红衣裙，打扮得楚楚动人，坐在床边，旁边站着一个伴娘，是她的闺密。她像一个雕塑坐在那儿，手中握着龙蛟给她的奖牌，脸上没有一丝喜悦的表情，也无表现出悲伤的神态。她一直深深地爱着龙蛟，思念着龙蛟，愿意为他终守寡身，可父命难违。龙海一直关照她，嫁给了龙海恍若与龙蛟生活在一起，他们兄弟俩长得太相似了，她只得勉强同意。她想人生就像丰州护城河畔的柳树落下来的一片柳叶，随风飘扬，落在何处，不由自己，这就是命。

在东后街龙海新宅院子里，龙海身着大红袍，头戴大红帽，穿上了新郎官的服饰，和爸爸林福山迎接着客人。其中一对夫妇引人注目，就是马财主夫妇，福山和龙海见到他俩还真有些尴尬，因为龙蛟和妈妈曾经答应过娶他们的女儿牡丹与龙海成婚，为此他们也在丰州城里购买了房宅，开起了丝绸店铺。后来在请人到龙海的新宅说媒时，却被告知龙海马上要与嫂子兰香结婚办喜宴，他们感到意外，大失所望，牡丹为此还伤心地哭了一场。马财主想想林福山的亲家王茂源做海上丝绸之路生意在丰州城里赫赫有名，将来还要请福山与王茂源拉拉关系，好让他的丝绸有出路和卖个好价钱，所以他们夫妇俩顾不上面子也要来参加婚宴。

龙海当了新郎官也高兴不起来，有时发愣，有时皱起眉头，心里总是有些疙瘩。虽然嫂子长得漂亮，对他也好，但他毕竟是与哥哥龙蛟订过婚约的，哥哥罹难了，在人们的心目中她是寡妇，他大小伙子与寡妇结婚会被人家议论，指指点点。他确实对牡丹有好感，喜欢过她，她知道牡丹爱着他，她家三番五次叫人来说亲，他和妈妈曾在媒人赵婶面前答应过，可后来变卦，多少有些对不起牡丹和她爸妈。但他转而一想，爸爸和王伯伯都是为兰香着想，父命难违，王伯伯对自己也像是对待自己的孩子一样，不应该再三心二意，想入非非了！他又打起精神去迎客，招呼来宾。

林福山的妻子吴氏带着两个阿婆在新房内张罗，按照当地的风俗放进一些吉祥物，新房内充满着一片喜洋洋的气氛。

过了不久，花轿和乐队已来到院子门口，就等新郎出来去迎接新娘。

当王茂源在院子大门等候最后几位客人到来时，突然陈掌柜气喘吁吁地奔来说："茂源兄，我从南洋回来啦！临走前我曾和你说过，说不定我从南洋回来会给你带来意外的惊喜！"

"喜从何来？"

"我把你的儿子云松带回来了，还将你的过门女婿龙蛟也带回来了，另外云松还给你带回来了一个洋媳妇是个公主！"

"你别开玩笑了！"

"不是开玩笑了，他们走过来了！"陈掌柜将他拉到门外，说，"你看，他们过来了！"

"爸爸！""爸爸！"云松、龙蛟陆续喊道。

王茂源惊呆了，用手揉揉双眼，说："我不是在做梦吧！"

"爸！这不是在做梦，我是死里逃生，这是你的儿媳妇阿琳娜！"云松说。

"爸爸，你好！"阿琳娜喊道。

"嗯！好！好！"王茂源双眸涌出泪水，夺眶而出。

"爸爸，我受伤落水后大难不死，幸好被阿琳娜岛上的渔民救起，以后慢慢告诉你。"龙蛟说。

"真是菩萨、海神的保佑！"王茂源说。

"爸爸，今天家中张灯结彩，来那么多人干什么？"云松问。

"不瞒你们了，我们以为龙蛟再也不会回来了，我和龙蛟的爸妈商量好，为了兰香将来不孤苦伶仃过一辈子，决定今天兰香出嫁给龙海！"

龙蛟听了如晴天霹雳，又犹如受到电击一样，全身不由一颤，连忙说："那不行！我九死一生，好不容易盼到回来，怎么会这样！"

"孩子，你不要着急，还来得及，你马上随我去龙海的新房，就在附近东后街！"

王茂源又叫云松带着阿琳娜在店铺歇着，他还吩咐一个亲戚将此消息暂时别告诉兰香和其他的人，别让他人进兰香房间，他一会儿就回来。

王茂源带着龙蛟心急火燎赶到龙海的新宅院，那儿接新娘的花轿和乐队在门口正待出发，当龙海走出院子时，王茂源一把拉住龙海走到林福山面前说："龙蛟回来了！"

"爸、妈、弟弟，我大难不死回来了！"龙蛟哽咽着说。

"真的！太好了！"林福山喜极而泣。

"我的儿呀！你可回来啦！"吴氏扑上前去抱着龙蛟哭泣着说。

"哥！我马上将新郎的衣服脱下给你穿上，你和嫂子前去拜堂！"龙海说。

"好兄弟！"龙蛟又扑上前去和他拥抱，兄弟俩的面庞贴在一起，泪流满面。

"是我和你岳父合谋做的主，打算将兰香嫁给龙海，这是无奈之举，也是为兰香将来着想！你要怪就怪我吧林福山说。

"我不怪任何人！"龙蛟哽咽着说。

这时许多亲朋好友围来，他们感到惊异，惊喜，议论纷纷：

"龙蛟这时候赶回来还真巧！"

"真是天意！"

"如果龙海与兰香拜过堂，进了洞房，那就将千古遗恨！"

"活捉海盗头目陈祖义的英雄大难不死，也是我们丰州人的幸运！"

龙海要脱下新郎红袍，这时马财主走上前去阻挡说："且慢！"他对福山夫妇说："原来龙海和他妈曾答应娶我家女儿牡丹的，后来变卦了娶嫂子兰香，这我们可以谅解，可现在龙蛟回来了，物还原主，他与兰香成婚，我家小女牡丹趁今日黄道吉日嫁给龙海，这不是两全其美吗！"

"对！两全其美！"

"今日双喜盈门！"

王茂源："不！三喜盈门！我家儿子云松也死里逃生在南洋待了三年，娶了一个酋长国的公主带回来了！"

"真的太好了！"众人欢呼着，嬉闹着。

林福山："龙海，今日你愿意娶牡丹姑娘吗？"

龙海："愿意！"

洪氏："天赐良缘！龙海，你穿着红袍，带着花轿、乐队到我家去接牡丹来拜堂吧！我早就为牡丹准备了新娘嫁衣！"

吴氏："多谢了！聘礼以后补上！"

洪氏："我们给女儿的嫁妆也以后补上。"

"祝贺你！"龙蛟又紧紧地拥抱一下龙海。

龙海带着花轿、乐队，在马财主夫妇的带领下前往东街他们的新宅去接牡丹回来成亲……

王茂源带着龙蛟离开了龙海的新宅，来到丰州城里一家衣帽店里购了一套新郎穿的衣帽，叫龙蛟立即穿戴。

他俩回到王茂源的店铺，云松、阿琳娜看龙蛟身着新郎官衣帽，不胜欢喜。王茂源将他们带进院子，告诉大家说："托着老天爷的福，也感谢陈掌柜的帮助，我家儿子云松、过门女婿龙蛟大难不死，他们乘坐陈掌柜的下南洋的货船回来了，云松还娶回了南洋翡翠酋长国的公主阿琳娜公主，这样，我的过门女婿龙蛟今日与小女兰香拜堂成婚！"

他的话刚落，一片哗然、议论。

"还有这等奇事！"

"真是大难不死，必有后福！"

"缉拿陈祖义的英雄龙蛟尚存，真感到高兴呀！"

"王掌柜，你好有福气呀！"

"云松的妈妈如果现在还活着该多好啊！"

"王掌柜，祝贺你呀！"

人们打量着龙蛟、云松和阿琳娜，议论着，祝福着……

按风俗新郎入了洞房，才掀开新娘的头盖。王茂源打破常规，要给女儿兰香一个惊喜，他打开房门，叫龙蛟进去，伴娘出来，又将房门拉上。

龙蛟颤动着手用秤杆挑开兰香的头盖，只见兰香风采依旧，只是眼角下多了两行泪痕，她左手还捏着那次离别时送给她的奖牌，龙蛟心中不由酸楚、激动，他竭力控制自己，说："兰香，我是龙蛟，我回来了！"

兰香看也不看他一眼，说："龙海，不许你与我开这等玩笑！"

"我真是龙蛟呀！"

兰香看了他一眼，还是不相信，因为龙海与龙蛟长得太像了，她沉下脸说："龙海，你再开着这种玩笑，我可要生气了！"

龙蛟伸出左手腕，将兰香在他应征时送给他的碧玉手链给她看。兰香惊瞪双眼，突然站起，凝望着龙蛟，龙蛟的泪水夺眶而出。兰香这才相信，扑上去泪如泉涌，哽咽着说："我不是在做梦吧！"龙蛟紧紧拥抱着她说："你不是在做梦！我大难不死，被翡翠岛上的渔民救起……"

"呜……"兰香失声恸哭，想起这几年以为他罹难不在人世，所经受的痛苦，失望，遭人欺凌，真是痛不可言。想起她对他无限的哀思，立志要为他守寡终身的煎熬、折磨……简直就是做了一场噩梦。

龙蛟也啜泣着，将一口口苦涩的泪水咽下，想起受伤落水后对兰香的爱，鼓起勇气与死神拼搏。想起在翡翠岛一次次挺住阿琳娜的追求和诱惑，好不容易度过三年多的日日夜夜啊……此时他俩的情感交融如同电闪雷鸣，如同飓风掀起大海万丈巨浪，又犹如瀑布直下三千尺激起的水花……他俩有许多话要讲，有许多情要诉，兰香将手中捏的奖牌给龙蛟看，龙蛟将手链取下给她抚摸，这对信物给他俩分别后无限的抚慰、温馨、鼓励，他俩都像爱护生命一样的护爱，信物见证了他俩挚爱、忠贞、忠诚。他俩抚摸着信物不由又动情地流泪，沉默了。

片刻，龙蛟取出从南洋带回的金项链、珍珠项链给兰香戴上，兰香无比欣喜。

"本打算和龙海拜堂成亲，也出于被迫、无奈，真对不起你！"兰香解释说。

"不要讲了，我爸爸和你爸爸都与我说了，怎么能怪你呢！"龙蛟说。

"龙海也不是情愿的，他看中了马财主的女儿牡丹……"兰香说。

"我刚从那儿来，马财主夫妇也来参加龙海的婚典，见此情景与我爸妈商量好，龙海已带着花轿接牡丹回来拜堂成亲！"龙蛟说。

"太好了！真是两全其美，感谢菩萨、海神的庇佑！"

"我这次能顺利回来，得到郑和大人、王景弘大人、周联络官大人和施进卿大人，还有陈叔叔等许多人的关心和帮助！"

"啊！一辈子忘不了他们！"

"还要告诉你一个好消息，云松也与我一起回来了，还带回媳妇，是我做的媒，她是南洋翡翠国酋长的公主，叫阿琳娜。"

"真的，也是天大的喜讯，你们是如何碰到的？"

"一言难尽，以后告诉你！"

这时房门打开，王茂源说："兰香，你哥哥、嫂子也回来了，他们来看你！"

云松和阿琳娜走进，王茂源又将门带上去应酬了。

"兰香！"云松激动地喊道。

"哥！嫂子！"兰香奔过去动情地和他们一一拥抱，她含着热泪说："哥，我曾做了一个梦，梦见你对我说，我没有死，我还活着，后来我一次又一次去九日山一眺石眺望从海上驶来的船只，一次次到金溪港码头盼你归来……"

"好妹妹！"云松哽咽着说，又一次拥抱她。

"你们的经历真令我感动！"阿琳娜拭着泪水说，"没有郑和大人下西洋就没有你们的一切，也不会有我们的今天，对吗？"

"对！对！"大家附和说。

"兰香，这些年你陪伴爸爸，照顾爸爸辛苦了！"云松说。

"哪里！辛苦操劳的是爸爸，他要做海上丝绸的生意，还要关心我，处处为我着想！"兰香说。

"好了，我回来了，可以照顾爸爸了！"龙蛟说。

"我和阿琳娜不久还要去翡翠岛居住，家中全拜托你了！"云松说。

"放心吧！兄弟！我这个过门女婿一定会尽到责任！"龙蛟说。

房门又推开了，王茂源说："吉辰已到，现在拜堂！"伴娘又进来了，将头盖盖在兰香的头上，搀扶着她走出房门。

正厅里挂着老祖宗的像，点燃着红蜡烛、香，供放着果品，龙蛟和兰香被安排在案桌前，在司仪的叫喊声中，新郎和新娘，一拜天地，二拜父老，三为夫妻对拜……龙蛟和兰香幸福的神圣日子终于来到，也是人生一件大事，亲友们向他俩祝贺！

阿琳娜从未见过中土传统的婚典，那么隆重、热烈、多彩，她开玩笑说："早知如此，我也在这里举行婚典了！"

"咱们在此再补场婚典如何！"云松说。

娜微笑着摇摇头。

那边马财主夫妇带着身穿新郎官服饰的龙海，花轿、乐队吹吹打打进入院子，牡丹被蒙住了，不知是怎么回事。妈妈洪氏说："牡丹，快！快去换上新娘的衣裳，坐上花轿，去龙海家拜堂成亲。""人家龙海今天不是要和嫂子兰香拜堂成亲吗？"牡丹说。"龙蛟大难不死回来啦，他与兰香拜堂成亲！""真的？我做梦也没想到今天能与龙海结为伉俪！太好了！我马上去打扮更衣！"

不一会儿，牡丹穿上了新娘大红衣裳，头盖红布，在一个女佣的搀扶下坐上花轿，在吹鼓乐声中，龙海领着向他的新居走去，路两旁人群看着热闹，有的感到诧异，说："今天不是龙海要娶兰香的吗？怎么娶了牡丹？""龙海的哥哥龙蛟大难不死回来了，兰香当然物归原主与龙蛟拜堂！""原来如此！龙蛟是英雄，回来了真令人高兴！"

牡丹喜出望外，与龙海拜了堂，实现了她的愿望，马财主找到了如意的乘龙快婿，也喜笑颜开。

王茂源为女儿兰香和龙蛟办完了婚姻的大喜，和龙蛟、云松坐下来聊聊，想了解他俩是如何大难不死、死里逃生的。

云松先说了舅舅如何机智地与海盗周旋，争取了时间，他与两位船工趁机逃到舰板上，连夜划到无名岛，在那儿开荒种地，建起农庄，去旧港番人贸易市场采购巧遇龙蛟，后跟随龙蛟去了翡翠岛，帮助酋长在岛上开垦荒地建立起农庄，在龙蛟的介绍下与阿琳娜成婚……

接着，龙蛟也说起他受伤落水后漂浮到一块礁石，翡翠岛的渔民将他救起带到岛上。酋长得知他曾救过国舅，将他视为座上宾。公主阿琳娜仰慕爱上了他，酋长和王后要招他为驸马，他想起不能丢弃、背叛在家日夜思念他的兰香，便婉言谢绝，后来将她介绍给云松……郑和大人第二次下西洋到了南洋，听宣慰使施进卿说他大难不死，先派施进卿来到翡翠岛找到他，这样又与周联络官接上头，周联络官帮助安排与陈掌柜见了面……

"啊！你俩被带到阎王殿的大门近在咫尺，只是没有进去，真是死里逃生，后来又经历坎坎坷坷，曲曲折折，飘落在南洋能站住脚跟真是不容易呀，如没有信念、意志的支撑，也可能活不下去，或沦落在南洋，成为一般平民，也许永远回不到丰州，永远不能与家人见面……"王茂源发出感慨，泪流满面，接着他又欣慰地笑笑说，"你们都是好样的！为闽南人争了光，也为我们王家荣宗耀祖！"

"我也无比感谢郑和大人，他还来到翡翠岛看我！"龙蛟说。

"是真的？"王茂源似乎不相信，兴奋得大声问。

"是真的！我也见到了！"云松说，"酋长早就盼望他光临翡翠岛，终于如愿以偿，郑和大人给酋长送上金镶玉带、黄金、珠宝等，酋长欣喜不已，我与公主成婚，酋长国与中土建立了姻缘关系，周围的国家更是刮目相看！"

"唔！不错，酋长国在南洋的地位也会提高！"王茂源说。

兰香听了龙蛟的介绍，不停地流泪，她原先还不知酋长要招他为驸马这事，他被龙蛟的誓盟、挚爱、真诚、忠贞深深地感动……

云松沉吟一下说："爸！我被招为酋长驸马，阿琳娜是独女，没有兄弟姐妹，将来我要继承酋长的王位，恕我不孝，将来不能照料孝敬你了。另外，我们与酋长约好，季风到了，我要带阿琳娜回翡翠岛去！"

"我们闽南及沿海人到南洋及海外侨居的人不在少数，干出大有成就的人是凤毛麟角，你侨居南洋当上了驸马是佼佼者，爸爸为你感到高兴，骄傲！你放心去吧！龙蛟已被我招为女婿，他和兰香会照顾好我的！"

"对！我和兰香会照顾、孝敬好爸爸的！"龙蛟说。

"哥哥，你就放心去南洋吧！"兰香说。

"爸爸还有一个愿望，"王茂源的脸色变得深沉，说，"云松和阿琳娜乘季风回南洋时，我要亲自送他们去！长风破浪会有时，我终于等到这一天了！"

其他几个人面面相觑，似乎以眼神问："如何去呀？"

"我要租一艘货船装一船货物，亲自去趟南洋，顺便带上云松、阿琳娜，过把下南洋的瘾，圆海上丝绸之路的梦。过去海禁，下南洋总是偷偷摸摸，还担心陈祖义那一帮海盗打劫，你妈又不让我去，真是望洋兴叹。上次周联络官安排我可带艘货船跟随郑和大人船队下西洋，可我放心不下兰香，只好请陈掌柜代劳。这次龙蛟回来了可以接替掌管我的商务事宜，无后顾之忧了，再说，我可以以你们翡翠酋长国驸马、公主的名义运载一船货物下南洋合理合法，名正言丨顺。真是天时、地利、人和皆俱也！"

"好啊！爸爸我支持你！到了旧港，我可叫人帮你销售，你回来时采购番人物资，我可帮助你参谋！你还可会会你的亲家——酋长、王后！"云松说。

"爸爸，你早就有传承海上丝绸之路的梦想，也曾影响、鼓舞我去应征跟随郑和大人下南洋，我明白你欣然让云松侨居翡翠岛当驸马，也是海上丝绸之路的另一种传承，我支持你去，你商务上的事情只要交代，我完全可以应付处理好！"龙蛟说。

"爸爸，你这次大胆放心地下南洋吧！圆你的梦！"兰香说。

"你们都支持我下一次南洋，太好了！这是对我最大的孝道！"王茂源感动得泪水盈眶。

云松将爸爸要装一船货物下南洋，顺便送他俩回翡翠岛的事告诉了阿琳娜，她高兴得拍手叫好……

英雄龙蛟和云松大难不死回来，云松当了翡翠酋长国的驸马、带回公主回到丰州的消息传到衙门，县令带着县吏来到王茂源家中看望。

"我们丰州城近日真是喜事连连，英雄龙蛟大难不死回丰州，喜结良缘。云松也死里逃生当上翡翠岛酋长国的驸马，还带回爱妻公主回家探亲，恭喜呀恭喜！"县令一进门就说道。

"王掌柜，你也应该请我们喝杯喜酒呀！"县吏说。

王茂源有口难言，只好说："小人考虑欠周，请恕罪！"他又将龙蛟、云松、阿琳娜向县令、县吏介绍。

"你俩如何大难不死，绝路逢生的？"县令问龙蛟、云松。

他俩简单作了介绍。

"看来真是妈祖、海神的保佑呀！"县令说。

王茂源对龙蛟说："他俩曾陪同周联络官大人来我家送嘉奖状和抚恤金，给我们以很大关照！"

"谢两位大人！"龙蛟说。

"你们两人一起回丰州城，还真巧了！"县吏说。

"多亏郑和大人到了南洋得到我幸存的消息，派人找到我……"龙蛟将施进卿帮助寻找联络的事讲了一番。

"这么说，你在南洋见到郑和大人？"县令问。

"他来翡翠岛看过我！"龙蛟说。

县令惊奇地瞪大双眼："啊！真幸运呀！真了不起啊！你是我们丰州的英雄、贵人！"

"郑和大人对我一番勉励的话我终生难忘！"云松说。

"我也见过郑和大人！"阿琳娜说。

"你们也是贵人、贵客，是我们丰州的荣光！希望你们常来常往呀！"县令说。

"谢大人！"云松和阿琳娜说。

"在丰州有什么事需要我们办理，请吩咐！"县令说。

"可找我，在下一定效劳！"县吏说。

"目前还没有！谢谢！"云松说。

"王掌柜，好好款待驸马、公主！"县令说。

"是！大人！"

县令、县吏坐了一会儿告辞走了。

龙蛟和云松、阿琳娜回来的消息在丰州传开了，人们前来看望、祝贺，有的是特别来看阿琳娜的风采，王茂源的院子里人来人往，热闹非凡……

王茂源忙了一阵，和陈掌柜去金溪港码头将从南洋采购的货物卸下来，云松也跟去了，他有些诡秘地说："爸，我从南洋给你带回的礼物，也许你料想不到。"

陈掌柜："茂源兄，你猜猜看！"

"唔！"王茂源思忖了一下，摇摇头猜不出来。

他们走进了船舱，云松指着几棵杭果树说："就是这几棵杭果树！热带水果之王！"

王茂源走到树前，只见这几棵树大大的叶子，每棵树上还挂着几颗椭圆形的果实，有的已黄澄澄，很可爱，他上前闻了一下还有香味，好奇地打量着树说："中土没有这种果树啊！"

云松摘下一颗成熟的杭果递给爸爸，叫他将皮剥去品尝，王茂源咬了一口，果肉滑润，味道甘醇，香甜得直渗心田，他连连叫好说："好吃！好吃！可称上等果品！你将它引进带回真有眼光。"

"在旧港我买了杭果给龙蛟品尝，是他提醒我下次回丰州能否买些树苗在闽南家乡栽培繁殖！"云松说。

"你俩做了件功德无量的好事，果树从南洋引进，带回海上丝路交流的成果，是造福子孙后代哪！你送爸爸这礼物，胜过金银财宝，是最有意义的！正好你的两个堂叔来参加婚宴，我租条船叫他们带回，种植在我们安溪老家，将来再繁殖，让更多的人能品尝到这种洋果，种植的人也能得到实惠！"王茂源说。

"船从南洋返回的途中，云松和龙蛟每天都去观察这几棵杭果树，担心途中夭折，我叫船工傍晚搬到船头以便夜里能沾到露水，第二天早上晒一会太阳又搬到船舱，生怕被骄阳晒死，还给树洒水……"陈掌柜说。

"你也是有功之臣，有劳你了！"王茂源说。

……

一日，王茂源带着云松、阿琳娜、龙蛟、兰香来到郊外的一处荒野，并请来了几个手里拿着锤子、铁锹的农民。

他指着两个坟墓对云松、龙蛟说："今天该将你们两人的衣冠墓铲平了，里面还埋着你们俩的衣物呢！"

两个圆圆的坟已长着杂草，墓碑上刻着"王云松之墓""王龙蛟之墓"。云松和龙蛟看了既难过悲伤，又感到滑稽好笑，阿琳娜更感到惊奇、诧异，云松介绍说："这是我和龙蛟的衣冠墓！"

"我们每年都来上坟，寄托哀思！"兰香说。

"我们的悲痛心情可想而知！"王茂源说。

"孩儿不孝！"云松说。

"让爸爸操心、让兰香揪心了！"龙蛟说。

"化悲为喜，化忧为乐、化灾为吉，将其铲平！"王茂源向几个农民下令，几个农民很快举起锤将墓碑敲碎，又用铁锹将坟铲平……

他们又来到郑氏彩霞、郑万年的墓碑前，供上祭品，点燃香烛，焚起冥纸，进行跪拜叩头，喃喃作语。

王茂源："彩霞，你的儿子云松死里逃生回来了，并且带回你的儿媳、南洋公主，云松当了翡翠酋长国的驸马；你的过门女婿龙蛟在南洋也大难不死，他是缉拿海盗头目陈祖义的英雄！安息吧！"

云松："妈妈，孩儿不孝，下南洋遭陈祖义一帮海盗劫船，你们以为我也和舅舅都被杀害，你承受不了猝亡，真是遗憾不幸呀！令我悲痛万分呀！如今我告诉你，海盗头目陈祖义被你的女婿龙蛟缉拿伏法斩首，为你和舅舅报了仇，安息吧！你和舅舅永远活在我们的心中。"

兰香："妈，我一次又一次去九日山一眺石盼望哥哥归来，如今真的梦想成真！妈！我和缉拿陈祖义的英雄龙蛟结婚成了家，我们一定会照顾好爸爸的，你放心吧！"

他们一边悼念，一边落泪；一边哀思，一边回忆，道不尽对死者的深厚情意，说不完失去亲人的大悲大痛……

娜、龙蛟也跪拜磕头，表达哀思和敬意。

他们又来到舅舅郑万年墓碑前一番祭悼……

第二天，王茂源又带着他们四人到九日山下的延福寺、昭惠庙进香祭拜，感谢菩萨的保佑，海神的庇护。

延福寺的住持也听说王茂源的儿子云松和过门的女婿龙蛟大难不死神奇地回到丰州，云松还带回南洋翡翠岛酋长国公主，今日来进香，便迎上去合掌："王掌柜，施主，祝贺你，阿弥陀佛！"

王茂源将云松夫妇、龙蛟夫妇向住持一一介绍，然后说："感谢菩萨、海神保佑，我儿云松、女婿龙蛟在南洋大难不死归来，并且婚姻圆满！"

住持："那是你的造化，他们得以善报！你们一家为海上丝路做出了贡献，这也是因果！"

"谢住持！"

王茂源带着他们在菩萨塑像面前进香、跪拜，又捐了功德款。

住持看见美丽的阿琳娜公主进香、跪拜特别虔诚，便上前赠送了一包茶叶，说："此茶产于此山的石亭寺周围，又称石亭茶，相传宋代此寺僧人在莲花峰岩石间发现茶树，加以培育，制成茶为僧家供佛之珍品，延续至今，送公主品尝！"

"此茶是福建的茶祖，产量极少，我们都未有机会品尝过。"王茂源补充说。

阿琳娜听后激动不已，接茶后连忙向住持跪拜说："谢住持，我太幸运了！"

"我们也沾了阿琳娜的光呀！"云松风趣地说。

他们谢了住持又去昭惠庙进香……

进完香，王茂源因有事先走了，兰香带着龙蛟、云松、阿琳娜游逛九日山。九日山风光依旧，山上的相思树茂密葱郁，树丛里开着许多鲜花，始紫嫣红，树上的鸟儿成双成对飞翔嬉逗。阿琳娜说这儿很美，很有浪漫情调。云松说，这儿满山的相思树就是祝愿着恋人、夫妇相亲相爱，永结同心！阿琳娜点点头，又问山上竖立的许多石碑是何意？云松告诉她，自古到今，人们扬帆下海重蹈海上丝绸之路都要来此山祈风，拜谒菩萨、海神，求得庇护，在海上行驶一帆风顺，平安归来。祈风活动地方政要也前来参加，立碑记事，也有文人墨客来此游览留下石刻。"唔！这是座富有历史深蕴的山哟！"阿琳娜感慨地说。

"我带你去一个地方去看看。"龙蛟对阿琳娜说。

"好哇！会那么神奇？"阿琳娜问。

"去了那儿你就知道了！"龙蛟说。

龙蛟带着大家来到一眺石，他指着大海说："每逢到了农历四五月，人们就来到这块石头上眺望大海，看看是否有自家的船向山下的金溪港码头驶来，如有，就奔到码头去迎接。"

"唔！真让我感到好奇！"阿琳娜说。

龙蛟继续说："兰香曾无数次来到这里盼望哥哥云松归来，她望眼欲穿，后来盼到一艘从南洋归来的商船，船老板告诉她，云松和舅舅的船只遭到陈祖义一帮海盗劫船，船毁人亡。她一路哭着回家，而妈妈得知此消息承受不了而猝死身亡。"

"啊！多么不幸！"阿琳娜感动得泪水汪汪。

"我还要告诉你，我应征跟随郑和大人下西洋后，兰香也是在这块巨石上经常眺望着大海盼望我归来，我落水失踪误认为是罹难身亡，她几乎是天天来此眺望大海，盼我归来，还朝着大海的方向呼唤我的名字，为我招魂归来，如果我娶了你回不了丰州，她就会在此变为一块如同我与你讲过的望夫石……"龙蛟说。

兰香听了不由呜咽起来……

"我不忍心她变为一块望夫石，不忍心……"阿琳娜也流着泪水，动情地说。

"现在不可能了，你不必伤心了！"云松安慰道。

"感谢菩萨保佑，海神庇护啊！"龙蛟说。

他们下了山，又来到金溪港码头，回顾着当年在此离别的情景，在此曾经有过的温馨和浪漫……

他们一回到家中，阿琳娜就打开住持送的石亭绿茶，只见此茶外形紧结，身骨重实，色泽银灰带绿。她连忙撮了一点在壶里，倒上开水，只见汤色清澈碧绿，叶底明翠嫩绿。她喝了一口，滋味醇爽，香气浓郁，是兰花香，又似绿豆及杏仁等香气。她闭着双目，简直是陶醉了，兴奋地说："我从来未喝到这样荡魄美妙的茶叶，太棒了，难怪是佛茶！"她又请大家品尝。

王茂源品尝后赞美说："的确非同一般，真是托了阿琳娜的福！"

云松品饮后竖起大拇指说："难得的好茶！"

龙蛟喝了一口开玩笑说："今天真有口福！阿琳娜，你真有面子，住持送你茗茶！"

王茂源："住持看她是来自南洋酋长国公主，拜菩萨又是那么虔诚！所以才赠以佛茶！"

云松："我们都沾了阿琳娜的光！"

"饮品了这佛茶，是不是吉祥健康？"阿琳娜问。

"当然是！"王茂源回答道。

"那我舍不得泡饮了，带回去送给父王母后品用！"

"你喜欢喝此茶，就品用吧！"云松又对王茂源说："爸爸，我们临走时，你能否向住持买些让我们带去南洋送给酋长父王？"

"好！我厚着脸皮去找住持，他听说阿琳娜要将此茶带给酋长品尝，也许会给面子！"

"太好了，谢谢爸爸！"

……

龙海与牡丹成婚后两家大人都满意，小两口子也甜甜蜜蜜。马财主知道林福山在丰州城里待不长久，儿子的婚事完成后会回到德化经营他的瓷窑。一天，便来找他，希望他陪同去拜访一下王茂源。林福山二话没说，就陪他来到王茂源的店铺。

王茂源给他俩泡上了茶，递上说："你们两家成了亲家，也是解决了我的大难题，否则我觉得有些对不起龙海。"

"这是天赐良缘！"林福山说。

"也给老夫解决了一件大心事，小女牡丹一直看中林家的两位少爷，龙蛟没有得到有些遗憾，龙海快到手后又变卦，牡丹甚至说终身不嫁人，这可把我和夫人急坏了，谁知得到一个意外的良机，真是喜出望外。"

福山对王茂源说："我们两家是亲家，我和马兄又是亲家，你们俩是亲家的亲家，哈哈！亲家和亲家少不了相互提携、帮助呀！"

王茂源："是！是！"

福山又说："茂源亲家呀，马兄已在丰州开了丝绸店，他们家种桑树、养蚕、织丝是一条龙呀，绸缎很多，你做海上丝路生意能否帮他一下呀？"

"没有问题，我买东家西家的，还不如买亲家的！"王茂源笑着说。

"太好了！谢谢你！"马财主说。

王茂源又沉吟了一下说："再过几个月我要一批丝绸，福山亲家，你也准备一些陶瓷品，我要亲自带条船下南洋，正好将云松、阿琳娜送回南洋。"

"现在海禁还没有解除，你不担心被找麻烦？"福山说。

"我叫云松以翡翠酋长国驸马的名义向市舶司申报，名正言顺。"王茂源说。

"妙！"马财主夸奖说。

"好啊！又是一个大商机！我回去安排将新建的瓷窑烧起来！"

"我也沾个大光！我马上筹备一些丝货！"

这时，龙蛟知道爸爸来了，便抱着一个大纸包过来说："爸爸，你来了正好，我要送你一件礼物，我逛旧港番人贸易市场时，发现地摊上波斯人生产的瓷器很粗糙，但颜色非常艳亮。我一打听，他们用的涂料就是这种波斯人生产的苏麻离香的颜料，我买回来让你试做，也许涂上这种颜料，你做出青花瓷器会更加亮丽、艳美，可谓是锦上添花！"

福山双眸一亮，激动地说："真是踏破铁鞋无觅处，得来全不费功夫！前些天你岳父大人拿了一个周联络官给他的瓷器样品，说是波斯人生产的，这种鲜艳颜色的青花瓷品阿拉伯人和西方人很喜欢，问我能不能生产出来，叫我试做，我一看，的确不错，可巧妇难为无米之炊，我们中土没有这种色料呀！你今天能带回来，比送别的任何礼物都好！"

"是啊！后来我对周联络官回话说，缺的是色料，想不到龙蛟能带回，真是巧合，龙蛟你太聪明了！亲家呀，你不妨试做一下！"王茂源说。

"我回去马上就试用！"福山说。

"做成后我带去南洋销售，一定能卖好价钱哦！"王茂源说。

"你们在中土也能卖个好价钱，说不定会引Ｉ起官方的重视呢！"马财主说。

江成波得知陈掌柜的商船跟随郑和下西洋满载而归，还将死里逃生的龙蛟、云松带回，龙蛟与兰香成婚，云松还带回美娇如花的南洋公主妻子，王茂源家喜事连连，想想自己不争气的儿子江流风娶了一个非洲黑人女子为他生了一个杂种混血儿孙子，不由垂头丧气，捶胸顿足，怨儿子不争气，自己的命不好！

原来，江流风自从强暴兰香未成，被龙海一顿教训后，再也不敢动兰香歪脑筋了，他一反常态，经常去泉州寻花问柳。一次，通过一个老板的介绍，他认识了一位常在泉州做生意的黑人商人的女儿，她长得风姿妙曼，颇有性感，人们称她是黑孔雀。他们鬼混了几次，黑孔雀怀孕了。江流风还真的爱上了黑孔雀，可江成波夫妇不同意，想花钱了结。黑孔雀的爸爸知道江流风是丰州城里的大户人家，一定要将女儿嫁给江流风，以便将来在泉州做生意也有个依靠，如果江家不同意，他们要上官府去告江流风。江成波怕将事闹大，哑巴吃黄连——有苦说不出，就勉强同意儿子娶了黑孔雀。不久黑孔雀就生了一个黄不黄、黑不黑的混血儿。江流风常带着黑人老婆和混血儿走在街上被人们指指点点、议论纷纷！

江流风追不到兰香，也许是逆反心理，他觉得和黑孔雀在一起别具情调，自得其乐，可江成波夫妇看到黑人儿媳、混血儿孙子常常叹息，摇头说："我们是哪辈子作的孽呀？""怎么没有好的报应呢！"丰氏总是伤心流泪，江成波唉声叹气，做生意也是每况愈下。

一天，江成波夫妇带着江流风去九日山下的延福寺进香，祈祷菩萨改变他们的命运，他们烧香跪拜磕头后向一个道长指教。

道长看了他们神态，合掌说："善有善报，恶有恶报，改恶从善、亡羊补牢，

287

为时不晚。"

"看来我们要念佛吃素行善了！"江成波说。

"是啊！"丰氏说。

"从今以后我要改邪归正了！"江流风说。

"善哉！善哉！"道长又合掌念道。

王茂源带着云松、阿琳娜、龙蛟去了泉州的城南码头不远的聚宝街的贸易市场。宋元时代这儿热闹非凡，"缠头赤脚半番商，大舶高樯多海滨"，番人、当地人摩肩接踵，店铺和地摊上的各种金银珠宝、绸缎布匹、香料药材、茶叶瓷器等商品琳琅满目，一派繁盛景象，好不热闹。可自从明太祖实行"海禁"，番人消失得无影无踪，贸易市场也萧条冷落，明成祖朱棣登基恢复了泉州的市舶司（海关）后，这儿的贸易市场又渐渐恢复热闹起来，番人不断增加。

他们逛了贸易市场，地摊上摆放着阿拉伯、南亚、南洋，还有西方的一些物产，也有中土的物产，林林总总，阿琳娜以她番人的视角，指指点点，说这些西方、阿拉伯的物品如果价格便宜，可采购到旧港贩卖。龙蛟和云松也向王茂源建议，哪些物品可采购拿到南洋去卖。王茂源点点头，心中有数了。不久下南洋除了带丝绸、瓷器、茶叶等中土的物产外，也从这儿采购一些番人的物产带去。

又过了数日，林福山挎着一个竹篮，匆匆来到王茂源家，将用龙蛟从旧港带回的苏麻离香青料做成的青花瓷碗、瓷壶等瓷品拿出来放在台子上让大家欣赏，只见这些精致的青花瓷品颜色鲜亮光彩，新颖闪亮，大家不由惊瞪双眼连连赞叹。

"啊！这是我见到最美的青花瓷器，如果运到南洋销售，人们会抢购！"阿琳娜赞赏说。

"用了番人的颜料，瓷品就是不一样，真是锦上添花！"云松感叹说。

"当时，我一眼就被用了这种颜料的瓷品所吸引，就追问在哪儿可以买到这种颜料，还真巧，在旧港贸易市场买到了！"龙蛟说。

"对了！"王茂源对福山说，"我这次下南洋要带青花瓷品，你尽管用苏麻离香涂上！"

"可以，但用上这一次就全用完了！"福山说。

"我这次下南洋，一定给你多买些带回！"王茂源说。

"辛苦你了！谢谢！"林福山说。

"爸爸，你卖这种青花瓷器一定要卖高价钱哦！"阿琳娜说。

"好！谢谢你提醒！"王茂源说。

"到那时，我会给你出主意的！"云松说。

"下次见到郑和大人，我一定要用这种颜料做的瓷器送给郑和大人！"龙蛟说。

"这是海上丝绸之路交流的成果啊王茂源说着，哈哈大笑起来。

云松和阿琳娜待季风回南洋还有些日子，云松陪同阿琳娜逛丰州古街，参观古祠堂，观赏闽南的高甲戏、南音、提线木偶，品尝地方小吃，还陪同她乘船到泉州参观开元寺、清净寺、洛阳桥等名胜。

一次，他俩从郊外游览回来的途中，路过一小山，听见叮叮咚咚一片凿石声，阿琳娜感到好奇，要去那儿看看，原来是一个石誉石的采石场。只见地面摆着一块质地细腻、微红的石耆石，有的正在凿成一块块，有的凿好的正在磨面加工，被加工好的石块光洁照人，色料如玉。阿琳娜生活在小岛，从未见过如此精美细腻的石料，感到好奇。云松告诉她说："此石叫石碧石，开采于唐代，是南安的特产，开元寺、洛阳桥还有一些宫殿都用此石，此石夏凉冬温，不溜不潮！"

"这应该说是丰州的宝物！"阿琳娜沉吟一下说："父王的王宫如也能用上这种宝石装饰，南洋各国的国王看了一定羡慕！"

"谢谢你的提醒，爸爸正担心这次去翡翠岛与亲家见面不知道送什么礼物为好？我建议他送这种石耆石片装饰王宫你看如何？"

"太好了！父王肯定会喜欢，我也喜欢。"

"看来海上丝路物产交换又增添了新的内容！爸爸一定会采纳我的意见的！"

"谢谢你！亲爱的！"

阿琳娜来到丰州不久，正好遇上端午节，家家户户包粽子，粽香飘万家，她感到好奇、新鲜，有的粽子只包糯米，有的粽子包着黑豆、鸡蛋、虾仁与三层肉，品尝起来糯香，另有风味，她就问云松："人们为什么要包粽子、吃粽子？"

"在春秋战国时代，据说楚国有一位大夫、爱国诗人叫屈原，他得闻秦国军队破楚国都城，悲愤交集，抱石投入汨罗江，以身殉国。沿江百姓纷纷划船前去打捞、招魂，并将包的粽子投入江中，以免鱼虾蚕食他的身体。这种习俗也传入我们闽南！"云松介绍说。

"唔！好感人哪！"阿琳娜感慨地说。

"下午我带你去观赏赛龙舟！"

"太好了！"

下午，云松带着阿琳娜来到金溪江畔，岸边人流涌动，到处可见一些百姓一边烧着香，一边虔诚地跪拜。还有一些百姓手中挽着竹篮子，将粽子抛向河中，激起一团团浪花。江中停泊一排龙舟，里面坐着不同颜色的服饰的参赛者，手持船桨，船头坐着一位击鼓者。只听一声令下，伴着有节奏的鼓点，参赛者奋力划着船桨，水花四溅，龙舟在江水中争相竞渡，岸上的人们欢呼着，呐喊着，蹦跳着……阿琳娜也被这激动人心的场面感染、吸引，不停地欢呼、跳跃……她对云松说："太精彩、刺激了，在这儿过端午节有口福，有眼福！"

"口福不只是粽子，我再带你品尝你没有尝过的一种水果！"云松带她来到丰州的一个水果摊，指着挂着的一串串棕红色的荔枝问："见过这种水果吗？"

"南洋没有！"阿琳娜摇摇头说。

云松买了一串，摘下一颗，果皮有突起的小疙瘩。他将果壳剥去，露出的果肉凝脂甘软。阿琳娜品尝后觉得滑脆、清甜、浓香，连忙竖起大拇指说："味道太美了，简直是仙果！"

"这水果叫荔枝，中土只产于南方，成熟收获季节恰好在端午节前后，唐代有位皇帝的宠妃就喜欢品尝荔枝，皇上派人从千里之外的南方采摘用快骑送至京城长安给她品尝，还有诗曰'一骑红尘妃子笑'。"

"这位妃子也太幸运了！我今天能品尝到荔枝也很幸运！"阿琳娜说着，又连连品尝了几颗。

"这次跟我来中土有收获吗？"

"大有收获，真是意想不到！"阿琳娜沉吟了一下说，"能不能将这荔枝移栽至翡翠岛，这样我每年都能品尝到荔枝，父王母后也能品尝到，如能扩大种植，南洋百姓也能品尝到该多好！"

"从地理位置、气候来说，翡翠岛应该能生长荔枝，担心的是树苗在海上运输会不会出问题。我回去后和爸爸商量一下！"

"如果荔枝能够移植到南洋生长，我比唐代的妃子还幸运，荔枝成熟了，随手就可品尝！"

"那当然！祝你心想事成！我们这次如果将荔枝带回南洋移栽成功，是功德，也是海上丝路的硕果！"

"没错！"

"嘀！你学闽南话很快哪！"

……

"每遇冬汛北风发舶"，季风即将来临了，王茂源采购了丝织品、瓷器、茶叶、漆器、金属制品、农具、干果等，还有从泉州番人市场购来的一些物品，都准备好。他赠送给亲家酋长的石亭茶，是产于九日山闽南最早的佛茶，延福寺住持又赐给他一包，还有产于南安著名的石碧石，阿琳娜喜欢的荔枝树也准备好了。船老大和船工也落实好了，他还带着云松、阿琳娜到泉州市舶司备了案的公文，万事俱备，只欠东风。

他选了个吉日，带着云松、阿琳娜、龙蛟、兰香来到九日山下的延福寺、昭惠庙进香，向菩萨、海神跪拜叩头，祈求庇护去南洋一帆风顺、旗开得胜。

他们祈风后下山来到金溪港码头，即将上船时王茂源激动地说："此次下南洋，我会真正体验到老祖宗踏浪海上丝绸之路的感受，将感受到海上丝绸之路的险恶和艰辛，也将感受到海上丝绸之路的快乐和欣慰，这将是海上丝绸之路一次非凡的商旅！经过了多年的是是非非，曲曲折折，付出了沉重的代价，我终于圆梦了！"

"爸爸，祝贺你！"兰香含着热泪扑上去拥抱，说，"祝你一帆风顺，一路平安！"

"爸爸，你放心地去吧！途中有云松、阿琳娜照顾陪伴你，到了南洋，又有云松、阿琳娜关照你，这儿一切我和兰香会打理好的！"

"好！明年四五月等我满载而归！"王茂源神采奕奕地说。

云松、阿琳娜和龙蛟、兰香拥抱告别。

龙蛟："我们虽然分开，但海浪会连接着我们的情，丝路会连接着我们炽热的心！"

阿琳娜："我永远忘不了这次中土之行，忘不了你们……"

王茂源带着云松、阿琳娜上了船，向他们挥手。

船扬起了风帆，渐渐离开码头，龙蛟和兰香也不停地向他们挥手……

第十九章

光阴荏苒，斗转星移，又过了七八年，龙蛟和兰香生下的儿子已有六七岁，长得像龙蛟，壮实、聪明、天真、可爱。龙蛟喜欢大海，将儿子的名字叫海宝，王茂源有了孙子，王家后继有人，心里乐开了花。

自从云松和龙蛟从南洋大难不死回来后，王茂源家中就喜事连连，云松带回洋媳妇公主阿琳娜，兰香和龙蛟拜堂成亲，他装了一船货物下南洋，顺便将云松、阿琳娜送回翡翠岛，过了一把海上丝绸之路的瘾。不久，添了孙子海宝。郑和第三次、第四次下西洋，周联络官又来找他，采购下西洋的补充物资。平时，他在龙蛟的帮助下，做番邦贸易也很红火，生意兴隆通四海，贸易茂盛达三江，财源滚滚而来。家中三代同堂，其乐融融。

王茂源和龙蛟忘不了是郑和大人下西洋给他们带来的好运，是海上丝绸之路给他们创造了良机，他们感谢明成祖实行的开放政策，感谢郑和大人给他们的恩惠和关照，他们也惦念着郑和大人，期盼着有机会见到他向他谢恩。

在万里海域之外的云松、阿琳娜夫妇，还有酋长、王后，也感谢郑和大人曾光临翡翠岛给他们带来的光彩和荣耀，感谢海上丝绸之路给他们成就了阿琳娜与云松的异国姻缘，从而使小岛发生了翻天覆地的巨变，荒地变良田，人们丰衣足食。

云松和阿琳娜也生了一个王孙，已有五六岁，长得漂亮、英俊、机灵，叫连明，希望翡翠岛酋长国永久与大明国连接在一起，王室也后继有人，酋长和王后视连明为掌上明珠。

郑和已四下西洋，曾经到过南洋诸岛，船队除了输出丝绸、瓷器、茶叶等中土特产之外，还输送了劳动工具、生产技术，有的是通过贸易，有的则是无偿赠送和传授，使当地人学会了建筑城郭，掘井取水，凿渠灌溉，开山修路，垦荒造田，犁耕锄地，农作物的栽培等技术，促进了当地的生产和经济，改善了人民的生活。南洋许多地方的人们把郑和当救星、菩萨，敬仰他，崇拜他，有的地方还以他的名字为地名、庙宇名。传说郑和第一次下西洋来到爪哇某岛，正值瘟疫横行，有人丧命，人心惶惶，在那儿侨居的中土人纷纷前去找郑和求助。郑和告之他们把榴梿当药吃，人们纷纷吃榴梿，果然有效，结果瘟疫消除，人们安居乐业。所以郑和的名字在南洋如雷贯耳。

一年的农历六月，爪哇国国王请酋长参加一个庆典活动，阿琳娜听了不由心动，想带云松跟着父王前去。她听说爪哇有个地方，曾经是郑和下西洋登陆的地方，人们对郑和顶礼膜拜，将此地以郑和名字命名为三宝垄，郑和小名叫三宝，人们称他三宝太监。此地还建了郑和庙，在农历六月十三即郑和登陆的那天，人们作为喜庆的日子，张灯结彩，烧香祭祀，非常热闹。她想趁机叫云松陪伴去看个究竟，也去拜谒一下郑和。他俩请示酋长，酋长说："好哇！跟着父王前去，我参加爪哇国庆典，你俩去三宝垄！我们要永久铭记郑和大人的恩惠！"王后说："你俩也代表我们全家表示一些敬意！""遵命！""太好了！"云松和阿琳娜高兴地说。

数日后酋长和王后扬帆出海，云松夫妇陪同，来到爪哇国，酋长、王后参加庆典，御船便给云松和阿琳娜乘坐，直驶爪哇岛上的三宝垄，此日正好是农历六月十三。

中午时分，他们下了船，是人们庆祝的高潮，三宝垄人山人海，人们抬着郑和的塑像前呼后拥，敲锣打鼓，鸣放鞭炮，热闹非凡，有老有少，有男有女。有的人头戴花环，手持花束，脸上涂着颜色，充满着虔诚、敬意、激动。

云松、阿琳娜从未见过这样热烈、壮观的场面，激动不已，随着人流来到郑和庙，也跟着人们在郑和塑像面前烧香点烛，叩头跪拜。他俩是见过郑和的人，曾经得到过郑和恩泽的人，似乎有许多话要对郑和讲，有许多情要对郑和倾诉，他们感谢郑和给他们家、王室带来幸福、美满，给翡翠岛人民带来幸福，给南洋带来平安和繁荣。

当地人们排着队，一个接着一个在郑和塑像前烧香跪拜，祈求风调雨顺，岁岁平安，丰衣足食，繁荣富庶。

云松突然看见庙门的木柱上有一副对联：随三宝南来爪哇，拓开鸿业光海国；念双阳北望泉山，凝聚众心系乡关。

云松告诉阿琳娜，这位撰写对联的人，肯定是他的老乡，泉州人，也许是跟随郑和下西洋的水兵和船工。郑和下西洋沿途都有水兵和船工因病倒或别的原因留在当地侨居，和当地人结婚，他们像种子一样撒在南洋各地开花结果，有的事业有成，他们都心系中土、家乡，这位撰写对联的人，对联的字里行间表达了对郑和的崇敬，跟着郑和来到南洋的自豪，也流露出由于郑和而更加思念故乡家园。

云松琢磨着对联，心中不由发出共鸣，他何尝不是如此，他的双眸湿润了……

郑和数次下西洋，给南洋人民带来的不仅是福祉而且是友谊，人们不仅把他敬尊为神，而且作为民族和睦友好相处的象征。

三宝垄在农历六月十三举行盛大的纪念郑和的盛会，代代相传，一直延续了数百年，真是：有名胜迹传异域，万国衣冠邦故乡。

王茂源、龙蛟做梦也没有料到，他们在丰州期盼能见到郑和大人谢恩，后来也真的实现了。

明永乐十五年（1417），郑和第五次下西洋选择在泉州后渚港一带候风（过去是在福建长乐太平港候风）。郑和为什么选择船队在泉州后渚港候风？泉州曾是古代海上丝绸之路的起点，有悠久的航海历史，荟萃了有航海经验的人才，比如艄公、舟师、水手、通事（翻译），船队需要招募补充这些航海人才，正是泉州能提供的。另外泉州一带能提供和补给下西洋的许多特产，比如，德化的瓷器，安溪的茶叶，漳州的丝棉织品、漆器，永春的香等。

还有一个重要的原因，是郑和要拜谒在泉州的伊斯兰教圣墓，这也是他多年的愿望。郑和的鼻祖就信奉伊斯兰教，他出生在伊斯兰教家庭。

郑和的六世祖赛典赤·赡思丁，是中亚布哈拉人。元太祖成吉思汗西征时，赡思丁率千骑归附，命入宿卫，随从征战，历任元朝重要官职，卒封咸阳王，是郑和落籍云南的始祖。其子孙也历任元朝要职。郑和祖父米的纳授昆阳侯，始住昆明，父米里金袭封并授云南省参知政事（行省副长官）。入明后，米里金采用汉姓，改名为哈只。郑和原名马和。

朱棣发动"靖难之变"起兵南下夺取皇位，因马和随军有功，朱棣登位后封马和为内宫监太监（侍奉皇族的宫内机构首领）并亲书一"郑"字赐给了马和为姓，从此马和改为郑和。

郑和不忘自己的祖先，牢记自己是一个伊斯兰教的信徒。

泉州的伊斯兰教圣墓建于唐初唐武德年间（618—626）坐落在泉州东部灵山南麓。据明代何乔远《闽书》记载：唐武德年间，穆罕默德遣四贤来华，一贤传教广州，二贤传教扬州，三贤沙什渴、四贤我高仕传教泉州，猝死灵山，葬后是山夜光显发，人异其灵圣，故曰圣墓，山曰灵山。

郑和第五次下西洋的船队抵达泉州后渚港候风，他下令副使王景弘招募补给航海人才，采购补给下西洋的物产。

一日，风和日丽，他带着随从从天元号宝船下到一艘小船直驶泉州城。

郑和下船后轻车便简来到泉州东郊灵山，越过一座桥，向山麓走去，沿着石阶向上，只见两边绿树成荫，百鸟争鸣，不时飘来阵阵花香，真如仙境。

他拾级向上数百台阶，抬头一望，只见朝南的山麓下，有一个周围北、东、西三面依陡壁用块石砌筑的半圆形挡土墙，依墙建花岗岩石墓廊，平台如马蹄形，前檐廊共十柱九间，左右对称，柱子颇似织布梭子，称之梭形柱，传说为南北朝至唐初所流行建筑柱形。

石亭下并列两具三贤、四贤石棺，全用花岗岩雕刻，这是按照伊斯兰教的葬俗。

郑和来到三贤、四贤的石棺墓前，虔诚地叩拜。他周身热血沸腾，心涌狂澜，多年的愿望终于实现。他想起，自己由一个无名小太监到监太监，受到朱棣皇帝的重用，任命为大明巡洋正使兼船队总兵官，巡视万邦，扬威海上，率船队搏风击浪，已四下西洋，一帆风顺，一切都有真主的庇佑，他不负使命，还要继续下西洋，也叩求真主继续保佑在……

圣墓的一侧的开阔地，是宋元时期来自世界各地的穆斯林之墓，上面刻着伊斯兰教常用的"云月"图案或《古兰经》片段，郑和也向曾经沿着海上丝绸之路前来泉州的先辈们的墓碑行礼膜拜。

郑和率下西洋的船队来到泉州后渚港候风，及去灵山圣墓行香的消息不胫而走，人们热议着，对郑和充满着敬仰、钦佩。人们期盼着，希望郑和五下西洋能给泉州带来好的商机。人们祈祷着，祈求郑和的行香，真主也给他们这些穆斯林的信徒带来好运。

王茂源和龙蛟、兰香得知郑和带着船队来到泉州后渚港候风的消息更是激动无比，坐立不安。郑和是他们一家的恩人，他们曾得到郑和关照，不知还能否见到他谢恩？不知道能否仰望到他的尊容？不知道第五次下西洋能否再给他们一些商机？他们期待、盼望、等候……

周联络官又出现在丰州城，来到王记店铺，王茂源和龙蛟见到他行礼跪拜，热泪盈眶，激动不已。

"免礼！"周联络官说。

"日也盼夜也盼，总算盼来了恩人、财神爷！"王茂源激动地说。

"谢恩公来到！"龙蛟说。

"到了泉州当然会来看你们，忘不了你们这些传承海上丝绸之路的有功之臣！"周联络官说。

"谢大人！谢大人每次下南洋给我们一些补充订单！"王茂源说。

"龙蛟为郑和大人下西洋立下汗马功劳，九死一生，照顾你们一些生意也是情理之中，何况你们提供的货品都是品优质好，我也有颜面！"周联络官说。

"谢大人！大人对我们真是恩重如山！"龙蛟说。

"云松驸马在南洋情况如何？"周联络官问。

"禀报大人，他和阿琳娜公主恩恩爱爱，生下的王孙已有六岁！他常来些书信，深得酋长重用，信赖，喜欢，一切皆好！"王茂源说。

"太好了，海上丝绸之路连的姻缘已开花结果，值得恭喜、庆贺！"周联络官说。

"听说郑和大人这次下西洋的船队在泉州后渚港候风？"龙蛟问。

"是！所以我来到丰州很便捷。"

"丰州、泉州的人们对船队在后渚港候风都抱有希望……"王茂源说。

"船队要在泉州补给大量的人员、物资，总会带来一些商机，除我之外，还有一些人在泉州进行采购物资，物色招募船队人员。"周联络官打断了王茂源的话，说着，从衣袖里取出一张纸递上说："这是我要的物品采购单，有丝绸、瓷器、茶叶等品种和数量，瓷器除了象牙白瓷器外，我们还要用苏麻离香做色料制作的青花瓷器！"

王茂源接过订货单，过了一下目，露出欣慰的笑，点点头，说："明白了，请大人放心，我一定圆满完成任务。"

周联络官又递上一张银票说："老规矩，这是预付款，不过这次交货的地点是在后渚港我们的船队。"

"知道了！大人，这次在泉州交货方便多了。"王茂源说。

"大人，"龙蛟扬起头说，"我有一个请求，不知道郑和大人在泉州候风期间，我能否带上爸爸前去看望他，谢恩！"

周联络官愣了一下，笑了笑说："我回去后一定将此要求向王景弘副使大人禀报，至于能否见到郑和大人我没有把握！不过，也许郑和大人想见你哩！"

"那真是我的幸运！"龙蛟说着，思忖着什么，一会看看王茂源，一会低头不语。

"祝你走好运！"周联络官说着，起身告辞，突然，龙蛟走上前去，有些腼腆地说："大人，有一事我不知该不该问？"

"融！"

"以往郑和大人下西洋船队中都配有商船，不知这次是否有？"

"有呀！难道你想去？"

"想呀！"龙蛟看了王茂源一眼，支吾道："不过，还没有和父亲大人、妻子商量过。"

王茂源沉吟了一下说："我已过了一番海上丝绸之路的瘾，龙蛟再要过一番海上丝绸之路的瘾，我支持你去！相信兰香也会同意的！我家和海上丝路结下的缘，祖祖辈辈要传承下去，与大海结下的情要一代一代一连接下去！"

"好样的，真令人感动！好！你们可安排一艘商船跟随船队下西洋！"周联络官说。

"感谢大人！船和物资我来安排！"王茂源说。

"太好了！我又能跟随郑和大人的船队下西洋，这次下西洋我不是以水兵船长名义远航，而是以商人身份出行。我在海上踏浪数年，经历过狂风恶浪，九死一生，这次出洋可谓轻车熟路，能从容应对各种海上风浪险阻！再下西洋搏风浪，嶽鹏水击三万里。"

"好一个英雄、壮士，好一个大海情怀！"周联络官夸奖道，"不过，我希望你做好妻子兰香的工作，然后再准备下洋。"

"是！谢大人提醒吩咐！"龙蛟说。

"请大人放心！兰香的工作他做不通，由我来做！"王茂源笑了一下说。

"好！告辞了，我还有公务要办！"

王茂源、龙蛟送周联络官至一个路口。

郑和早就知道泉州除了有灵山伊斯兰教圣墓外，还有一个有名的清净寺，作为一个伊斯兰教信徒不能不去的朝拜之地。

某日，郑和身着便服，带着侍从从后渚港乘小船来到泉州某码头上岸，然后步行来到位于泉州涂门街的清净寺。

泉州清净寺又名艾苏哈卜大寺、麒麟寺，始建于北宋大中祥符二年至三年（1009—1010），仿照叙利亚大马士革伊斯兰教礼拜堂形式，用青白花岗石和辉绿石砌成，分为外、中、内三层，门顶成穹庐向上尖拱，桃尖型曲线，拱门内半穹窿以放射线及蜂巢状图案装饰。顶盖采用中国传统的莲花图案，表示伊斯兰教崇高圣法清净。外中层上部均用辉绿石圆形穹顶尖拱门，里面上部白色圆穹顶，台三面筑建"回"字形垛子，颇为威严。东墙壁有尖顶拱形正门，门楣上方刻着古阿拉伯文《古兰经》经句。西墙正中没有讲经坛。南墙外壁及坛内大小壁龛皆镶嵌古阿拉伯文《古兰经》经句。

郑和头戴一顶草帽，神情专注地参观，瞻仰着这幢独具一格的古阿拉伯伊斯兰式的建筑，不由产生敬意、感慨，感谢先祖在此建造了如此壮观、精美的清净寺，不但千古流芳，而且能给一代代的穆斯林后代有个好去处可以朝拜。古代的丝绸之路带来了一批又一批的阿拉伯地域的一些伊斯兰教信徒，他们在这里扎根、繁衍，与这儿的人民和睦相处，融入社会，繁荣经济，发展社会，真主永远庇佑着他们，他们心中时时惦念敬仰着真主，做礼拜祈祷是一种最好的表达……

也许郑和戴着草帽人们没有发现他，他参观了清净寺，便摘去头上草帽，又戴上白色的布帽子，悄无声息走进教堂，虔诚地跪拜在地上祈祷诵经。

祈祷结束了，人们纷纷站立起来，郑和旁边的一个人身材魁梧，气宇非凡，他侧头一见郑和便打量着他，说："您莫非是郑和大人？"

"敝人便是！"郑和笑了笑说。

"小人叫郭仲远！想不到能在这儿见到您，真荣幸！"他立即行礼。

"免礼！"

"听说您率领下西洋的船队在后渚港候风，还去过灵山圣墓行香，今天又来清净寺做礼拜祈祷，真了不起呀！"

"我作为一位伊斯兰教人的后代、信徒，到这儿来做礼拜祈祷是应该的，不足为奇！"

"您大明巡洋正使、船队总兵官，以普通人身份来到这儿做礼拜祈祷，真令我钦佩！"

"先生过奖了，请问先生是哪里人？"

"小人是惠安百崎回族乡人，也是族长。"

"哦！你们乡里人都是回民？"

"是！我们乡族里的人都知道您是穆斯林，对您敬仰、崇拜，我来此做祈祷前，几个族民说，你如果遇到郑和大人，请给我们带个信，就说我们期望他来到我们百崎回族乡看看！"

郑和双眸一亮，说："是吗！那我一定得去！"

"谢大人，我在百崎乡恭候大人！"

郑和沉吟一下说："好！就定后天上午来百崎！"

"真的！太好了！我在渡口迎接您！"

"一言为定！"郑和伸出手和郭仲远拍击了一下。

……

第三天上午，百崎乡渡口江水清澈，泛着涟漪，渔民们在船上撒网打鱼，岸边的芦苇长得青翠密麻，水鸟在芦苇丛中扑打着翅膀嬉闹。一些惠安女身着短袖红色衣裳，头戴斗笠在岸边割草。

郭仲远穿着长袍头戴白色回民帽，带着几个族民在渡口望着江面，不时，一艘帆船徐徐驶来，郑和身着戎装站在船头，眺望渡口。

郭仲远看见了郑和，露出欣喜，不停地挥动着手，郑和也看到他招手致意。

船靠渡口，郑和带着两个侍从跳上了岸，郭仲远等人跪拜行礼，说："欢迎大人光临！"

"免礼！"郑和说着，跟着郭仲远从渡口沿着斜坡上了堤岸。

"大人，有一事难以启齿。"郭仲远边走边说。

"不妨说出，不要紧！"郑和做了一个手势说。

"我们百崎地处海边，还是穷乡僻壤，苦奈无迎宾驿站欢迎大人大驾光临，只有在前面的凉亭接待大人。"

郑和哈哈一笑，说："凉亭又何妨！草棚又怎样！只要能相见相聚就行。"

只见前面亭子坐北朝南，是座纯花岗岩结构的四角凉亭，进深各三间，顶为石构四角攒尖式。伞形的塔盖向四方倾斜，四边方形石柱共十二根，中央石柱四根，恰巧组成一个"回"字，别具一格。

亭子里摆放着香案、果品、瓜子、茶水，郭仲远的儿子等家族人氏、乡民等十余人头戴白布回民帽在此恭候。郑和一到，众人跪下行礼，齐声说："欢迎大人光临！"

"免礼！"郑和叫大家起来，环顾一下凉亭，当他知道十六根柱子组成一个"回"字，不由感到惊讶说："此亭设计真是别具匠心，用心良苦，不忘老祖宗呀！难得的好凉亭呀！"

"谢大人夸奖！"郭仲远说。

"此亭是谁出资建造的？"郑和问。

"小人捐资建造的，供路人栖息或避风挡雨！"郭仲远说。

"真是受益于民，功德无量，前人栽树，后人乘凉，造福子孙后代啊！"郑和说。

"此乃区区小事，不值一提，比起大人下西洋开通海上丝路，亘古未有之伟业，相差十万八千里。"郭仲远说。

郭仲远将家人、乡民一一向郑和大人介绍，然后点燃了香烛，烛火跳动，香烟袅袅……

郭仲远又沏茶，请郑和品尝点心，对郑和说："这百崎乡方圆数里绝大多数居住的是我们的回民，即为回民之乡。"

"你们生活在这海边很不容易！"郑和坐在凉亭望着远处浩渺的海面说，接着又问，"有什么困难吗？"

几个族人和乡民面面相觑，似乎有些胆怯，欲言又止。

"讲出无妨，也许我还可帮助你们哩！"郑和说。

"我们住壕上村，地势较低，每逢涨潮时海水就沿漫到屋前，待退潮后我们才能出门。"一个族民说。

"我们种的庄稼有时也被海潮淹没，颗粒无收。"另一个乡民说。

郑和问郭仲远："是有这回事吗？"

郭仲远点点头："嗯！是如此！水火无情，无奈啊！"

郑和皱起了眉头，挺胸站立起来说："有时候人也能胜天，战胜大自然，这样吧，明天我带一千名在此候风的官兵，为你们筑起堤岸挡住海水如何？"

"太好了！大人对我们真是恩重如山！"郭仲远说着，连忙向郑和行礼，激动地说："我代表家族及百崎乡回民谢大人！"

"谢大人！"十几个族民、乡民连忙向郑和跪拜。

"免礼！帮助这里的穆斯林兄弟是天经地义的！"郑和说。

"大人你的到来真是给我们百崎乡带来福运。"郭仲远说。

"过奖了！"郑和看见石桌上刻着棋盘，旁边摆着象棋盒，便说："郭兄你来和我对弈下棋，好让我轻松一番。"

郭仲远犹豫一下，便卷起衣袖说："好！恭敬不如从命！"他拿起棋盒将棋子倒在棋盘上，摆上棋子与郑和对弈起来……

第二天，郑和带了数十战船来到渡口，千余官兵拿着铁锹、萝筐、扁担，在郭仲远和族人带领下，来到壕上村附近的海滩，大家挖土，担泥，热火朝天地筑堤，经过数天的艰苦奋斗，终于筑起了两条总长约两千米长的堤岸。

堤岸不仅挡住海潮的涨水的涌进，而且堤内的海滩经过土壤改良，人们也种上了庄稼，扩大了耕地面积。

从此这里的回民过上了安居乐业的日子，人们不忘郑和的到访、关怀、帮助，将郑和率官兵筑的堤称之"郑和堤"，将接待郑和的凉亭称之"接官亭"，多少年一直传为美谈。

周联络官的预料果然没有错，兰香不肯龙蛟带商船跟着郑和下西洋。

周联络官来的那日晚上，王茂源屋子的堂屋烛光跳跃着，待海宝熟睡后，龙蛟一本正经地说："兰香，有一件事我想跟你商量一下。"

"什么事？"

"郑和大人率船队来到泉州后渚港候风，要第五次率船队下西洋，你听说过吗？"

"听说了，丰州城里人们热议着哩！有人跟我说，你爸爸又要拿到下西洋的订单发财啦！"

"周联络官今天来过店铺，的确又给我们一笔下西洋的订单。"

"真是太好了！你和爸爸又要忙一阵子了！"

"郑和大人这次下西洋也安排部分商船跟着去西洋进行贸易，我想带着一艘商船跟着去！"龙蛟直言不讳地说。

"不行！我反对！"兰香沉下脸表态说。

"你是担心我的安全……"

"当年你受伤落水所谓'罹难'的消息对我们的打击刻骨铭心，我再也经不起这样的打击了！我再也不愿承受如此的担忧和煎熬了！"

"可这是一个多么难得的机会呀！错过了将遗憾终生啊！"

"郑和大人前几次下西洋都给了爸爸订单，这次还给订单，第二次下西洋爸爸和陈叔叔还合伙装了一船货物到了南洋就返回，爸爸赚了个满钵，我们家赚的钱够我们花两辈子，何必贪心不足还要下洋赚钱！你下西洋差一点葬身大海，哥哥下南洋也是死里逃生，难道你就忘了！"

"你也许不理解我和爸爸的心愿和志向，下西洋做贸易不光是为了赚钱，而且是对海上丝绸之路的一种传承，一个人对事业、理想的追求，大海的涛声、浪声，是我最爱听的美妙音乐，美丽的绿岛、椰林是我脑际最美的图案，大海情、丝路缘，将伴随我一辈子啊！"

"你叫龙蛟，喜欢水，钟情海，这我知道，理解，但远涉重洋，会遇到狂风巨浪，礁石浅滩，万一有什么好歹和不测，你不为我着想，也要为你的儿子着想呀！"

"你过于多虑了，郑和大人的船队已四下西洋，积累了丰富的航海经验，不会发生什么意外不测的，再说，我已下过一次西洋，已是一个老水兵，什么艰难险阻和复杂的情况都能应付！"

"我还是放心不下！俗话说，不怕一万，就怕万一。我坚决不同意你去！"

兰香说着，便呜咽起来。

龙蛟劝说不了兰香，沉着脸，急得如热锅上的蚂蚁团团转，不知如何是好！

这时，王茂源从外面回来，一进堂屋就见小两口不快，一个流着泪水，一个板着脸面，猜想肯定是兰香不让龙蛟带商船跟随郑和大人下西洋，便劝说道："兰香呀！你一定是担心龙蛟跟随郑和大人下西洋的安全，危险是有的，但不像以前了，陈祖义的那帮海盗已被消灭，匪患没有了，我带了一艘商船去了趟南洋，顺便送你哥嫂，不是安全回来了吗？再说，跟着郑和大人的船队下西洋，船队专门有能人看天象，看水潮，有船引路，安全不用担心，多则三年少则两年不就回来了吗！机会难得啊！"

"谢爸爸……"龙蛟抬头看了王茂源一眼，感激地说。

"机会确实难得啊！我很理解龙蛟的心情、抱负，他有大海的情怀，丝路的情缘，你也应该理解他、支持他！"王茂源接着说。

"我们这次经过南洋，肯定要到旧港，正好可去翡翠岛看望云松、阿琳娜、小外甥连明，我会代你向他们问好，我还会将云松请到旧港帮助当参谋卖货，进货，我们可探讨商机……"龙蛟对兰香说。

兰香渐渐停止呜咽，拭干了泪水，扬起头说："好吧，你去准备跟随郑和大人下西洋吧！"

"谢……谢谢你的理解和支持！"龙蛟走到兰香面前抚摸了她一下，感激地说。

"龙蛟，你放心地去吧！家中有我在，一切会安排好！"王茂源说。

"谢爸爸！"

兰香的顾虑、担心消除了，王茂源和龙蛟除了筹备周联络员的货物订单外，还忙于租船，订购货船上的货物……

郑和第五次率领下西洋船队在泉州后渚港候风开洋，招募人员，采购了物资，他还下令修缮了妈祖庙，并且去行香拜谒，感谢几次下西洋得妈祖的庇佑。

终于等到冬季可顺风南下的西北季风，按照过去的惯例，郑和率诸将领前往九日山举行祈风仪式，南安、泉州、丰州的郡首官员政要也前去参加。

延福寺前面的广场上，彩旗飘扬，鼓乐喧天，幡伞旋动，道士、僧人们在祭坛前诵经，郑和与众将领、地方政要在祭坛前的佛像、神像前行香跪拜，然后又进入延福寺、昭惠庙内对菩萨、海神塑像叩头祈祷，保佑船队下西洋一帆风顺，平安吉祥。

王茂源、龙蛟早就被县吏通知，要他们一家在某日即郑和在九日山祈风这天，在下山路口大榕树下的石凳处等候。他们激动不已，猜想一定能见到郑和大人，他俩早就准备了两份特别的礼物。兰香带着儿子海宝也来了，她做梦也没有想到能有幸见到威震四海，对他们家有恩的郑和大人。

九日山下几棵硕大的榕树遮天蔽日，垂下的一根根须根在风中轻轻摆动摇曳，须根下有供游人小憩的石桌、石凳，近处不远的龙眼树硕果累累，挂满了龙眼。

王茂源、龙蛟、兰香、小海宝，还有县吏坐在石凳上东张西望，不久，郑和、王景弘等人在地方官员政要、寺庙道长、住持的陪同下从山上逐级而下，走到路口，郑和挥挥手叫其他人先行，他和王景弘在周联络官的陪同下，向大榕树走来。

王茂源全家一见郑和、王景弘等走来便行礼跪拜。

"免礼！"郑和走上前去叫他们起立，他一见龙蛟便拍了他肩一下，说："龙蛟英雄，七八年不见，很惦念你呀！"

"谢大人关心！"龙蛟说。

"我也忘记不了你呀！你是下西洋的有功之臣，英雄！"王景弘说。

"谢大人！"龙蛟说着，将王茂源、兰香、小海宝一一介绍。

"你招了一个了不起的英雄女婿呀，他当年奋勇缉拿了海盗头目陈祖义，才使我们后来下西洋顺利，海上丝绸之路才得以畅通。"郑和说。

"这全是大人您的英明！"王茂源说。

郑和又走到兰香面前说："我第二次下西洋抵达南洋时，就听说了你和龙蛟英雄生死相爱，忠贞不渝，所以当机立断叫那艘跟随我下西洋的商船载着龙蛟回来，好与你洞房花烛。"

"谢大人！大人的关怀永世难忘！"兰香说道，感激地泪水盈盈。

"龙蛟幸亏及时赶回……"王茂源插话说。

周联络官将兰香差一点儿与龙海拜堂的事简要地说了一下。

"这是天意啊！有情人终会成眷属！"郑和说。

"龙蛟这次还要带一艘商船跟随我们船队下西洋。"王景弘又介绍说。

"好哇！"郑和拍拍龙蛟的肩，说，"你情系大海，与海上丝绸之路结下不解之缘，欢迎呀！开展海上丝绸之路贸易，走出国门，互通有无，互利互惠，是双赢呀！"

"在途中你还可见到你过去的部下、朋友，对了，经过南洋还可见到兰香的哥嫂呀！"王景弘说。

龙蛟憨厚地笑了笑说："是！是！"

郑和又来到小海宝前蹲下来，拉着他的小手说："你长大了喜欢干啥呀？"

"做船师、水手下洋，我喜欢大海。"小海宝以稚嫩的声音说。

"哈！哈！哈！"郑和仰天大笑起来说，"你们一家子人都与大海有缘分，我们的海上丝绸之路后继有人啊！"

"老祖宗传承下来的海上丝绸之路我们要代代相传下去，永不动摇！"王茂源说。

"可敬可佩！"郑和夸奖说。

这时，龙蛟从兰香手里接过一个纸盒献给郑和说："大人，这是我爸爸制作的一把青瓷酒壶，上面的色料用的是我从旧港的贸易市场购买带回的，这种颜料叫苏麻离香，是波斯人生产的！"

郑和打开盒子取出酒壶，不由双眼一亮，只见这种青瓷器上的色彩鲜亮、明快，欣然地说："用了这种番人的色料涂在瓷器上产出的瓷品就是不一样，这次下西洋中的礼品和货品中有这种瓷器吗？"

"我们的货船上有！"龙蛟说。

"采购的礼品单中也有。"周联络官说。

"好！好！送给国外的国王、酋长、番邦主开开眼界，相信他们一定喜欢，卖给外商也欢迎啊！"

王茂源又拿出一个装有杭果的竹篓双手敬送给郑和说："大人，这是我的儿子云松上次从旧港的贸易市场购回的几棵杭果树，据说此树原生长在古里（印度）、蒲甘（缅甸），后来引进了南洋，我叫亲戚种植在安溪山林中，树长大了，这是摘下的杭果。"

郑和接过篓子，取出一个黄灿灿的杭果看了又看，闻了一下，脸上泛起了一丝丝欣喜，兴奋地说："好啊！海上丝绸之路交流的成果已在我们中土开花结果！"

"我的亲戚用果实育苗，扩大了种植，再过几年，我们育苗的杭果树也可开花结果，将来也可以出口销售到海外。"王茂源说。

郑和欣然地点点头，以高亢的声音激动地说："谢谢你们送给我这不寻常的礼物，看来我们下西洋，开拓的海上丝绸之路是一条交流之路、贸易之路、合作之路，也是一条友谊之路，更是一条文明之路，世世代代要传承下去！"

郑和洪亮的声音在九日山下震撼、回响、萦绕……

九日山曾是福建闽南人风波万里下南洋的见证，也曾是一代代的华夏儿女追求梦想、走向世界进行贸易的起点，更是传承和激励后人扬帆海上丝绸之路的发祥地。

后　记

中国古代的海上丝绸之路，开创了海上国际贸易和对外国际友好交流，促进了人类的文明进步。

继承和弘扬丝绸之路的精神，对于全面建设小康社会，实现中华民族伟大复兴的中国梦，具有极其深远的意义。

2015 年 5 月初，万人集团的董事长吕俊坤先生从厦门来上海参加了我的长篇小说《爱在上海诺亚方舟》首发式，向我提议能否写一部反映海上丝绸之路的长篇小说，并说他可全力支持，我对吕董的高瞻远瞩钦佩不已，怦然心动，当即答应。

可后来我冷静下来思考，不由有些发愁和茫然。海上丝绸之路，形成于秦汉时期，发展于三国、隋朝，繁盛于唐、宋，延续于明、清，历史跨度之长，涉及面之广，如同浩瀚的大海，要写一部反映海上丝路的长篇小说，真不是一件容易的事情！况且小说既要客观反映当时的历史，还要有生动起伏的故事情节和栩栩如生的人物。

我潜心阅读了数百万字有关海上丝绸之路的书籍和资料，在万人集团的支持和安排下，三次前往福建采访，并且在万人集团人员的陪同下，前去印尼考察。经过反复酝酿，决定小说以明代永乐初年为时代背景，选择以泉州九日山下的丰州（柳州）古城为故事的发生地，我两次去九日山和丰州古城遗址考察。

明太祖朱元璋为了维护和巩固专制中央集权统治，下令海禁，"寸板不许下海"，"寸货不许入番"，"敢有私下诸番互市者必绳之重法"。然而，青山遮不住，毕竟东流去。"尽管朝廷三令五申禁止人民私自出海与外国贸易，但总是禁而不止。沿海民众一向有出海贸易的传统，作为维持生计的重要手段。"靠山吃山，靠海吃海，人们悄悄下洋做贸易从来没有间断过。

明成祖朱棣登基后，海禁仍未解除，但他遣使海外诸国通好，又派郑和下西洋，人们似乎看到希望，有的跃跃欲试，私自装载货物扬帆下南洋。他们冒着触犯朝廷律法惩罚和海盗打劫的危险，前赴后继，这种不畏艰险传承海上丝路的精神显得尤其可贵。

泉州，在唐代开始兴盛，宋元鼎盛，至宋末元初成为东方第一大港，誉为海上丝绸之路的起点，当时出现"云山百越路，市井十洲人"的繁华景象。可到了明初实行海禁，泉州"涨海声中万国商"已消失得无影无踪。直至郑和下西洋，泉州凭着过去海上丝绸之路的坚实基础，下西洋所需造船、航海人才、宗教和物资供应，均能发挥得天独厚的传统优势，加上市舶司的恢复，泉州又恢复了活力和生机，为海上丝绸之路极盛的最后时期做出了贡献，因此，选择泉州作为故事的发生地有着特别的意义。

小说描写丰州古城商人王茂源想圆海上丝路之梦，安排儿子云松和内弟郑万年装载一船丝绸、瓷器、茶叶等货物悄无声息下南洋，不料遭遇陈祖义的一帮海盗劫船，人财两空，妻子经受不了打击猝死身亡。他的准女婿龙蛟为了报仇应征跟随郑和下西洋，从而展开波澜起伏的故事：有王茂源的女儿兰香与未婚夫龙蛟遥望大海的生死大爱，有龙蛟奋勇擒拿海盗头目陈祖义受伤落水漂浮大海大难不死的奇遇，有翡翠岛阿琳娜公主仰慕追求龙蛟而他却不动初心将她介绍给内哥云松成婚的传奇，有王茂源圆梦的艰辛、坎坷和失去亲人的大悲大喜，有郑和第一、二次下西洋扬威海上、廓清海道的丰功伟绩，更有王茂源和家人因郑和下西洋带来福音而圆梦。

小说展现和编织了当时海上丝绸之路的背景、风情、海情、丝情、爱情、友情的故事，相互交融，跌宕起伏，扣人心弦，山重水复疑无路，柳暗花明又一村。

郑和七下西洋，是海上丝绸之路的延续和升华，与多个国家和地区建立了友好关系，开创了盘古未有之伟业，写下了人类航海史上最辉煌的篇章。

我到印尼去考察，才知道印尼有八座郑和庙，我参观拜谒了其中的两座。印尼乃至东南亚人民都将郑和看作是来自中国的友好使者，是大海的化身，是庇佑他们幸福平安的神灵，数百年来对他顶礼膜拜。我的这部小说以郑和下西洋为背景，描写了人们托郑和的福而追梦、圆梦，这也是对郑和的歌颂和缅怀，彰显了延续和承接海上丝绸之路的伟大意义。

书中构思的故事情节和塑造的人物大多符合历史背景和客观实际。

龙蛟要为王茂源一家报仇，应征缉拿海盗头目陈祖义。根据史料记载，陈祖义，广东潮州人，盘踞在满剌加多年为寇首，打劫过往的无数船只，"动辄便劫夺财物，甚至加害生命，横行残暴"。明太祖朱元璋实施"闭关锁国"，其中有很大原因就是海盗猖獗。明成祖朱棣令郑和下西洋，其中有一重要使命就是缉拿陈祖义，消除"海患"。郑和第一次下西洋返回到南洋，在商人施进卿提供重要情报后作了反偷袭的准备，用火攻围歼海盗船只，缉拿了陈祖义，"从此海盗由是而清宁，番人赖以安业"。

郑和下西洋在福建招募人才，福建人立功受奖有史料记载："单是福建一省，便有许多福建卫所的官兵参加了郑和下西洋的活动，在北京故宫西华门内中国第一历史档案馆发现的明代《卫所武职选簿》，其中有不少关于京都直隶和福建卫所的官兵参加郑和下西洋立功授勋的记载。"因此，塑造龙蛟这样的闽南船长缉拿陈祖义立功受奖是可行的。

小说中塑造的王景弘手下的周联络官，为故事一个连接点而承上启下。郑和的副使王景弘，"'闽南人，雇泉州船以东石（晋江乡镇名）沿海名等，引从苏州刘家港，至泉州寄泊。'开始做些船队行政工作，像到泉州来征租民间船舶充实船队，招募海员"①。

王景弘派他的手下人员周联络官来泉州补充采购下西洋的丝绸、瓷器、茶叶等物资也是合情合理。

海上丝绸之路中，中国人与外国人产生的恋爱、婚姻屡见不鲜。据《苏洛华报概况》记："有一位叫白本头（原名白丕显）的泉州人，入伍当兵，随郑和下西洋，因与当地摩罗族妇女相爱，不随船队起航，而留在苏洛，遂成为该岛第一个华侨，其坟墓及生前所在，至今犹存。"②

泉州晋江陈金汉随郑和第五次下西洋，最后定居爪哇岛，繁衍后代，他的第十几后代瓦希德还成了印尼前总统。

还传说郑和曾护送明汉丽公主远嫁马六甲国王……

郑和下西洋"参加船队的福建官员，到了南洋各国后，有的被留下来了，与当地人民一起种植和经商，开发南洋，建设南洋。"③

因此小说塑造的王茂源的儿子云松大难不死漂泊到无名岛开荒成为庄园主，后经龙蛟介绍与阿琳娜公主成为伉俪也是无可非议的。

为了撰写好这部小说，我阅读了《南安古城踏勘日记》《九日山与海上丝绸之路》《九日山风情》《泉州港与海上丝绸之路》《泉州海关志》《话说中国海上丝绸之路》《海上丝绸之路》《海上丝绸之路历险记》《20世纪"中国海上

①施存龙：《与郑和同为下西洋正使王景弘考》载《泉州港与海上丝绸之路（三），纪念郑和下西洋六百周年论文集》，中国社会科学出版社2005年版。

②陈延杭：《郑和下西洋与泉州》载《泉州港与海上丝绸之路（三），纪念郑和下西洋六百周年论文集》，中国社会科学出版社2005年版。

③王丰丰：《三保太监郑和崇拜研究》载《泉州港与海上丝绸之路（三），纪念郑和下西洋六百周年论文集》，中国社会科学出版社2005年版。

丝绸之路"研究集萃》等许多著作和资料，得到启迪和帮助，谨此对作者和编辑者表示感谢。

本书的完成和出版，十分感谢万人集团的总裁吕俊坤的全力支持和帮助，否则是不可能撰写和出版问世。

感谢万人集团副总裁余杰数次全程陪同去福建采访和撰写过程中的无微不至的关心帮助。

感谢万人集团副总裁楚君堂全程陪同去印尼考察给以的关心和帮助。

感谢泉州市人民政府、中共南安市市委、泉州市人民政府外事侨务办公室、马鞍山市人民政府外事侨务办公室、马鞍山市人民政府驻上海联络处、中共安溪县委宣传部、德化县人民政府外事侨务办公室、漳州市台商投资区管委会、中共安溪西坪镇委员会、南安市九日山文化保护管理中心、海峡股权交易中心、天一总局、安溪西坪南尧茶叶加工厂、福建安溪梅记茶叶有限公司等，在我采访时给以的支持和帮助，以及对出版该书的关心。

感谢印尼许再山会长、陈联发总经理、彭楸铃小姐在我印尼考察时给以的关心和帮助。

感谢清华大学厦门校友会副会长兼秘书长林江汀、北京大学校友卢达甫、北京大学国际关系学院院友王春庭、柯建跃和上海环球台商商务服务中心总裁王健的关心和支持。

感谢原南安市九日山摩崖石刻文物保管所所长胡家其的指导和帮助。